U0580527

# 迷离·际

<sub>抉择</sub>
<sub>未知</sub>
<sub>威胁</sub>

杨小洋　著

YoYum

九州出版社
JIUZHOUPRESS

## 图书在版编目（CIP）数据

迷离际 / 杨小洋著． -- 北京 ：九州出版社，
2018.12

    ISBN 978-7-5108-7787-2

    Ⅰ．①迷… Ⅱ．①杨… Ⅲ．①长篇小说－中国－当代
Ⅳ．① I247.5

中国版本图书馆 CIP 数据核字（2019）第 005078 号

# 迷离际

| | |
|---|---|
| 作　　者 | 杨小洋 著 |
| 出版发行 | 九州出版社 |
| 地　　址 | 北京市西城区阜外大街甲 35 号（1C0037） |
| 发行电话 | （010）68992190/3/5/6 |
| 网　　址 | www.jiuzhoupress.com |
| 电子信箱 | jiuzhou@jiuzhoupress.com |
| 印　　刷 | 武汉市卓源印务有限公司 |
| 开　　本 | 880 毫米 ×1230 毫米　32 开 |
| 印　　张 | 13.75 |
| 字　　数 | 297 千字 |
| 版　　次 | 2020 年 1 月第 1 版 |
| 印　　次 | 2020 年 1 月第 1 次印刷 |
| 书　　号 | ISBN 978-7-5108-7787-2 |
| 定　　价 | 68.00 元 |

★版权所有　侵权必究★

# Contents
# 目录

## Chapter 1 面具 /1

1. 暗　夜 . . . . . . . . . . . . . . . . . . . . . . . . . . . . . . . . . . . . . 3

2. 医　院 . . . . . . . . . . . . . . . . . . . . . . . . . . . . . . . . . . . . . 15

3. 重回现场 . . . . . . . . . . . . . . . . . . . . . . . . . . . . . . . . . . 21

4. 会　议 . . . . . . . . . . . . . . . . . . . . . . . . . . . . . . . . . . . . . 31

5. 调　查 . . . . . . . . . . . . . . . . . . . . . . . . . . . . . . . . . . . . . 36

6. 棘手的案情 . . . . . . . . . . . . . . . . . . . . . . . . . . . . . . . . 49

7. 紧急会议 . . . . . . . . . . . . . . . . . . . . . . . . . . . . . . . . . . 57

8. 批　捕 . . . . . . . . . . . . . . . . . . . . . . . . . . . . . . . . . . . . . 69

## Chapter 2 收网行动 /75

1. SA · KYABAR . . . . . . . . . . . . . . . . . . . . . . . . . . . . . . . 77

2. 会　议 . . . . . . . . . . . . . . . . . . . . . . . . . . . . . . . . . . . . 104

3. 不速之客 . . . . . . . . . . . . . . . . . . . . . . . . . . . . . . . . . . 111

## Chapter 3 隐约间 /123

1. 审　讯 . . . . . . . . . . . . . . . . . . . . . . . . . . . . . . . . . . . . 125

2. 取证物 . . . . . . . . . . . . . . . . . . . . . . . . . . . . . . . . . . . . 139

## Chapter 4 蒹葭伊人 /147

1. 梦魇袭卷 . . . . . . . . . . . . . . . . . . . . . . . . . . . . . . . . . 149
2. 无法替代 . . . . . . . . . . . . . . . . . . . . . . . . . . . . . . . . . 155
3. 新线索 . . . . . . . . . . . . . . . . . . . . . . . . . . . . . . . . . 170

## Chapter 5 抓捕嫌疑人 /185

1. 抓　捕 . . . . . . . . . . . . . . . . . . . . . . . . . . . . . . . . . 187
2. 处　罚 . . . . . . . . . . . . . . . . . . . . . . . . . . . . . . . . . 202
3. 死对头 . . . . . . . . . . . . . . . . . . . . . . . . . . . . . . . . . 211

## Chapter 6 搭档 /223

1. 秘密会议 . . . . . . . . . . . . . . . . . . . . . . . . . . . . . . . . . 225
2. 冤　家 . . . . . . . . . . . . . . . . . . . . . . . . . . . . . . . . . 240
3. 三天之约 . . . . . . . . . . . . . . . . . . . . . . . . . . . . . . . . . 247

## Chapter 7 倒计时·第三天 /259

1. 探　访 . . . . . . . . . . . . . . . . . . . . . . . . . . . . . . . . . 261
2. 苏醒的"线索" . . . . . . . . . . . . . . . . . . . . . . . . . . . . 273
3. 宵　夜 . . . . . . . . . . . . . . . . . . . . . . . . . . . . . . . . . 282

## Chapter 8 倒计时·第二天 /299

1. 神秘短信 . . . . . . . . . . . . . . . . . . . . . . . . . . . . . . . . 301

2. 扑朔迷离 . . . . . . . . . . . . . . . . . . . . . . . . . . . . . . . . 312

3. 躲　藏 . . . . . . . . . . . . . . . . . . . . . . . . . . . . . . . . . . 325

4. 监　听 . . . . . . . . . . . . . . . . . . . . . . . . . . . . . . . . . . 343

5. 重要时间点 . . . . . . . . . . . . . . . . . . . . . . . . . . . . . . 354

## Chapter 9 倒计时·最后一天 /387

1. 视频专案会议 . . . . . . . . . . . . . . . . . . . . . . . . . . . . 389

2. 密谋计划 . . . . . . . . . . . . . . . . . . . . . . . . . . . . . . . . 413

3. 小马家精神病院 . . . . . . . . . . . . . . . . . . . . . . . . . . 422

# 第一章 面 具

# 1. 暗 夜

电闪雷鸣的雨夜，一张表情狰狞的脸裸露在倾盆大雨的黑夜中，那似笑非笑的声音令人不寒而栗……

只瞧见他缓缓戴上一张做工非常细腻的女人面具，那面具的制作手法细腻到连头发丝都是那么的柔顺有光泽，而令人心生恐惧的是面具的头发湿哒哒的就像是刚从血池子里浸泡出来般，乌黑渗血的长发垂在那人的肩膀上，手僵硬地抓着梳子机械般一下一下地梳理着发丝，鲜红刺眼的鲜血在闪电的映衬下，红得那般夺目，鲜血一滴一滴的滴在地板上。

那人的头、脸和肩膀时不时地朝右肩抽搐着，诡异的双眼像似能看穿人心般，狰狞地对着跟前的镜子阴冷地笑着。

从镜中能看到那人的身后有一位身材苗条，样貌却又非常稚嫩的女子，正一脸享受地坐在贵妃椅上，纤细滑嫩的手指轻轻划过自己的眉宇间，自顾自地抚摸着自己的嘴唇，欣赏着自己的下巴、脖子和耳垂……

"好看吗？喜欢吗？"那人抚摸着面具，用诡异的声音冷冷地问。

"好看，我也想要一副这么美的面具。"女子极其渴望地盯着面具说着，纯白的脸蛋上表情僵硬，头时不时地往左边抽搐着。

"好！我待会教你怎么制作，如何？"

"嗯。"女子又一次抽搐着头部，一下，又一下，不受控制地将头朝左边抽搐着，像贞子般，头发几乎盖住了整张脸，只能隐约看见她的嘴角从微微上扬，到慢慢张开，然后，突然表情狰狞地大笑着，雨夜里她抽搐的动作、诡笑的表情被头发半遮挡着，那场面是那般令人不寒而栗。

"面具做好后，你最想送给谁呢？"那人语气里充满了好奇，而脸上的笑容又是那般邪恶。

"对啊？我该？送给谁呢？"女子迷惑地冷笑自问着，头又一下下朝左抽搐着。

只见那头戴面具的男人，快速地绕到女子身后，低头贴着女子的耳朵挑逗着、亲吻着，然后缓缓喘息道："要不我帮你决定送给谁？如何？"

"好，当然好。"

"哈哈哈哈……好！哈哈……"充满血腥味的房间里，不断回响着两人的笑声。

女子抽搐着头，极其缓慢地转头看向身后的男子，又一道闪电照亮了乌黑的房间，只见，那女子狰狞的半张脸露在这寒冷的雨夜中，眼睛血红血红，头部无节奏地抽搐着……

又是一阵电闪雷鸣，黑漆漆的房间里镜子尤为显眼，透过镜子，只瞧见，男人轻咬着女子的耳朵，然后，不停狂闷地吼笑着，而就在那一刻，从镜子里隐约能看见另外还有一位女子正躺在地板上睡着了……

雨过自是天晴，清晨的第一抹阳光，温暖地照着整个城市，一阵惊声尖叫，扰醒了睡梦中的左右邻里。

"啊！！！啊！！爸……爸！快过来……呜呜……"五岁大的应景欣吓得僵硬地坐在地板上惊声尖叫，大声哭喊了起来。

"欣欣……欣欣……怎么了？怎么了？"应驰慌忙拎着书包朝门口跑去。

"那……个……呜呜……呜呜……"应景欣泣不成声地指着门上挂着的仿真面具，脸色苍白地扑进爸爸的怀里，全身不停地颤抖着。

"妈的，这谁啊？大清早挂这些东西是想吓死人啊！"应驰生气地看着悬挂在空中那瘆人的面具，面具的正脸对着门外，满是渗血的头发对着应驰家里，地板上嘀嘀嗒嗒地滴得满是鲜血。

应驰心疼地抱起吓得不轻的应景欣，拿出手机忙慌地打着电话报警，"喂！110吗？我要报案，有人故意制造恐怖的东西吓人……对对，我这里是香雅颂别墅区……"应驰气愤地将事情经过在电话里说着。

赶到现场的是警员胖熊和蓝鹿，两人迅速走进应驰的别墅大院，仔细地观察着别墅区的监控线路，在快到入户门口时，刚好瞧见，一副被鲜血浸泡过的血淋淋的面具悬挂在半空中，头发还在不断地滴着鲜血。

"哟！这做得够逼真的啊！万圣节戴上一定得吓死一大帮子人。"蓝鹿感慨地看着那副血淋淋的面具，内心不由得惊栗了许久。

"行了，别瞎感慨了，这一看就是业主得罪了人，或者欠了债，追债的人干的。这年头，生意不好做，住这么大的别墅……哎，走吧，先办事吧。"胖熊不屑地瞟了一眼蓝鹿。

"您好，我们是市公安局的，刚刚是您报的案吗？"胖熊侧身小心地从面具一旁穿过。

"对,是我。警官您好,是我报的警,您看,把孩子给吓得。"应驰坐在沙发上,一脸心疼地将女儿轻轻放在沙发上,小声地说着。

胖熊和蓝鹿仔仔细细地在应驰的住所屋里屋外详细检查了一遍,并对每个可疑位置和现场做了拍照取证。

"对了,应先生,冒昧地问一下,您平时有没有得罪什么人?或者说,有没有什么欠债之类的?"胖熊坐在沙发上仔细观察着屋内情况。

"没有,绝对没有,我和我老婆平日里和左右邻里关系都特别好,公司是我们两婚后白手起家,一分分创业积攒到现在,不欠人一分一毫,连房子车子都是一次性付款的。"应驰认真坦诚地说着。

"老婆?那您老婆呢?"蓝鹿一边看着客厅里挂着的婚纱照,一边提问。

"哦,我老婆昨天出差了。"应驰小心倒着茶水,而神情却显得有些紧张不自然。

"哦?"只见蓝鹿仔细观察着应驰家里的环境,整洁、干净、几乎没有任何灰尘,红酒柜里珍藏着世界各地的美酒,吧台区两只红酒杯里的红酒还剩下少许,果盘里的水果似乎还留有新鲜度。

"ChateauMargaux(玛歌),应先生,这个可是波尔多红酒产区极具珍藏的好酒呢。应先生和应太太平时钟爱品酒?"蓝鹿试探性地问。

蓝鹿是一个美食主义者,除了在分析案件有独到的见解之外,世界各地的美食、美酒都是她一生所追求和向往的,她的目标就是吃遍天下美食、喝遍天下美酒。

"呵呵,这位警官看样子也是红酒爱好者,不过,很可惜,我对酒精过敏,这柜子里的珍藏都是我老婆的,我老婆喜欢品红酒。"应驰解释道。

蓝鹿仔细欣赏着红酒柜里一瓶瓶令自己口水垂涎的红酒,故意道:"这样啊?改天真得跟您老婆好好学习学习。对了,应先生,不好意思,我可以借用一下您家的洗手间吗?"

"当然可以。洗手间左转第二间就是。"应驰绅士地指着位置。

"嗯,谢谢。"蓝鹿趁去洗手间的时间,又一次重新回到应驰的卧室,床头上挂着一幅超大的婚纱照。

"这老婆长得够漂亮的啊?这么漂亮的老婆天天出差?也放心啊?"蓝鹿叽叽喳喳地自言自语着。

洗手台的头发丝引起了蓝鹿的注意,也不知为何,明明是一件小小的滋事恶搞的小事件,而蓝鹿就是想将眼前的头发丝带回局里检验检验,而具体理由自己始终也说不上来,内心总觉得应驰有很大问题。

过了好一会儿,蓝鹿回到客厅,见胖熊对报案调查问询的工作也做得差不多了,提议道:"走吧,我这边都好了。"

"嗯。"胖熊礼貌地起身,仔细观察着应驰的一言一行,"应先生,那您的报案情况我们已经了解清楚了,我们待会也会去物业那边调取监控,尽可能地在最快时间里调查清楚究竟是谁搞得恶作剧的,请您放心。同时,如果有任何动静或再次行为,也请随时联系我们。"

应驰大松一口气似的,客气道:"好,好,辛苦两位警官了。

不过，那个，不会还来这方式吓我们吧？您看我家孩子真的是吓得不轻啊。"

"放心吧，我们会加快调查的，警察都来过，相信恶搞的人也不敢再次过来吓人。对了，应先生，您下次报案的时候，麻烦镇定点、仔细地看清楚，别拿起电话，开口就骂爹骂娘的，我们警察要是天天接这些电话，父母不都被你们骂死了！"蓝鹿直言道。

"哎，实在……不好意思，两位警官，那……"应驰欲言又止。

"怎么了？应先生是还有什么事情没说吗？"胖熊转身问。

"不，不是，是那，那个东西……"应驰指着门上那令人恐惧的面具问。

胖熊看了一眼应驰惊恐的眼神，再看看那面具上一头滴血的头发正对着屋内，场面着实有些瘆人。于是便向前微微垫脚，伸手将面具取下，装进袋子里。

"这不过就是一副仿真面具，加了些鸡血罢了，丢垃圾桶就行了，应先生，您不会连门也没敢出吧？"蓝鹿鄙视地看着应驰。

"哎，见孩子吓得不轻，我……我这哪敢出门仔细看那面具啊。"

蓝鹿不屑地看向别墅院子里的花花草草，就在胖熊将袋子丢去垃圾桶时，挂在袋子边缘的一缕头发上好似粘了些什么东西，吸引住了蓝鹿。

"等会儿！"只见蓝鹿利索地再次戴上白手套，从口袋里拿出一个小镊子，飞快地走到垃圾桶旁边，像发现什么重要线索似的，将袋子从垃圾桶里拎出来，然后，轻轻地从那个头发丝上夹下一小团白色伴着红色的软物质下来，微微举起仔细检查。脑海里不断回忆着刚刚在应驰家里检查的画面，婚纱照里应驰的老婆的发型、发色、还有右耳下方的那颗痣和纹身……

蓝鹿一阵头皮发麻地大喊道："胖熊！快过来！"

已经走到院子外的胖熊，不耐烦地转身问："干嘛？怎么了？"

"叫你过来！你动下会死啊？"

胖熊走到垃圾桶旁，蓝鹿谨慎地示意胖熊蹲下仔细看。

"我看，我们还是得联系陶队和殷大法医。"蓝鹿认真地的提议。

"啊？怎么了？哪不对劲吗？"胖熊脸色突然刷白地问。

"嗯，你看，这是什么？"蓝鹿提问道。

胖熊凑近看。"这不就是做面具的凝胶嘛。"胖熊不耐烦地瞥了一眼蓝鹿，催促道："走吧，还得回局里查案呢。"

"不对，这不是凝胶，倒像是人体的皮下组织，连这都做得出来，会不会太过于逼真了？"蓝鹿仔细闻了闻那一小块组织，又细心翻看着面具表皮下层的血管纹路和黏糊糊的绒膜物质，继续分析道："新鲜的，还有这鲜血的粘稠和凝固状也不像是鸡血，倒像是人血？"

蓝鹿一边捣鼓着那张面具，一边将面具的正面朝上，双手小心地塞进里面，尽量将其扩充起来，肯定道："所以，这应该是从人脸上、头上、剥下来的脸皮、头皮完整……你看这颗痣，这个我刚在……"

蓝鹿的话还没说完，就瞧见胖熊不受控制地疯狂呕吐着。

"喂！陶队，可能得您过来一下现场，嗯，已经通知殷法医了，他已经在来的路上，预计 10 分钟能到这边。"蓝鹿一边打着电话，一边严肃地看着应驰。

"应先生，您老婆耳朵后面的纹身图案是有纪念意义吗？"蓝鹿突然问。

"啊？"应驰莫名其妙地看着蓝鹿。

"啊什么？先回答我的问题，哦，对了，您老婆现在在哪？"蓝鹿看着婚纱照严肃地问。

"啊？这会儿？应该在香港。"应驰估摸着。

"那您现在能联系一下您老婆吗？"

"蓝……蓝警官？这？是出什么事了吗？"应驰盯着蓝鹿脖子上挂着的证件担心地问。

"应先生，要不您先联系一下您老婆？"

"哦，好好好。"应驰焦急又害怕地看了看蓝鹿，心里莫名地担心起来，重复地打了好几次电话后，应驰担忧道："警官，这……打……打不通。"

"应先生，根据头发的颜色、皮肤，还有面具右耳下方的痣和纹身图案，以及五官立体成像估测后，我们推测您的老婆很有可能遇害了，并且，那副面具有可能……"蓝鹿的话还没说完，应驰便眼睛一白，昏死过去了……

别墅外边围了不少看热闹的邻居和保安，警车、法医车纷纷停在路边，殷泽带着助理将面具放入证物袋，一晃眼的功夫，应驰的家里就站满了相关执法人员。

回到警局，陶灵立刻带着小组成员紧急地开着会议。

"死者，高雨燕，32 岁，于今天凌晨在……"陶灵正准备介绍死者情况，不料被急匆匆赶来的法医殷泽打断。

"不！我觉得暂时还不能称为'死者'，根据那张'面具'的切割方法及表皮的切割厚度，还有毛细血管的损坏度和皮下组织的保留程度来推断，从受害者身上切割下来的表皮时间大约是 4-5 个小时之前，也就是今天的凌晨 2 点 -3 点左右，所以，受害人有可能还活着，只是……"殷泽伤感地停止了发言，将手里的分析报告递给陶灵。

"只是什么？殷泽，你的意思是受害人还活着？这？"陶灵疑惑地问。

"只是这或者远比死了更痛苦。"殷泽点头伤感地感慨道。

"天啊！那这受害人得要忍受多大的痛楚啊？"蓝鹿心生恐惧地说着。

"如果受害人真的还活着，那这种手段绝对是我见过最残忍的。"一旁的电鼠大力捏着鼻梁愤怒地说着。

"可受害人如果还活着？那现在受害人会在哪呢？"陶灵不解地看着取证回来的照片，提问道，"这张是？"

"哦，陶队，那是我在应驰的住所找到的头发丝，估计是应驰的老婆的。"蓝鹿提醒道。

"估计是？为什么用估计是？"陶灵看着蓝鹿问。

"我看那应驰举止怪怪的，而且看起来他们的感情似乎不好，要不然放着漂亮的老婆经常独自去出差啊？"蓝鹿大胆地说。

"还有，会是什么样的深仇大恨，会迫使凶手对一个柔弱的女子下此毒手呢？对，又是什么样的仇，要将……"电鼠好奇地问。

"我怀疑，是情杀。"蓝鹿坚定地分析着，见在坐的人纷纷投来疑惑的目光，蓝鹿继续道："胖熊，还记不记得我在应驰家里问应驰关于吧台上那瓶红酒的事情？"

"哦，记得，你就是看见红酒眼馋了呗。"胖熊直言道。

"切～"蓝鹿故作严肃道："陶队，我在应驰家里发现了一瓶喝了大半的波尔多玛歌红酒，但是奇怪的的是，桌上有两只红酒杯，而且一旁切好的水果，还都挺新鲜的，所以，喝红酒的时间应该不会很长。"

"这，两公婆来点情调喝个小酒很正常啊。"电鼠发表着自己的观点。

"不！不正常，你忘了，应驰不是说自己对酒精过敏吗？"蓝鹿反驳道。

"对，对，我听得很清楚，早上应驰确实是说自己对酒精过敏。"胖熊也肯定地说着。

"我检查过他们家里，最近并没有其他客人住在他们家里，平日里他们一家三口加一个50多岁的保姆住在别墅里，应驰又对酒精过敏，怎么会出现第二只红酒杯呢？所以，第二只红酒杯应该是凶手的，其中一只酒杯上有口红印。"蓝鹿肯定地分析着。

"所以，凶手是女的？"陶灵转头看着殷泽问："殷泽，你那边现场取证有什么线索？"

"有，我们在红酒瓶及红酒杯上发现有4个人的指纹，其中一个指纹是应驰的，另外，红酒杯上有两个人的唇印；我们还在现场1楼窗台上发现半个鞋印，鞋码为男性42码的鞋子，一楼后院的木栏杆上也有一个鞋印，不过由于昨晚下大雨，鞋印基本上都被破坏了，但是初步判断木栏杆上的鞋印和一楼的鞋印不是同一个人的。"殷泽细说着。

"所以案发的当晚，应驰的家里至少有四个大人在，而根据一楼的鞋印能确定，至少有两个男人，包含应驰。"陶灵推断着。

"而酒杯上的唇印，应该就是应驰和某个女人的？或者就是高雨燕的。"电鼠分析着。

李扬赞同地点头道："能将一大活人的整张脸皮和头皮都撕下来，那红酒里面肯定会有麻醉剂或安眠成分甚至可能是致幻剂之类的。"

"酒瓶里的酒和酒杯里的酒，还有水果，全部都化验过，并无药剂添加，基本可以排除药剂杀人或伤人。"殷泽果断道。

"尽快把报告给我。"陶灵对殷泽说着。

铃铃铃……会议室的座机电话突然响起，李扬拿起电话，"东州市公安局，嗯……什么！在哪？哪家医院？嗯，好的，我们马上到。"

"怎么了？"陶灵紧促眉头问。

"市中心医院的电话。"李扬汇报着。

"医院？什么情况？"电鼠好奇地问。

"陶队，市中心医院报的警，说是一名无脸无发女子刚刚被丢在医院门口，那女子是……"李扬欲言又止。

"高雨燕？"蓝鹿惊讶而又确信地问。

李扬肯定地点头，表情间流露出一丝丝同情和怜悯。

"这样的害人手法，简直就是丧尽天良！！"胖熊愤怒地拍着桌子道。

"先去医院吧，现在不是心生怜悯的时候，要怜悯就去把真正的凶手抓住，用法律制裁他们！"陶灵说完便吩咐道："蓝鹿、胖熊，你们俩负责调查一下应驰和高雨燕她们公司的财务状况和人际关系，顺便在应驰住所周边走访摸排一下。电鼠你联系一下电信局，立刻调出应驰和高雨燕的通话记录，顺便查一下周边监控录像。殷泽、李扬，我们去趟市中心医院。"

## 2. 医院

"警官，我求求你们，求求你们，一定要帮我把害我老婆的凶手抓住啊！到底是谁这么狠心啊？"应驰泣不成声地蹲坐在医院的走廊，双手用力搓着脸，然后大力拽扯着自己的头发，眼神里充满了懊恼和悔恨，"早知道……就不该……都是……"应驰碎碎念着。

"应先生，您放心，我们一定会尽快抓住凶手的，不过此时此刻我们最需要的就是您的配合，将一切可能的线索告知给我们，不要有任何的隐瞒。"李扬同情地看着瘫坐在走廊的应驰。

"隐瞒？我没有任何事情隐瞒您们，我们一直都正正规规地做生意，不欠债，也没得罪过任何人，到底是谁？是谁对雨燕下这么重的狠手？"应驰哭得两眼通红，眼睛里闪烁着些许惊慌。

陶灵故意在一旁悄悄观察了应驰好一会儿，才向前打招呼道："李扬，受害人目前情况如何？"

李扬看着抢救室的指示灯，"还在抢救。"

陶灵看了看指示灯，然后，缓缓蹲下，严肃地自我介绍道："应先生，您好，我是市局特案组组长：陶灵，之前在您别墅有见过。"

应驰木纳地看了一眼陶灵，微微点头，并没有说话。

"应先生，刚刚听您说并无隐瞒，我觉得未必吧？"陶灵故意道。

"啊？陶警官您这是什么意思？"应驰不解地问。

"应先生，昨晚您老婆应该在家吧？"陶灵突然的提问，令李扬也有些惊讶。

"陶警官，您可能不知道，我老婆昨天就出差了，又怎么会在家呢？"

"我知道。你早上是说你老婆出差了。"陶灵直直地审视着应驰的五官，故意重复道。

"是啊。那您还这样……"应驰松了口气道。

"我还知道你对酒精过敏？"陶灵用冷冷的语气继续道。

"是啊。我从小就对酒精过敏，滴酒不沾的。"

"是吗？"陶灵质疑地问。

"什么是……是吗？"应驰惊慌地问。

"那你家那支喝了大半瓶的红酒是谁喝的？莫非是你老婆高雨燕喝的？"陶灵紧紧地盯着应驰，冷冷地追问。

"是，是我老婆喝的。"应驰瞪着哭红的双眼看着陶灵。

"撒谎！你撒谎！如果是你老婆喝的，那她又怎么去的香港呢？还是你想说，那酒是你老婆前天喝的？"陶灵故意大声问。

"是是，就是我老婆前天开的红酒。"应驰非常肯定地说着。

"撒谎！你还在撒谎！如果是前天开的酒，那为什么配酒的水果和小食会那么新鲜？还有！为什么酒瓶和酒杯上都有你的指纹呢？你不是滴酒不沾的吗？"陶灵继续提问。

见应驰正准备解释，陶灵故意不给他解释的机会，继续分析道："如果说是你给喝酒的人倒酒，那为什么酒杯边沿有你的唇纹印？为什么你家的桌上会有两只酒杯？"

"不是，那是因为……"应驰的话还没说完就被抢救室出来的医生给打断。

"伤者的情况怎么样？"陶灵立刻上前问。

只见，医生摇头道："伤者大面积伤口长时间裸露在外，虽然取皮的技术看起来很熟练，但是由于伤口大面积裸露导致伤口严重受到感染，再加上伤者到医院的时候，曾经见到玻璃下的自己，促使伤者完全没了生存意志，哎……我们已经尽力了，死亡时间是下午 3 点 10 分。"

"啊！什么？不会的，不会的。"应驰木纳地看着医生，突然，激动地连扑带爬地向医生的小腿扑去，哭泣着问："医生，医生！雨燕，雨燕她怎么样了？救过来了是吗？不会死的对吗？"

"这位先生，抱歉，我们已经尽力了，哎……真的是伤得太惨了。"医生叹息地感慨着。

"殷泽，接下来尸检这块就麻烦你了。"陶灵礼貌地说。

"好的，争取明天上午出尸检报告。"殷泽说完便吩咐助理，"嗯，那个谁，你去和医院办一下尸体交接。"殷泽似乎总记不住自己助理的名字，兴许是助理换得太快，索性干脆就不记住名字了。

一旁的应驰像着了魔似的，突然，爬向前抓住殷泽的衣服，大声喊道："什么？尸检？尸检？不！不可以！我不同意尸检！雨燕都被人伤成这样了，你们还要伤害她的尸体，是不是太残忍了？"应驰像是完全失去理智似的，大声阻止着。

只见，应驰慢慢从地上爬起，木木地走进抢救室，看着手术台上白布盖在自己的老婆身上，应驰全身无力地趴坐在手术台边，哽咽道："雨燕，醒醒，你醒醒啊，没事的，你快起来，起来啊，欣欣还在家等着我们回家呢。"应驰拉着手术床的栏杆，一边慢慢爬起，一边哭着道："雨燕，你起来，别睡了，快起来，别怕……这个伤……是……严重了些，不过……不过我们……可以去韩国？对，对，我们去韩国，去找最好的整容医生，他们一定能把你变得像之前那样漂亮的。"应驰颤抖着伸手去掀开盖在高雨燕头上的白布，哭诉道："雨燕……雨……"

还没将白布全部掀开，应驰便被一张没有脸皮，血肉模糊的脸给吓得吐得稀里哗啦，哭声掺杂着呕吐声……抢救室里面的情景，不由得令门外的陶灵几人，感到心里阵阵酸楚……

抢救室门外，陶灵焦急地看了看手表，小声地说："哎，这都多久了啊？殷泽，要不你们在这等我一下，我去劝劝他，可不能丢了尸体上最直接的线索啊。"

殷泽脑子里立刻回忆起之前好几次陶灵去劝说受害者家属签尸检同意书时，每次都是惊心动魄、胆战心惊地以吵架或打架收场，连忙向前劝阻道："陶灵，要不还是我去劝说吧。"

"对对对，殷法医去比较好。"李扬明白了殷泽眼神的含义连忙向前劝说。

"啧啧～你真是，皮痒了！"陶灵抢起拳头想要揍李扬，见殷泽已经走进抢救室了，才没去计较李扬的多嘴。

抢救室里，应驰正背靠着手术床呆滞地坐在地上，旁边的地板上吐了一大滩胃里的残留物。

"应先生……"

"出去……你出去，我是不会同意尸检的！雨燕受的苦已经够多了，我不同意再给她增添伤口。"应驰极力反对着。

"应先生，您好，我是法医：殷泽。"殷泽毫不理会地自我介绍着。

"法医？法医！你！你出去！"应驰的情绪更加激动了。

"好，我可以出去，但是我可要提醒你，你现在对你老婆尸体的不忍心，接下来就会因为你无知的不忍，而放走一个残忍狠毒的凶手，甚至会导致下一个受害者出现。"

应驰惊讶地慢慢抬头看着殷泽，眼神里充满了不解，充满了不公平，"你们不去抓凶手，反倒在这里等着我，要我同意你们给我老婆开膛破肚做尸检？"应驰突然激动地大声吼："殷法医！这上面躺着的人是我老婆，我女儿的妈妈！"

"抓凶手？你都选择放过凶手了，我们做警察、做法医的还何必浪费时间？而且，我不止来劝你同意尸检，我还要来告诉你，我们法医的工作就是将每一具尸体开膛破肚，拿出她们的心肝脾胃，做各种排除检验，这些程序你听起来可能很残忍，但是这些能比凶手用如此惨绝人寰的手法杀死你至亲至爱的人残忍吗？"

应驰激动地全身发抖，但表情看起来更像是被殷泽的一番话给吓住了。

"你不让我们的法医尸检，在做笔录的时候，回答的所有问题都在撒谎，没一句真话！你这不是放过凶手，那是什么？难道你在害怕什么？害怕我们查出真相？还是？你就是凶手？"陶灵突然进来故意刺激应驰。

"呵呵，简直就是瞎扯！凶手杀了我老婆！他杀了我老婆啊！你觉得我会放过凶手吗？"应驰突然站起来，怒指着陶灵说。

"那就配合我们的工作！不要让凶手逍遥法外，我们得让凶手为高雨燕的死受到法律的制裁。"陶灵用力抓住应驰的肩膀说着。

抢救室内安静了许久许久，终于应驰做出了决定。

"对，得让他受到法律的制裁！"应驰迷茫地看着高雨燕的尸体，不停重复的说。

"应先生，可能你会觉得我们很不通人情，但是在面对人情和最快速度抓住凶手来说，我们坚决选择后者，我相信这才是我们警察能给市民最好的交代。"陶灵冷静地劝着。

应驰心痛万分地又一次看着手术床上那具冰冷的尸体，想起凶手将"人皮面具"挂在自己家门上，眼神坚定地说："好，我同意你们尸检，也跟你们回警局全力配合你们的调查。可是……欣欣，欣欣一个人在家……"

"要不这样吧，应先生，我先安排警员送你回去，刚好我们待会还得去一下你家，再次勘察现场，顺便我们重新再做一次笔录，你看这样可以吗？"李扬妥善地安排着。

"嗯，好，谢谢。"

一旁的殷泽见陶灵这次劝家属尸检，只是虚惊一场，不禁长叹一口气："险！"

"咦！你真是！"陶灵巴不得打死眼前这人……

# 3. 重回现场

才刚将车停在应驰的住所门口，殷泽突然打了电话过来。

"喂，殷泽，是不是尸检有新发现？"

"陶灵，高雨燕的头部有明显撞伤的痕迹，但是，伤势不致命，不过足以让死者在生前出现一段时间的昏迷或者休克假死现象。"殷泽的声音从手机那头传来。

"哦？好的，我知道了。"陶灵认真地在脑袋里拼凑着现有的线索。

"另外，伤痕的痕迹是一个不大不小的椭圆形淤青，能导致这类伤痕的不是钝器，更像是桌子、椅子的边边角角，或者圆弧形的器皿所致。"

"我明白了。"陶灵在脑海里想象着凶手将死者撞晕，然后转移了现场，而最终实施残忍手法的是在另一个地方的画面，突然对着手机问："你是想我排除第一案发现场是吗？"陶灵清晰地问。

"嗯，还有，死者的衣服上，身上有一股奇怪的花香味，像是康乃馨的花香，我不确定这个能不能给你提供什么帮助。"殷泽诚恳地说。

"能，太能了，殷泽，你刚刚说的两点可帮我大忙了，谢了。"

"喂！等等，先别急着挂电话，我还没说完呢。"殷泽不满地说着。

"怎么了？还有什么线索？我的殷大法医？"陶灵调侃地问。

"别贫，根据'人皮面具'的作案手法，凶手一定是个会用刀的人。"殷泽用肯定的语气在电话那头说着。

"啊？会用刀？凶手是医生？"陶灵问。

"确切地说，凶手一定是医生或曾经是医生、或者和这个职业沾边的人，你们查的时候，可以朝这方面查查。"殷泽确定地说。

"好的，我知道了。"

挂完电话，陶灵立刻进入现场仔细勘察，只见她站在门口，左右观察着周边环境，脑袋里模拟着凶手的作案轨迹，然后一层一层地仔细检查着。耳边不断回响着殷泽刚刚提醒自己要注意的几点。

回忆到这，陶灵突然吩咐道："李扬，拿刷子给我。"

只见陶灵拿出蓝光手电，然后，用棉签仔仔细细地顺着吧台圆弧型的桌面边角及面版底部，认真擦拭着。在面板底部偏中心的位置发现一个指纹未被采取……

陶灵、李扬在应驰住所4楼的杂物间里检查着可能遗漏的痕迹。

杂物间里整齐有序地摆放着不常用的物件：一张简易的沙发床铺开在墙边，一套藤椅和茶几摆在窗台边，茶几上摆放着小花瓶和干花，一旁的架子上摆满了油画颜料和相关画具，房间的四周也分别摆着几个油画架，一幅没画完的风景画立在画架上，白布盖在画好的油画上，李扬好奇地掀开白布，惊讶地感慨："哇塞～"

"这些油画为什么没拍下来取证？"陶灵质疑地问。

"简直是大师级的水准啊，这画简直太美了。"李扬答非所问地说。

"写实派画风。"陶灵被李扬惊讶跑调的声音吸引过去，不禁走近仔细欣赏那一幅幅完成品，冷静道："对于超写实派的画者来说，这些油画的主人，确实功底不错。"

陶灵不解地看着旁边那幅没完成的油画，自我感慨道："只是，这幅画为什么用的是抽象的手法？画里的人究竟是谁？这幅似乎是整个屋子里唯一的抽象画，可……"

"可惜是吧？我就知道你会说可惜。你没觉得这幅画没画完太可惜了吗？咦，陶队，你说这画会是谁画的呢？应驰？还是死去的高雨燕？"李扬像个八卦记者，滔滔不绝地问。

"高雨燕画的。"陶灵果断地说。

"啊？这画上没签名啊，你怎么知道的？"

"虽然画笔看起来苍韧有劲，不过却又不同寻常的细腻，而且不会刻意去美化模特，你看，连额头处绒发里这么细小的痣都能画出来，代表画画的人很细心，或者是，很熟悉这个模特。而应驰的性格……画不出这么细腻的画来。"陶灵指着模特额头处那颗小到不仔细看，都看不到的一小颗痣，肯定地分析着。

"这么小，你也注意到了？厉害啊我的灵！嗯，不过是很有道理，灵，看不出你还懂欣赏画啊？"李扬一脸灿烂地看着全神贯注的陶灵，脸色充满着膜拜和喜欢。

"叫我陶队！"陶灵严肃地要求着。

"这里又没……"

"要么叫我陶队！要么下去继续寻找线索！"陶灵野蛮的眼神看着李扬。

"哦，陶队！"李扬嘟着嘴委屈地说着。

"对了，想办法找到画上的所有模特，特别是这个女的，也许她知道些什么。"陶灵认真观察着画里模特的眼睛，然后，突然转头看着李扬，色眯眯的大眼正盯着画中的女生看，差点没把魂给吸了进去。

"喂！该回魂了！想什么呢？跟你说话呢！"陶灵狠狠踹了李扬一脚，大声呵斥着。

"哦，好的。"

只见，陶灵一直拿着从一楼提上来的栏杆与窗台上的鞋印做比对。

"陶队，这两个鞋印很明显不是同一个人的，你看鞋印款式都不同，而且这款鞋印看起来间距较小，尺码比窗台上的短。"李扬指着栏杆上模糊的鞋印说着。

只见陶灵双手撑在窗沿上将身子微微从窗户探出一半，检查着楼下的空调架以及三楼、二楼的窗台，一切都非常的干净。

"鞋印的方向是面朝屋内，凶手是想从窗户爬进屋内？但是却没有从窗户爬出来的鞋印……"陶灵欲言又止地转身依靠着窗台，不停在心里模拟着凶手的鞋印会出现在窗台上的各种可能性……

"咦？那是妈妈的丝巾。"应景欣不知道什么时候上来的，小跑地跑进房间，在墙角处的垃圾桶旁边捡起一条碎花丝巾，开心地拿在手里晃着。

陶灵犀利的眼神又一次重新检查着墙角处，垃圾桶很新，不像是堆在杂物间闲置很久似的，兴许是太开心，应景欣不小心被画架给绊倒，好在陶灵眼疾手快一把拉住了应景欣。

"小朋友，跑步的时候要慢点哦，要不然会摔伤漂亮的小脸蛋哦。"李扬小声地哄着应景欣。

"大哥哥，那她那么漂亮就是因为跑得很慢吗？"应景欣好奇地指着陶灵的脸，眨巴着眼睛问。

李扬忍不住笑出了声，"是，她很漂亮吧？"

"嗯，很漂亮，不过，还是没有我妈妈漂亮，但是比莎莎阿姨漂亮。"应景欣天真可爱地说着。

"哦？是吗？你还会审美呀？"李扬向来喜欢小朋友，于是多逗了一会儿应景欣。

"审美是什么？我可不知道，不过，这个漂亮姐姐身上没有怪怪的香味，所以她比莎莎阿姨漂亮。"应景欣一本正经地说。

"香味？"陶灵自言自语地说着，想起殷泽在电话里提到过高雨燕身上有奇怪的花香，像是康乃馨的香，故意问："小鬼，香味可不是用来形容漂不漂亮的。"

"谁说的，莎莎阿姨的香味就会抢走我爸爸。"应景欣大声反驳。

应景欣的话瞬间引起了陶灵和李扬的注意，陶灵立刻蹲下来问："小鬼，姐姐问你个问题，好吗？"陶灵向来不喜欢小孩子，而具体原因她也从没跟大家提起过。

"我为什么要回答你问题呢？"应景欣淘气地问。

"你要是回答我了，待会这家伙会买你喜欢的糖果给你吃。"陶灵认真地指着一旁的李扬。

"嗯，说话算话？可不能骗小孩哦。"应景欣鬼灵精地说着。

"肯定算话，骗你他是小狗。"陶灵野蛮地点头说。

"好吧，你问吧。"应景欣故作老成地说。

"昨晚妈妈什么时候回来的？"

应景欣鬼灵精地伸手示意陶灵将耳朵凑过来。

"妈妈？很晚才回来的，爸爸和莎莎阿姨接我回家后，就让我自己看动画片，然后他和莎莎阿姨在喝红酒，最后，爸爸和莎莎阿姨在这里抱抱、亲亲……所以我讨厌有香味的莎莎阿姨。"应景欣两眼通红地贴在陶灵耳边说。

楼下吧台的弧形桌边，还有香味以及出轨的事情，所以这个莎莎是有作案动机的。陶灵在心里推断着。

"那妈妈去哪了？"陶灵心疼地抱着应景欣。

"妈妈和我……"

"欣欣，原来你在这啊？你什么时候上来的？爸爸刚到处找你呢，来，跟爸爸下楼，别打扰哥哥姐姐工作，来，爸爸抱。"应驰抱起应景欣，不好意思地说："抱歉啊 孩子淘气。"

"爸爸，爸爸，等会儿！"应景欣挣开应驰的怀抱，眨巴着眼睛问："漂亮姐姐，欣欣有好好回答你们的问题哦，大哥哥要记得买糖给我吃哦。"

听完应景欣说的话，应驰的脸色立刻变了，忙慌地抱着应景欣下楼，"欣欣，告诉爸爸，刚刚哥哥姐姐问你什么了。"

"就是问妈妈昨晚什么时候回来的呗。"

"哦……"应驰面无表情地说着，"那欣欣怎么回答的？"

"不能告诉你，哼。"

留下陶灵继续和李扬在杂物间里搜寻着新的线索。

"李扬，把那个垃圾桶里的所有东西都装证物袋，顺便想办法，把刚刚那小鬼手里的丝巾也拿回去局里化验。"陶灵吩咐道。

"哦，好的。"李扬将东西全部倒出来，仔细检查一遍之后，才一件件将东西装回证物袋，像是突然想起什么似的，拉高嗓门惊讶地问："什么！丝巾？从那孩子那里拿回来？这这！这怎么拿？"

"人是活的，想办法去拿啊。"

"不是！你要拿丝巾干嘛？那丝巾上能有啥？"

只见陶灵异常严肃地一步一步走到李扬身边，贴着李扬耳朵小声道："你听过 X 小姐和 Y 先生的故事吗？"

"啊？ X？ Y？什么故事？"李扬见陶灵正往楼下走去，便向前追问："什么故事？"

"染色体！小蝌蚪们的故事！"陶灵头也不回地大声说着。

"哦！"李扬瞪大眼睛看着陶灵的背影道："哦哦哦，你怎么可以这么……大声？这，楼下还有小孩在呢！"李扬拍了拍脑门自言自语道："不行，得赶紧拿到丝巾，说不定是凶手留下的'男人的罪证'呢。"

隐约间，听见楼下的应景欣正好奇地问："曾姨，染色体是什么？小蝌蚪是老师书本上的小蝌蚪找妈妈的故事吗？"

"哎呀，染色体啊？欣欣，先别问这个了，快先吃饭，再快点吃饭待会就看不到动画片了哦。"隐隐约约听见曾姨尴尬地转移着话题。

见陶灵已经将全屋勘察完毕，应驰客气地邀请道："陶警官，如果不介意的话，干脆和我们一起吃饭吧。"

"不了，应先生，我们就简单问你几个问题就行了。"

"这样啊，那好，我们到客厅坐。曾姨，你先喂欣欣吃饭。"

简单的寒暄了几句，陶灵便直入正题地问："应先生，你最后一次见高雨燕是什么时候？"

"嗯，昨天早上 7 点左右，就是 10 月 12 日。因为我们住的地方离学校非常近，所以我们每次吃完早餐后才会出门送欣欣上学。"

应驰看似平淡的回答，却不禁让陶灵心生疑惑，"为什么日期记得这么清楚？是有什么特定的事情发乍吗？"

"没，没有，因为是我帮我老婆订的机票，所以印象比较深。"应驰随便找了个理由。

"我们这边查到你老婆高雨燕订的机票是昨天晚上 10 点的飞机？为什么一大早就出门了？是有什么特别的事情？"

"哦，雨燕平时白天都在忙公司的事，一忙就是一整天，所以，每次出差都是提前订前一天晚上的机票，她说过，晚一点的机票比较便宜，而且不耽误平日工作，估计又是在公司附近吃完晚饭才去的机场。"

"估计？"陶灵疑惑地看着应驰，继续问："你昨天没去公司？没送你老婆去机场？"

"我昨天和助理去了开发区的厂商看模版的版样，下午才回到市里，一回来，我就直接去接欣欣放学了。"应驰如实地说着。

"冒昧问一下，应先生你平时和你老婆的感情怎么样？"陶灵试探地问。

"你们这是什么意思？"应驰很明显情绪变得激动了起来。

"对于案件，这些我们都会考虑的问题，请理解。"李扬解释道。

"我们感情一直很好。"应驰不悦地说。

"应先生，你回家后就没再出去了吗？"李扬一边做着记录，一边提问。

"没有出去，一直在家陪着欣欣。"

"那昨晚家里有没有什么朋友来过？或者有没有见到什么可疑的人？"

"没有，绝对没有。"应驰异常坚定地看着李扬。

"可是我们查到高雨燕昨晚并没有过安检搭乘飞机，昨晚她没有回家吗？"李扬拿出登机名单表给应驰看。

"啊！"应驰表情慌张地看着那份名单，支支吾吾也听不清在说什么。

"应先生，昨晚高雨燕没上飞机难道没告诉你吗？"李扬好奇地问。

"我以为她上飞机，打她电话手机又是关机，想必是下飞机后忘记开机了吧。我根本不知道她没上飞机啊。"应驰焦急地说着。

在李扬提问的过程中，陶灵一直在仔细地观察着应驰，然后故意转移话题问："应先生，二楼那个画室是高雨燕在用吗？"

"嗯，是的，雨燕是美术学院的研究生，选修的是油画，所以平时会在楼上画画。"

"我在油画里，发现其中一个额间有颗痣的女模特长得很漂亮。"陶灵故意感慨着。

"陶警官说的是美莎吧？"应驰很快地问。

"咦？油画里的女生少则也有三四个，怎么我随口一问，应先生就知道我说的是美莎？那些画模你都认识？"

"美莎！就是莎莎阿姨啊。"应景欣咕噜着小脑袋说。

"欣欣，大人说话小朋友可不能随意插嘴的哦，嘘～你先吃饭，吃完叫曾姨带你去后院玩一会儿，爸爸和哥哥姐姐在聊天？"应驰温柔地哄着应景欣。

"爸爸，可是我已经吃饱了。"应景欣做出饱腹的样子，双手轻轻地拍着自己的小肚子，眨巴着一双精灵般的眼睛看着。

应驰看着应景欣可爱的小脸蛋，一脸爱得不要不要的表情使唤道："曾姨，带欣欣去后院玩会儿。"

"好的。"曾姨立刻醒目地牵着应景欣往后院走去。

"应先生，这位美莎是谁？她全名叫什么？那些模特你都认识吗？都是做什么的？叫什么？"陶灵冷冷地提问道。

"哦，其他模特我不认识，至于美莎，她的全名叫：苏美莎，是雨燕的好姐妹，也是我的助理，雨燕担心我，所以把我原来的助理都给换了，安排了她姐妹做我的助理。"应驰尴尬地浅笑。

"方便把她的联络方式给我们吗？我们想找她问几个问题。"

近半小时的询问结束，陶灵和李扬带着新找到的证物赶回警局，李扬忍不住好奇地问："陶队，这个应驰很明显还是没有完全说真话，为什么不直接带他回局里好好审问？"

"先不用，先24小时监视他，如果他真的有问题，晚上肯定会有行动的，先回局里开会，把大家的线索汇总一下。"

"哦，好的。"李扬合上笔录本，准备上车。

"叫你办的事，办好没？"

"啥？啥事？"李扬呆呆地问。

"丝巾！"

"办好了，啧，我李扬出马，啥事都……"李扬话还没说完，就被陶灵用本子砸中后脑勺。

"一天不吹牛会死啊？快上车，不然你打的士回！"

# 4. 会议

"蓝鹿，你们那边调查得怎么样？"陶灵坐在会议桌前问。

"应驰的公司财务上没有任何问题，无欠债，也没有竞争对手，与邻居的关系也非常和睦，不过我在调查他们公司的资金往来时，发现应驰昨天给一个账户转了：20万，户名是：苏美莎，应驰的助理。而且我问过他们公司的财务，他们公司近期并没有采购订单，用不上那么大金额的钱汇出。"蓝鹿认真汇报着。

"苏美莎？又是苏美莎？对了，电鼠电信局那边查得怎么样？"

"查了，高雨燕昨天只打了8个电话，一个是打给航空公司，另一个是打给应驰，而8通电话里打的最频繁的就是这个号码，我核实过机主信息，机主刚好是：苏美莎。还有，应驰昨天打的电话最多的也是这个叫苏美莎的人。"电鼠大声汇报着。

"应驰公司的前台说应驰和苏美莎昨天去开发区厂商看模版了，所以，应驰会联系苏美莎这个很正常。"蓝鹿依理推着。

陶灵点头补充道："我们在应驰家里做勘察时，从他女儿口中知道了应驰撒谎的原因，应该刚好能解释应驰为什么转账给苏美莎，他们俩是情人关系。"

"岂止啊，最气人的是这两人乱搞关系都弄去家里了，昨晚还让五岁大的女儿撞个正着。你说这得多伤孩子的心啊？"李扬愤怒地说。

　　"所以说目前这个苏美莎的身份很可疑，如果这就是一场情杀，那苏美莎是完全有作案动机的。"胖熊推断着。

　　"对，如果是情杀，那么昨天那笔转账应该就是所谓的分手费？而这个苏美莎应该是觉得分手费太少了，所以才一直联系应驰？"蓝鹿推断。

　　"不排除这样的可能，应景欣一直说苏美莎身上有怪怪的香味，会抢走她爸爸……"陶灵突然问殷泽，"殷泽，高雨燕身上的残留香味有没有办法让应景欣确定一下？"

　　"有，可以将衣服剪下一块下来，然后让应景欣确定。"殷泽接着道，"不过小朋友的嗅觉不一定能准确判断香味。"

　　"新交给你的证物多久能出检验结果？"陶灵追问。

　　"争取明天早上吧，连同完整的尸检报告一起。"殷泽非常肯定地说。

　　"酒杯和酒瓶里面都没有添加任何东西？那凶手是如何让受害人乖乖地被人揭下脸皮？局麻？"陶灵试探地问。

　　"不是局部麻醉，尸体的颈部以上，我都有仔细检查过，隐约看见一些微小的细孔，不过那些不是麻醉针孔，而是她之前打玻尿酸做微整容时留下的针孔，不过在高雨燕的鼻腔、舌下和颊内，我找到一些白色粉末。"

　　"检验出成分没有？"陶灵立刻问。

　　"嗯，是 25I-NBOMe。"

　　"25I-NBOMe？"陶灵疑惑地重复道。

　　"25I-NBOMe 是一种高强度的人类 5-HT2A 受体完全激动剂。在相应受体上的作用强度是 2C-I 的六倍。由此 25I-NBOMe 可以作为标记物来探测 5-HT2A 受体在大脑中的分布就是'碘代 N-

乙胺'，其激动 -HT2A 受体产生强烈的致幻作用。25I-NBOMe
俗称'开心纸'，通常是将吸附有 25I-NBOMe 的吸墨纸的其中
一小片贴在口腔通过口腔黏膜吸收，或者以药物粉末吸入的方
式。而高雨燕的鼻腔、口腔，甚至颊内都有。"殷泽说得非常
专业。

"说简单点。"陶灵不耐烦地说。

"简单来说就是：高浓度致幻剂，不过这种药物 2003 年在
国外被发现，一直都是娱乐消遣性药物，在咱们中国是 2015 年
10 月 25 日将其列入精神药品，一直作为毒品严格管制了。"
殷泽所谓的简单地说。

"殷法医，你这说的还是不简单啊。"蓝鹿纳闷地说。

"简单来说，能拿到这类药物的肯定与医生或者药物研究
这些职业脱不了干系。"殷泽面无表情地继续说着。

"医院发现高雨燕的时候，她的包在身边，包里的钱财一
分没少，基本可以排除为财杀人，同时，根据现有的线索也可
以排除反社会人格，应该可以定向为情杀，根据凶手可能从业
的范围去缩小搜索范围。"陶灵突然停顿了一下，继续问："殷
泽，通过脸皮切取的痕迹能否推断出凶器的范围。"

"凶器是手术刀，而且是非常专业的手术刀，凶手的取皮
手法非常娴熟，表皮脱离肉体的时间不到两小时，切取脸皮的
厚度，凶手选用的应该是：执笔式手术刀刀柄，刀片应该是 10
号刀片。每把手术刀都有编号和批次，这会是你们查案的线索
之一。呐，这个就是手术刀和刀片的照片，你们可以参考一下。"

"手术刀？医生？"电鼠自言自语地说："殷法医，你刚
刚说高雨燕的脸上有发现针孔，是打过玻尿酸，那从美容院这

条线是不是能查出一些线索？"李扬提问。

"当然。"殷泽肯定地点头。

"很好，这样，李扬明天早上我们再去一趟应驰家，详细了解一下高雨燕平时去的哪家美容院，还有让应景欣确认衣服上的香味就交给你的，你不还欠着人家小朋友几袋糖嘛。"陶灵一脸幸灾乐祸的样子继续道："我记得应驰说过高雨燕是美术学院的研究生，那么她画画的模特肯定也是在学校找的，蓝鹿、胖熊，你们俩明天早上去一趟市美术学院调查一下油画里的所有画模，发现可疑的人立刻带回局里问话。"陶灵吩咐着。

"电鼠，苏美莎的手机信号最后出现的位置在哪？"陶灵继续问。

"哦，最后出现的位置就在她家，不过没人在家，手机也是关机。"

"进去屋内看了吗？"

"没有。物业的保安说，好几天没见苏美莎回来过了。"

"好几天？苏美莎昨晚和应驰在一起，那也顶多是一天没回公寓，怎么会几天没回呢？"

"我知道，应驰的公司员工出行记录上有写，应驰和苏美莎前几天去上了趟马来西亚出差。"蓝鹿拿出白天调查的资料递给陶灵。

"是的，我查了他俩的出入境记录，10月7号应驰和苏美莎确实是去了马来西亚，10月11号才回。不过从应驰的消费记录上来看，那哪里是出差，根本就是去购物消遣约会去了。"电鼠不屑地说。

"苏美莎住的是托管式公寓，物业通常都会有备用钥匙，这样，电鼠，你明天去一趟苏美莎的住所，叫物业开一下门，仔细找一下，看看有没有什么线索。还有！将高雨燕、应驰、苏美莎三人的手机通话记录放大到近三个月内，仔细过滤频繁出现的电话号码是哪几个。"陶灵吩咐着电鼠。

"对了，陶队，我这边还有一个发现，就是在调查高雨燕、应驰和苏美莎近一周的通话记录时，发现高雨燕和苏美莎最近一周都与这个号码联系过，机主是：石文轩，我有简单调查过这个石文轩，他刚好是市美术学院大四的学生，和陶队你拍回来的油画照片里其中一个是同一人。"电鼠认真地说着。

"嗯，蓝鹿、胖熊，明天记得多注意一下这个叫石文轩的学生，找到他，把他带回局里问话。"陶灵一边收拾笔记本，一边继续道："行了，今晚就到这里吧。"

# *5.* 调查

### < 电鼠·苏美莎住所 >

"陶队,我在苏美莎的住所都找遍了,没发现什么可疑的地方。不过发现有张相机拍的照片,跟您发给我油画里没画完的那幅画,地方很像。"

电鼠打电话跟陶灵汇报着。

"把照片带回局里,还有,我们这边了解到苏美莎之前是美容院的整形医生,如果苏美莎是凶手的话,那么她家里肯定藏有手术刀相关的器具,你再仔细找找。"陶灵在手机那头提醒着。

"好的,我知道了。"

"喂!还有,仔细查一下苏美莎个人的财务状况,她能让应驰转账 20 万,肯定是她最近急用钱。"陶灵又一次提醒着。

"好,明白。"

电鼠一遍又一遍地搜查着苏美莎的房间,床垫里面、天花板、洗手间、墙壁、桌子隔板都找遍了,始终没找到任何线索,站在阳台,电鼠双手扶着阳台栏杆,失望的叹气准备放弃的时候,偶然,发现楼下一直有个女人歪着头,朝自己这边看着,电鼠以为只是凑巧,便也没太多注意。

准备关门离开时,电鼠无意间发现门后墙上的电箱似乎比一般住户的电箱要厚,不禁好奇地打开电箱,发现在电箱里有个小暗格,暗格里有几份高利贷的借款合同、一本存有 50 万的存折，存折的户名是：苏建平；还有一份身体检验报告，报告居然是应驰的，而报告结果令电鼠极为讶异……

电鼠，拿着东西，立刻往出具检验报告的医院赶去……

< 蓝鹿、胖熊·市美术学院 >

"于校长您好，我们是市局特案组的。"蓝鹿、胖熊两人上午重复去了趟应驰的公司后，立刻赶到市美术学院。

"两位警官，这是有什么事吗？"于校长问。

"我们想跟您了解一下高雨燕的情况，顺便确认一下这几个人是不是在校的学生，不知道于校长您是否有印象。"胖熊拿出打印好的油画照片给于校长看。

"好，我看看。"于校长戴上眼镜说："嗯，小高嘛，她可是我们学校优秀的研究生之一。还有这三个，都是我们学校的学生，我还推荐他们多跟小高学习学习西方油画的技巧，平日里还可以给她做做画模，多接触接触。怎么了？这是出什么事了？"于校长担心地问。

"高雨燕昨天被人杀害了，手法非常残忍……"蓝鹿语气平缓地说着高雨燕遇害的事情。

于校长流露出心疼和不舍的表情，叹气道："没想到我这么优秀的学生居然受到这么不公平的待遇，这大前天还在学校见到她……哎……"

"大前天？您大前天什么时候见到高雨燕的？"李扬提问。

"好像是大前天下午三四点吧，她过来找文轩，呐，就是画里面的这个学生。"于校长指着石文轩的画像继续道："文轩在绘画这块特别有天赋，所以小高多次找我，让我劝文轩去国外进修。"

"大前天？也就是 10 月 11 日下午？"胖媳问。

"嗯，对对。"

"劝他去国外进修？所以高雨燕和石文轩的关系非常好？"蓝鹿提问。

"小高这孩子人缘好，脾气好，平日里跟同学校友的关系都特别好，对石文轩也是特别关照，不过石文轩家里家境不好，所以一直拒绝出国进修。"于校长可惜地说着。

"那这三个女孩子呢？她们叫什么名字，还在学校读书吗？"李扬问。

"嗯，这个叫：向穆晴，我们学校大三的学生，啊，这个女孩和向穆晴同班，叫：金佳佳。这个女的？不是我们学校的学生……咦，好像是小高的朋友……这……好像叫什么莎来着。"于校长努力回忆着。

"苏……美莎？"蓝鹿试探性地说。

"对对对……应该就是苏美莎，之前记得她陪小高同学来过几次我办公室，好像都是叫她：美莎。"于校长确定地说。

"对了，于校长，为了尽快破案，可能还得麻烦您提供一下这些学生的联系方式和住址。"蓝鹿礼貌地说。

"这个当然可以。"

"我看今天也没放假，她们几个现在都在学校吗？方便叫人带我们去找一下她们吗？"蓝鹿又一次请求。

"可以，要不我叫魏主任把她们三个叫过来，方便你们问问题。"

"那太好了，那就麻烦于校长了。"

蓝鹿和胖熊快速地问完向穆晴和金佳佳，而石文轩却一直迟迟没出现，觉得奇怪，于是蓝鹿、胖熊二人，选择去宿舍找一下石文轩。

宿舍里，石文轩正紧张地在烧些什么东西，幸好赶到及时，胖熊从火堆里找到几张被烧剩的残渣，看起来像是病历单。

"叫你过来教导处你为什么不过来？你这在烧什么东西？喂！问你话呢。"胖熊严肃地问。

"没……我没烧什么，就烧一些不要的东西。"石文轩眼神鬼鬼祟祟地说。

"不要的东西？我看是不敢曝光的东西吧？"胖熊故意道。

"不是～你们怎么这样说话啊？你们到底谁啊？门也不敲就跑进我宿舍！"石文轩生气地说。

"警察！"胖熊拿出证件。

"警……察？我……我又没犯事，你们找我干嘛？"石文轩支支吾吾地问。

总算让石文轩安静下来，胖熊坐在宿舍的床边，严肃地看着石文轩。

"高雨燕和你是什么关系？"

"啊？高雨燕？她是我师姐，怎……怎么了？"

"她死了！"蓝鹿故意大声说。

"死……了？"石文轩断断续续地重复。

"10月12日晚上8点-12点你在哪？"胖熊严肃地问。

"在学校，一直在学校，没见过她。"

"有没有人可以证明？"

"那晚就我一个人在宿舍。"石文轩老实地说。

"我没问你见没见过高雨燕，你那么快回答干嘛？"胖熊故意道。

"你都说高雨燕死了，那我还不快点回答你啊？"石文轩激动地狡辩着。

"我们查到 10 月 11 日下午高雨燕有来学校找过你，她找你是什么事？还有，10 月 12 日晚上 9 点左右，你频繁地联系过高雨燕，那个时间找她什么事？"胖熊问。

"嗯……其实那两天都是跟她说我不想出国进修的事。"

"是吗？据我们所知，10 月 12 日晚上高雨燕可并没有接你电话，你怎么跟她说的你不出国进修啊？你在撒谎。"胖熊质问道。

"我……"石文轩惊慌地思考着，而脑袋里在回忆着高雨燕被应驰和苏美莎杀死的场景，心里不由得更加惊慌起来。

蓝鹿和胖熊互相看了几眼，于是立刻认真地继续问下去。

"你最近几天有见过苏美莎吗？"蓝鹿转移话题问。

"苏美莎？难道她也死了？"石文轩问的时候隐约间有些喜悦的神情。

"苏美莎要是死了，你好像很开心？"胖熊死死地盯着石文轩看。

"我没这个意思。"石文轩害怕得瞥了一眼胖熊。

"石文轩，现在我们是来调查高雨燕的死，你说话最好想清楚再说，好好配合我们的工作，否则我们要是一趟趟地来学校找你，这样对你的影响肯定也不好，不是吗？另外，我必须得提醒你，如果刻意隐瞒证据也是要负相对的法律责任的，但你要是知情不报，只会导致凶手逃跑，那高雨燕就白死了。"

胖熊劝说着。

"我……我那天去找雨燕了，可是……可是……那个应驰和他的小情人把雨燕给杀了……我，我害怕……第二天本来想报警的，可是我害怕……"

石文轩的一番话，瞬间给案情加快了破案的速度，蓝鹿立刻打电话给陶灵。

"陶队，是我蓝鹿，石文轩是现场的唯一目击者，他已经把案发当晚看到的都说了，陶队，你们在应驰那要小心一点。"

"好的，我知道。证据没完全出来之前，我们都要保留我们的观点。"陶灵提醒着，继续道："其他人呢？问过没？"

"都问过了，也把高雨燕画里面的所有画模的联系方式和地址都记下来了，不过我们调查的过程中发现，其中一个叫：向穆晴的学生很奇怪，我们只要问关于高雨燕和石文轩的关系，向穆晴的眼神总有些怪异。还有，那个叫金佳佳的学生，可以排除嫌疑，她姥姥过世，几乎有半个月没在学校，今天才刚刚回到学校。还有，石文轩和高雨燕是情人关系。"蓝鹿简洁明了地说着。

"情人关系。"陶灵恍然大悟地重复着。

"对了，我们找到石文轩的时候他正在烧东西，从残余的部分能看出，他烧的是医院的检验单。"

"哪家医院的？"

"伊丽莎白妇科医院。"蓝鹿不解地说。

"很好，你们立刻去一趟伊丽莎白妇科医院，有什么情况电联。"

"嗯，好的。"

< 陶灵、李扬·应驰住所 >

陶灵接连接完电鼠和蓝鹿的电话，又一次环视了一下应驰和高雨燕的卧室，正准备下去一楼找应驰问几个问题时，偶然发现床头柜上有一本相册，陶灵转身仔细看了看卧室的连墙柜上摆书的区域，很明显这本相册是新拿出来看的，陶灵认真地翻看着相册里的每一张照片，其中几张照片也刚好应证了刚刚蓝鹿在电话里提到的情人关系。

一张应驰、高雨燕、苏美莎、石文轩以及其他两个女学生的大合照，还有应驰和石文轩两人的合照、高雨燕和石文轩的合照、苏美莎和应驰的单独合照，而正是这两张单独的合照，让陶灵肯定了鞋印的主人就是石文轩，而这个石文轩如果不是凶手，那就很有可能是当晚的目击证人，陶灵大胆地在心里推测着……

一楼，李扬和应驰在聊着关于案情的事情，从李扬脸上能看出应驰并没有说出任何对案件有用的事情，向来野蛮、霸道的陶灵，坐在沙发上，突然道："应先生，要不我跟你说一下案件的过程，你看对不对，如果不对，你再纠正，你看行吗？"

应驰疑惑地点头。

"应先生，我想你的酒精过敏应该是假的吧，或者说，你确实是有酒精过敏现象，但是不严重，只是会起些轻微的红疹子罢了，对吗？"

应驰诧异地看着正在仔细推理的陶灵，一直沉默却并没有解释。

陶灵站起身走到品酒区的吧台处，自信地说："如果我没推断错，10 月 12 日的晚上，你家的保姆曾姨并不在家里对吗？而那晚你家里却来了另一个女的，那个女的就是你的助理：苏美莎。"

见应驰的表情变得更加慌乱，陶灵快速走到入户的鞋柜处，找出曾姨的鞋子，肯定地说："10 月 12 日下了整日整夜的雨，而你家前后花园都有泥土，要从院子走到屋内，鞋底一定会沾上泥巴，哪怕是用布擦拭过鞋边鞋底一定会有泥土，而这双鞋子的鞋底完全没有我说的泥土痕迹。"

"可能是曾姨换了双鞋子吧。"应驰推断着。

"我也问过了，她平时很节俭，不会经常买鞋子，基本上班都穿同一双鞋。"陶灵肯定地说。

应驰听后长叹了口气道："是，那晚曾姨是没在家，我给她放假了一天。美莎也确实来这了，那是因为欣欣晚上睡不着，哭着闹着要找妈妈，我实在没辙了，才叫美莎过来帮忙陪着欣欣。"

"你明知道小孩晚上会找妈妈，还故意给保姆放假一天，那么这位苏美莎小姐来陪的到底是不是欣欣，我想只有应先生你知道吧。"陶灵含沙射影地说着。

"你！陶警官！你身为警察可不能这样含沙射影地乱说话啊！你知不知道我可以告你诽谤的！"应驰激动地拍着饭桌道。

"好啊！我们局里的投诉电话：25227100，欢迎随时致电！你左一句美莎，右一句美莎，如果你们之间没特殊的关系，我想你应该称她为：苏助理，不是吗？"

见应驰又一次沉默不语，陶灵继续道："不解释？看样子我没说错。"陶灵一边用手摸着吧台的边缘，一边低头检查着

43

酒柜底部，"前晚这里应该发生了激烈的争吵，而且还摔烂了一样非常重要的证物：一只红酒杯！而那只摔烂的酒杯才是高雨燕的，对吗？我们带回去桌上的那两只酒杯，就是你和苏美莎的吧。因为，其中一支酒杯有明显的口红印，而口红颜色不是你老婆惯用的口红颜色，也就证明了，高雨燕出事的当晚，你和苏美莎都在现场。"

应驰木纳的眼神明显地开始六神无主了……

"那晚……"应驰正准备说的时候，陶灵突然不耐烦地打断了应驰的话。

"根据你女儿跟我们所说的内容，她在 10 月 12 日看见你和苏美莎在喝酒，然后你们上去了四楼，最后是高雨燕回来了，把女儿哄睡着了。而欣欣睡着的期间，这里究竟发生了什么事？应先生，我想你应该跟我们详细说一下。"陶灵指着吧台区域说。

见应驰还在犹豫着，陶灵冷着脸故意刺激道："应先生，我不得不告诉你一件事，欣欣无意间发现了你和苏美莎在四楼的事情，昨天还哭着说讨厌莎莎阿姨，哭着说莎莎阿姨会抢走爸爸。而这个苏美莎很有可能就是杀害你老婆的凶手！"陶灵见应驰一听到应景欣知道自己的丑事，心理防御线已经完全崩塌了，于是陶灵趁机再补上一句："还是说？你和苏美莎都是杀害高雨燕的凶手？"

"不！不！不是这样的！我没有杀她！美莎？应该不是美莎杀的。"应驰像疯了似的大力拍着茶几大声地说着，然后整个像变了个人似的，用力抓着自己的头发，语无伦次地说："我和美莎是好了很长一段时间，可是……后来……欣欣，真的越来越可……可爱了，我不想失去我老婆和女儿，所以我和她说了分手，可是……她说怀孕了……还逼我给她转了 20 万……后来才知道美莎只是骗我说她怀孕了！"

"所以，前天你们并没有去什么开发区的厂商，而是一起去的医院！"陶灵果断地推测着。

"是，可是……"应驰像个受惊的孩子，傻傻地蹲在地上，脑袋里一边回忆着昨晚的事情，一边惊慌地说着："我……我……和美莎的事情无意间被雨燕发现了……于是……"

"于是你们合伙杀了她？"陶灵问。

"不！不！我们吵起来了，她们俩厮打了起来……我……我只是想劝劝她们别打了，结果……一……一不小心太大力了，雨燕的头撞在吧台上。"应驰害怕的指着吧台的桌边。

"然后呢？"陶灵追问。

"然后……好多血……好多血……我以为只是撞……伤了，结果没……想到，雨燕她居然没气了？死了……我和美莎好……好害怕……好害怕！我们拿沙发上的毛毯把她盖着，然后……我抱着熟睡的欣欣从后门跑出去了，我们……想逃跑，可后……后来美莎说包包落在客厅了，她要我在车上等她，可是……等了好久……好久！"应驰害怕的捂着头回忆着。

"等了多久？"李扬严肃地问。

"等了……一个？两个小时？"应驰回答道。

"大概是几点？"李扬提问。

"雨燕发现我们的时候那会儿刚好晚上 9 点整。"应驰回忆道。

"为什么记得那么清楚？"

"因为那时我看了下手表，发现太晚了，担心欣欣一个人在楼下别睡着了……别感冒了……刚好雨燕在门口。"

"呵呵，开心完了，就想起小孩子了，真不是人。"李扬鄙视地说着。

应驰抬头看了一眼李扬，伤心道"是！我不是人！但是……但是雨燕并没死！我们没有杀她，我们只是错手伤到她了。我在车上等了美莎快两个小时，结果美莎跑过来说，雨燕没……死……"

"没死？"陶灵疑惑地问。

"好久后，美莎回来说雨燕不见了，她找了很久也没找到雨燕。我想雨燕是躲起来了，就和美莎把房间都收拾干净，然后，睡了。"应驰坦诚地说着。

"老婆都不见了，也不见你担心？居然还能抱着小三睡得那么安心？切～"李扬越来越讨厌应驰那惺惺作态的模样了。

"不是不担心！我们找了！也打了一晚上的手机，可雨燕都是关机的啊。"应驰懊恼地坐在地上说："都怪我，要是我能坚持找雨燕，估计就不会出现这么惨的事情了，都怪我！"

"不对！你刚刚说你等了美莎快两个小时？"陶灵质疑地蹲下，摇晃着伤心懊恼的应驰问："应先生，你刚刚说在车上等美莎快两小时对吗？"

见应驰一直陷入伤心欲绝当中，根本没理会陶灵的提问，陶灵粗鲁大力地将应驰推倒在地，"应驰！你再不配合，你老婆就真的白死了！而真正的凶手就将逍遥法外！你花心！懦弱就算了！现在老婆被害死了，你自责、懊恼有什么用！"

被骂醒的应驰，慢慢坐起来，小声回忆道："是，我在车上抱着欣欣，等了美莎快两小时，然后美莎才过来的，怎……

怎么了？"

"所以苏美莎和你有两个小时没见？而那会儿她去做什么了呢？"陶灵突然看着应驰问："你们开一辆车回的这里？"

"不是，去接欣欣放学的时候，美莎开的自己的车。"

陶灵一个人默默自言自语道："不是一台车回，那苏美莎这两小时在做什么？两小时足够她开车将人运走……而动机？动机是什么呢？因爱生恨？所以苏美莎是有作案动机的，不过还少了一样。"陶灵想起殷泽提醒自己，可以通过医生这个职业有关的方向去寻找线索。

"你说苏美莎来你公司工作之前是做整容医生的？那为什么突然不当整容医生了？据我所知整容医生的收入不低。"陶灵紧追着内心的疑惑问着。

"这个不清楚……"

"苏美莎平时爱去哪些地方？"陶灵快速地追问。

"嗯……商场……健身房？哦，还有养老院。"

"什么养老院？"

"爱之家养老院，在城郊，她爸爸在那。"

"苏美莎还有什么兄弟姐妹吗？"

"有，有一个弟弟，好像叫：苏建平。"

"她弟弟现在在哪？"

"在读高中。"

"对了，应先生，你老婆是不是经常有做美容的习惯？"

"有，不过都是去美莎之前上班的那家美容整形医院，叫：思贝美容整形医院。"

"你有她的美容师电话吗？"

"有。"

"应先生，我们也问得差不多了，另外，在案件没有绝对的证据证明你没有杀人之前，恐怕你得跟我们回警局待着了。"陶灵面不改色地说完，便让李扬将应驰给铐了起来……

在开车离开应驰住的小区时，陶灵隐约从后视镜看见一个奇怪的女人歪着头看着自己，但再一留神，那个人又不见了……

# 6. 棘手的案情

<案发现场·苏美莎住所>

翌日清晨，因为查案，陶灵才休息不到两小时。

"嗡嗡……嗡……"手机震动了好几下，陶灵立刻醒了醒神，接通电话。

"喂！陶队，是我电鼠，又一起'人皮面具'发生了。"电鼠焦急的声音从电话里传来。

"在哪里？受害人是不是苏美莎？"陶灵似肯定地问。

"嗯？陶队，你怎么知道受害人是苏美莎的？"电鼠惊讶地问。

"靠！案发现场在哪？是在苏美莎家里？"陶灵骂完脏话，继续提问。

"是的，在苏美莎家里，小区保安报的案。"电鼠挠了挠耳朵道。

"那苏美莎还活着吗？"

"和高雨燕的情况一样，被人丢在医院门口，最后抢救无效死亡。"

"还是被丢在市中心医院门口？"陶灵继续提问。

"是的，可惜还是死了。"电鼠低声道。

陶灵一边拿起外套，一边吩咐："得赶紧找到高雨燕油画里所有模特，特别是石文轩。"

"陶队，我就是想跟你说石文轩的事情。"电鼠疑惑地在电话里说。

"石文轩怎么了？"

"他也死了。"

"Shit！你现在在哪？在苏美莎的住所？"陶灵一脸愤怒地问。"是的，我和殷法医在苏美莎的住所，胖熊在医院那边。"

"知道了，我先上来看一下。"陶灵肯定地说着。

"上来？陶队，您不会又一晚没回家休息吧？"电鼠肯定地问。

"先挂了。"陶灵扭了扭脖子，勉强地在车内伸了个懒腰，然后，用力拍醒副驾驶的蓝鹿，原来陶灵昨天将应驰押回警局后，又带着蓝鹿、李扬分两个地方在苏美莎小区的两个出口监视了一晚，岂料凶手居然在陶灵的眼皮子底下给逃走了，这绝对是陶灵无法容忍和接受的事情。

不到三分钟，陶灵便带着李扬、蓝鹿来到苏美莎的住所门口。

苏美莎住的是高档小区，在6楼，该小区的治安条件几乎是市里数一数二的，用的保安都是退伍军人，可是凶手是怎么进的小区？又是如何将血淋淋的'面具'挂在门口，还不被监视器拍到的？陶灵带着疑问仔细地在苏美莎的住所查找着线索。

"监控录像查了吗？"陶灵转身看着一旁纳闷的电鼠。

"查了，不过奇怪的是，在凌晨5点-6点的时候，整个小区的监控出现了无画面情况，像是被人干扰，又像是人为侵入了监控系统般。"电鼠如实汇报。

"侵入系统？你当拍科技大片呢？还黑客呢！"李扬突然插话道。

"是的，我说的就是黑客。"电鼠义正严词地说。

"真有黑客？"李扬瞪大眼睛问。

"是的，我在安保监控系统程序里发现有人在系统里植入的木马程序。"电鼠示意陶灵看看电脑上的显示。

"所以，这个凶手是个 IT 能手？甚至是专业黑客？"陶灵提问。

"是的，起码系统中了病毒是板上钉钉的事情。"

"电鼠，有办法通过这个木马找到对方吗？"陶灵突然问。

"有，不过我暂时还没能破解木马，还需要点时间。"电鼠尴尬地笑着用手比划着。

"哎！你不是电鼠吗？一个木马还能难倒你不成，莫非这次碰到高手了？"李扬故意调侃。

"都什么时候了还开玩笑，你要知道凶手可是从我们眼皮子底下溜出去了。"陶灵严厉地提醒着，见殷泽正在提取样本，"殷泽，报告……"

殷泽冷冷地看了看陶灵，突然一改冷漠面容,灿烂地笑着说:"出来了，你陶大队长的命令，哪敢不快点啊？"

殷泽的笑容通常只在陶灵前才会出现

"好了，别拿我开涮了，结果怎样？"

"垃圾桶的证物里面找到了四个人的指纹，其中一个是高雨燕的，另外，在丝巾上检验出男子的精液，不过和应驰的DNA 比对过，不是应驰的，但不排除是嫌疑人的。"殷泽有条理性地说着。

一旁旁听的李扬好奇地感慨："这个嫌疑人的小蝌蚪活力够大的啊。"

陶灵撇了一眼瞎感慨的李扬，然后，冷冷地说："只要精液没有出现腐败，即使干了也能提取 DNA，如果在零下 20 度以下低温保存的话，即使保存 30-50 年都可以提取到，有记载：美国的克林顿与莱温斯基那条裙子在干了的情况下，保存了几年后都能提取到 DNA！你在警校到底学的是什么？"陶灵鄙视地问。

"我……"李扬懒得和陶灵一般见识，干脆闭嘴不说话。

"对了，也正因为丝巾上的 DNA 是另外一个人的，所以我在尸检的时候顺便检查了高雨燕的子宫，发现高雨燕的子宫壁上有一道新的伤口痕迹，应该是近期做的人流手术。"殷泽耐心地提醒着。

"这一家人感情够乱的。"蓝鹿不屑地说。

"完了，这哪有凶手懂这么多啊？还又要会用手术刀，还得是个黑客，这不成妖精了啊？要不电影里找找？"李扬忍不住又发起牢骚。

而电鼠和蓝鹿纷纷盯着李扬，小声道："现场不就有一位。"

"呀，不好意思，殷法医，忘记你也是位 hacker 了，呵呵……不错，咱们的殷法医的另一专业……哈哈，好像是程序设计……呵呵……抱歉。"李扬尴尬到语无伦次地傻笑着，"那个，我还是闭嘴吧。"

"不过，也有可能凶手是两个人呢。"蓝鹿解围道。

"也不是没可能的。"陶灵接话。

"从两个受害者'面具'的切割手法来看，是出自同一个人的手。"

"对了，电鼠，立刻问问医院那边，看到苏美莎时，有没有看到她的手机或者包包之类的？"陶灵突然提醒道。

"哦，好的。"电鼠立刻打电话给胖熊询问。

"胖熊，苏美莎的手机和包在不在？"

"苏美莎的包在这，不过里面没有她的手机。"胖熊认真地检查着。

"啊？哦，好的，谢谢。"电鼠说完，立刻转达给陶灵，"陶队，苏美莎的包在医院，不过和高雨燕的情况一样，唯独手机不见了。"

"凶手这是在收集战利品？"陶灵双手揣在兜里，低声和殷泽说："走吧，还有一个现场等着咱们呢。"

**＜案发现场·美术学院＞**

市美院的男生宿舍楼下围满了学生和老师，一名穿着时尚的女学生背对着宿舍门口，拿着手机正拍着直播，"我现在正在'人皮面具'案的案发现场，听说男生宿舍4楼的404寝室挂了一副真正的'人皮面具'，哎哟，天啊，实在是太残忍了，我听说被害人是我们市美院的校草啊。"只见那名女学生，表情夸张地对着手机说着夸大的词语。

该怎么说呢？只能说这名学生运气实在是太差太差了，碰到陶灵这个野蛮霸道的刑侦队副队长，接下来的画面可想而知，肯定惨！

陶灵一把抢走那名女学生的手机丢给李扬，一副历来冷艳的表情盯着那名女学生问："你是这里的学生？"

"是啊！正儿八经美术学院美术系的学生，怎么了？不是，你把手机还我！"女学生一脸委屈地盯着自己的手机正在陶灵手里高举着。

"你口中的受害人你认识？"

"认识啊，见过几次。"女学生一脸不乐意，"把手机还我！"

"哦？也就是说你们好歹还算是朋友，你朋友遇到这么大的事，你还能浓妆艳抹地在这里拍着直播！你的同情心去哪了？还有，一个美术生化个妆跟参加万圣节似的。"陶灵走近看了看女学生的直播名字，继续道："取个直播的名字，还'你可爱的狸猪猪'？切～后面还加两个唇印，呵呵，你可真符合胸大无脑啊！知道狸和猪相差多远吗？真是服了，不过你这智商也确实和猪差不多。"陶灵故作赞同地点头称赞。

"嘿～你……你们……到底谁啊！"女学生气得两眼通红地问，"再不还手机给我，我报警了！"

"欢迎报警！"陶灵微微转头看着女学生，手里拿着警官证寒气逼人地说着。

清晨的阳关照在陶灵完美的脸上，发丝随风飘逸着，画面是那般美丽，只可惜那张冷如雪山的脸缺少了几分笑意。

"你……"

"你什么你？既然你认识受害人，那待会协助协助吧！"陶灵看了看一旁的警员，吩咐道："喂！你，过来一下。"

"陶队好！"警员快速跑过来。

"带她去那边。好好问，时间很早呢！"陶灵一字一句地吩咐着，说完便将手机递给那名警员，走了几步，陶灵还不忘回头嘱咐："记住，协助完再还给她手机。"

女学生眼看着手机就要退回到自己手上了，却又眼睁睁看着自己的手机被那名警员给收了回去。

而令陶灵意想不到的是，刚刚抢那女学生的手机时并没有关掉直播,而陶灵和女学生的对话和视频正实时上传到了网上。

一时间网络上立刻各种话题都来了,什么"美女警察舌虐美院呆萌女学生""美女警花淡妆貌美胜过大明星""酷美警花"……而这一切陶灵和李扬都还暂时不知道,他们更不知道这段直播的点击量出奇地大。

来到宿舍楼4楼,石文轩的"那副面具"正画面血腥地高挂在门上,地上的腥红的血染红了地板。

"陶队好,殷法医好。"几名警员打招呼道。

"有没有找到什么线索?"

"这里不是案发现场,凶手将受害人取下脸皮后,才挂到这,能找到的线索少之又少。"一名警员回答着。

"这是什么?"陶灵指着门框上的一根毫不起眼的发丝问。

"那根应该是受害人的头发。"一名痕检员一边说,一边准备用镊子将发丝取下。

"等一下。"陶灵向前制止那名痕检员的举动,继续道:"你看,发丝的粗细度、颜色和受害人的极为相似,但是这根头发,应该不是受害人的。受害人的发质接触过烫染剂,所以发质比较燥,而这根发质柔顺,很明显没有做过烫染。"陶灵仔细观察着自己用镊子夹下来的头发丝。

痕检员忍不住投来佩服的眼光看了看陶灵,又害怕被陶灵责骂,立刻小声说:"陶队,我……"

"新来的?以后做事认真点。"陶灵一边说,一边从口袋里拿出一块口香糖放进嘴里有滋有味地嚼着。一旁的几名痕检员纷纷讶异地看着陶灵。

只见,陶灵一边嚼口香糖,一边仔细观察着那张"人皮面具",

然后，从石文轩的寝室搬出一张椅子，速度灵敏地站上椅子拿蓝光手电筒仔细照着门框顶部的横梁，并没有发现任何痕迹。

　　而就在陶灵从椅子上下来的过程中，陶灵发现在石文轩的"面具"的右耳后方纹了几个大写的英文字母：VIII、XX。

　　"咦？这个纹身？高雨燕的耳朵后边也有。"蓝鹿向前道。

　　"我看看。"殷泽仔细翻看了一下"面具"的右耳后方，冷言道："嗯，是，高雨燕耳朵后面也有这样类似的纹身。哦，还有刚刚苏美莎的那张'面具'耳朵后面也有。"

　　"照片，照片，拿照片给我看看，快！"陶灵看着电鼠说。

　　陶灵仔细看着相机里的照片，还有蓝鹿手机里高雨燕的'面具'的照片，不禁自问："高雨燕耳朵后面是：VIII、VIII、V；苏美莎的右耳后方是：IX、V；石文轩的是：XVI、XX……·这是凶手留下来的记号？所以，案件不一定是情杀？这些是罗马数字？"

　　"嗯，有分开间距，是罗马数字。"殷泽肯定地说。

　　"换成阿拉伯数字是：8、8、5、9、5、16、20，这些是什么意思？凶手是想告诉我们什么？"陶灵用笔在本子上写着。

　　一个个疑问接踵而来地在陶灵的脑袋里浮现，而整个案件似乎都在将一起情杀案推向到一起无规则随机性的连环杀人案中来……

# 7. 紧急会议

　　会议室里，陶灵正带着小组成员，对这两天发生的"人皮面具"案做着紧张的分析，玻璃板墙上贴着受害人的照片及疑点分析。

　　"从丝巾上提取到的精液与石文轩的 DNA 比对一致。还有，我在石文轩的指甲缝里找到了一些皮下组织，应该是和凶手反抗时抓下来的，不过，奇怪的是，在石文轩鼻腔内检查到有：氧化亚氮。凶手给石文轩进行吸入复合式全麻，对比高雨燕和苏美莎身上使用的剂量，很明显给石文轩的剂量刻意用多了，起码超过外科麻醉的 $2 \sim 4$ 倍量，所以石文轩在取皮之前就死了。"殷泽认真道。

　　"会不会因为作案现场出现意外状况，所以一时情急用多了剂量？比如石文轩中途醒来？"陶灵假设性提问。

　　"嗯，我觉得基本可以排除这个可能，因为高雨燕和苏美莎的剂量用的都是刚刚好，不可能到了石文轩身上就剂量突然加大那么多。"殷泽认真道："还有，我指的'刚刚好'是指，凶手故意把握一定的剂量，刚好让被害人能在死前'开心'，活生生，看着自己的整张脸皮被生揭下来，而且被害人还没有痛感。感觉凶手对这两个人恨之入骨，而对石文轩肯定是有特定喜爱，所以才会加大麻醉剂量。"殷泽认真地分析着。

　　"所以，凶手认识所有受害者，并且凶手喜欢石文轩。"陶灵肯定道。

"嗯，可以这么说。"殷泽继续道："还有一个很奇怪的地方，就是我发现凶手虽然切取表皮的技术很娴熟，但是我发现在每张'人皮面具'的表皮里层，都会留下无规律的不平整刀痕，像是凶手的手抖一样。"

"手抖？"陶灵凝眉道。

"嗯。"殷泽点头。

"对了，蓝鹿，你们那边下午去医院调查得怎么样？"陶灵提问。

"检验单是高雨燕的 B 超单，高雨燕在伊丽莎白妇科医院做的人流术，手术亲属签字栏是：石文轩。"蓝鹿汇报。

"这一家人真够乱的，所以说，高雨燕怀了石文轩的孩子？"胖熊道。

"只能是石文轩，因为应驰有无精症。"

"啊？无精症？那应景欣是谁的？"李扬惊讶地问。

"哎，应景欣的爸爸，目前身份不明。"电鼠继续道："不过有一点就能解释清楚，我发现苏美莎欠了不少高利贷，不过好像都是为了个给她爸爸治病，还有安顿她爸爸去养老院，而且苏美莎给她弟弟存了一笔 50 万的存款，我查了一下账目信息，转账给她的正是高雨燕，而应驰的无精症的检验单也是在苏美莎家里找到的，估计苏美莎是拿这个检验单威胁高雨燕，所以高雨燕分别多次转钱给苏美莎，总额共计 50 万。"电鼠推断着。

"监控方面有没有新收获？"陶灵提问。

"有！我根据殷法医推断的人皮脱离肉体的大概时间，又一次重新查看了监控录像，发现这三起案件中，有一个人都在摄像头里出现过。"电鼠一边说，一边将照片传输至投影仪，一张长相清纯的女孩子的照片出现在投影幕上。

"向穆晴？"蓝鹿和胖熊异口同声地说。

"油画里的画模！"陶灵提问。

"是的，向穆晴也是市美术学院大三的学生，都是于校长推荐给高雨燕做画模的，主要是想高雨燕有空教她们画画技巧。"蓝鹿继续道。

"为什么每个案发现场都有向穆晴？如果这个向穆晴是凶手，那她的动机是什么？为什么会在短短的两天里连杀3人？如果不是情杀，那又是什么原因迫使她这样做？"陶灵站在会议桌前皱眉道，"以向穆晴的身形来看，她根本无法独立杀人，还是杀3个人。"

"哦！陶队，我想起来了，昨天和蓝鹿问她的时候，隐约能听得出她好像很喜欢石文轩，而且话里还带有些醋意。"胖熊补充道。

"蓝鹿你把昨天问石文轩的经过再说一遍。"陶灵命令着。

"哦，好的。"蓝鹿详细重述着昨天问询的经过……

"等一下，你刚刚说，石文轩在10月12日陪高雨燕跟踪了应驰和苏美莎一天？"陶灵疑惑地问。

"嗯，是的。听石文轩说，高雨燕本来是要出差香港的，结果偶然间看到应驰和苏美莎举止亲密地走进商场，于是打电话叫石文轩陪她……直到晚上8点多左右，高雨燕才回的家，而石文轩见高雨燕一直没接电话，不放心她，于是悄悄过来高雨燕家看看情况，刚好被他看见应驰在打高雨燕，打得血流得到处都是，石文轩在窗户那里听见应驰说高雨燕死了，想要悄悄处理尸体，所以给吓跑了……"

"所以应驰家里那个木栏杆的鞋印应该是这个向穆晴留下的，不过向穆晴的出现到底是跟踪？还是趁机毁尸？"陶灵问。

"向穆晴不符合凶手的最主要特征，她不会用手术刀。这个向穆晴还是学生，学的也不是医学专业，虽然她可能有作案动机，但是她没这个作案能力。"殷泽肯定地推断。

"我觉得向穆晴更像一个意外闯入的目击者，可是她为什么不愿说实情呢？"蓝鹿说。

"她在保护一个人。"陶灵肯定地说。

"石文轩？"李扬问。

"对，她在保护石文轩，因为她作为一个暗恋者，跟踪石文轩绝对不敢靠太近，而当她看到石文轩慌张而逃时，肯定是好奇屋内发生了什么事，结果看到了躺在血泊里的高雨燕。误以为石文轩是凶手，所以才保护石文轩。"陶灵肯定地说。

"暗恋者？为什么是暗恋者？"李扬突然问。

"你看她的穿着，还有拍照时的眼神，低头悄悄看石文轩，然后习惯性右手掐住左手手腕，代表这个人极度地不自信，所以她根本不敢表白。"陶灵耐心地说。

突然，陶灵大声道："现在最重要的就是找到向穆晴，问清楚当晚到底发生了什么。如果不是情杀，那向穆晴现在肯定很危险！电鼠，立刻定位向穆晴的位置，蓝鹿马上联系校方，务必想办法找到她！"

"那这些罗马数字背后的意义到底是什么呢？"李扬认真思索着。

"而且为什么只有高雨燕的耳后是 3 个罗马数字？其他人的都是两个数字，换成阿拉伯数字是：885，这 885 代表什么？"

李扬疑惑地转着烟盒。

"885？难道是代码？"胖熊试探性问。

"代码？你还黑客帝国呢，你以为拍大电影呢？"李扬反驳道。

而李扬和胖熊的聊天正好给了陶灵提示，陶灵立刻走到电鼠的电脑桌前，吩咐道："885可能是代码？电鼠，立刻查一下885会关联到的代码或者代表意义。"

"好嘞！给我三分钟！"电鼠自信地说。

"陶队，李局叫你去一下他办公室。"一位警员过来传话。

"嗯。知道了。"

咚咚咚……陶灵来到李局办公室门口，礼貌地敲门。

"进来。"

"李局，你找我。"

"这么大的案子都'高挂'出来了，我能不找你吗？短短两天，都'挂'了3张'人皮面具'了，你们特案组现在都是干嘛的？"李局板着脸看着陶灵，一脸愤怒地继续问："案子现在查得怎么样了？"

"我们已经找到另一个目击证人了，不过她很有可能是下一个受害者。"

"下一个受害者？可能是？陶灵，这模棱两可的态度不像是你办案的风格啊。"

"目前我们有的线索，只能足够解开我们之前高雨燕之死的所有疑惑，而现在我们能做的就是找到这个目击证人，从她身上找到突破口，或者引出凶手。"陶灵肯定地说。

"现在这个案子，外面的关注度非常高，网络的散播非常快，知道现在网上怎么评论我们这个城市吗？'画皮的根据地'！"李局气得满脸通红。

陶灵强忍着想笑的心情，默默地等着李局的继续批评。

"限时，限你们两天之内给我破案！不然，上头那边你亲自去送案件报告！做报告解说！"李局野蛮地说。

"不是，李局，这案子到现在都还没锁定嫌疑人呢，您要我两天破案，这不是明摆着故意刁难吗？"

"你陶灵还能被刁难吗？这不向来都是你刁难别人的份吗？你手底下那帮精兵强将都拿来干嘛的？当小虾米逗猫吗？"李局继续着野蛮的口吻。

"两天？我做不到！"

"做不到？你陶灵也会认输吗？你做不到？做不到那我就叫有能力的人来当你们特案组组长！我看那个韩东挺适合的！"李局故意激将着。因为李局非常清楚，陶灵自从三年前的事情之后，不知道为何就莫名地把韩东设为竞争对手，任何事情都和韩东死磕到底似的……

"两天就两天！"陶灵说完便转身朝门外走去。

"喂！把门带上！"

"没空！急着破案！"陶灵的声音在走廊里回荡着。

"呵呵，真是，还是那火爆脾气……"办公室里，李局正一脸奸计得逞地坏笑着。

回到特案组办公室，陶灵黑着脸坐在会议桌前，其他组员纷纷小心谨慎地低着头，电鼠像发现新大陆似的大喊："陶队，有发现！"

"说！别瞎喊！"

电鼠看了看在坐的其他人，立刻认真道："陶队，我找到885是什么了！其实是条形代码，而885代表的是泰国，就好像咱们中国是：690-692、中外合资是：693……"

"说重点！"陶灵命令道。

"哦。李扬，你看看你手里的烟盒，侧面是不是都有一个条形码？"电鼠提议。

"嗯，有啊。"李扬仔细地看着手里的烟盒。

"前面三个数字是690，对吧？"电鼠继续问。

"是啊。我也是刚刚偶然把弄烟盒时发现的，咱们国内所有的产品，前面三个数字代码都是690-692。于是将出现在三个受害人身上的罗马数字，根据被害时间按顺序写下来，刚好是：885951620，而以泰国的进口商品的条形码来比对，数字完全符合的一组条形码是，泰国这个牌子的香烟，后面应该还剩有3个数字。而凶手是按照罗马数字1-20之间来写的提示，接下来的罗马数字会是：VI、IX。"电鼠兴奋地说。

"上哪去找这个牌子的烟？如果这款烟哪都有卖，这样我们的搜查量就会很大的。"李扬无奈地说。

"我已经查过了，这个烟在我们城市目前只有3个大型进出口超市才有得卖。"电鼠继续说。

"很好，电鼠，继续顺着这条线索去查。"陶灵总算没一直黑着脸了。

"嗯。"

"还有，你们有没有发现？凶手作案时间是有规律的，都是选择在凌晨5点-7点间才将'面具'挂在受害人的门口，代表这个受害人白天肯定有正当工作。"殷泽提醒道。

"为什么是有工作而不是有缜密的作案计划呢？"蓝鹿不解地问。

"从她的取皮技巧可以看出娴熟度，虽然说会有不规则、不平整的刀痕，但是这个娴熟度绝对少不了每天的实操练习的，所以她一定是有工作的。而且，那么早去挂张'人皮面具'总得回家冲凉换衣服吧？"殷泽推断着。

"什么样的工作可以让她每天都能练习切皮？取皮？医生。如果是有正常工作，那么就像殷泽说的，凶手总该换衣服吧？我们正常上班时间都是早上 8 点 -9 点，要从作案现场返回住所，再从住所到上班的地方，那么凶手所住的位置就是围绕着三个受害人的居住点，辐射周边车程为半小时内的从医行业点。"陶灵推断着。

只见陶灵站在玻璃板前，用笔圈在地图上画了三个圈圈，而圈圈交集的区域里共有 2 家公立医院，3 家整形美容医院。

"电鼠，丢弃受害人的车子查到了吗？"

"查了，凶手的车是假牌子，然后根据监控录像发现，车子每次都是在这一带消失了。"电鼠用红外线在地图上指示着。

"在这一带？"陶灵看着地图琢磨着，"这个地方离这家美容整形医院比较近。"当陶灵将位置标出来之后，立刻引起李扬的注意。就是：思贝整形美容医院。

"陶队，应驰说过苏美莎之前在这家美容医院工作过，当时还是很出名的整容医生。"李扬指着地图说："凶手最有可能就是这个思贝整形美容医院的工作人员，那里最有可能成为第一案发现场。"李扬肯定地说着。

"我觉得下一个受害人应该不止一个人，你们看这张照片，共六个人，目前已经三个人死亡，其中应驰已经被我带回警局，暂时安全，那其他两个人的处境肯定非常危险！这凶手究竟和这五个人之间发生了什么事情？"陶灵疑惑地提问。

"陶队，不好了！刚刚校方那边的魏主任回电话，说从昨天我们走后，到现在一直联系不上向穆晴和金佳佳，两人的手机也一直关机，目前她们俩的家长正到处找人，我担心……"蓝鹿焦急地说。

"电鼠，定位好向穆晴和金佳佳最后的信号位置没有？顺便找一下刚刚圈出来区域里有没有近期废弃的医院或者工场，如果思贝整形美容医院不是第一案发现场，那么凶手为了方便就近取手术相关药物和器具，肯定会选在医院周边作案。"陶灵果断分析着。

"向穆晴和金佳佳的手机信号最后出现的地方是桑盛商业街附近的一家音乐餐吧，信号消失的时间是昨天晚上 11 点 20 分左右。"电鼠汇报着。

"哦，她们是去参加同学聚会了，向穆晴和金佳佳是同班同学。"蓝鹿补充道。

"嗯，蓝鹿、胖熊你们立刻去一趟向穆晴和金佳佳的家里，看看有没有什么线索，然后去找一下昨晚同学聚会的所有人，看看最后见到她们俩的是谁。电鼠，调一下她们聚会那家音乐餐吧周边的录像，找出嫌疑人。按照凶手的作案手法和速度，明天早上 7 点前如果找不出凶手，那么救她们出来的希望就更加渺茫。"陶灵邹着眉头说。

"是！"

"好的。"电鼠、蓝鹿、胖熊几人纷纷答应道。

"李扬咱们再去审一下应驰。"陶灵紧紧有条地吩咐完，便和李扬朝审讯室走去。

审讯室的灯一直亮着，而应驰却总是那句，"我真的不知道凶手是谁，我真的把知道的都说了。"

已然失去耐心的陶灵忍不住一把抓起应驰的衣领，怒吼道："你仔细看看这张照片，在哪拍的？什么时候拍的？"

"好像就是半个月前拍的吧，就在美术学院的小湖边拍的呀。"

"你老婆死了，苏美莎和石文轩也死了，目前这两个学生也失踪了，这张照片里的人都出事了，就剩你，你没死也没失踪，那只是因为你被我们带来警局了，你知道吗？要不干脆把你放了，说不定还能把取人脸皮的凶手给引出来！"陶灵指着应驰面前的那一堆照片，突然看到照片里的一个身影，好像曾经在哪见到过？在哪见过？陶灵在脑海里快速地回忆着……对，应驰家外面见到过她。

只见陶灵拿起高雨燕和石文轩的合照，然后指着高雨燕身后不远处的女人，大声问："她是谁？认识吗？"

"嗯……这是雨燕的美容师啊。"应驰如实说。

"她叫什么名字？"

"好像叫：江凤莲。"

"你知道她住哪吗？"

"不知道，不过有两次和雨燕一起开车送她回家，不过每次她都只让我们送她到桑盛街的街头就可以了。"

"她为人怎么样？"陶灵警惕地继续追问。

"她为人挺好的，听雨燕说她好几次申请想做整形医生，但是都被美容院的院长拒绝了。"

"为什么？"

"听说她有那个什么症，她总是会不受控制地头朝一边抽抽，有一次把客户的下巴给割伤了，所以那个院长一直不准她做整形医生，只让她做做美容。"

应驰的回答令陶灵回忆起殷泽刚刚提起的疑问，奇怪的是每张"人皮面具"的表皮里层都有不规则、不平整的手术刀痕，像是凶手手抖一样。于是问："抽动秽语综合症？"

"大概是吧。"

"被割伤的客户是你老婆？"陶灵继续试探性地问。

"不是。"

"所以还是没有凶手杀她们的动机。你仔细想想和这个江凤莲有关的，还有没有发生过什么大事？"

"大事？好像没有啊。"应驰低着头仔细回忆着，突然，抬头大声道："哦哦哦！我记起来了，好像是一个月前，听雨燕说，约了美莎和那几个美术生一起去商业街逛商场，然后，在一家进口超市，江凤莲偷了一条进口烟，估计是想偷给她爸爸抽的，后来新闻都闹得很大……"应驰回忆着。

"你那天不在现场？"

"不在，我那天刚好和客户在应酬，没有去。"

咚咚……电鼠焦急地敲门进来。

"陶队，查到了。"电鼠示意陶灵出来外面办公室。

"查到什么了？"

"陶队你看，这个是我在网络上找到的一些新闻。"电鼠将电脑显示器转向陶灵，立刻出现了多个网站的新闻页面，上面写着："美容师女儿"贼手"盗烟，父亲最终羞愧难当，自杀于家中""名校老师教女无方，沦落至怂恿弱智女儿盗烟，最终自杀于家中"……

"这个盗烟的是谁？名校老师又是谁？"陶灵问。

"高雨燕的美容师，江凤莲，她的嫌疑很大，一个月前江凤莲被人冤枉偷烟，结果他爸爸在学校被人四处议论指责，最后受不了就在家里上吊自杀了。而当天在沃加德进口超市现场的还有：高雨燕、苏美莎、石文轩、向穆晴四人。"电鼠指着网站上的视频说。

"冤枉？"陶灵疑惑地问。

"对，是冤枉，后来超市用视频证实了是另一人盗窃的香烟。"电鼠回应，"不过，当时现场的人都认为是江凤莲偷的，高雨燕几人还指证了江凤莲。"

嗡嗡……陶灵的手机响起，是蓝鹿打来的电话。

"喂，陶队，金佳佳回家，说是喝醉酒了，手机丢了，在男朋友家住了一晚，刚刚回到家的。"蓝鹿在手机那头说着。

"好的，我知道。"陶灵挂完电话，立刻大声道："金佳佳回家了，根据现在的线索，金佳佳也不可能成为凶手的下一个目标。江凤莲完全有作案动机和作案能力，而且她要杀的就是当天在场的最信任的朋友。快！立刻申请批捕，全城搜索这个叫江凤莲的人。"

"是！"

# 8. 批捕

10月的午夜，风已经开始感觉凉飕飕的，某个地下室里，一个女子披头散发地抽搐着头部，一下又一下地朝左抽搐着，暗淡发黄的灯光照在她诡异的脸上，几条新增的抓痕赤裸裸地爬在她脸上。

只见她，低着头，眼睛几乎要发白眼似的，微微朝上看着，木讷地转身诡异地冲一旁的黑影阴冷地笑着，一步一步地朝不远处的简易手术台走去。

手术台边，乱七八糟地摆满了满是鲜血的手术刀，只瞧见她不停自言自语地抽搐着说："要脸，要脸，不然就丢脸了……对，你说的对……呵呵……爸爸的面子，我得给爸爸把面子争回去……哈哈哈……面子，脸，有脸就有面子。"

"呜呜呜……呜呜……救命啊！你放开我……呜呜呜……不要，不要，啊啊啊……你要干嘛？"向穆晴吓得脸色苍白地喊着，接着她的嘴里被塞了布条，而这里又是废弃的医院，即使喊得再大声，也不会有人听得见的……

向穆晴泪流满面地看着一旁的手术刀，又看看四周，到处都是鲜血淋漓，连空气中都是恶心的血腥味，身旁披头散发的诡异女子，用手抓着脸上的抓痕，可能是太大力抓自己的脸，那几道伤痕被反复地抓破，血染红了她受伤的脸，机械性地抽搐着头，像是被鬼附身般……向穆晴哭得绝望……

"要脸……呵呵……脸。"江凤莲似乎完全沉浸在自己的仇恨中，不停重复着，然后，动作非常专业的，左手轻轻按压向穆晴的颈部，接着，拿起手术刀技巧娴熟地将向穆晴颈部的表皮划开。

"啊啊啊……呜呜……呜呜……"向穆晴疼得泪如倾盆大雨般直流而下，全身痛得发抖，脚也不停地颤抖着。

"不要动，动会划破脸的……不要动！不要动！叫你不要动！"江凤莲见向穆晴颈部的表皮被划破了一些，激动得突然大怒了起来，接连扇了向穆晴几巴掌后，恶狠狠道："再动，我就把你嘴缝上！"

就在江凤莲生气的那一瞬间，向穆晴偶然看清了对方的脸，不禁哭求道："江凤莲？凤……莲是你吗？不要这样……不要这样！"

听见向穆晴透过白布在喊着自己的名字，江凤莲稍稍停顿了一下，突然，像鬼魅一般，坐到向穆晴的身上，几乎快与向穆晴鼻尖碰鼻尖的距离，像鬼一般死死地瞪着向穆晴，然后大声问："为什么要冤枉我？为什么要冤枉我，说我偷了烟？你都没看到，你为什么要当着大家的面说我偷了烟！你们几个为什么不帮我解释？你们！你们害死了我爸，你还想和我抢石文轩……哈哈……所以，我把他杀了！"

被江凤莲的话吓得快晕过去的向穆晴强忍着颈部的疼痛，拼命地搓着脚踝，手也不停地扭动着，期盼能将绑自己的绳子给挣脱开来。

"呜呜呜……呜呜……对不起，对不起……"

"对不起有用吗？对不起我爸能活过来吗？你还抢我喜欢的人，石文轩是喜欢我的。哈哈……她们说你想给他生宝宝……

哈哈……不行，不行，你不能给他生宝宝！我觉得我应该先帮你做个小手术……哈哈……"

只瞧见，江凤莲诡异地笑着，用手抚摸着向穆晴的脸，然后慢慢下床，用手将向穆晴的裙子高高撩起，"哈哈，生宝宝的东西在这里面……哈哈……"

手术刀狠狠地割开了向穆晴的腹部，"呵呵……表皮已切开，接着是切开皮下组织。"江凤莲看着涌涌而出的鲜血，莫名地兴奋起来，只见她一边冲向穆晴阴冷地笑着，一边享受着向穆晴撕心裂肺的喊叫，然后像着了魔似的，在手术台上找着什么，"止血钳呢？开膜的刀片呢！啊！！啊！！"

眼看着江凤莲的情绪已经激动到不受控制了，就在她正准备拿另外的手术刀剖开向穆晴的皮下组织时，陶灵一行人刚好赶到现场。

"不许动！警察！"

很快江凤莲便被急速赶来的警察给控制住，胖熊和李扬一起帮已然昏迷的向穆晴解开手脚上的捆绑带。

胖熊刚好直对着向穆晴那半张被割开的颈部表皮，一条条细细小小的血管腥红地呈现在胖熊眼前，那些皮下组织随着半凝固的血块一起裸露在外，胖熊本想靠着色差反应来缓解自己的恶心感，于是侧头看着向穆晴的下身，结果一处更大开口的伤口血肉模糊地裸露在外，向穆晴腹部的皮下脂肪都一览无遗，鲜血还不断涌出，一时没坚持住，胖熊在现场吐得稀里哗啦……

"行啦，听说之前'人皮面具'你也吐，今天活人开膛破肚你又吐，等会请你吃份番茄炒蛋饭应该就没事啦。"李扬故意刺激着胖熊。

　　"你～呜哇……呜……"胖媳话都没说完，一想起番茄炒饭的的画面，不自觉地吐得更加厉害了。

　　"我看番茄炒蛋饭不错啊，总好过我请你吃麻婆豆腐啊！"蓝鹿也凑上来，拍着胖熊的肩膀，故意刺激道。

　　"行了，任务完成收队！我待会请大家吃宵夜，番茄炒蛋和麻婆豆腐都有！"陶灵一边朝门外走着，一边背对着胖熊几人酷酷地说着。

　　"你们～～真他妈～狗！"胖熊一边骂人，一边吐着黄胆汁……

　　夜幕下一群特案组的刑警们拖着疲惫的身子，在满是血腥的作案现场说说笑笑着……

　　身后一道黑影正悄悄注视着他们的方向，陶灵感觉一股冷风吹过，转身细看，并无人影。

　　翌日，陶灵和李扬在审讯室里，审问着江凤莲。

　　"说说吧，说说你的作案过程。"陶灵命令道。

　　"她们都该死！她们害死我爸！"江凤莲表情狰狞，答非所问地说。

　　"所以你就要把她们一个个都杀掉？"李扬不解地问。

　　"是的，她们必须死，都得死！因为他们害死了我爸！"

　　"你爸的死你觉得你就没有责任吗？受到无端的误会，你可以想办法去澄清，同时要安抚和开导好你爸爸的情绪，而不是和他冷战！"陶灵大声说着。

　　"我爸觉得脸皮重要，面子重要，她们害死我爸，我就要让她们知道脸皮的重要性！他说了，只要把面具做好了，我爸就会原谅我了。"江凤莲不停地重复说着。

"他说的？谁？谁说的？"陶灵疑惑地问。

"呵呵，我给她们吸食'开心纸'，让她们享受自己的脸皮掉了的滋味，他说过，只要这样这些害死我爸的人才会知道错。"江凤莲抽搐的头部，恶狠狠地说着她的作案过程……

"你口中的他到底是谁？"陶灵不放弃的问。

"他？我的救世主，是他解救了我的内心，他是我的救世主，他就是救世主！哈哈哈……"

"李局，我觉得江凤莲的这个案子背后还有很多疑点，她口中的那个他到底是谁我们都还没查出来，不能就这样结案了啊。"陶灵反对道。

"不能结案？那你说要什么时候才能结案？凶手、凶器、证据、杀人动机都摆在眼前，你要我先别结案？要不我这个局长你来当行不行啊？"李局生气地说着。

"我没那个意思，李局。可是，我的直觉告诉我，一定还有个真正的幕后凶手还没被抓住。"陶灵不肯放弃地继续道。

"直觉！陶灵，做警察任何事情都是要讲证据的，你当了这么多年警察，现在跟我在这里讲直觉，难道我得在报告里写上，直觉告诉我还有一个幕后真凶在逃吗？"李局气得直拍桌子道。

"我……"

"不用再说了，你要是觉得还有凶手没抓住，那就拿出证据出来，不要再跟我说什么直觉！"李局很是不悦地瞟了一眼陶灵，然后命令道："对了，你和韩东负责奔王的那个案子，明天就要收网行动了，你一定要配合好他，不要又一个人跑去单打独斗！你要知道，你是个女警，不是女土匪，你看平日里那些被你逮回来的小偷、猥亵男，都被你打成什么样了！"李局一想起陶灵平日里野蛮霸道的举动，便无奈地摇头。

　　"嗯，知道了，我会注意的。不过，明天的行动，凭什么我要配合他？我一个人行动惯了。"陶灵很不情愿地说。而脑海里却在回忆三年前那次失败的行动,脑海里满是熊熊的烈火，记忆里满是：号码，其中一个号码是从警局打出去的……

　　"总之，明天的行动，一切听从韩东的组织计划！先出去吧！"李局严肃地强调着。

# 第二章 收网行动

# 1.SA·KYABAR

喧闹的城市里，总有那么一个幽暗的角落能独自吞噬黑夜的寂静，这间 SA·KYA 酒吧就像人间天堂般，晚晚夜莺高歌，灯红酒绿，人山人海。

性感的 DJ 和帅气的 MC 搭配默契地互相舞动着身子，调酒师在忽明忽暗的灯光下将五光十色的液体调入高脚杯中，一群妖娆的女子随着音乐的节奏在舞台上跳着撩人的舞蹈，挑逗的人心欲醉。

听着酒吧里的音乐，陶灵一如既往地嚼着心爱的口香糖，慢悠悠地走进酒吧，大好的独自行动的机会，依照陶灵的性子又怎么会乖乖听从韩东的行动安排呢。

野蛮地随手拽住一个服务生，低头冷冷问道："喂！奔王呢？我找奔王，他在哪？"

"你？找我大哥？有预约吗？"服务生以为又是奔王哥的某个女朋友。

"怎么？找他还需要预约？"陶灵很是不悦地四处张望。

"喂！行了，别东看西看了，我大哥没找你，那肯定就是你们已经玩完了咯，你再找他也没用，赶紧的！快回去吧，别拉着我，我还要忙呢！"服务生一脸嫌弃地大力将陶灵撞开，瞥了一眼全身上下一样名牌饰物都没有的陶灵，嫌弃道："就这样还想当我们奔王哥的女朋友？啧啧……"

见服务生态度如此不堪，陶灵很是不满地追上前，用力拍着服务生的肩膀："啧啧？你刚啧什么啧？还有，你刚刚撞到我了？道歉！"

"什么？你刚说什么？这里太吵了，我听不清！"服务生故意摆出一脸无辜的样子，左手搭在耳朵上做出酒吧声音太吵听不见的手势。

"我！要！你！跟我道歉！听明白没？"陶灵粗鲁地扯着服务生的衣领，大力将其头部压低，手指尖用力搓着服务生的额头，对着他耳朵一字一珠地大声说着。

"道歉？哼！我为什么要道歉？"服务生一副此地无银三百两的表情。

"为什么要道歉？要不你问问它，我让它来告诉你，为什么要道歉！"话一说完，陶灵便抢起拳头朝服务生的头部狠狠敲去。

条件反射式低头躲闪，最终弄得酒盘里的酒水全部摔烂在地板上，惹得一群酒客醉醺醺地骂骂嚷嚷、指指点点，服务生阴冷着脸蹲下身，随手捡起一个烂酒瓶，准备朝陶灵砸去。

陶灵敏捷地抬起右腿一个酷酷的下劈，死死地压住服务生的肩部，使他蹲在地上无法动弹，接着，俯身换左手按住服务生，右手利索地从口袋里拿出证件，一边将嚼在嘴里的口香糖吐在地上，一边用挑衅的眼神盯着那名不识相的服务生。

"怎么着？你这是想和我过过招？还是想叫多几个人和我比划比划？"

服务生一脸不服气地瞪大眼睛看着陶灵手里的证件，歇斯底里地不断扭动身躯挣扎着，眼睛还时不时地朝酒吧保安站岗的那边瞟。

"嘿呀！怎么？你还真想找人求救啊？"陶灵坏笑着看着服务生。

"警察，有什么了不起？我又没做坏事！"服务生气愤地嚷着。

"对，警察自然没什么了不起的，干我们警察这一行，横竖还都离不开一个臭字！臭警察嘛！"陶灵站起身拍了拍弄脏的双手，再整理了一下衣服，见服务生正缓缓站起身……

只见，陶灵猛然一个快速转身，修长的右腿高高踢过头顶，脚跟重重地压在服务生的肩膀上，形成一个完美的一字马，陶灵凑近脸蛋，指着服务生的鼻子道："小子！你知不知道！就你刚刚那行为，我现在就可以告你袭警！"陶灵嚣张地拉高嗓门吓唬道。

"啊……痛痛……"服务生双手托着陶灵的右小腿，表情痛苦地辩解道："你……你别想吓唬我，我可没做过袭警的事，反倒是你刚刚追着我打，还害得我把这些酒都打碎了，酒钱你看着怎么赔吧。"

陶灵收回美腿，用力地拍了下服务生的肩膀道："咦？有这回事吗？从头到尾我可都没打到你头吧？至于酒嘛，明明是你自己刚刚乱动乱扭才打碎的，我怎么就记得？明明是我好心扶你，而你刚刚还反倒大力撞我？这才是事实吧？要不你问问他们……"陶灵故意颠倒黑白地模仿着服务生撞自己的姿势，委屈地指着身旁的那群酒客们说着。

"你，你……"

"你……你什么你？"陶灵野蛮地用力崴着服务生的手指，威胁道："所以告你袭警那是绝对的！"陶灵的眼神里充满了肯定。

　　"你……保安，保安！"服务生痛苦地歪扭着身子，托着快被崴断的手指，朝保安求救着。可惜酒吧里的音乐声震耳欲聋，看着几米远的距离，保安根本听不见服务生的求救。

　　陶灵用手搭着服务生的肩膀，强行将其按蹲下来，故作好心地替服务生梳理着额前的头发，坏笑道："行了，省点力气，别叫保安了，叫了也没用，外面还有一群比我更厉害的伙计在等着呢。"陶灵看着有些惊慌的服务生，闷哼了一声，拍了拍服务生的肩膀示意最好醒目点配合工作。

　　服务生借机四处张望了一番，见酒吧门口确实有些异常的安静，这才慢慢老实听话起来。

　　"说吧，奔王在哪？你现在要是告诉我，我可以考虑不追究你袭警的事情。"陶灵一边帮服务生捡破碎的酒瓶，一边坏笑着检查莫须有不知从哪冒出来的黑色钱包，假装认真的劝导道："再说了，你也不亏啊，是不？要知道袭警的罪名可不轻哦！对不对啊？陆？展鸿？"

　　"呐！他在那边的VIP房。"服务生一脸认栽地微微低头指着右边角落的VIP房间，突然仿似回过神似的，惊讶地指着陶灵手里的钱包，质问道："咦？那……那个……不是我的钱包吗？"

　　"对啊，是你的，我刚刚捡到的。"

　　"什么捡到的，明明是你偷我的钱包……"陆展鸿欲言又止道。

　　"嘘～～对警察说话，可要注意你的措辞！"陶灵威胁的眼神，冷言道。

"是……是您捡的!"陆展鸿不情愿地说着。

"那个房间是吗?"陶灵转移话题问。

"嗯,那个房间里有个黄色卷发的就是我们大哥奔王了。"陆展鸿一脸不乐意地看着陶灵手里的钱包。

只见,陶灵轻轻拍了拍自己的胯部,扭了扭酸痛的脖子,然后将钱包丢给陆展鸿,双手悠然地钩在裤子口袋边,然后慢慢朝奔王那边走去。

小心地接住腾空抛来的钱包,撇着嘴将钱包塞回自己裤袋里,谨慎地说:"喂,这位美女警官,你可千万别说是我告诉你大哥的位置啊,不然他们会整死我的。"

陶灵安抚地拍了拍服务生的肩膀,酷酷地朝身后摆出一个OK 的手势,便径直朝酒吧的角落处走去。

VIP 房里一群性感少衣的美女扭动身子吐着烟圈,挑逗着身边酒醉的玩客们,陶灵将鸭舌帽压低,大步朝奔王的位置走去,选定了一个方位最正的座位,野蛮霸道地将旁边几个陪酒女郎给撞开,然后,悠哉悠哉地翘着二郎腿沉默不语地坐在沙发对面直勾勾地盯着奔王。

"哎呀,你谁啊?屁股是有多大啊?都撞疼我了。"

"就是,坐就坐嘛?那么大力撞干嘛?都撞疼我们了,奔王哥,你看看她……"几个陪酒小姐坐在一旁娇滴滴地看着奔王撒娇,一脸可怜地扭动着水蛇腰,黏在奔王身边责怪着陶灵。

"喂!你谁啊?"奔王叼着一只大大的雪茄,眯着眼睛仔细观察了一番对面这位野蛮霸道的女子,见陶灵一直默默地坐在对面盯着自己,奔王很是不爽地用脚踩在茶几上,一副屌炸天的样子问:"哎!哎……问你话呢!你谁啊?"

只见陶灵只字不答地用水汪汪的大眼睛瞪着奔王，然后，随意从茶几上的香烟里抽出一支香烟，冷冷地示意一旁的陪酒女郎为自己点烟，自顾自地大口抽着烟，浓浓的烟雾直直地吐向奔王。

一只酒瓶被奔王不小心推至茶几边缘慢慢滑落，陶灵敏捷地伸腿，脚尖轻轻往上一勾，酒瓶顺势弹起至半空，酷酷地起身在奔王面前华丽地一个转圈，头发轻抚过奔王的下巴，酒瓶在半空中被陶灵单手稳稳地接住，然后轻轻将酒瓶放在茶几中间。

一只脚踩在茶几上，微微弯腰俯身盯着沙发上的奔王，淡定地问："看你这嚣张的气焰，鼻孔都快朝天全开了，还有这几撮特别的黄卷毛，你就是奔王？"陶灵拽拽地微笑着，露出水汪汪的大眼睛，故意挑衅。

天知道，陶灵这出了名的火爆、野蛮脾气，哪个疑犯要是遇上她，那也只能说他是倒了十八辈子霉了，而全然不解状况的奔王却一脸兴奋地看着陶灵，以为自己是重了头奖，竟然有这么个美人投怀送抱……

"MD！你怎么说话的呢？我们大哥的名字也是你随便叫的！"一位马仔气焰嚣张地站出来指着陶灵吼着。

奔王像个笑面虎般，一脸兴趣满满地看着陶灵坏笑着，举手随意抖动了几下手指，那名马仔便实相地闭嘴退后了。

"有意思，对，我就是你口中的奔王，怎么了？美女？找你奔王哥哥有事吗？"奔王一边欣喜若狂地拍着手，一边上下打量着茶几对面的陶灵：深V领纯白色紧身T恤，黑色超短牛仔短裤，超低帮白色运动鞋显得那双美腿是那般修长迷人，迷得奔王都快流口水了。

"你够难找的啊！"陶灵语气嚣张地说着。

"哟！瞧这水汪汪的大眼睛，够迷人的啊！"奔王伸手想去摸摸陶灵的下巴，却被陶灵粗鲁地一把推开。

"撒开！注意点！"陶灵侧脸看着奔王呵斥着。而她却不知道自己的侧脸是有多吸引奔王，使得奔王都快感觉自己出现一见钟情的感觉了。

"哈哈哈……有意思，有性格，我喜欢……"奔王对眼前的陶灵充满了好奇和喜欢，忍不住与众兄弟调侃着陶灵。

"啧啧，兄弟们，瞧瞧，这股火药性格，这身材……好！很好！喂！这姐谁介绍来的？我喜欢！"虽然没人回答奔王的提问，但此时的奔王已经笑得眼睛都快眯成一条缝了。

"就是就是，奔王哥，就这位美女的长相，这身材，这长腿，在咱们酒吧，那估计得一群人抢着要啊，价钱肯定高……"一男子粗鲁地抱着身边的美女一阵疯狂地大力抚摸，而那眼睛就没在陶灵身上停过一秒钟，摆到明就是拍马屁拍马腿上了。

奔王嫌弃地看着刚刚说话的朋友，烦闷地说："得了吧你，一晚上眼睛就没离开过那小姐的胸部，还……还价钱高，高你大爷，玩你的妞去吧！"

"可不是嘛，把T恤换成吊带，再留一T字小底，哈哈哈，准把我们这儿的客人给迷得流鼻血。"奔王旁边一胖得像粽子的男子，色眯眯的端着酒杯，东摇西晃地起身坐到陶灵身边，双手不断贴着陶灵的腰身比划着。

话音未了，就听着那胖子凄惨的叫声……

"啊……哎呀，痛痛痛，轻点……哟吼……痛啊！得……

得……姑奶奶，姑奶奶！叫你姑奶奶了啊，快轻点，轻着点，手……手快断了。"胖子一脸痛苦的表情哀求着面若冰山的陶灵。

只见陶灵霸道地夺过那胖子手中的酒杯，愤然将酒朝他脸上泼去，再将那胖子肥嘟嘟的手腕一个反崴，加一个优美转身，坐在那胖子的身上。

"嘎吱……"一声清脆的骨头脱臼声响起。

"啊！痛啊！"那胖子脸色惨白地跪在地上惊声尖叫。

"你刚刚叫我什么？我没听见，叫大声点！"陶灵大力地拍打着那胖子的后脑勺，"快点，大声叫！"

"叫……叫叫叫，我叫，姑奶奶，姑奶奶……啊……痛啊……"

"哎！乖孙子！姑奶奶我看你这酒得好好醒醒了！"陶灵继续大力崴着那胖子已然脱臼的手腕。

"啊……痛……痛，求你了，姑奶奶，我酒醒了，醒了，真的。"

"酒醒了？孙子！现在你觉得你姑奶奶我在这里值多少钱啊？"陶灵冷眼瞟了一下那像猪叫的胖子，不屑地问着。

"啊？嗯……值1万？"胖子疼得脸抽搐道。

"嗯？"陶灵更加用力地崴着那个胖子的手，威胁地问。

"哦，不不不，姑奶奶您……无价！啊……痛……痛……轻点，轻点啊，断，手断了！"胖子心疼地看着被崴变形的手腕。

"放开他！TMD你谁啊？知不知道这是哪里啊？"几个奔王的马仔两眼发狠地大声恐吓着陶灵。

顺声一群奔王的打手蜂拥而上，将VIP房围得个水泄不通，个个虎视眈眈地想要将陶灵大卸八块。

陶灵将胖子一把推开，轻松自如地活动着关节，做好一挑几的准备。

奔王冷静地举手示意大家散开，然后，继续左拥右抱着身边的两位美女，略带挑衅地伸长舌头，慢慢地舔着其中一美女的下巴和嘴唇，奔王两眼色迷迷地斜眼盯着眼前那个来者不善的陶灵，吧唧吧唧的舌吻声音，弄得VIP房里各个拍手吆喝着。

"哟哦……哟吼……奔王哥……奔王哥……"吆喝声不断响起。

一阵撩人的激情过后，奔王默默起身拿起雪茄，在烟盒里粘了些蓝色粉末，一边点着雪茄，自信地举手示意大家安静和退后，一边故作挑逗似的，大口大口朝陶灵脸上吐着浓浓的雪茄烟雾。

雪茄的烟雾里隐约夹杂着一股淡淡的清香，似乎还带有着些许微甜的味道，令人忍不住想迎上去吸上几口雪茄过瘾。

陶灵莫名地一阵全身酥软，然后，张着嘴性感地冲奔王妩媚地笑着，奔王极具挑逗地用雪茄末端托起陶灵的下巴，又用高挺的鼻子贴紧陶灵的耳叶，缓缓地闻着陶灵头发间的香味，浓厚的雪茄烟雾扑鼻而来熏得陶灵仿佛有些享受地微闭着双眼，快被那股甜甜的烟味熏睡着的陶灵双手轻轻揉了一下眼睛。

透过指缝间隙仿佛见到一个酒瓶正朝自己头部砸过来，陶灵敏捷地侧身一闪，酒瓶啪啪啪地落在地上，陶灵迅速从茶几上抓起一个酒瓶朝前方砸去,酒瓶稳稳妥妥地砸在奔王的头上，鲜血一滴一滴地滴落着，接着快速地流出……

"TMD你是活腻了是吧！"奔王捂着流血的头部愤怒地指着陶灵骂道。

"照你的意思，你拿酒瓶砸我，我还得乖乖坐在这里被你砸不成？你当我……跟你一样傻啊？"陶灵回驳的话语间，显然有些酥软乏力。

啪～奔王气愤地一脚踢在陶灵的肚子上，向来身手敏捷的陶灵这次居然没能快速地避开攻击。

双手捂着肚子，表情难受地看了看 VIP 房里的打手人数，陶灵莫名地有些头晕眼花的感觉，头重脚轻地晃了晃脑袋，使劲地撑着快要塌下来的眼皮，模糊地看着房间里的人影一个个重叠在一块，陶灵心里非常地肯定是刚刚那雪茄的烟雾里有古怪。

"还愣着干嘛？都傻了吗？大哥都受伤了！还不给我打啊！"好不容易爬起身的胖子，托着脱臼的手腕呵斥道。

"慢着！大家都别动！别动！慢……慢……慢着！都别动！"奔王哆嗦着嗓音，双手小心地高举过头，小心谨慎地提醒道："美女……小心，小心啊，小心枪走火。"

原来就在那个胖子呵斥打手的时候，陶灵早已拔枪顶住奔王的头部了。"警察！不许动！"陶灵一边大声提醒着，一边在奔王的口袋里摸索着，最后在奔王的裤子口袋里找出一部手机。

房间里的人见陶灵持枪亮出警察的身份，一个个都变得畏畏缩缩，小心谨慎了起来。陪酒女郎和小姐们纷纷双手抱头，交头接耳地低喃着。

"奔王！现在怀疑你和一起刑事案件有关，请你跟我回警局一趟！其他人全部给我抱头蹲下！"陶灵一边示警，一边用枪指着奔王的头部命令道："快说！手机密码是多少！"

"哦……那个……7……00……820。"奔王颤颤巍巍地说着，双手不断地轻轻推着枪口，"美女……不……美女警官，这到底怎么回事啊？我可是好公民。"

"别唧唧歪歪，是不是好公民，证据说了算。"陶灵一边翻看着奔王的手机短信和通话记录，一边疲惫地撑着眼皮，全身无力地对着耳麦挑逗而又性感的语气说："李扬，你们都在外面磨叽什么呢？"

"陶队，你在哪呢？准备行动了。"

"才准备行动？也太磨叽了吧，鱼……我都网住了，你们可以……进来收网了！"陶灵的声音听起来是那样的毫无力气。

"什么！！陶队？你已经到里面了？不是……你声音怎么回事？"李扬担心地问。

"没……事，就是有点累，全身有点软。"陶灵无力地说着。

就在陶灵和李扬说话的时候，奔王和身边的马仔们，心怀鬼胎地互相使着眼色，仿佛都看穿了陶灵的全身乏力似的，都在精明地等一个时机。

"陶灵？你？你怎么了？"耳麦那头传来李扬浑厚的声音。

"我没事，你快带队进来……"

一个阴险的眼神正透过门缝观察着陶灵，然后蹑手蹑脚地拿起一个酒瓶，眼神示意房里的所有人不要出声……

啪……

突然，一只酒瓶狠狠地砸向陶灵的头部，鲜血快速地直流出来，低头间，鲜血染在白色的T恤上，仿佛绽开的桃花般，陶灵回头看的时候隐约看到一都熟悉的身影从服务生的身后穿过，努力寻找着那道身影的位置，不料头上流下来的鲜血染红了眼睛，遮住了视线，那道身影就这样消失在房间里……

　　"大哥，快跑！"陆展鸿猛然在身后袭击陶灵，趁陶灵正低头捂着后脑勺时，立刻扑上去死死地抓住陶灵的双手，一边用酒瓶多次砸击陶灵的头部，一边企图去抢夺手枪。

　　两人在 VIP 房里发起一阵疯狂的纠缠与争抢，房里的其他人见势纷纷惊慌地抱头躲闪着那随时可能会发生走火的枪口。

　　叭……

　　一声尖锐的枪声响起，子弹飞速从其中一位陪酒女郎的脖子侧方穿过，划破了陪酒女郎颈部的大动脉血管，鲜血喷溅而出。

　　陶灵惊讶地检查了一下自己的手枪，恍惚间那个熟悉的身影又一次出现，然后快速地从 VIP 房门口溜出去。本想奋力向前去追，可没想到陆展鸿一直死命地缠着自己不放。

　　而就在中枪的陪酒女郎倒地的一瞬间，陆展鸿也惊讶地看着那个受伤的陪酒女郎，眼神里透露出害怕和慌张。

　　眼看着 VIP 房里的小姐们一个个尖叫着破门而出，酒吧大厅早已被刚刚那刺耳的枪声，惊得人潮涌乱了，四处都是女孩子们的喊叫声，人潮推倒桌椅的声音，玻璃碎裂的声音，整个酒吧瞬间乱成了一锅粥，陶灵担心接下来的踩踏事件会让受伤的陪酒女郎伤势更重……

　　见此状，陶灵根本顾不得被陆展鸿多次砸伤的头部，随意擦拭了一下耳后和面部的鲜血，左右手成交替状，反肘向后摆拳，招招都直击在陆展鸿的颈部。

　　陶灵快速将陆展鸿打晕铐在吧台处，便朝中枪的陪酒女郎身边走去。

　　"别害怕，没事，只是擦破点皮，出了些血，别怕。"陶灵用手按压住那位陪酒女郎的颈部，善意地继续撒谎安抚道：

"别怕，来跟着我，深呼吸、对深呼吸，别怕，救护车很快就到了。"

鲜血不受控制地喷溅而出，陪酒女郎的眼神开始涣散游离，并出现肌体缺氧，脸色发白，呼吸急促等各种失血过多现象……

陶灵冷静地按着耳麦大声吼道："李扬！你们这队到底在干什么？是爬过来的吗？妈的，韩东呢？快点，现场有工作人员受伤，快叫医护人员进来！快点！"

"好，马上。"耳麦那头快速回应着。

陶灵见陪酒女郎已经呈现呼吸无力状态，又一次对着耳麦大声命令道："快点，伤者快休克了！"

许是酒吧里灯光一闪一闪，加速了陶灵的嗜睡感，陶灵一边大力锤着沉重的脑袋，一边按压着陪酒女郎的伤口，双眼迷离地寻找奔王的身影。

"警察！警察！不许动！所有人双手举高排队靠墙站好！"胖熊带着一群警员及时进入酒吧，压制住酒吧里慌乱的场面，"快点！所有人都给我站好咯，身份证，你，你，都把身份证拿出来。"胖熊大声命令着。

见胖熊等人带队进入酒吧，陶灵轻轻让陪酒女郎平躺在地板上，右手继续替陪酒女郎按住颈部动脉处，"胖熊，这边！李扬呢？"

突然，几张椅子横空朝陶灵这边直飞过来，奔王趁人群混乱之时，接连砸了好几张椅子，陶灵敏捷地不断侧身低头闪躲，吃力地拖拽着已然休克的陪酒女郎奋力侧滚至另一旁，右腿大力将另一张椅子踢开，成功避开了两张飞扑而来的椅子，陶灵顺势抓起一张椅子朝奔王反击过去，椅子重重地砸在奔王的后脑勺。

心有不甘的奔王，揉了揉出血的后脑勺，张大嘴恶狠狠地继续朝陶灵扔了几张椅子过去。

而就在危机关头之际，陶灵突然又是一阵头昏眼花，两眼迷离地用右手继续替陪酒女郎按住伤口，本想起身躲闪横空飞来的椅子，却突然全身酥软无力，瘫坐在地上……

千钧一发之际，陶灵为了保护已经休克的陪酒女郎，只能用自己的身体替伤员挡住椅子的砸击。

哐～

一张椅子狠狠地砸在陶灵的肩部……

哐～哐～

又是两张椅子砸在陶灵的腰上，陶灵皱眉抿嘴强忍着椅子的砸击带来的疼痛，见伤者安然无事，才敢稍微松了口气。

"噗嗤……"陶灵难受地吐了一大口鲜血……

而这时，又是一张椅子，直直地朝陶灵头部飞过来……

铛……咚嚓……

椅子被及时赶来的李扬一脚踢开，接着一把将趴在地上用身体保护伤员的陶灵给拽起身，质疑地问道："喂！怎么回事？晚上没吃饭吗？平时打我不是很能打的吗？今晚怎么几张椅子就搞定你啦？"

"行了，别说了，快……那个就是奔王，我这里还……"陶灵两眼无神地看着被自己用椅子砸伤的奔王，嘴里碎碎念地不停在说："凡……我看到凡……"还没来得及说清楚，陶灵便已全身酥软昏迷不醒了。

"陶灵！陶灵！醒醒！"李扬担心地摇晃着昏迷不醒的陶

灵。

"这什么情况？陶队这可是第一次在现场昏迷？"胖熊疑惑地问。

"先别问了，快，那个就是奔王，先抓住他。"李扬焦急地指着奔王的背影提醒道。

"就这家伙？也不难对付啊，三下五除二就撂趴了，可陶队今天是怎么回事？这不像她的风格啊？"胖熊一脸怀疑地拽着被自己轻而易举给制服的奔王，鄙视地看着眼前这一头黄卷毛的奔王，一脸不爽地大力一拳抡向奔王的头顶，叽叽喳喳地继续道："我怎么就越瞧你，越想揍你呢？就你这怂货能把陶队整晕？不可能啊，对不？"

"我哪知道啊？不过看她这脸色？估计是生病了吧？再说，你看看这后脑勺的伤，少不了又得缝上几针咯。"李扬心疼地看着陶灵苍白的脸，小心地替她按压着还在流血的后脑勺。

"是吗？"胖熊还是不敢相信地看着昏迷的陶灵。

"行了，网收好了，就赶紧走吧，嘀咕那么多干嘛？"李扬没好气地指着吧台处："喂！熊，那边还铐了一个呢，你先把奔王和他押去车上，那边还有一个酒吧工作人员受伤了。"李扬担忧地看着已经进入休克的陪酒小姐。

"哦，好嘞，那你看着点，这酒吧里的小混混皮着呢，小心点。"胖熊一边拖着被打晕的陆展鸿，任凭陆展鸿被变成纯天然的拖把，一边押着奔王，不放心地回头提醒着李扬。

酒吧门口一群围观的路人，指指点点、叽叽喳喳地看着一个个酒吧工作人员铐着手铐被警察带上警车。

"看啊！有人受伤被抬出来了？天啊，那么多血。"一围观者指着担架上的陪酒女郎道。

"是啊，流那么多血，是仇杀吗？"

"估计死定了，这么晚才抬出来，血早流完了。"又一围观者说着。

"现在这些警察啊，每次都是出了大事才出现，打架之前没个影儿。"

"哟，你看那脖子的伤肯定是被人给割喉了，太残忍了！"

几个围观者，众说纷云地指着刚推上救护车的陪酒女郎，看热闹似的在一旁指指点点。

"别看了，没什么好看的，在酒吧喝醉酒了打架斗殴再正常不过了，都散了吧。"蓝鹿一边拉着警界线，一边将围观的群众驱离开，见其中一名群众一直神情凝重地一直盯着陪酒女郎看着。

"怎么？你们认识？"蓝鹿警惕地问着。

"没，不，不认识。"那名男子支支吾吾地说着。

"行了，都回去吧，别看了。"蓝鹿一边劝说着看热闹的群众，一边留心观察着那名奇怪的男子。

只见那男子手机突然震动，微弱的手机屏光，透过裤子口袋一闪一闪着。不过，他自己显然是被口袋里手机的震动声给吓到，表情惊慌地快速离开现场，拿出手机，"East，是你？你怎么……"

由于那名男子越走越远，蓝鹿只能隐约听见那男子对着手机叫了声"East。"接着就听见那人跟电话里头叽叽喳喳地吵了起来。

蓝鹿看着那男子急匆匆的背影，心想着肯定又是个喝醉酒的酒客，只不过醉得没那么厉害罢了。

奔王双手被铐着手铐，慢悠悠走出酒吧，见不少群众在对面马路围观，故意挑衅地冲着胖熊大笑道："哈哈哈……阿sir那位美女是你们队长？"

胖熊不屑地白了一眼奔王，懒得理会他的八卦问题，顺手将身后的"拖把"陆展鸿甩给刚进来的同僚。

"估计她得睡上一天一宿咯！"奔王一边抬起被铐的双手擦拭着脸上的血滴，一边幸灾乐祸地故意挑衅胖熊说："你不知道吧，你们队长那身材可真够辣的，身手也够狠，吸了迷香还能打翻我们一群人，厉害，特别是那身材，那长腿……玩起来一定……"

"什么？迷香？"胖熊瞪大眼睛看着奔王，"TMD，你再说一遍试试！"被激怒的胖熊，毫不顾忌地对着奔王一阵拳打脚踢，"对执法人员下迷药，嫌命长你告诉我啊！"

"行了，别打了，你想打死他吗？"酒吧门口维持警戒的蓝鹿见奔王快被胖熊打得动弹不得了，立刻向前一把将胖熊推至墙边，大声制止他的冲动行为。

"你知道他对陶队使了什么下三滥的手段吗？"胖熊愤怒地朝奔王的脸上又挥去一记重拳，"给我记着！"

"噗嗤……"奔王一脸贱样的冲着胖熊吐着血水，委屈地对着街边围观的群众大喊着："警察打人了！快看啊，警察打人咯！警察还恐吓我！"

胖熊对奔王的无赖行为实在忍无可忍，抡起拳头，转身再次想揍奔王王时，却被及时赶来的蓝鹿极力制止了。

"行了，很多人看着呢，再说，陶队不也没事嘛，奔王是我们这案子的重要嫌疑人，你现在这样……"蓝鹿的话没来得及讲完，便被接下来发生的事情给惊呆了。

叭……叭叭……

几声尖锐的枪声突然响起……

"啊啊……啊……救命啊……"围观的人群被突如其来的枪袭，吓得落荒而逃。

随着刺耳的几声枪响，子弹直直地打在奔王的胸前，惯性地身体一阵左右摇晃，奔王口吐鲜血重重倒地，在胖熊和蓝鹿眼前，当场身亡。

李扬听见枪声响起，立刻快速地抱着陶灵从酒吧里走了出来，小心翼翼地将陶灵侧靠在警车旁边，见一黑影飞快地窜进酒吧后门的小巷子，李扬大声提醒道："他在那边！站住！"

胖熊随着李扬指的方向看去，兴许是凶手逃得太快，胖熊完全没看见任何凶手的踪影，只见李扬大声吩咐道："蓝鹿，快疏散人群，保护好现场！胖熊，帮忙看好陶队。"说完，李扬便朝小巷追去。

黑暗的巷子里，两道长长的身影交缠搏斗着，李扬敏捷地将戴口罩的黑衣男子的手枪踢飞至旁边的垃圾堆里，举枪提醒道："再动我就开枪了！"

铛铛……

黑衣男子随意抓起一个大垃圾桶朝李扬丢去，趁李扬闪躲之际，一个腾空踢腿，李扬的手枪也被踢进旁边的垃圾堆里。

嗖嗖……嗖……

黑衣男子熟练的挥舞着瑞士军刀，刀刀狠准地割在李扬的手臂上，逼得李扬频频后退，短短的几十秒，李扬的手臂上已有六七处深长的刀口。

背紧紧地贴着墙壁，李扬大口喘息着，轻瞥了一眼手臂上的伤，李扬双手一前一后地做好格斗准备。仿佛在身后摸到一块铁片，抓起铁片奋力朝黑衣男子飞去，铁片成抛物线由下往上飞去，黑衣男子的右手腕和右眼角下方被铁片重重地割伤。

连连退后了好几步，只见那黑衣男子训练有素地一个匍匐翻滚，敏捷地朝手枪被踢开的方向扑去……

叭……

一声尖锐的枪响，李扬条件反射地护头蹲下，黑衣男子也趁机逃离……

"干嘛呢？还不快去追凶手啊！"胖熊呵斥道。

原来正在那黑衣男子准备朝李扬开枪之际，胖熊正巧赶到，及时制止了黑衣男子枪杀李扬的举动，而那一声枪响正是胖熊朝黑衣男子开的，只是不巧的是被黑衣男子成功躲开了子弹。

"咚咚……铛铛……"远处某个拐角传来一阵东西被推倒的声音，黑衣男子就这样在那么多警察面前将活生生的奔王杀掉，最后还逃跑了……

远远看着长而空荡的街头后巷，胖熊气愤地发着牢骚："好不容易抓到奔王，居然死了！还是在我们眼前被凶手枪击了！我去！！"胖熊懊恼地踢着后巷的墙壁，"线索全断了！"

"不是，你过来这边干嘛？那陶灵呢？"李扬突然问道。

"什么是我过来这边干嘛？要不是我及时赶过来，就刚刚那情形，你小命早没了，哎……可惜的是让那孙子给跑了，估计又得写报告挨批咯。"胖熊很窝火为什么自己不能亲手抓住那个开枪的凶手。

"我问你陶灵呢？"李扬根本就不担心什么挨批和写报告的事情，只是生气地看着胖熊问。

"哦……那个，让蓝鹿看着呢，不是？你谢都不说一个，还反倒……"

吱吱……滋嘣……砰……

突然，一阵长长的急刹车声和撞车的声音从酒吧正门处传来。

"不好，陶灵有危险！"李扬担心地朝酒吧正门狂跑过去。

"你这也太紧张了吧，蓝鹿在那，还有咱那么多同事在那。"胖熊一边快速地跑着，一边安慰着李扬。

两人气喘吁吁地刚跑到酒吧正门附近，老远便瞧见蓝鹿带着一群人在韩东的警车外面喊着："韩队！韩队！"

"蓝鹿！什么情况？"李扬和胖熊不约而同地问着。

"哦，韩队的车翻了。"蓝鹿小心地扶着从车里爬出来的韩东。

"韩队。"

"韩队，您没事吧？这车？"李扬关心地问。

"刚看见那人从后巷跑出来想开车逃跑，见他眼角、手上有伤，又蒙着脸，本想开车去追他，不料他竟然快速掉转车头想往反方向逃跑，结果就被我给撞上了。"韩东揉着额头，弯腰解释道。

"韩队，那……"李扬听完韩东的一番话，本来想继续问些什么的，不料被蓝鹿给打断了，结果自己一时忘记了自己刚刚想要问的是什么内容。

"不是这样的，韩队那叫英勇，我们都看见了，韩队是不想放跑那个人，所以不要命地加速硬撞上去！一个字！佩服！"蓝鹿倾佩地说。

"你那是两个字！"胖熊给了蓝鹿一记白眼。

"就是一个字！"蓝鹿争执着。

"行了，先把人带回局里问话吧，蓝鹿你负责把车上那个人带回局里，不过，一定要小心那人，他很狡猾，很危险的。"韩东指着那部和自己相撞的越野车。

"不行！还是这样吧，胖熊，你和蓝鹿两人押他回局里吧。其他人控制好现场，电鼠立刻联系法医及痕检科，带几个人把监控录像调出来。"韩东经验老道地吩咐道。

"是！"蓝鹿和胖熊应声道。

"李扬，你陪着去一趟医院，把陶队安顿好。"韩东看了看李扬手臂上的伤，担心地说："顺便把你自己手上的伤也处理一下，一小时？一小时后赶回局里差不多吧？"韩东看着手表问道。

"好的，够，时间够，我一定准时赶到局里。"李扬许诺着。

"那就分头行动吧，所有人做好现场工作，一小时后开会！"韩东说完便扭着脖子，揉着腰朝酒吧门口走去。

蓝鹿和胖熊慢慢走近凶手的越野车，见黑衣男子已然昏迷，除了头部被撞伤，其他似乎并无大的伤势，两人努力将撞变形的车门拉开，然后小心地将黑衣男子从车里拖拽出来。

"喂，你看看，这韩队的车都撞翻成那样了，看他的伤也不轻呢，不用去医院看看？"蓝鹿指着酒吧门口正在认真寻找线索的韩东，关心地问。

"韩队在局里那可是出了名的工作狂，每次受伤都是回局里叫医务室的人随便包扎一下就可以了，真正的硬汉！勇士！"胖熊佩服地说着。

"确实，韩队刚刚真的太酷了。"蓝鹿一边点头称赞，一边将黑衣男子的口罩扯下，然后又仔细留意了一下黑衣男子的手臂，"咦？不是……胖熊，刚刚？"蓝鹿若有所思地对着胖熊嘀咕了几句，努力在回忆着什么，心里总觉得有哪里不对劲，可是一时之间又说不上来是哪不对劲。

胖熊见蓝鹿嘟囔了几句，又没有了下文，便认真吩咐道："喂！你先看着这孙子，等我一下，我去把车开过来。"

"嗯，好的，你去吧，就一昏迷的犯人，我搞得定。"蓝鹿玩笑道。

胖熊不放心地将黑衣男子的双手铐上手铐，慢慢朝酒吧正门的停车格走去，而内心却莫名地在回忆着刚刚韩东所说的每一句话……

"嗯，好的，你去吧。"蓝鹿像个调皮的孩子般，轻松地挥着手。

车子就停在酒吧的正门口，胖熊好奇地拉长脖子偷瞄着酒吧里面的动静，只见韩东的声音从里面传来，"还看，还不快点把嫌疑人押回警局！"

"是！马上！"胖熊一溜烟地窜进车里，快速朝蓝鹿驶去。

二人顺利将黑衣男子抬上警车，蓝鹿看着满脸疑云的胖熊问："喂，在看什么呢？开车要看前面，你总看他干嘛呀？"

"没呢，就看看他伤得重不重，别还没回到警局审讯，人就没命了。"

"放心吧,我刚刚检查过了,只是晕了,死不了!快走吧,领导们还在局里等着开会呢。"蓝鹿忍不住也回头看后排昏迷的嫌疑人,不禁发起牢骚,"咦?你说怎么这些坏人命都那么大呢?这样撞都撞不死他?切~真是天没眼!"

"有点专业度行吗?他要是真死了,咱们韩队可就麻烦了,万一这个嫌疑人并非凶手呢?"胖熊反驳道。

蓝鹿点头沉思了一会儿,"嗯,总觉得哪不对劲,可又说不上来。"

"怎么?又是你的第六感?"

"咦!别小瞧我们女人的第六感好吗?能这么快找到奔王是最大嫌疑人,不也是我的第六感吗?"蓝鹿神气地说着。

"得了吧你,瞧把你得意的!你那只是瞎猫碰见死耗子,运气好罢了!再说了,这奔王一死,咱们的线索可就又全断了。"

"是是是!怎么就不见你捡个'死耗子'来瞧瞧?"蓝鹿不服气地回驳道。

"对了,刚刚韩队是怎么发现的嫌疑人?"胖熊突然转移话题。

"啊?这个?应该就是街头过来时发现的吧?"蓝鹿估计着。

"街头?街头到刚刚这家伙跑出来的位置好像有点距离啊?"胖熊疑惑地回忆着。

"嗯,应该有个十几米吧。"蓝鹿推测着。

"哦……是吗?十几米?"胖熊表情凝重地重复着。

"嗯……"蓝鹿轻声应着,趁机偷瞄了一眼胖熊的表情,试探性地问:"你是不是也觉得好像哪里不对劲啊?"

"嗯……"胖熊细心地回头仔细看了看昏迷的黑衣男子,

回忆道："这身形好像不像啊？不像能将李扬手臂割伤成那样的啊？而且，我记得？他身上好像也被李扬打伤了的？"胖熊一边开车，一边看着前方疑惑地自问着。

而就在胖熊和蓝鹿在疑惑哪里不对劲的时候，黑衣男子被反铐住的双手正悄悄地用手指在点算着时间……

哐……咚咚……啪……几声挣扎推动声响起。

只见那黑衣男子突然在后排用手铐反锁住蓝鹿的喉部，左脚用力朝胖熊的头部踢着。车子在公路上极速行驶着Z形，蓝鹿被勒得喘不过气时，趁机，反手朝后揪住黑衣男子的衣领朝前拉拽着，几番扭打中，黑衣男子的手腕被蓝鹿抓出了几道深深的伤痕。

黑衣男子狠狠地一记劈掌，蓝鹿瞬间晕倒在副驾驶，黑衣男子阴险地将副驾驶的车门打开，透过后视镜对着胖熊阴险地坏笑着，做出拜拜的手势，然后轻轻将晕倒的蓝鹿往车门外一推，蓝鹿惯性的朝车门外倒去……

"啊……不要……蓝鹿，快醒醒……"胖熊慢慢踩着刹车，左手把控着车头方向，右手反应极快地拽着蓝鹿软弱无力的左手，面红耳赤地喊着。

几辆快速行驶的轿车按着喇叭惊险地从蓝鹿的身体边快速开过。

公路上相向而行的大货车闪着刺眼的大灯，快速朝胖熊的警车方向开过来，黑衣男子冷笑了几声，毫不犹豫地推开后排的车门，跳下车滚地而逃，而就在胖熊回头看黑衣男子逃窜的方向时，只瞧见一辆黑色轿车迅速地载上黑衣男子朝另一条公路驶去……

嘟嘟……嘟嘟……

货车强烈的远光灯随着急促的车鸣提示声快速地朝警车撞过来，胖熊一脚踩死刹车，拉紧手刹，左手朝右打死方向盘……

吱吱……滋滋……

一阵刹车声过后，轮胎在路面上画出一道美丽的急转弯弧线，惊险一刻，胖熊的警车与货车的车头贴身而过……

砰！砰啪……

警车总算停了下来，撞在路边的小树上，灰黑色的烟雾从车头盖冒出来，胖熊吃力地将挂在车门外边昏迷不醒的蓝鹿拽上副驾驶座，然后，下车一瘸一瘸地扭了扭微微受伤的左腿，检查了一下警车的受损状况。

"又让他给跑了！"胖熊懊恼地锤着车头盖，拿手机拨着电话。

"韩队……喂？韩……"胖熊见韩东在手机那头一直不支声，便仔细检查手机，以为是不是手机刚刚在撞上树的时候被撞坏了，捂着耳朵大声问道："咦，怎么这么吵的？喂？韩队？韩队？你在开车吗？"胖熊见手机那头一直无人应答，正准备挂断电话，重新拨打一次。

正好手机那头传来韩东沉闷的声音："回到局里了？"

"韩队……"胖熊正想汇报刚刚所发生的事，还没等他开口就听见手机那头的韩东正命令道："直接到二楼大会议室。"

"不是，韩队，我们还没回到局里呢，就是刚刚那个……路上出了点状况……"胖熊懊恼地欲言又止。

"什么？"韩东似乎有种不好的预感。

"那个……那个人，也就是开枪杀奔王的凶手跑了，车开到半道那人跳车被同伙接上，所以让他给跑了……嗯……蓝鹿被他打晕了，人现在还没醒，我得把蓝鹿送去医院，再回局里。"胖熊硬着头皮继续汇报着，"还有，那个……我们开的车子也撞坏了。"

"废物！简直就是废物！两个人都看不住一个被我撞晕的凶手吗？"韩东在电话那头破口大骂道。

"不是，他当时是假装昏迷的……"

"行了，别解释了！回来写一份详细的 Report 给我，还有，你们两个一人写一份检讨给我。"韩东打断了胖熊的解释命令道。

看着手机屏幕自动黑屏后，胖熊招手打了一部的士，扶着蓝鹿坐车去往市中心医院，途中，胖熊双眉紧锁地回忆着自己和蓝鹿傻不拉几地把凶手从撞开花的车里拖拽出来，无形之中被凶手当傻子一样利用，还险些被凶手给要了命，气得胖熊真想一头撞死自己。

"啊！啊啊啊……"胖熊歇斯底里地在的士车里、跺脚怒吼着，吓得的士司机差点踩急刹车。

"不好意思，不好意思，姨丈来了！"安静的夜里，胖熊无奈地对司机道歉的声音不断回荡在漫长的公路上。

而接应黑衣男子的黑色轿车里，黑衣男子一边自己解开手铐，一边冷言道："他们好像发现了什么，如果不处理掉那两人肯定会坏我们大事。"

"发现了？"开车的黑衣男子，脸上带着大大口罩，鼻梁上挂着一副黑色眼镜，声音极其阴冷地问。

"是，刚刚听他们在说什么距离，什么伤势情况之类的。"

黑衣男子继续道："我晚点带人去把那两警察给处理了，不然肯定会坏我们事。"黑衣男子坚定地重复着。

"强仔，别轻举妄动，我们看一下那些警察接下来的举动。"开车的黑衣男子冷冷地制止着……

# 2. 会议

会议室里气氛异常安静，静到连绣花针掉在地板上都能清晰听见。

"谁来告诉我，这到底怎么一回事？晚上好端端地一个'收网行动'，简简单单抓一个奔王，居然能让无辜的酒吧工作人员受那么重的伤？还伤到我们局里两个队长、多名警员？我们栖洲市公安局的警察现在都是吃干饭的吗？"李局心疼地看着韩东和李扬身上的伤，气得连连拍桌子。

"不是……"李扬捂着手臂上的伤起身想说什么，却被李局制止了。

"韩东，你身为刑警支队的支队长，更是此次案件的专案组组长，直接和歹徒撞车的行为理智吗？难道以后咱们栖洲市公安局的警员们抓凶犯时都得学你一命博一命，同归于尽不成吗？幼稚！简直是幼稚至极！"李局拍着桌子，大声批评着韩东。

"李局，当时是情急所迫，不撞的话……"

"如此忽视自己的生命，市民还能放心地交给你去保护吗？照你这样说，你撞个车你还有理了不成！既然你的命那么不重要，那我是不是该治你一个故意损坏公共设施的罪啊？"李局怒指着韩东等人，"还有你们，陶灵那火爆性格你们不知道吗？怎么又让她一个人去打头阵了呢，你们就不会给两人在后面接应吗？堂堂一个刑警支队的副队长被嫌疑人下了迷药，还给迷晕打伤了，这传出去不得给人笑掉大牙！"

"那是他们手段太卑鄙，太坏了。还有，陶队什么时候进去的酒吧我们都不知道。"李扬据理力争道。

"卑鄙？？歹徒！凶手！疑犯！坏吗？坏吧！不是，你见过不卑鄙的坏人吗？不卑鄙会是坏人吗？"李局被李扬的话气得全身抖动起来，"还有，陶灵什么时候进去酒吧打乱行动计划的，你们都不知道，难怪凶手能在你们眼皮子底下把奔王给杀了！"

"那是因为……"李扬又想解释什么来着，却被韩东用眼神给制止了。

"奔王那么重要的嫌疑人，都已经被抓住了，为什么会出现突发事件？

还让嫌疑人当场被枪击了？更离谱的是，还能让开枪的凶手在你们眼皮子底下跑了！咱们局里每年培养那么多警察都是干嘛用的？都是饭桶！"

李局气得脸红脖子粗地站在会议桌前，继续批评道："知道这代表什么吗？代表我们局的警察侦破技术不够，自我保护力度不够，现场维护和布控能力都差得离谱，硬功夫也没到家！！"

李扬一想到陶灵还被迷晕在医院，压抑不住的怒火朝心口涌动着。

胖熊的脸上无尽的懊恼和自责，自责自己为什么两次让凶手逃脱了？更自责自己没能保护好自己喜欢的人：蓝鹿。

李局摇着头看了看所有参会人员，"韩东，你从头到尾给我说一遍，现场情况，以及你们布控的每个细节，告诉我到底怎么回事？"

　　韩东硬撑着因撞击而导致全身疼痛的身子，起身道："李局，是这样的，晚上10点半钟，我和陶队分两队负责带队去SA·KYA酒吧抓捕'掌柜人'奔王，一切都挺顺利的。但是在奔王成功被带出酒吧门口时，被一黑衣男子当场给枪击了，李扬是唯一一个与黑衣男子近身交手过的人，不过黑衣男子的脸和手腕都被李扬打伤了。当我发现黑衣男子时，正是他从李扬那边逃跑出来，准备开车逃离，所以我才开车把他的车撞翻了，最后，在胖熊和蓝鹿押解犯人回局里的路上，让那人给跑了……"

　　胖熊清了清嗓子本想起身问什么的，见李局的表情似乎越发凝重，胖熊又把话语给咽回去了。

　　"凶手有哪些明显特征？"李局听完事情原委，转头问向李扬。

　　"凶手，身高大约180cm以上，应该是退伍军人或曾经接受过特殊训练的人，格斗术非常专业，凶手右手手腕和右眼角下方有伤。"李扬一边回忆，一边看着韩东，"呐，就有点像韩队脸上这个位置的伤一样，不过凶手的伤是被我用铁片割伤的，韩队的伤是撞车后被玻璃刮蹭导致的。"

　　李扬起身走近韩东，轻轻抬起韩东的右手道："对了，凶手的右手手腕这个位置也被我用铁片割伤了，和韩队这个伤的位置几乎一样。"

　　顿时，会议室里鸦雀无声，胖熊坐在一旁为李扬大捏了一把汗。

　　会议室在坐的所有人，都傻眼似的看着李扬，半响才反应过来的李扬连忙尴尬地解释："哎呀，那个，不是，我只是打个比方瞎比划比划，并不是说凶手是韩队啊，大家别误会啊。

那个……韩队，不好意思，我真没别的意思。"李扬的笑容是那么的尴尬。

"没事，没事。"韩东理解地笑了笑，"还有没有其他什么特征？"

"嗯……我想想。"李扬认真地回忆着，"啊，他用的格斗术和我们警校老师教的一样。"

"哎，你这不废话吗？哪个警校不都是教同一套格斗术招式的？"胖熊对李扬的话表示很无语。

"不是这个意思，哎……我这一时半会儿，也不知道怎么表达，等我好好想想，等我好好捋捋。"李扬认真地自言自语着。

"还有没有其他什么线索？"李局瞥了一眼李扬，摇头叹气追问着。

"到目前为止线索全部都断了。"韩东无奈地说着。

"哎！！"李局哎声长叹了口气道："陶灵、蓝鹿怎么样了？"

胖熊机警地站起身回复："刚刚医院那边来电话了，蓝鹿刚刚醒了，没什么大碍，休息一会儿就可以归队了。"

"那陶灵呢？"李局皱眉继续问着。

"医生说得留院观察一晚，陶队后脑勺有伤，缝了几针，背部和腰部因重物撞击也伤得不轻，加上又受迷药的影响，一直昏昏沉沉的，估计得明早才能完全清醒。"李扬汇报着陶灵的伤势，而脸上却露出担忧的表情。

突然好似想起什么，竖着手指大声道："对了，李局，陶队手上估计有奔王的一些线索，她昏迷前一直对我说什么来着，"好像是？凡？还是犯，哎，当时现场太乱太吵了，听不大清楚。"

李扬懊恼地回忆着。

"嗯,李扬,那你待会继续去医院守着,记得随时告诉我陶灵在医院的恢复情况,其他人加班加点,继续重新寻找线索,王静,你带着痕检科那边做好现场的二次勘察,看看有没有有用的线索和证物。"李局耐心地吩咐着。

"是。"李扬回应道。

"明白。"王静相继回应着。

"对了,现场受伤的群众是酒吧的工作人员?谁负责受伤群众的善后工作?目前伤势怎么样了?"李局担心地问道。

"哦,是我在负责。"胖熊起身回应着。

"情况如何?"

"伤者目前还在抢救室,不过主刀医生说,由于在现场失血过多,加上过量喝酒,导致酒精引起的血管扩张加速,救下来的希望比较小,具体得看她造化了。"胖熊惋惜地汇报着。

李局点燃了一支老牌香烟,深深地吸了一大口,双眉紧锁地问道:"有没有对伤者做基本调查?联系到她父母没有?"

"嗯,都调查了。"胖熊点头肯定地回答,并拿出记录好的本子,继续汇报:"伤者:SA·KYA 酒吧的陪酒女郎,工作的外号叫:coco,22 岁,栖洲市荫美女子大学,大二的在校生,真名叫:季小青。蓝鹿一醒来,就在医院那边联系季小青的父母了,不过季小青的父母都是在工厂打工的底层工人,现在正从开发区那边赶过来,估计医药费会是他们即将面临的另一大困难。"

"哎~多关心一下季小青的情况,医药费方面,到时再想想办法。"李局若有所思地说着。

"好的，其实……"胖熊欲言又止。

"其实什么？有什么就继续说！"李局生气的命令道。

"是！"胖熊严肃地应声道："其实可以和院方申请医疗援助或减免医药费，这样对季小青的家里也是有帮助的。"

李局点头示意同意，"行吧，先照这样办吧……那个，李扬，你记得随时跟我汇报陶灵的情况，其他人继续做好本职工作，今天的会议就先到这里吧。"李局说完便转身离开会议室，走到门口突然回头问韩东，"韩东啊，你这伤要不要请假休息几天？"

"不用，这点小伤，没事的。"韩东肯定地笑着说。

"那好吧，如果需要休息告诉我一声，对了……"李局转身指着胖熊，"胖熊，你和蓝鹿各写一份检讨给我，要深刻一点的。"

胖熊一脸懊恼地说："啊……哦，好的，一定深刻检讨。"

"都散了吧，回去休息吧。"李局叹气离开办公室。

午夜的城市还是会有那么几小时会陷入深深的沉寂，一名男子在警局附近的小道上慢慢地走着，左手熟练地转动着指尖陀螺……

嗡……嗡……嗡……沉闷的手机震动声响起。

"那边情况怎么样？人还活着？"那名男子停下脚步对着手机那头问着，背影在小道上拉得长长的。

手机那头传来，"还没脱离生命危险，不过应该能救活下来。"

"东西拿到了吗？"男子看着指尖陀螺发出的光，冷冷地问着。

"都找过了，没找到，估计在另一人手上，不过恐怕不好接近。"

　　"没事，24 小时看好她，一旦醒过来，立刻解决掉，记住！只有死人才不会透露秘密，记得做干净点……"那个背影越行越远，笑声也越发显得阴冷。

　　"那另一个人呢？要不直接……"手机那头的声音被打断。

　　"不，等她醒，她身上可能有奔王的东西。"那名男子沉闷地吩咐着。

# 3. 不速之客

仰头看着冷冷的夜空，李扬站在警察局大院里，拉长身子扯着懒腰，凝眉紧促地看着沉寂的夜空发呆。胖熊突然从身后冒出来，大力地拍打着李扬的肩膀问："怎么了？还在担心你们家灵灵呢？"

"你说呢？"

"不用说，肯定是担心咯。"胖熊一副欠扁的样子调侃着。

"知道你还问？瞧你那欠样？"李扬烦死了眼前的胖熊，不乐意地问："哎，你待会去哪？直接回去休息？"

胖熊认真地回答道："走呗，一起去医院看看陶队，你刚在会议上不是说陶队头上缝针了吗？走！买点宵夜去看看她，十点半出的任务，这会都凌晨 2 点了，我一天一口水都没进肚呢。"

"她现在迷药还没完全醒呢，你买宵夜去干嘛？"李扬好奇的问着。

"买宵夜当然是咱们仨吃啊？"胖熊两眼瞪得大大的。

"我知道你买宵夜是拿来吃的，可陶灵这会儿还没醒，你还仨呢？怎么吃啊？"李扬无语的表情看着胖熊。

"又不是买给陶队吃的，蓝鹿醒了，正陪着陶队呢，要我带点宵夜过去，呐！你、我、蓝鹿，这不是仨吗？"胖熊认真地数着人数。

李扬抡起拳头朝胖熊挥去，胖熊速度极快地躲闪开，朝车子方向跑去，没几秒便已将车子发动好了。

"走呗，大不了你看你的陶灵，我和蓝鹿在一旁吃宵夜呗，快点，上车。"胖熊挥手道。

"你……哎呀，真的拿你这乐观派没辙！"李扬一脸佩服的表情看着胖熊，一边坐上车，一边严肃地解释道："拜托你别每天总说什么是我的陶灵，我的灵灵，她还没答应我的追求呢。"

"那是你怂，我要是你，怎么可能追一女的，追了三年都没追到？"胖熊嘲讽地调侃道。

"你不怂，你不也没追到蓝鹿吗？"李扬忧愁地看着窗外，"再说了，我和陶灵的事，跟你们不同。"

"行了，有什么不同的？不就是陶队还没忘记死去的凡队吗……"

胖熊简短的一句话，瞬间拉起李扬和胖熊伤感的回忆……

二人不禁回忆起三年前，由凡诚带队，和陶灵、韩东、胖熊等人一起负责的那宗重大跨国抓捕案件，也就是现在被局里归档为专案组的专案案例："猎尾行动"。

伤感的氛围以及当年案发现场凄惨的画面，如雾霾般笼罩在整个车内，安静的车里只能听见李扬和胖熊两人惋惜的哀叹声。

胖熊醒了醒发酸的鼻子，转头看了看副驾驶一脸愁容的李扬，故意岔开话题道："这还不简单，你热情点，主动点，再死皮赖脸地多约会几次不就好了？"

李扬沉默不语地擦拭了一下眼角，两眼放空地看着夜空。

"到了，下车吧，想吃什么？我一起打包。"胖熊提醒着。

"随便吧，你看着买吧，我懒得下车了。"李扬一脸的忧郁。

"哦，那我就随便买点吃的，汤喝不喝？"

李扬低头看着手机相册，不耐烦地挥手说："不喝。"，兴许是一时过于想念凡队，李扬突然更换了手机的屏保照片，照片里面有3年前负责案件的每个好搭档：凡诚、陶灵、韩东、胖熊、李扬、蓝鹿、电鼠……

在夜宵摊旁，静静地等了近半小时，李扬催促道："喂！好了没？怎么买个宵夜那么久的？"

"好了，好了，打包好了。"胖熊提着几袋吃的递上车，"呐，拿着，里面有汤，小心别洒了。"胖熊偷瞄了一眼李扬更换的手机屏保，不禁触景生情般，眼眶湿润了许久。

"知道了，快上车吧！"李扬又一次催促着。

"别催了，这离中心医院就1公里的距离，嗖一下就到了，别急。"胖熊的乐观派是与生俱来的，也正是李扬打心底里最羡慕的心态。

病房门口，蓝鹿小声地问道："死熊，买个宵夜怎么那么久啊？我都快饿死了。"蓝鹿一边接过大袋小袋的外卖，一边数落着胖熊。

"你到底属什么的？莫非你天生属猪？之前被人打晕的时候重得像头猪，现在一醒过来又饿得像头猪。"胖熊话里行间夹杂着宠爱。

"再说我是猪，就揍死你。"蓝鹿用膝盖踹着胖熊的臀部。

"对了，陶队怎么样了？"胖熊关心地问。

"打了点滴，这会儿估计就快醒了，不过清不清醒就不知道了。"蓝鹿、胖熊二人像是久别的新欢，坐在病床旁边的沙发上，互相推让着打趣。

"行了，别秀恩爱了，你啊，快开心地吃宵夜吧，吃完好开心地写深刻检讨。"李扬幸灾乐祸地故意拉高嗓门提醒着蓝鹿。

蓝鹿一脸困惑地看着胖熊。

"哎，别看我，这事赖你，不赖我。"胖熊耸了耸肩膀，"李局叫咱两各写一份深刻的检讨。"

蓝鹿才刚将美味的宵夜塞进嘴里，却又激动地将食物一股脑儿吐了出来，焦急地问："为什么？我……和你？写检讨？"

"哎呀……别我我我，你你你了，咱俩失职，让韩队冒死撞晕的凶手给逃跑了，就处罚咱俩写一份检讨，已经算运气好的了。"胖熊安慰道。

蓝鹿一边认可地点头，一边大口地吃着宵夜，"对了，你们还别说，这韩队真的好厉害，那么远都能认出那个人就是凶手，毫不犹豫地撞过去，简直是太帅气了。"

"那么远？有多远？"李扬突然一反常态地认真问道。

"哎呀，反正你们是没看到当时那场面，简直太震撼，太英勇了，咱们的韩队简直就是酷毙了！"蓝鹿只要一想起韩东冒死抓捕嫌疑人的画面，内心就热血沸腾起来。

"哟！这大老远就听见你们三个叽叽喳喳在里面嚷嚷，不怕吵到病人休息啊？"韩东站在门口笑着轻轻敲门。

"韩队好！"三人礼貌地起身给韩东让座。

"怎么着？聊什么聊得那么开心啊？"韩东弯腰按着受伤的位置慢慢坐下，见茶几上有宵夜，立刻笑着接过李扬递过来的筷子，直接开吃起来。

"当然是聊您今晚上的事情啊，您都不知道，您撞过去的那一下简直是太壮观，太英勇了，我下次也要试试。"蓝鹿放下筷子激动地说着。

胖熊从菜里夹起一颗花生豆丢向蓝鹿的额头，生气道："我看你是被那个凶手打傻了吧？"胖熊瞪大眼睛骂着蓝鹿，生怕这傻姑娘哪天真去这样一撞，那自己可就成单身狗了。

"嗯嗯，我看有可能。"韩东浅笑着故作认真地检查着蓝鹿脑袋，调侃道："说不定有点轻微的脑震荡呢。"

韩东简单的几句调侃，立刻引得四人大笑起来。

"韩队，我可是您的忠实粉丝，您居然还笑话我？"蓝鹿一脸的委屈。

"那可不，今晚我可是被李局狂批了一顿，你还说要学我？这可不好。"韩东谦虚地笑着。

"就是，就是，李局还说了，下次再这样，就治我们损坏公共设施之罪呢。"胖熊连忙接着韩东的话，回应着。

韩东一边点头赞同胖熊的说法，一边好奇地问："嗯，这蛋炒饭好吃，哪家宵夜档的？味道真不错。"

"哦，就在医院附近的老巷子街买的，老字号了，味道是不是特别正？"胖熊是人如其名，典型的吃货，一聊起吃的，嘴都停不下来。

咳咳咳……病床上的陶灵突然咳嗽了几声。

四人纷纷走进病床，见陶灵已经醒过来了，才露出安心的笑容。

"护士，护士，病人醒了。"蓝鹿站在病房门口通知着护士。

"陶灵，还好吗？有没有哪不舒服？"韩东关心地问着。

"嗯，没事了，韩队。"陶灵勉强地笑着，尴尬地看着一旁焦急如焚的李扬正关心地握着自己的手。

"你怎么会这么不小心？迷药是怎么中的？还有，那么危险的情况下，怎么可以用身体去护着那个陪酒小姐……"李扬叽叽喳喳地说了一堆问题。

"啊……手，抓得疼。"陶灵难受地扭动着被李扬握得死死的右手，"你一下子问那么多问题，我应该先回答你哪个好啊？"

韩东、胖熊、蓝鹿三人默默地退出病房，站在门外看着腻腻歪歪的李扬。

"你……哎，算了，算了，你没事就好了。"李扬心疼地看着陶灵头上被剃掉一小撮头发的伤口处，再看看额头上一块块淤青，一脸心疼地说："女孩子家家的，全身是伤，以后还怎么嫁人啊？"

"哟，这嫁人你还担心啊？咱们陶队不缺人追的啦。"蓝鹿在门口边吃东西，边起哄。

"就是就是，就是陶队嫁不出去关你什么事？"胖熊也接着蓝鹿的话，继续开心地调侃着李扬。

"哎，这个问题简单，反正我刚刚来医院的时候，已经跟李局申请了全队休息两天，你们俩刚好也可以趁这两天休息日，约个会，吃个饭，提前把这嫁不嫁得出去这个事，先预定预定，免得别人给抢了先，这样不就行了？"韩东也跟着凑热闹，笑着充当着大媒人，认认真真地建议着。

"好，这个好。"李扬开心地都快合不拢嘴了。

"对，约会。"胖熊蓝鹿二人开心地起哄。

李扬一脸期待地看着刚刚醒来的陶灵，"好不？明天休息一天，礼拜天咱俩一起吃个饭。"李扬突然脸色红润起来，故意撒娇道："顺便和我约个会，好不好？"

陶灵见韩队和几个搭档都在，不好意思让李扬下不了台，索性勉强答应道："好，那就后天一起吃饭吧。"

"你这是答应和我约会了？"李扬激动得都快哭了，"陶灵！我跟你说！你可不不能反悔哦，韩队可是咱们的媒人，还有胖熊和蓝鹿在这听着呢，可不能耍赖！"李扬开心地就差没将病床上的陶灵抱起来了。

"嗯，嗯嗯，答应了，答应了，拜托你别在那跳了，安静点。"陶灵受不了李扬这欣喜若狂的样子，低头不好意思地看着门口，然而眼神里却又流露出不经意的喜悦。

其实这三年里，陶灵早就被李扬的体贴入微和无微不至的宠爱给打动了，只是内心没有完全忘记凡诚，才一直没有接受李扬的爱。

"哎……陶灵，你也该答应了，三年了，这局里上上下下，可都看在眼里啊，李扬这家伙还是不错的，值得托付的。"韩东发自内心地夸赞着。

"对了，韩队，关于奔王的案子，我还有一些线索，但不确定当时是不是自己被迷药导致的。"陶灵揉着太阳穴，努力地回忆着。病房门口突然又是一抹熟悉的身影闪过，陶灵警惕地吩咐道："鹿，你去走廊看看刚刚谁从门口走过！快！

"哦，好的。"蓝鹿机警地快速跑出病房，在走廊四处查看了一番，大凌晨的，医院静得像个活死城一样，哪来的人走动啊，除了一个身穿黑色衣服的人在电梯口附近走着，提着一个水果篮走进前面的某个病房里。

"陶队，没人走过啊，就一个人刚刚从电梯出来，提着水果篮，估计是来看亲人的吧。"蓝鹿如实道。

陶灵细细揣摩着蓝鹿的话，不放心地问："穿什么衣服？黑色？"

"嗯，黑色的。"蓝鹿疑惑地看着陶灵，好奇地问："陶队，怎么了？"

"他进了哪间病房？"陶灵急切地追问。

"嗯？我看看。"蓝鹿认真地走出病房，看着陶灵的病房门牌号道："嗯，咱们这间是202，那往右就是203、204……哦！他去的是206病房。"蓝鹿站在走廊处肯定地回答着。

只见陶灵突然拔掉针头，鞋都没穿便往206病房跑去，韩东一行人好奇地立刻追上去。

"人呢？刚刚送水果篮的人呢？"陶灵指着病房里茶几上的水果篮问。

病床上的病人纷纷被陶灵吵醒，一个病人轻声道："不知道，刚刚就看见一个黑色衣服的人拎了个水果篮,放下转头就走了。"

陶灵焦急地跑进206病房的阳台，仔细看着楼下的情况，硕大的医院门口，空无一人，陶灵神情失落而又紧张地看着……

"陶灵，怎么了？"韩东走向前关心地问。

"是他，肯定是他，在酒吧我看到过他，刚刚我又……我又……"陶灵语无伦次地看着韩东。

"什么他？先不管他是谁，先回病房吧，你是迷药还没完全清醒，所以幻觉了。"韩东担心地拍着陶灵的肩膀，然后转头看着李扬，示意道："李扬，快点，先扶陶灵回病房。"

"各位，不好意思，我朋友不舒服，打扰大家休息了，不好意思，对不起啊。"韩东见李扬、胖熊和蓝鹿三人将陶灵送回病房，自己便留下来向 206 病房里的病人们诚恳地道歉着。

道完歉，韩东迅速回到陶灵的病房，关心地问："怎么样？好些没有？是不是迷药还没完全醒？还有，那个手流了很多血，得叫护士……"

刚好一位男医生带着一名护士小姐走进病房打断了韩东的说话。

"病人什么时候醒的？"护士小声地问着。

"大概十分钟前醒的吧。"蓝鹿看了看手表道："哦，刚刚针头不小心被扯出来了，一手的血在那。"

"嗯，行吧，那麻烦都出去一下吧，我们得给病人做检查，还有，这个点已经过了探视时间了，如果有陪护人员，留下陪护人员就行了。"护士小姐表情冷漠地赶着韩东、李扬一行人出去走廊。

"哦，好的，那我们在外面等。"韩东带着大家退出病房，三人笑嘻嘻地在走廊继续聊着李扬和陶灵的约会之事。

在病房门关上之际，李扬多留意了一眼那名护士的样子，不禁低喃道："咦？那护士是新来的？"

"怎么？你天天来医院泡护士小姐啊？"胖熊调侃道。

"说的什么跟什么啊？我指的是，她的着装打扮，你看她脸上的粉底扑的那么重，护士帽也没夹好，也不穿小白鞋，哪里像个护士啊……"李扬突然停住了说话，眼睛瞪得大大的警惕地看着胖熊和韩东，"不好！"

房内突然传来东西摔烂的声音……

"不好，医生和护士是假的。"韩东和李扬异口同声道。

猛然踹开病房门时，正好瞧见那名假护士拿起热水壶砸击陶灵后脑勺缝针的位置。

"啊……"陶灵表情痛苦地闷哼了一声，立刻奋不顾身地扑向前和那名假护士厮打在一块，显然陶灵的迷药还没完全清掉，很明显陶灵不是假护士的对手。

只瞧见陶灵一个过肩摔将那名假护士狠狠摔倒在地，然后，一记肘拳重重打在那名护士的头部，突然，一把瑞士军刀从假护士手里刺出，陶灵的手臂被割了一道不浅的伤口。

在陶灵与假护士厮打的同一时间里，韩东和李扬正双双出拳飞腿直击那名假医生的上身，李扬跨步向前一把抓住准备朝门口逃窜的男医生，用力一拧对方的手臂，再一击重拳打在对方的腹部；紧接着，韩东拿起凳子砸向那名假医生头部，鲜血立刻喷溅而出。

那名假医生敏锐地掏出一把匕首横空轻轻一划，霎时间，连同李扬的衣袖在内，立刻划出一道又长又深的口子，白肉绽开，鲜红的血液立刻从肉里渗出来……

见胖熊、蓝鹿二人纷纷跑进病房，那名假医生和护士，眼神互看了一眼，身上极其敏捷地跳窗逃跑了，二楼对于他们的身手来说确实矮得可怜。胖熊、蓝鹿紧跟着跳窗追出去，李扬顾不得手臂的伤口，担心地扶着陶灵，仔细地为她检查着伤口和头部缝针的位置。

韩东关心地问："陶灵那些是什么人？你认识吗？"

"不知道，估计是找错人了，一个劲地问我 coco 的东西在哪？"陶灵捂着手臂的伤口道。

"什么？ coco?"韩东、李扬异口同声地问道。

"怎么了？ coco 是谁？你们认识？"陶灵一脸的疑惑。

"coco 就是你拼死救下来的那个陪酒女郎。"胖熊提醒着。

"啊？那他们就不是找错人，而是有意冲我来的？"陶灵皱眉道，"有趣了，他们这样着急来找我要东西，代表这个coco 肯定知道些什么。所以，就算奔王这条线索断了，但咱们似乎又有新线索了。"陶灵非常地兴奋。

"别动，别动，头上缝针的线都裂开了，我去叫护士。"李扬命令着正处于兴奋中的陶灵，走到门口还不忘拜托韩东看着陶灵。

铃铃……韩东的手机响起。

"喂，胖熊，怎么样？人抓到了吗？"韩东问着。

"只抓到一个女的，让那男的给跑了。"胖熊的声音从手机那头传来。

"好，很好，你和蓝鹿先带她回局里，我随后就到。"韩东吩咐道。

陶灵听到韩东和胖熊的对话，工作狂的劲头立刻就来了，起身拿起外套就准备离开病房，结果被韩东果断制止住。

"喂！行了，行了，你看看你这一身的伤，头上的线也裂了，手上又割伤了，背上腰上也都是淤青，估计头上还得重新缝针，还有这手臂的伤也得处理，再说那个，李扬身上也有伤，你们俩还是好好休息两天，这审问犯人的事情，交给我。"韩东关心地嘱咐着陶灵，"怎么？还不相信我审问犯人的本事？"韩东笑着反问道。

"可是……韩队，我没事，这点小伤，我真没事。"陶灵极力反对着。

"不行，这是命令，命令你们好好休息两天，这两天不得参与案件的事情。你们现在要做的就是养好伤！"韩东强硬地命令着陶灵。

见李扬正好带着医生过来，连忙吩咐道："呐，李扬，你照顾好陶灵和自己！胖熊他们抓住了那个女的，我现在先回局里一趟，你们休息好，星期一准时回局里报道，加油，你懂的！"韩东坏笑着提醒李扬。

"遵命！一定好好加油！"李扬兴奋地回应着。

韩东背对着李扬挥手，其实韩东的内心非常清楚，再强悍的兵，都需要养精蓄锐，所以此时此刻，他宁可自己替这些孩子们多累一会儿，也不愿他们少休息一分钟。

# 第三章 隐约间

# 1. 审讯

一辆黑色的轿车停在废弃的汽修厂附近，一名黑衣男子正焦急地坐在车上，慌张地对着手机喊："怎么办？小微被抓了？"

"莽撞行事！谁让你们私自行动的！"手机那头传来沉闷的责备声。

"我们是想去拿回东西，谁知道……那现在该怎么办？得想办法把小微救出来才行啊！"黑衣男子焦急地说着。

"强仔！你还想把自己再搭进去吗？抓小微的是警察，你能怎么去救小微出来！"手机那头大声地呵斥着。

"可是小微她……小微打小心脏就不好，不行，我绝对不会让我妹在牢里度过的。"强仔一脸担心地看着车后视镜，眼睛布满了血丝，眼神里露出拼死一搏的表情。

"强仔！你冷静点，不要总是做事这么鲁莽，我会想办法救出小微的！"手机那头传来安抚的声音。

"我不管，两天，两天小微没出来，我就去警局抢人。"强仔坚定地说完便快速地将手机挂断。

强仔愤怒地按着车喇叭，发泄着内心焦虑的情绪。

而警局的审讯室里，胖熊和蓝鹿正坐在审讯桌前……

"咔……"

蓝鹿熟练地将桌上的台灯打开，强烈刺眼的灯光照在那名假护士的眼睛上，而那名假护士就是强仔口中的，小微。

"说，你叫什么名字？"蓝鹿大声问道。

"喷。"小微喷了一声，烦闷地歪着头躲避着强烈的灯光，眯着眼睛，假装休息的样子。

"啪！"胖熊不耐烦地大力拍着桌子道："喂！问你话呢？为什么来医院袭击陶队长？和你一起的人是谁？他叫什么名字？"

蓝鹿看了一眼已经耐心全无的胖熊，眼神示意不要对犯人发脾气，蓝鹿冷笑着看着眼前的假护士：小微。

"我知道，你可以选择不说话，不回答我们的问题。"蓝鹿突然起身走到小微身后，双手大力地拍在她的肩膀上，弯腰紧贴着她的耳朵，清晰地说："但是，也请你记得，就在大约两小时前，你和你的同伙袭击的人，那可是咱们栖洲市公安局刑侦大队的副队长，就凭这一点，即使你不说半字也不可能从这里走出去的。"

见小微挪动了一下坐得僵硬的臀部，耳朵隐约能听见那名假护士深深地咽了一口口水，蓝鹿微笑着继续对着假护士耳朵道："知道为什么走不出这道门吗？因为你袭警！哦，当然你一定会乐观地认为关个几个月，或者你的伙伴会想办法保你出去？我告诉你，更加不可能，因为袭警有分轻重，而就你刚刚在病房里拿重物那样砸她的头部，和割伤她的手臂，那可不止是简单的轻微伤了……"

小微的肩膀开始有些抖动，索性扭动肩膀甩开蓝鹿的双手，歪头瞥了一眼气势得意的蓝鹿，然后，轻咬着嘴唇皮，"噗嗤……"大力吐着口水。

"喂！你给我把态度端正点！"胖熊审问犯人除了凶，还是凶。

咚咚……

审讯室的门被敲响了，韩东正站在门口。

"审问得怎么样？她说了些什么？"韩东冷冷地看着审讯室里的小微。

蓝鹿无奈地看了看手表摇头道："什么都没问出来，这都两小时了，一句话都不肯说。"

"行吧，等我来审吧。"韩东示意和蓝鹿胖熊换班。

透过门上的玻璃格，蓝鹿看出了小微正愕然地朝门外看着，突然之间，连神情似乎也变得焦虑起来，灵光一闪，蓝鹿小声道："我有办法，韩队，给我五分钟，我有办法要她开口。"

韩东见蓝鹿信誓旦旦的眼神，便点头道："行吧，那你们先审着，我待会过来。"

"谢谢韩队。"蓝鹿开心地低头谢着韩东，然后迅速地转身回审讯室，在关门的那一刹那间，蓝鹿像变脸一样，脸色上的笑容立刻变成阴沉而又冷漠的表情。

蓝鹿一脸伤感而又愤怒看着胖熊，然后大力地将手上的记录本狠狠地砸在桌上。

"都两小时了，你不累我还累呢！懒得陪你耗时间，天都快亮了，你说不说话也都是板上钉钉的事。"蓝鹿故作生气地着看着胖熊。

"喂！待会你给她做立案材料吧！反正她袭警，在场那么多人看着呢，估计得关上个一两年了，具体量刑时间还是等陶队的验伤报告吧。"蓝鹿冲胖熊摆着手，怒视着审讯灯下的假护士。

完全被蒙在鼓里的胖熊疑惑地问道："现在就做立案材料？为什么？"

"我让你做立案材料，你就做啊！问那么多干嘛？"

"不是，你这样……"胖熊不解地看着蓝鹿。

"我这样？我哪样？她袭警打的是我们陶队，咱们局里对这样类似的事情，不都是可以直接依照事实吗？那还审问个屁啊？做好材料走人，我累了。"蓝鹿拿起笔朝小微身上丢去，故作气愤地看着胖熊。

"你……你……这样是不对的，你们这样和逼人认罪有什么区别？"小微见蓝鹿决定直接给她以袭警立案，再加上蓝鹿一副公报私仇的样子，立刻就开始慌神了，焦急地威胁道："我……我可以告你们的。"小微瞪大眼睛怒视着蓝鹿。

"告我们？哈哈……"蓝鹿突然走进小微身边，大笑着看着被铐在椅子上的假护士，举手指着审讯室里的监控器。

"告我？呐……看着！这儿，这是我的警员编号，我！叫蓝鹿，你去啊，告我去啊！这里是公安局，你当是你家啊？你袭警，你想怎么告我？"蓝鹿怒气冲冲地揪着小微的衣领，指着自己的警员编号，大声地吼着。

"你们没有问过我半句，我也没有认罪过，你们凭什么给我做立案材料？"小微激动地大吼着，眼神里露出来的是无比的惊慌。

"我们怎么没问？我们问了，你也回答了啊。"蓝鹿快速地反驳着。

"我没有回答！你们也没有问！"小微已经开始激动地喘气了。

"那我们在这个房间开灯关灯，等你快两个小时，你当我们进来陪你过家家玩闭目养神啊？我说了我们问过你了，你也答了，也承认了！"

"你没有问过我！我也没有承认过！"小微委屈地大吼着。

蓝鹿瞪大眼睛贴近小微的脸，大声回答："你有！"

"你问什么问题我回答你了？"假护士着急地问。

"我问你为什么把陶队打残疾了。"

"我什么时候把她打残疾了？我只是拿开水壶砸了几下她的脑袋，拿军刀割伤了她手臂，你，你们，这是公报私仇，你……"小微说到这才发现自己似乎中了蓝鹿的激怒法。

"噗嗤……"一大口口水吐在蓝鹿的裤子上，气愤地说道："卑鄙！"

蓝鹿拍了拍裤子，坏笑地看着小微，"好了，卑鄙这就对了，那咱们现在开始好好审问吧。"蓝鹿帅气地坐在审讯台前，膝盖稍微蹭了一下胖熊，示意审讯正式开始。

强烈的审讯灯再次直直地照着小微的眼睛。

"说吧，你叫什么名字？"胖熊伸了伸腰，问道。

小微仔细看了看审讯室的监控设备，每个角落的监视器都在有频率地闪着红灯旋转着，她心里知道这次不能拖延时间或者闭嘴不说了，脸上一副投降的表情道："我叫小微。"

"小微？全名呢？全名叫什么？今年多大？哪里人？住哪？"胖熊一个个问题仔细地问着……

咚咚……

韩东轻轻将审讯室门推开，礼貌地说道："继续，你们继续，我过来听听，听一下这袭击我们副队长的人到底是哪路神仙。"

韩东话中带刺地从一旁拖拽了一张椅子坐下,冷冷地看着小微,手慢慢地敲着审讯桌。

"嗯,你们继续,我听就好。"韩东示意继续审讯,不紧不慢地继续敲击着审讯桌。

"你去医院找陶灵是要拿什么?谁派你去的?"胖熊继续问道。

"拿我们公司的重要文件。"小微一边颤巍巍地盯着韩东的手指,缓缓道:"这位警官,有烟吗?我可以抽支烟吗?"

"问你话呢,怎么那么多名堂!"胖熊拍桌子道。

韩东笑着从口袋拿出香烟,一边用手指敲着烟盒,一边故意提醒道:

"女孩子抽烟不好的。"

"你管我啊?我喜欢抽烟啊,抽烟不觉得很性感吗?"小微一脸狐媚的样子看着韩东,然后娇滴滴地伸出手,示意韩东递烟给自己。

韩东随意从烟盒里抽出一支香烟递给小微,然后给小微点着烟,慢慢问道:"文件?是什么样的文件?"

"我们公司一份重要的文件。"小微深吸了口烟,将烟雾吐得老高老高,眼睛死死地盯着蓝鹿说:"那晚就只有陶灵见过我们奔王哥和coco,所以文件肯定在她手上。"

"瞎说!我们陶队拿你们文件干嘛?再说了,那天陶队……"

"嗯……哼……"韩东假装咳嗽示意胖熊讲话注意些,"什么样的文件?难道那份文件和奔王的死有关?"

"一个U盘,里面都是我们公司和客户的联系方式……"

小微欲言又止地咽了咽口水，挠了挠脖子道："我想喝水，可否倒杯水给我喝？温的。"小微又一次要求着。

"你……"蓝鹿也开始对这个小微没有耐心了。

韩东举手示意蓝鹿去倒杯温水给小微……

"呐！"蓝鹿很是不情愿地将倒来的水杯放在审讯桌上，只见，韩东微笑着将烟头搭在烟灰缸上，拍了拍手，拿起水杯递给小微，轻声道："快喝吧，喝完好好回答，别一下要这个一下要那个。"

"呵呵……"小微一脸不屑地看着韩东、蓝鹿和胖熊，"就你们这些臭警察？不过就是光明正大地杀人犯罢了。"

"你这话什么意思？"胖熊恼怒地看着小微。

小微眼神颤抖地看着韩东、胖熊和蓝鹿三人，扑朔迷离的眼神里吐露出怪异的气氛，语气冷冷地反问："什么意思？杀我们奔王哥的不就是你们警察吗？别装得多高风亮节，你们警察还不如我们……"

小微的话还没说完，突然，瞪大眼睛急促地喘着气，双脚也不停地蹬着地板，连脸上的青筋都冒出来了。

"小微，我跟你说，别在那给我装！这里是……"胖熊大声警告着。

"不好了，她是真的不舒服了，快点，叫救护车。"蓝鹿检查着小微的症状，焦急地看着韩东和胖熊……

匆忙地将嫌疑人小微送到市中心医院抢救，韩东、蓝鹿、胖熊三人焦急地在急救室门口等候着。

叮……急救室门外的灯亮了，门慢慢自动打开，急救的医生慢慢走出冷静地说："急性心肌梗塞，抢救无效，已经死了。"

胖熊恼火地踹着急救室的墙壁，"这都什么事！眼看着的一条新的线索！又断了！"

"急性心肌梗塞？医生，这好端端的怎么会突然急性心肌梗塞呢？"胖熊疑惑地问急救医生。

"急性都是属于突发现象，但也不排除她之前本来就有隐性的心脏问题，具体的就得您们去看看她的医疗档案了。"急救医生理智地建议着。

"韩队，要不叫法医过来接吧？我觉得没那么简单。"胖熊认真地提议，而韩东似乎正在思考着什么。

韩东看了看胖熊和蓝鹿，停顿了好一会儿才回答道："哦，没事，我已经通知了殷泽那边安排人员过来了。"韩东表情有些失落。

"韩队……"胖熊本想说点什么安抚一下韩东。

韩东突然好像想起什么似的，转头道："对了，胖熊，你们俩待会去一下痕检科那边，看看在SAKYA酒吧现场二次勘察，有没有找到什么新的线索或证物？还有，重新查看酒吧周边两公里范围内的监控录像，看看有没有什么新的发现，随时联系我。"

蓝鹿、胖熊看着韩东失落的背影，不禁心底自责起来，自责自己如果行动当晚没有让凶手逃跑就好……

坐在医院大堂等待法医那边的人员过来将小微的尸体接走，蓝鹿和胖熊莫名的懊恼和自责又一次缓缓涌上心头。

"为什么又断了？"医院的大堂里回荡着胖熊懊恼的话语……许久才拿起电话给陶灵拨打电话："陶队。"

"怎么了？审讯得怎么样？"手机那头，陶灵正担心地问。

"审讯是收获到一点点，不过……"胖熊欲言又止道。

"怎么了？不过什么？"陶灵预感不妙地问。

"也不知道是怎么了，一开始审问得好好的，结果那女的突然就心梗发作，刚刚医生确定抢救无效死亡，急性的。"胖熊坦诚地汇报道。

"怎么会这样呢？是被你们打了？还是你？？"陶灵提问。

"没有，哪有打她啊，那个小微脾气可真够倔的，在审讯室足足跟我们耗了两个多小时一个字都不肯说，还是后来韩队过来了，蓝鹿不知道哪里来的计策，一个激将法就逼得小微开口了。"胖熊回忆着。

"审出些什么？"陶灵追问。

"哦，小微说找你是为了拿他们公司的重要文件，说只有你接触过奔王和COCO，哦，COCO就是季小青，大学生，今年……"胖熊的话被陶灵果断地打断了。

"我知道季小青，刚刚李扬都告诉我了。对了，小微？被你们抓住的那个女的叫小微？那她说的文件是什么样的？"陶灵快速地问着。

"一个U盘，不过还没具体问，她抽烟没一会儿就死了。"胖熊汇报道。

"抽烟？"陶灵疑惑地问着。

"哦，韩队后来赶到审讯室了，那个倔牛小微就问韩队要烟抽，一下又说要喝水，名堂可多了……"胖熊发着牢骚。

"抽烟？喝水？"陶灵在手机那头自言自语着，突然又反问道："胖熊，那韩队有没有说交给法医尸检？"

"有，韩队通知了殷泽，呐！殷泽法医刚到医院这边。"

胖熊汇报着。

"胖熊！等等！你们现在在门诊楼是吗？"陶灵突然快速下床，焦急地推着输液杆走到窗户边。

"嗯，是啊，准备接上小微的尸体去法医科。"胖熊看着殷泽，大声喊道："殷法医，这边！"

"胖熊，你先在底下等会，叫殷泽接一下电话。"陶灵焦急道。

"哦，好的。"胖熊立刻将手机递给殷泽，"陶队找您。"

"是我殷泽。"殷泽在手机那头斯文地说着。

"殷泽，是我，待会尸检的时候记得着重检验一下死者鼻腔、口腔和胃里的食物成分，还有，晚点我送一些东西过你实验室，记得帮我加密加急检验和分析，好吗？"陶灵请求着。

"啊？你待会送过来？可，听说你受伤了。"殷泽担心地说着。

"可是有几样重要的物件我得赶去拿一下，放心，我会保护好自己的，晚点见，记得保密刚刚所说的内容。"陶灵说完便挂断电话，然后快速地将输液针头轻轻拔掉，见李扬还在洗手间，陶灵索性悄悄穿上外套，独自一人开车往警局方向驶去。

来到审讯室，陶灵顾不得病服还在外套里裹着，对着审讯室的警员严肃地问："凌晨3点左右胖熊他们审讯的房间是几号审讯室？"

"陶队早！胖熊他们早上在#3审讯室审讯疑犯。"一名警员汇报着。

"审讯室打扫了没有？"陶灵快速地继续问。

"还没有打扫！刚刚急匆匆地送疑犯去抢救，还没接到打扫通知。"那名警员继续汇报着。

"嗯，我进去看看，不要让任何人进来！"陶灵严肃地命令着。

"是！陶队！"

陶灵警惕仔细地慢慢走进审讯室，仔细观察着审讯室里四周的监控，蹲下身子，侧脸贴着地板，眯着眼睛检查着地板上的灰尘痕迹，一些烟灰落在地板上，在烟灰附近还有一支抽了一半的香烟，再看看审讯桌上另一支抽了一半的香烟和喝了一半的水杯……

陶灵迅速地戴上手套，悄悄地从衣服口袋里拿出证物袋，轻轻将审讯桌上的烟头和烟灰装进证物袋，然后蹲在地上将地板上的烟灰和烟头装进另一个证物袋，接着将桌上的水杯里的水倒入器皿中，再装入证物袋，如数放进衣服口袋，陶灵迅速地离开审讯室，回到警员身边，陶灵仔细打量了一下那名警员，故作回忆道："我记得，你是哪一年入警队来着？"

"哦，我去年进的警队，我叫……"警员大声回答着。

只见陶灵故意拉长脖子看了看那名警员的名字道，"樊……浩，咦？你去年入警队，怎么现在还在这个科室？怎么不想到一线？"

"想！只是一直没机会。"樊浩大声道。

"好，那给你一个任务，如果你能顺利完成任务，我就直招你进我的小组，如何？"陶灵鬼灵精地问着。

"好，谢谢陶队！"樊浩肯定地回复。

"嗯，很好，很好。呐，你这样，待会无论任何人过来这里，无论是谁问你审讯室的事情，你就说审讯室是你刚刚打扫过，垃圾都扔去后边垃圾桶了，能做到吗？"陶灵质疑地问。

樊浩疑惑地看着陶灵，不敢相信地问："啊？就这么简单？"

"当然……还有！"陶灵笑着继续道："还有，任何人问起，在胖熊他们带人去医院之后，有没有其他人来过审讯室，你全部都说没有人来过就行了，最后！任何人来问你关于审讯室的事情，你都得第一时间通知我！"陶灵认真地命令着。

"好！绝对完成任务！不过……"樊浩欲言又止地指着头上四周的监控摄像头道："那个……咋办？"

"放心，那个交给我处理，记住，这是你表现自己能力的时候，加油！我的专案组等着你！加油，啊……嘶嘶……"陶灵一边鼓励着樊浩，一边捂着手臂上的伤口，突然问道："有我电话吧？"

"没有，不过，内部通讯录上有。"樊浩老实地说着。

"不用那么麻烦，我告诉你就行了，手机给我。"陶灵笑着将自己手机号输入到樊浩的手机里，继续重复到："记得怎么回答，怎么说，绝对保密！我先走了。"

"保证完成任务。"樊浩振奋道。

陶灵几乎是最快的速度赶到法医科，见殷泽正在给小微做着尸检……

一具裸露的尸体，躺在冷冰冰的尸检台上，尸体的胸腔被精准地切开一个不大不小的口，殷泽的右手正深入尸体的胃囊里摸索着，自言自语地对着录像机说："初步鉴定，死者：肖微，死亡时间：凌晨5点至6点，死因：急性心肌梗塞，在死者的口腔发现有：一氧化碳、尼古丁和不明的刺激性烟雾残留质，具体是哪一类刺激物，得经过详细化验，死者的胃囊里并无其他致死残留物……法医殷泽2018年10月18日凌晨6点30分。"

见殷泽已经将第一阶段的尸检视频录完，陶灵才从门口蹿出个脑袋大声道："殷大法医，早上好，我给你送早餐来啦。"

"不会又是加了番茄酱的手抓饼啊？有没有加肉松和培根？"殷泽一边严肃地问着陶灵，一边再次将死者胃囊里的残留物取出小部分，仔细地闻了闻，认真道："胃液分泌速度够快，是香菜？还有羊肉渣？死者死前两个小时内应该吃的是：肉夹馍！"殷泽非常肯定地转身看着陶灵。

见陶灵手里拎着的早餐饭盒，殷泽自信道："看吧，果然被我猜对了，又是王姨家的手抓饼吧？陶灵……下次能不能不要加番茄酱？换个酱行不？"殷泽一边站在尸体旁边吃着早餐，一边问："咦，你不是说有东西要我化验分析吗？"

"嗯嗯……等会，先吃完早餐。"陶灵一边喝着豆浆，一边看着小微的尸体胸腔上大开的口子，好奇地问道："殷泽，她死前吃了什么你都闻得出来吗？要不要分析一下比较好？"

"肯定会详细分析啊，但是我们法医的鼻子都很灵的，而且望闻问诊，每个程序都少不了的，要不我拿出来一些教你怎么闻？"殷泽故意使坏地放下早餐，准备戴上手套去尸体的胃里拿出些残留物出来。

"喂喂喂！！！别别别！我还想天天吃嘛嘛香呢，这些技术我就不用学了，谢谢。"陶灵拿着早餐，躲得老远地继续道："呐，我先拿东西给你，帮我加急，老样子，弄好后咱们老地方见。"

陶灵将几袋证物从口袋里掏出来，提问道："殷泽，烟和水在什么情况会诱发急性心肌梗塞？"

"这样的情况太多了，有人为的，也有他因，但一般到了这里，基本上人为性质居多。"殷泽有些悲悯地摇头道。

"嗡嗡……嗡……"一阵闷闷的手机震动声响起。

"喂！你又去哪了？药水又没打完！"手机那头传来李扬无奈的声音。

"哦，我在殷泽这里，胖熊说刚刚抓到的那个女的在审讯室里突发心梗死了，我觉得好奇，所以过来殷泽这里看看。"陶灵认真地解释着。

"我管你好奇还是怀疑！总之，你现在需要做的就是养伤！消炎！回来打针！"李扬简直快被陶灵这个工作狂气死了，弄得陶灵将手机离得老远老远……

而殷泽却在一旁一边吃着早餐，一边挥手下着逐客令。

"哎……好啦好啦，我现在回医院路上了。"陶灵说完便跟殷泽挥手，示意先走了……

"好，快去医院打针啊，伤没好怎么抓坏人啊。"殷泽调侃地笑着。

"拜……"

"哦，差点忘了，还有这个，一起验一下皮脂等。"陶灵从衣服内袋找出一个证物袋，里面只有两根棉签。

"就这个？"殷泽好奇地问。

"嗯，就这个。"陶灵瞪大眼睛肯定道。

# 2. 取证物

一夜未合眼的胖熊，跑完医院就是痕检科，去完痕检科又是跑法医科，累得像条哈巴狗似的，快速赶到韩东的办公室门口。

"咚咚……咚……

"韩队，早上好，是我，胖熊。"胖熊礼貌地站在韩东办公室门口，虽然门没有关，但是出于礼貌和尊重，胖熊依然轻轻敲着韩东的办公室门。

"进来。"

"韩队，这是痕检科和物证科在现场找到的相关物件，违禁品是在几个陪酒女郎身上找到的，另外还有四颗子弹，A袋的这颗子弹是误伤到陪酒女季小青的那颗子弹，痕检员在酒吧包房的吸音墙里取出来的；B袋里的3颗子弹是奔王身上取出的；还有，这是在酒吧后门找到的64式手枪，粗略推断就是这把手枪杀死的奔王；另外就是现场附近的录像带，还有些有利的监控点还在寻找。"

"粗略推断？没做弹道比对吗？子弹也没与枪比对？"

"应该做了比对了吧？"胖熊不确定地说着。

"什么是应该做了，你去取证物的时候没问一下吗？"

胖熊发觉自己似乎遗漏了工作没做完，只能低头挨批。

"你待会去催一下痕检科那边，快点做好弹道比对。"韩东拍着桌子继续问道："对了，根据你们当天的描述，季小青是被陶灵的枪误伤的是吗？"韩东突然严肃地问着胖熊。

"啊？嗯，是这样描述的。"胖熊瞪大眼睛试探地问："韩队？您不会是怀疑陶队故意伤害季小青吧？"胖熊突然想起小微死前说的话，心底以为韩东是不是相信了小微的话，所以才这样问自己问题，控制不住道："不是，韩队，您不会真相信那个小微说的话了吧？那么明显的假话！"

韩东揉了揉受伤的腰部，举手示意胖熊冷静，然后耐心地解释道："我不是我怀疑你们陶队，而是这是例行公事，我们得拿她的手枪和子弹做比对，当然这样做也是为你们陶队好，也是维护你们陶队的声誉。"

胖熊摸着脑门想了想，鼓着勇气信誓旦旦地说："对，韩队您说的是对的，但是！我更相信我们陶队绝对不是小微说的那种人！绝对不是！"

韩队看着一脸自信的胖熊，又好气又好笑地说："行吧，你待会带物证科的同事一起去一趟医院那边吧，毕竟证物科的去取枪比较好些。顺便也跟陶灵解释一下，别产生不必要的误会。"韩东认真地吩咐着。

"哎……好嘞，我马上去。"

"喂！胖熊，你等等。"韩东突然叫住了胖熊，敲着手表继续道："看着时间，这会早餐，记得给陶灵和李扬买份早餐过去，还有，小微的死暂时别和陶灵、李扬说，他们俩受的伤比较多，让他们休息两天，这两天你和蓝鹿就辛苦点，找多些线索给你们陶队，这样破案也会事半功倍。"

胖熊愣愣的挠着后脑勺支支吾吾道："那个……已经告诉了。"

"你！"韩东实在拿这胖熊没辙，本来想好声骂他一顿的，可想着以案子为重，也就停住了心底的气愤。

"胖熊，还记得小微死前说的话吗？"韩东突然问道。

"啊？哪句？"

"她说只有陶灵见过奔王和coco拿了她要找的文件吗？而这个coco也就是被误伤的季小青，那么很有可能这个叫季小青的人会是我们另一条突破口，安排两名警员过去24小时保护好季小青，我担心她会有危险。"韩东老练地吩咐着。

"好，明白。"胖熊通知完证物科的人员，立刻飞速朝早餐店跑去。

时间掐得刚刚好，医生刚好查完房，胖熊带着物证科的一位同事，拎着两袋早餐站在病房门口笑道："铛铛铛……早餐到咯！"

"胖熊，这么早就过来了？不是说全队休息两天吗？"李扬笑着问。

"是啊，休息嘛，所以就过来看你们小两口咯。"

"什么小两口？别瞎说！"陶灵不好意思地接过早餐。

"陶队，别啊，别不好意思啊，关系都确定好了，明天晚饭约会也都定好了，您不会今天就耍赖吧？"胖熊一脸过来挑事的样子调侃着。

"啊？那可不行，说好不耍赖的，说好明天约会的。"李扬急地放下早餐，眼巴巴地看着陶灵。

"行了，知道了，不耍赖，明天约……你快吃你的早餐。"陶灵实在受不了李扬的扮萌装可爱了。

"对了，医生查完房怎么说？"胖熊关心地问。

"待会吃完早餐，拿好药，就可以出院啦。"李扬兴奋地说着。

"陶队的迷药都散了吗？还有昨晚那假护士下手那么重，确定今天陶队能出院？"胖熊质疑地看着陶灵和李扬手上包扎的纱布问。

"哎，可不是吗，遭罪，后脑勺那里的伤口撕裂，重新缝了针，然后手臂也缝针处理了，幸好没起炎症，所以我们俩都可以回家休息，然后每天换药就好了。"李扬心疼地看着陶灵身上的伤。

"哦，那就好，那就好。"胖熊傻笑着坐在一旁。

陶灵看着表情有些尴尬的胖熊，直言道："有话直说，别傻坐那。"

胖熊傻笑了几声，"哈哈，陶队，还是您眼睛厉害，那个……是这样的，行动当晚，陪酒小姐被误伤，所以……"

陶灵十分醒目地打断了胖熊的解释，理解地说："需要拿我的枪去做弹道比对是吗？直接说就行了，拐那么大弯，累不累啊？"陶灵一边笑着数落，一边起身去将配枪拿给胖熊。

"嘻嘻……这不，没习惯嘛。"胖熊憨笑道。

"什么习惯不习惯？例行公事就好。"李扬间接性地帮忙解围道。

"不过，我得提醒你，我的手枪可一枪都没开，季小青不是我的枪伤的。"陶灵肯定地提醒着。

"啊？？？？"胖熊和李扬纷纷惊讶地站起身问。

"虽然我中了迷药，但是我的枪有没有开枪我比谁都清楚。"陶灵非常肯定地说着。

"所以，当时现场有另一个人趁乱开枪？"李扬转身惊讶地问。

"嗯，我当时有些头晕，但是我有看到一个黑影从包房里窜出去了，身高大约 180cm 左右，戴着黑色鸭舌帽、黑色口罩……"陶灵努力回忆着。

"陶队，这枪都不是你开的，那我拿您枪回去比对有什么屁用啊？"胖熊心想着干脆就不取陶灵的配枪了。

"那可不行，陶队的枪还是需要带回去比对，这样才能证明陶队的清白，免了一些不明事理的人在背后嚼舌根。"物证科的同事认真地建议着。

"咦？你是？"陶灵好奇地问。

"哦，陶队，您好，我是物证科的实习生小吴，久闻大名，您可是我的偶像啊，我们学校里的同学，各个都在说您的破案事迹呢。"小吴像见了超级大明星似的，开心地噼里啪啦地说着。

"不好意思，刚刚光顾着聊天了，没注意看……呵呵……不过，我哪有你们说得那么神通广大啊？"陶灵显得有些害羞。

"陶队，我绝对相信您，所以整个弹道比对的检验我一定亲自完成，绝不中途离开。"小吴信心满满地看着陶灵。

"哟，瞧你这丫头，嘴够甜的啊，我喜欢。"陶灵夸赞这小吴的机灵。

胖熊耿直地看着小吴，自豪地说："我们陶队，在咱栖洲市可是很有名的，破案率最高，格斗术、侦查、伏击都是全优，野蛮、霸道、冰山……"胖熊一发不可收拾地好坏全数吐尽。

瞧见陶灵霎白霎绿的脸，胖熊醒目地立刻闭嘴往门外走去。

"陶队，那个，我先帮您把东西拿去车上……那个李扬……我在车上等你们啊。"胖熊傻笑着落荒而逃，期间还不忘转身对小吴说："小吴，那比对检验就拜托你了，咱可说好了，亲力亲为中途不得离开啊！"

胖熊的话音刚落，上半身就撞进清洁阿姨的垃圾桶里……

留下陶灵、李扬、小吴看着悲催的胖熊捂嘴长笑着……

而就在陶灵他们几个人在住院部的走廊里调侃逗乐时，强仔正夹带着武器准备袭击陶灵他们几个，手枪的枪口正慢慢从胸前的衣扣间探出个黑色准心来，就在强仔即将开枪之际，一个黑衣男子速度极快地从后面反制住强仔，反肘拳反攻击着黑衣男子，两人在走廊的转角处闷闷地厮打了一小会儿，最终强仔被黑衣男子大力拽下停车场。

"啪！"一记响亮的耳光在黑衣男子的车里回响着。

"你现在是想要干嘛？"黑衣男子大声呵斥道。

"我想干嘛？你问我想干嘛？你不是说你会想办法吗？你想到什么办法了？小微怎么就进去几个小时就死在里面了呢？"强仔激动地在车里张牙舞爪地敲着车窗。

"啪！"又是一记耳光响起。

"TMD！你能安静点吗？照你这样直接上去跟警察拼个你死我活，最后谁给你妹小微报仇啊？"黑衣男子戴着大大的口罩和墨镜，冷静地坐在驾驶座说着。

"不替小微报仇，我誓不为人！"强仔满眶的泪水在眼睛里直打转。

"强仔，报仇是要动脑子的，更何况你的仇人是一群警察？"黑衣男子冷冷地说着。

"动脑子？"强仔疑惑地看着前方。

"抓小微的警察一个叫胖熊、一个叫蓝鹿，他们在审讯小微的时候，小微说出了U盘的事，现在警察24小时看住coco，这东西肯定要么在coco那，要么在那个陶灵那里。"黑衣男子仔细分析着。

"胖熊！蓝鹿！就是他们害死了小微！"强仔根本听不进去黑衣男子的后半句话，而是自顾自地嘀咕着。

"别光顾着嘀咕，如果 U 盘落到警察手里，你别说替你妹报仇了，到时你自己都得被抓进去。"黑衣男子提醒道。

"这……"强仔欲言又止。

黑衣男子沉默了一会，递了一包香烟给强仔，"呐，这可是 East 从国外给咱们带来的香烟，后边还有一条，你待会一起拿回去，还有，我打听到明天晚上陶灵会在塞柏拉西餐厅用餐，而且胖熊和蓝鹿也会去，明天会是个很好的行动机会。"

黑衣男子冷冷地将头转向强仔，但由于口罩和墨镜将黑衣男子遮挡得严严实实的，强子根本没办法看清黑衣男子的脸。

"这样啊？那我就可以为我妹报仇了，还能把东西抢回来，太好了，哥还是你有脑子，他们明天几点？我一定把他们全杀了，事情也一定办得干净利索。"强仔激动地说着。

"晚上 6 点半，吃完估计得 8 点，明晚是最好的时机，因为李扬把餐厅包场了。"黑衣男子认真提醒完，便眼神示意强仔差不多可以下车了，免得被警察察觉他们的见面。

"嗯，我知道了。"强仔说完便推开车门准备下车。

"喂！"黑衣男子喊住强仔，示意他将后排的整条香烟拿着，关心道："手头钱够用吗？"

"够用！那烟我带走了，谢谢哥。"强仔感激地谢着，说完便离开了……

# 第四章 蒹葭伊人

# 1. 梦魇袭卷

夜幕侵袭，黑暗笼罩着整个城市，雨水滴答滴答顺着屋檐迅速滑落，狂风舞动着陶灵湿漉漉的衣裳，繁华的街头闪烁着模糊的霓虹车灯。

陶灵失望地站在街头冲着那道长长的身影大喊着："凡诚，你等等我，不是说好待会陪我去个地方吗？"

"去哪？"远处模糊的身影隐约转身问道。

"就去我们约好的地方啊？你是想耍赖皮吗？"陶灵娇羞地跺脚。

突然，整个城市被浓雾笼罩着，街头上穿梭的车灯徐徐变暗，最后全部消失殆尽，街边形形色色的路人从有轮廓到各种人影重叠，直至都消散不见，高楼大厦一栋接一栋地隐身消散，陶灵紧张地看着身边一切事物的突发变幻，慌张地转身寻找着凡诚的身影。

"凡诚，你在哪？凡诚……凡诚……"

远处一道黑影在风中摇曳着，突然传来诡异阴沉的声音，"我在这。"

"雾太大了，我什么都看不见，凡诚？你在哪？"陶灵不确定地朝远处模糊的黑影摸索过去，双手划桨式在自己身前身后找寻着凡诚的踪影。

"我就在这，你过来，走过来。"

"在哪？"焦急地转圈四处张望着，眼看着整个诺大的城市瞬间进入到白茫茫的雾海中，陶灵显然有些惊慌。

隐约间，陶灵双手好似抓住了什么东西，冷冰冰的像是一根木头？但又很有弹性？再慢慢滑下来，陶灵不禁打了个寒颤，好像是抓住了一只冰冷的手！这会是谁的手？陶灵的内心咯噔了一下。

嘎……吱……

突然，那只手像木偶般僵硬地动了几下，然后紧紧地抓住陶灵的左手不放！浓雾导致的白日化现象，总会让人陷入无尽的遐想和恐惧，费了好些劲才将那只冰冷的手甩开，陶灵警惕地向后退了几步，跨步下蹲，双手成交替状，摆出随时肉搏的准备。

"是谁？你到底是谁？凡诚是你吗？"

"嘻嘻～～哈～～走啊～"一阵诡异的怪笑和一些人断断续续的说词。

隐约间仿佛有好几个人飞速地在陶灵身边转圈，转圈的速度越来越快，时不时还有大大小小的黑影突然窜出来，直击陶灵的眼球，却又总在陶灵准备挥拳反击的那一霎那又幻化成白雾。

"哈哈，去啊，走过去啊……嘻嘻……快去救他啊。"一阵阴灵般诡异的声音不断在耳际环绕，那声音时而像小孩的哭声，凄凉悲悯，时而像女生阴冷的尖笑，令人毛骨悚然，时而像粗犷深沉男子的低语……恐怖的气息不受控制地涌上心头……

陶灵习惯性地从身后掏出手枪，左手托举枪柄以标准的持枪姿势瞄准前方，小心警惕地慢慢朝前走去，"警察！快出来！

别在那装神弄鬼了，我知道你不是凡诚，再不出来，我开枪了！"陶灵警告道。

"灵，你在干嘛？我就在你前面，快走过来啊。"凡诚温柔地说着。

听到熟悉的声音，陶灵才勉强将紧绷的心弦放松下来，谨慎地将手枪放回身后的枪套中，"凡诚，是你吗？你刚刚一直站在那吗？"

"对啊，我一直在你前面不远处，只是见你一直站在那不动，所以才催你快过来。"凡诚的声音是那般富有磁性，听得陶灵心都快融化了。

陶灵看着雾海里那一团酷似凡诚身影的黑色影子，虽然警惕心已然放松下来，但内心还是有些怀疑，右手一直放在身后枪套的位置。

"凡诚？你真的刚刚一直就在那？没有碰到或听到什么奇怪的东西？"陶灵一边慢慢靠近远处那团黑影，一边质疑地问着。见许久都没人应答，陶灵忍不住担心地问："凡诚？凡诚？你还在那吗？凡诚？"

正在陶灵陷入紧张的质疑时……

突然，一只手大力地拽住陶灵的脚跟，然后一只手再一只手，不断交替地从下往上，沿着陶灵纤细的小腿再到柔软的大腿，再到胯部、腰部、前腹……慢慢地往上爬着。

陶灵冷静地抓住那双不断往上摸的脏手，然后，手肘向后肘拳，跟着侧身一个飞脚踢，再一个朝前跨步肘拳膝踢，再加一摆拳……

不妙的是，不论陶灵出的是多熟练，多狠准的格斗招式，都尽数被跟前那个模糊的黑影，以各种截拳招式给制止住。

　　只听见对方大声喊道："灵，陶灵，是我，是我，凡诚！"

　　感受到熟悉的气息，得以平静下来的陶灵谨慎问道："凡诚，是你吗？真的是你吗？刚刚那手？是你啊？你怎么可以……"陶灵对凡诚刚刚的举动有些生气，而内心深处却又有那么一点点喜欢他的小坏坏。

　　"你不是要我陪你去个地方吗？"凡诚温柔无比地搂着陶灵的水蛇腰，轻抚着她的小腹，然后，时而粗犷时而温柔地用手臂往上蹭着陶灵不断起伏的胸口，柔软细腻的嘴唇轻咬着她的耳朵。

　　"是啊，怎么？你想反悔不去啦？"

　　"怎么会反悔啊？亲爱的，只是你半天又不说要去的地方在哪？不会是自己都不记得了吧？"凡诚故意倒打一耙地调侃着。

　　"才没有……"陶灵欲言又止，"不过，我确实不记得刚刚是约了去哪？也不记得想去做什么了？要不你告诉我，让我回忆回忆，看你有没有撒谎？"陶灵机警地避开凡诚的问题反问着。

　　只见，眼前突然红光闪闪，如熊熊烈火般，刺得陶灵几乎都快睁不开双眼，凡诚猛然将陶灵推开，没来得及抱紧凡诚，而凡诚却已然消失了。

　　一道火红火红的亮光直直地照着陶灵的双眼，强光下的陶灵显得那般无助，用手遮挡住前方，逆着光朝光源的位置问道："凡诚，是你在那吗？别把灯光调那么亮啊，照得我眼睛都快睁不……"

话音未了，只瞧见不远处一个身穿白衣的女生，全身鲜血，凄惨地哭喊着："啊……不要……不要……你放开我，放开我，我要去救他！！！"

陶灵顺着声音看去，瞧见另一个自己正趴在地上，使劲地死命伸长着双手，朝着前方一边撕心裂肺地哭喊，一边大力地往前方爬着。

一旁的李扬正死死地按压住自己，"陶灵，你冷静点，别过去，危险，车子快爆炸了……"

"你放开我，放开我！！！让我去救他！"陶灵一竭力地怒喊后，总算从李扬手中挣脱开来，连滚带爬地朝前方被熊熊烈火包裹的警车跑去。

砰……磅……滋滋……

一声巨响，警车突然爆炸了，紧接着就是更大的火势声响，火热的气流凶猛地迎面冲击而来，陶灵看见另一个自己被警车爆炸的气流冲飞至几米开外，口吐鲜血临近昏迷的陶灵，双手竭力地用指甲狂抓着水泥地板，鲜红的血随着断裂的指甲缓缓流出，陶灵看着几乎被燃烧殆尽的警车失控地惊声喊道："不……不要，凡诚，凡诚……"

陶灵僵硬地看着另一个因悲痛而昏迷在地上的自己，全身血淋淋的，再转头看向那辆被火包围的警车，隐约间看见凡诚正在火里挣扎，向自己求救，陶灵木讷地朝警车走去，速度突然越来越快，由走变跑，火势几乎蔓延至陶灵的手上，就在快要拽住那个全身着火的凡诚时，陶灵却被及时赶来的李扬猛然扑倒在地，而自己则惊声呐喊着："你放开我，求求你了，让我去救他，我要救凡诚！你放开我……啊啊……凡诚……"

从梦中惊醒的陶灵尖叫着弹身坐起："凡诚！凡诚！快救凡诚……"

钉铃铃……手机闹钟响起，陶灵满头大汗地拍了拍被眼泪浸湿的枕头，缓缓坐起，一脸从容地晃着脑袋，慢慢拿起一直在吵的手机，索性将所有的设定好的闹钟全部关闭，喘着大气地看着微亮的窗外，双手随意擦拭着额头间星星点点的汗珠，一如既往地机械化拿起手机发着短信,而短信的接收人是凡诚。

短信的内容是：凡诚，你还活着吗？三年了，你一定还活着对吗？

三年了，自从凡诚在一次国外抓捕任务中爆炸身亡后，陶灵每晚都做着类似的梦，每天凌晨三四点都会从梦中惊醒，惊醒后一定会习惯性地给已经牺牲的凡诚发一条短信。

短信的内容永远都是：

凡诚，你还好吗？我真的很想你……

凡诚，你还活着吗？你一定活着对吗？……

凡诚，我总觉得你每天都在我身边，我想你了……

## 2. 无法替代

　　"女神爱你，女神想你，女神在等你……"一阵奇怪的手机闹铃声从地毯上传来，在这个杂乱的房间里，零食、鞋子和文件相濡以沫着，1米8宽的柔软大床上，横七竖八地堆满了衣物、毯子和枕头，只见被子里好像住着小虫般，慢慢地蜷缩，再翻转，再蠕动……

　　一只裸露的手臂从被子里伸出来，胡乱地四处摸索着什么，兴许是找不到床头柜的位置，接着又有一只手臂探出，两只手一边张牙舞爪地四处找寻着，一边像虫一样往床边蠕动着身体……

　　啪……这条"虫"总算从床上摔了下来，随着一句："啊，痛，我的头，哎哟……"李扬好不容易从被窝里钻出头来，睡眼惺忪地闭着眼睛，微卷的头发像马蜂窝一样胡乱翘起，睡衣只穿了一只袖子，另一只袖子吊在胸前，嘴角残留着做梦流出来的口水。

　　李扬抓起胸前垂钓的袖子粗鲁地擦拭嘴角的口水，然后嫌弃地闻了闻，接着，一脸嫌弃地将那只粘满腥臭口水味的衣袖穿好。本以为他会起身洗漱，结果倒头趴在地毯上继续睡着了……

　　"女神爱你，女神想你，女神在等你……"奇怪的手机闹铃又一次响起，李扬如针扎般弹身坐起，双手四处摸了一下，然后轻轻抬起屁股，拿出手机关掉闹钟，木讷地看着墙上那本挂得歪歪斜斜的日历，突然神经质地说着："呀，今天是礼拜天，噢耶……耶……今天是个好日子，好日子……"李扬一边兴奋地自言自语，一边扭动屁股拨打着电话。

好不容易在噩梦惊醒后再次睡下的陶灵被电话吵醒，迷迷糊糊地看了看手机来电人，见是李扬的来电，果断地将手机挂断。

不料，手机又一次次轰炸式地响起。

陶灵不耐烦地接通电话："干吗？"

手机那头传来李扬傻里叭唧的笑声，见李扬半天不答话，"你他妈傻了吧？发神经去一边发去，傻笑个什么劲？切……"陶灵气愤地将电话挂断。

手机又一次响起，陶灵对着手机吼："你一个劲的傻笑什么呢？也不说句话，病了就去看医生！烦不烦啊？"

"我是开心嘛。"李扬一脸幸福地傻笑。

陶灵一脸不耐烦地眯着眼说："李扬，你又发什么疯啊？好不容易休息两天，我这好歹受着伤呢，算一伤员吧？你开心，你一边开心去，别打扰我睡觉！"

"喂，喂，陶灵，你可别耍赖啊，说好礼拜天约会的，答应好晚上一起吃饭的。"李扬一脸担心的表情。

半睡眠状态的陶灵一时兴起，坏坏地微微扬起红唇，假装迷糊地问："约会？吃饭？和谁？谁答应的？有这事？"

陶灵的回答，就差没将李扬活生生给气死，疯狂地做了几个抓狂的动作后，李扬又温柔地问："你！你那天明明答应我，今天和我约会，一起共进晚餐的！那么多人看着的呢，而且韩队可是媒人，你不可以耍赖！"李扬的话里不由自主地露出幸福。

这女人的心情还真是六月的天，说变就变，只见陶灵突然爬起身对着手机大吼："大哥，你都知道是吃晚餐啊，那你现在打电话吵醒我干嘛啊？你知不知道现在是早上 6 点半！你是想找架打吗？哎，挂电话了，我要睡觉。"陶灵说完便准备挂电话。

李扬被那头传来的吼声吓得立刻将手机伸得老远，但听见陶灵说要挂电话，赶紧连哄带求道："哎……哎，别，别挂电话啊。"

陶灵索性开着免提，手机随处一丢，无奈地用手遮挡着眼睛，全身乏力道："又干嘛？"。

"你该不会是家里亲戚：大姨妈来啦？"李杨欠揍地问。

"不说算了，拜拜！"

"灵，好陶灵，我说我说……这大周末的在家睡觉多无聊啊，你看外面秋高气爽，阳光明媚，风和日丽，睡觉多浪费时光啊？咱们出去玩去……"李扬的话还没讲完就听见手机那头传来，嘟嘟嘟被挂断的声音。

李扬满脸委屈地撇着嘴生气地嘀咕着："居然挂我电话？死陶灵，工作狂，女汉子，野蛮精……"说着说着李扬嘴角微微扬起笑意，"嘿嘿，反正我被挂习惯了，我喜欢！你睡你的，我准备我的。"李扬幸福地自言自语。

衣柜里的衣服几乎被倒腾出来一大半，光是为了琢磨约会穿什么衣服，弄什么头发，李扬整整花了 3 个多小时……

总算找出一套自我感觉良好的欧版西服，里面配上白色的衬衣，加上灰格领带，深蓝色西装外套，再配上手表，李扬满意地一边倒退，一边回头对着镜子里的自己说："帅气，简直帅过所有明星……"话音未落，结果被自己堆在地毯上的杂物给绊倒。

　　一脸尴尬从容地爬起身，故作酷态地甩了甩头发准备出门，却突然又在门口停了下来，李扬似乎忘记了拿什么东西，而帅气的脸上却莫名地又泛起红潮，蹑手蹑脚地小碎步朝卧室跑去，悄悄在抽屉里拿出一个小套套，害臊的捂着脸犹豫了一阵，最后，干脆将整盒套套一起带上了。

　　李扬呆呆地站在床边幻想了好一番。

　　"女神爱你，女神想你，女神在等你……"奇怪的手机铃声响起。

　　李扬看着手机来电，沾沾自喜地接听着："胖熊，你是来恭喜我的吗？"李扬都快高兴得合不拢嘴了。

　　"是啊，你今天约会的事情不变吧？可不要被陶队耍了哦。"手机那头传来胖熊调侃的声音。

　　"放心吧，我早上才和我亲爱的女神确认过，绝对不会耍我的。"李扬自信地说。

　　"那准备怎么表白？要不要我和蓝鹿帮忙？"胖熊担心地问。

　　"对啊，我是女孩子，我比较知道女孩子喜欢什么，不喜欢什么。"蓝鹿的声音突然也出现在胖熊的手机里。

　　"嘿，还你是女孩子？我就没在咱们刑警队看到过女的。"李扬笑道。

　　"李扬，你是一天不被揍，全身皮痒痒是吗？信不信现在一句话就可以让陶灵取消和你的约会啊？"蓝鹿调侃地威胁道。

　　"不信！"李扬笑嘻嘻地对着手机大声说。

　　"我只需要跟陶队说找到杀奔王的线索了，你信不信陶……"蓝鹿威胁的话语还没说完，李扬立刻焦急忙慌道。

"信！姐！姨！姑奶奶！我信你成不？我迫切地需要你和熊帮我表白成功，不！求婚成功！"李扬求饶道。

"什么？求婚！！！"胖熊和蓝鹿惊讶地大声问。

"对，我打算今天求婚，我现在去花店，待会就去挑戒指！"李扬开心地继续说："你们今晚真有空帮我吗？"

"有！绝对有，没有都得挤出时间有！"胖熊肯定道。

"对对对，这么重要，这么惊喜的日子，怎么能少了我们俩？"蓝鹿笑了眼睛快眯成缝了。

"晚上你们在哪约会？说说，需要我们怎么做？"胖熊好奇地问。

"晚上在塞柏拉西餐厅，我包场了，你们俩到时去……"李扬和胖熊、蓝鹿三人在手机里激动地商量着晚上的求婚计划……

仿佛陷入青春期般，摇头晃脑地哼着浪漫的歌曲，时不时从车后镜里看看帅气的自己，李扬飞速驾驶着爱车朝花店开去。天知道他为了今天这场期盼已久的约会付出了多少？努力了多少？等了多久？

"老板娘，帮我挑一束世界上最美的鲜花，99朵！哦，不，999朵，我要999朵最美最美的玫瑰，红色的，我晚点过来拿。"李扬摇开车窗对花店老板大声说完，便飞车去往另一个地方。

目的地是栖洲市最大的一家珠宝首饰店，销售员非常耐心地帮李扬推荐着一系列新款项链和手链。

"我要戒指，最独特的一款戒指。"李扬果断地打断了销售员的推荐。

"先生，可否方便告诉我，您挑的戒指是结婚用？还是求婚用的？"销售员微笑着问。

李扬毫不犹豫地说："求婚，当然是求婚用的。"

"嗯，好的，那么我推荐您选择这款极慕之星，在技术方面它是3个EX切工，双国际认证，并且这款戒指是根据乔治五世追求玛丽的唯美爱情故事而订制的，它象征着感动和坚持……"

"对，坚持，就是坚持，就这款吧，和我的经历一样。"李扬并没有耐心去听完销售员讲什么五世和玛丽的故事，他只想快点到晚上……

默默地一个人坐在车上焦急地看着手表盘慢悠悠转至下午5点半，李扬已经数不清这是第几次透过车后镜检查自己的发型，更是记不清这是第几次往嘴里喷口气清新剂了，如果喷多了会中毒的话，相信他早中毒了……

手机铃声响起，只见屏幕显示"我的女神"，李扬几乎以秒接的方式接通了电话，那头传来："喂，李扬，晚上是在哪吃饭来着？发个位置给我。"

"哈哈，不用发定位了，我已经到你楼下了。"

"嗯，好嘞，等我一下，我马上下来。"挂完电话，陶灵若有所思地坐在沙发上看着窗外发呆。

陶灵一挂断电话，李扬便激动地打电话给胖熊，"你们那边准备得怎么样了？她准备下楼了，我们待会就出发过来。"李扬不放心地问。

"一切准备就绪，就等男女主角入场。"胖熊笑道。

"嗯，好的，那我先挂了。"李扬紧张地自己跟自己打气，

"加油！"

见陶灵还没到楼下，李扬激动地再次整理衣服，然后美滋滋地走到车尾箱旁，开心地将车尾箱打开，看着那一大束娇艳欲滴的火红玫瑰，李扬不禁大笑出声来。

十几分钟后，见陶灵正慢慢朝自己走来，李扬伸出右手，绅士地指向车尾箱里那一大束红玫瑰，得意洋洋地说："欢迎我的女神，美丽的鲜花送给我美丽的女神。"

"李扬，你这是准备开花店呢？还是在为广大花店的老板献爱心啊？"陶灵看着那一车尾箱的玫瑰，不自觉地露出了甜美的笑容。

平日里鲜少能见到陶灵的笑容，而此时此刻陶灵正在自己的面前露出那么甜蜜的笑容，李扬情不自禁的眼眶充满着喜悦的泪水。

再认真打量着今晚的陶灵，马尾蓬松地随意散开，目的实际是为了遮盖后脑勺的缝针伤口，然而，长发齐肩的陶灵，配上一袭飘逸的白裙，再添上浅浅的水粉妆，美得简直就不属于这个世界。

李扬不禁兴奋地说："女神就是女神，我简直想用尽所有美好的词来形容你此刻的美。"

"少在那里睁着眼睛讲瞎话了啦，走吧。"陶灵的表情有些尴尬。

"好嘞，出发咯，和我的女神约会咯。"李扬故意歪咧个嘴，抛着媚眼，调皮地扭着腰朝驾驶座走去。

吃饭的地方是一家高级的法式西餐厅，桌上几盏微暗的烛光浪漫地衬托着李扬另外准备的一小束娇艳欲滴的红色玫瑰，再伴随着柔美的古典音乐，李扬轻车熟路地点着法餐，安排服务员打开自己特意带来的红酒。

胖熊和蓝鹿提前赶到餐厅，特意将餐厅的环境布置得温馨浪漫，灯光调得柔和而又不失典雅，临时搭建的小型舞台上一位美丽的混血舞者，在台上随着音乐跳着动人的舞姿。而胖熊和蓝鹿则躲在一边拿着 DV 为陶灵和李扬记录着难忘的一刻……

醇香的桃红色酒液随着高脚杯跳着圆舞曲般徐徐嵌入杯里，李扬轻轻地将酒杯放在陶灵的右手边，同时拿起酒杯示意一起庆祝。

从上车到餐厅，陶灵一直一言未发，而她脸上心事重重的表象，让李扬有些忧心，忍不住问："陶灵，你怎么了？"

"哦，没事，只是头有些痛。"陶灵随意找了个借口。

其实，李扬早已经识破了陶灵随意搪塞的借口，却仍然装作若无其事地说："来，陶灵，快试试这道菜：鱼籽鹅肝，这鱼籽可都是老板特意叫朋友从国外空运过来的，超级鲜美。"

陶灵茫然地拿起筷子浅尝了下鹅肝和鱼籽，牵强地笑着举杯道："嗯，真的很鲜美呢，来干杯，为今天的美食干杯"。

李扬悄悄从口袋拿出自己精心挑选的戒指，深情款款道："不，不是为了美食而庆祝，而是为了我们第一次约会而庆祝，三年了，你总算答应我的追求了。"

"李扬，我觉得……"陶灵看着李扬的眼睛，一时不知如何说下去。

着急准备求婚的李扬兴奋地一边悄悄冲蓝鹿和胖熊使着眼色，示意他们准备好拍摄 DV，一边打断着陶灵的话语，开心地将戒指盒打开，绅士地单膝跪下，诚恳道："珠宝店的销售员说这款戒指是根据乔治五世和玛丽的爱情故事而设计，是一种对爱情的坚持，陶灵，请接受我的爱吧。"

"李扬，这样会不会太快了？"陶灵看着那颗闪闪烁烁的戒指，脸上没有半点的惊喜和开心。

"不快，我还嫌太慢了，3年了，整整追求了3年。你都不知道我有多开心。灵，虽然，今天是我们第一次约会，但也希望今天是你接受我求婚的日子，有没有觉得很浪漫？"李扬似乎都快被自己感动到融化了。

陶灵看着为了求婚而单膝下跪的李扬，不知不觉泪水早已模糊了她的双眼。木讷的接过戒指，透过泪水都能看出那颗戒指是那么的美丽闪亮，而它又是那么的沉重，它承载着李扬对自己深深的爱，陶灵非常清楚如果现在接受这份感情，她将会是天底下最幸福的女人，可是内心深处却总是有个声音告诉自己，他会回来的，会的。

躲在一旁偷看的胖熊见蓝鹿正被当下的情景感动得落泪了，不禁焦急地小声提醒道："来了来了，陶队准备要答应了，先别哭啊，好好拍。"

"哎呀，知道了，知道了，你别拍我肩膀，录像会抖的！"蓝鹿粗鲁地擦掉眼泪，双手稳稳地托举DV机。

这时，陶灵突然将戒指放回戒指盒，泪眼盈眶地看着地板……

"李扬，你知道乔治五世和玛丽的坚持是什么吗？你知道玛丽原本是乔治五世的什么吗？你知道她们的爱情到底是什么吗？"

"啊？什么？"李扬对陶灵莫名其妙的问题充满疑惑。

"玛丽原本是乔治五世好兄弟的未婚妻，但乔治五世在初次见到玛丽的时候就深深地爱上了她，于是他坚持每3天写一封情书给玛丽，最终感动了玛丽，成功娶到玛丽为妻。"陶灵泪如雨下地说着。

李扬双眼闪烁地问："什么意思？"

"可是李扬，我不是乔治五世的那个玛丽，我做不到，因为我心里还没有忘掉他，我觉得他会回来的，所以……对不起，这个戒指我不能接受，我不能接受你的求婚，对不起……"陶灵两眼泪痕地将心里话倾盆而出。

李扬伤心地握着陶灵颤抖的手，用哀求的眼神看着她，"3年了，你一直在等一个可能死亡了的人，而我这个活人却怎样都住不进你的心里？"

一旁录像的胖熊和蓝鹿惊讶地看着剧情突然转变成这样，不禁着急地束手无策，"这……这是哪出啊？"胖熊无语地问。

"我……我怎么知道啊？这约会加求婚的，那么好一件事，这俩人又那么配，这……这下李扬应该受伤不轻咯。"蓝鹿心疼地看着李扬。

而就在这时，危险已经悄然靠近这餐厅里的每一个人……

"李扬，对不起，我知道，我知道你很好，可是……求婚？我没有这个思想准备，也没想过那么快就……我……"陶灵不停地哭泣抽搐着。

"可他已经死了，凡诚已经死了，连尸首都没有，你非得等一个可能死了的人吗？陶灵！"李扬几近绝望。

陶灵害怕听到李扬对凡诚死亡的肯定，拼命地捂住耳朵，喊道："是，我是在等他，你都会说'尸体找不到'，你也会说'

可能死亡'，那就代表也有可能还活着不是吗？"陶灵哽咽地争论着。

"陶灵，不要总活在过去的回忆里好吗？凡诚已经死了，我麻烦你记得，3年前我们一起执行任务的时候，在那起特大爆炸事件里，我们都亲眼看着那里被炸成废墟了，求求你忘了他行吗？看看我这个活着的人好吗？"李扬有些嫉妒，又有些愤怒和心疼地哀求着陶灵。

只见陶灵甩开李扬的手，双手捂着耳朵极其难受地陷入回忆当中，回忆着那天的场景，回忆着自己眼睁睁看着自己的未婚夫在眼前炸死。

李扬见陶灵神情开始越发激动，立刻双膝跪下，温柔地握着陶灵的双手轻声说："陶灵，忘了凡诚，忘了他，看看我好吗？我知道这3年里，你都在暗地里继续追查凡诚的案子，也知道你查到了一些线索。好，我陪你一起查下去好吗？可是查案归查案，生活还是得继续不是吗？"

一旁躲着的胖熊看到这里，立刻提醒道："喂！别拍了，怪心酸的！"

"拍，我相信他们会跨过这个心坎的。"蓝鹿反对地继续拿着DV拍着。

而餐厅的那头，陶灵突然大声道："不，我做不到，我……"眼前这个号称"冰山美人"的陶灵完全失控了。

"李扬，对不起，我真的有尝试过忘记他，可是拜托你别这样逼我好吗？给我些时间去忘记好吗？我今天不是已经答应你的追求了吗？不过求婚真的太快了，我暂时还接受不到，也做不到。如果你非得要我答应你的求婚，那我宁可约会在此结束！李扬，现在我手头上的线索真的非常重要，我相信'猎尾行动'并不是那么简单的结案，肯定还有其他的线没查清楚，我很快就能为凡诚报仇了……"陶灵诚恳地将内心深处的话说完，泣不成声地起身背对着李扬。

看着陶灵形单影只不停抽搐的背影，李扬撕心裂肺地冲着那个背影大喊着："他已经死了！陶灵，我不是要听你说什么'对不起'……"暗自流泪的李扬默默地跪在那看着一道道菜摆在桌上，只见他猛然拿起红酒瓶大口大口地喝着，任红酒洒在白色的衬衣上留下伤感的痕迹。

兴许是喝的太急李扬差点吐了出来，急促的咳嗽了几声，略带醉意的用手抹了一下嘴角，透过泪光看着手中的戒指，耳朵里不断地回忆着那个销售员说的乔治五世和玛丽的爱情故事，然后哭笑着自嘲道："哈哈哈，笑话，简直是个天大的笑话，连故事都没听完还求婚，哈哈哈……知道吗？玛丽是兄弟的未婚妻？哈哈哈，李扬啊，你简直就是个傻子！还他妈是个抢兄弟未婚妻的傻子！"李扬一边灌自己喝酒，一边眼神涣散，伤心地看着餐厅如镜子般的天花板……

"给你时间忘记他？三年的时间还不够吗？不够吗？"李扬伤心地哽咽着。而透过头顶如镜子般的天花板，李扬清晰地看见几个黑衣人持枪正慢慢朝自己靠拢……

"小心！"李扬奋不顾身地从地上爬起，一把将陶灵扑倒在地，然后迅速转身朝胖熊那边喊道："胖熊、蓝鹿，小心后面！"

紧接着，"砰！砰！砰砰砰！"震耳欲聋的枪声响起。

几名黑衣人不停地冲陶灵、李扬、蓝鹿、胖熊开着枪，浪漫的餐厅瞬间变得一片狼藉，服务员吓得纷纷躲进厨房，餐桌上的酒杯、菜碟、花瓶纷纷碎落一地，鲜红的玫瑰花瓣漫天飞舞……

陶灵、李扬、胖熊、蓝鹿成两人一组躲在餐厅的卡座椅子后面，用手势在交流着作战计划，只见陶灵迅速地比划着手势，示意：头顶是镜子，先将镜子打下来，趁乱抓捕！

"砰砰砰～"几声枪响……

只见，陶灵几人训练有素的，一个人双手拿起小碟子替自己和搭档遮挡住头顶，另一个人则负责将餐厅顶部的天花板打碎，接着趁黑衣人躲闪头顶落下的玻璃时，快速地几枪便将几个黑衣人击倒在地。

强仔突然从角落蹿出来，猛飞一脚将胖熊踹趴在地上，再大力摆拳加肘扣打在一旁准备出手帮忙的蓝鹿头上，强仔狠狠道："警察是吗？你以为你们警察就能杀人是吧？"

见蓝鹿正起身朝自己出拳，强仔冷冷地拿出蝴蝶刀，大力朝蓝鹿飞去,快速地侧身躲闪，可惜刀子还是将蓝鹿的大腿划伤。

只见强仔手上又另外转动着两把蝴蝶刀，慢慢靠近受伤的蓝鹿，举手准备大力刺进蓝鹿的脖子时，胖熊突然大步向前一个冲拳，不料强仔毫不眨眼地退后敏捷地避开了胖熊的攻击，趁胖熊再次踢腿攻击自己时，强仔狠心地将手里的蝴蝶刀同时刺进胖熊的小腿。

"啊……"胖熊痛苦地闷吼着。

"你们杀了我妹，我就先替她报了仇再找陶灵拿东西！"强仔像疯了似的，突然从身后掏出手枪，对准胖熊的头部……

"砰！"一声刺耳的枪声响起，强仔的手腕被一颗子弹横穿而过……

"啊！！！我的手！"强仔痛苦地哀嚎着。

"别动！再动我开枪了！"陶灵大声吩咐道："李扬，你在干嘛呢，还不快点抓人！"

李扬一边打着120电话，一边将制服妥当的黑衣人全部绑在餐厅里……

警车车灯在餐厅门口忽闪忽闪着，好几辆120救护车在门口快速地将餐厅里的伤员。连同刚刚持枪的那些不法分子如数送上救护车……

而餐厅的某个角落，一个头戴鸭舌帽，脸上戴着黑色口罩的黑衣男子正站在玻璃外看着刚刚激战的这一幕，冷冷地对着手机那头说："那边情况如何？"

手机那头冷冷回道："查到她私下有个男朋友，平日里基本周六日才见面，东西也有可能在她男朋友手里。"

"有意思，这男朋友藏得这么好？想办法去试探试探，如果东西在他手上，记得把事情做干净点。"黑衣男子眯着眼睛冷笑着转动指尖陀螺，陀螺的光一下下渐变着颜色，笑容显得越发阴冷起来。

"是，明白。"

"对了，我觉得那东西有可能在陶灵手上，甚至将来她会坏我们的大事，去做点事，吓唬吓唬她，让她自己明白什么该拿，什么不该拿！"黑衣男子微笑着挂断电话，看着陀螺的光又变了一种颜色，不禁自言自语道："亲爱的，我还是喜欢红色，够血腥，够刺激……哈哈……"

黑衣男子的笑声在餐厅外浅浅地回荡着……

这一晚是那么的漫长……

　　李扬闷不吭声地在现场继续搜寻着相关线索，内心无比的刺痛，虽然这次约会，陶灵是嘴上答应了自己的追求，然而李扬完全没有因为追到了陶灵而开心，因为他内心比谁都清楚，要她一副躯壳有啥用？？

　　陶灵坐在医院的长凳上，静静地等待着胖熊和蓝鹿包扎伤口，而脑子里想的都是和凡诚过去相爱的种种画面……

# 3. 新线索

一场惊心动魄的枪袭过后，陶灵就一直静静地坐在急救室的病房里盯着麻药未醒的强仔。

叮叮……陶灵的手机信息响起，内容是：陶灵，听说你们遇到枪袭案件了，还好吗？李扬胖熊他们一切都安好吗？

陶灵看着暖人心弦的信息，脸上不禁露出浅浅的微笑，立刻回复短信道：大家都好，就胖熊和蓝鹿受了些伤，不过都已经包扎好了，放心，你在医院要是无聊想我们陪你聊天就吱一声，我们就在门诊一楼的急救室。

叮叮……手机又收到一条信息：当然时刻想念你们大家，得知你们受伤，所以很担心，一有空我就下来看你们。

只见陶灵干脆拿起手机直接给对方拨打电话。

"子言，放心啦，我们全体人员都没事，你就放心吧。但是！你要记住，你现在的任务是照顾好你的佳瑶，我们有空就上住院部看你们俩。"

"嗯，听你这生龙活虎的声音，估计都能打死一头牛，这我就放心了。"左子言放心道。

"嗯……啊……"麻药清醒的强仔，痛苦万分地慢慢抬起右手看着自己手腕的伤，见陶灵正坐在门口的椅子上接着电话，强仔立刻满是脏话地骂道："妈的，你怎么在这？"

"呀，子言，我先不跟你聊了，犯人醒了。"陶灵立刻挂断手机，翘着二郎腿，故意挑衅道："你是疑犯，我是警察！

170

我当然在这咯！怎么着，嫌我枪法太差？没打残你的手？"

"哼！你最好杀了我，否则我会让你们所有人都为我妹陪葬！"强仔歪斜着坐在病床上大声吼着："你们警察都是杀我妹的凶手！"

闻声进来两名持枪警员，陶灵举手示意他们先去门口站好。

"你妹？谁啊？"陶灵反问。

"我妹是肖微，就是你们昨天早上审讯死的那个！"强仔说到这，莫名地更加激动了起来。

"小微？肖微？哦……"陶灵一边自问，一边仔细打量着强仔的身形道："所以，你就是昨天凌晨来医院袭击我的那个假医生？"

"咚咚……铛铛……"

只见，强仔突然下床，大力拉扯着那只被铐在病床杆上的右手，任凭手铐将他手上的伤口刮蹭得撕裂而出血，强仔义无反顾地连病床一起拖动着，慢慢朝陶灵靠近，鲜血直流在地板上……

"是，就是我，我后悔昨天凌晨怎么不直接一刀捅死你！不然也不会让你们这些坏警察害死我妹！"强仔瞪大布满血丝的双眼，冲陶灵咬牙切齿地发着狠话。

"行了，别挣扎，别嚷嚷了，你这样右手会扯断的，断了还怎么找我们报仇？"陶灵故意讲话刺激着强仔，"再说了，你口口声声说我们审讯致死你妹妹，你妹是急性心肌梗塞致死的，不是我们害的。"

"我妹是曾经有过心脏病史，可是好多年都没复发过了，怎么就你们一审讯人就死了呢？你们别想骗我，更别想逃避责任！"强仔怒指着陶灵。

听到强仔愤怒时说出的话语，陶灵不禁头皮开始发麻，因为她突然有种大胆的推测，甚至怀疑警局内部有黑警，而就在陶灵怀疑警局内部有黑警的时候，审讯室那边正发生着紧急的事情……

"谁叫你打扫审讯室的？身为警务人员难道你不知道，审讯室里的每样东西都有可能成为某个案件的重要证据吗？"韩东憋红着脸大声骂道。

"昨天凌晨我看那疑犯被审讯得心脏病都来了，这再加上审讯室里一团脏乱，我不就想着帮忙打扫一下卫生，然后，把那些烟啊、水啊的全部一股脑儿丢垃圾桶去了。"樊浩故意装糊涂地说着。

"胡闹！你入警队多久了？没背过警员守则吗？审讯室……"韩东气得话都接不上来，双手叉腰道："哎……那你把垃圾都丢哪去了？对了，昨天还有没有其他人来过审讯室？"

"垃圾啊？我都丢后边院里的垃圾桶了，估计昨天早上垃圾车都倒去垃圾站了吧？"樊浩估摸着。

"那人呢？后边还有没有人来过审讯室？"

"没……没有了吧。"

"什么？什么是没有了吧？"韩东气得转身拍着桌子。

"我打扫审讯室的时候，那个，这个……应该，肯定没人来过！"樊浩支支吾吾了半天才肯定道。

"哎……"韩东气愤地叹着气朝监控室走去，认真地在监控室的电脑里查看着每个端口的视频录像，却始终找不到昨天凌晨5点至6点的监控录像，更令人心生疑的是整个审讯室楼层的监控录像都在凌晨5-6点的时候突然黑屏了。

"樊！浩！你给我过来！"监控室里传来韩东的传唤声。

"韩队，您……"

"昨天是谁值的晚班？这个是怎么回事？为什么监控摄像头统一这个时间点黑屏了？到底昨天有没有其他人来过审讯室？"韩东生气的追问。

"韩队，昨天是我在这边值班，不过监控一直由高警官负责，这黑屏现象估计是线路故障之类的吧，昨天、昨天的确都没人来过。"

韩东看着樊浩神情不定的样子，似乎看出一些端倪，于是沉着脸严肃道："行了，行了，你先出去吧！"

樊浩一离开监控室，立刻快速地朝洗手间走去，想象自己像是 007 特工般，小心警惕地检查了一遍洗手间的每个格间，见里面都空无一人，樊浩立刻拉上其中一个隔间门，蹲在马桶上给陶灵打着电话。

"喂，陶队，是我樊浩！陶队，果然不出你所料，真的有人来审讯室问我垃圾丢哪去了。"樊浩像发现新大陆似的，一脸八卦的样子。

"是谁到的审讯室？"

"韩队咯，来了没几分钟就起码骂了我不下 30 句！好凶哦。"樊浩如实形容着韩东当下的表情，继续道："陶队，估计我这次会受严重处分。"

"韩队？怎么会是韩队呢？"陶灵不解地自言自语，突然问道："那他现在在哪？"

"现在？应该还在监控室吧，好像在修复监控录像。"樊浩推测着。

"嗯，有新情况记得联系我，放心，我不会让你受处分的，还有，韩……算了，到时联系。"陶灵欲言又止地突然将电话挂断。

瞧见强仔正伸手想去拿柜子上的香烟，陶灵立刻将手机放进口袋，快速地走到病床边，拿出一支香烟塞到强仔的嘴里，"咔嚓！"，就在烟头快被点燃之际，陶灵突然一把将烟从强仔嘴里抢了出来，仔细一遍一遍地检查着烟头和烟尾……

"这烟是你的？"陶灵焦急地问。

"废话！不是我的，难道是你的？"强仔一脸不屑地看着陶灵，很是不爽地一把抢过香烟，从烟盒里拍出一支烟，自己点着，大口抽了起来。

"你平时都是抽这种烟吗？"

强仔不耐烦地吐了一大口烟雾，大声问："咦？你们警察都是住海边的吗？我平时抽什么烟也归你们管？"

"你丫的，你当我跟你一样闲得蛋疼呢？"陶灵的野蛮霸道的性格，凸显而出，只见她粗鲁地用脚踩在床边，双手揪住强仔的衣领道："你最好如实告诉我烟的来历，否则你妹就真的冤死了！"

强仔看着陶灵的表情那么严肃认真，才开始觉得事情可能真不是眼前所见的这般简单。

"烟是我朋友给我的，从国外带回来的，进口烟，我昨天才抽的。"强仔看着烟的神情有种莫名的信任，继续道，"不过烟的口感很好。"

强仔一边抽着烟，一边继续把玩着烟盒。

"哪个朋友送的？"

"一个好朋友。"强仔似答非答地抽着烟。

"给我！"陶灵伸手问强仔要他手里的香烟，见强仔一个劲的把玩着香烟就是不愿给陶灵，只瞧见陶灵，长腿一踢烟盒被踹得老高老高，然后踩在病床边上，纵身一跃，一把将烟盒抢到手里。

拿起手机扫着烟盒上的条形码，条形码的编号：885951620，熟悉的条形码不禁让陶灵想起"罗马数字·江凤莲"事件的疑点。不禁提问道："非卖品？这烟是非卖品？"陶灵疑惑地看着强仔，而强仔也更是一脸疑惑地看了看陶灵，接着又继续抽起烟来。

认真地用手机将烟盒四周都拍照下来，陶灵分别将照片发微信给：李扬、胖熊、殷泽三人。微信才刚发出，陶灵的手机铃声便响了起来。

"正准备打电话给你，你就发微信过来了。"手机里传来殷泽的声音。

"报告出来了没有。"陶灵直接问道。

"嗯。出来了，烟草本身是没有什么问题的，但是烟嘴外包的纸张是经过特殊处理的，在烟头点燃挥发时，人的鼻孔再将烟雾吸入……"

听到殷泽说到这，鬼灵精的陶灵脑袋灵机一动，突然假装手机出现故障，故意对着手机拉长声音大喊道："殷大法医，你……你等会儿，我手机好像坏了，听筒有些问题，要不等我一下，我把免提打开。"

陶灵故意着急地走到强仔病房的阳台，迅速将手机免提打开，然后把听筒对着病房里边，故意问道："听得到吗？殷大法医？"

"嗯，听得到。"殷泽的声音清晰地从手机听筒里传出来。

"那就好，那个，你刚说证物检验结果出来了？"陶灵故意重复问道。

"是的，结果检验出来了烟草本身是没有什么问题的，但是烟身外包的纸张是经过特殊处理的，加上过滤嘴里面的薄荷爆珠，在烟头点燃挥发时，人的鼻孔再将烟雾吸入再从嘴里和鼻孔吐出，与唾液发生的反应堆，会刺激人体肾上腺素，还会……"殷泽认真地说着。

陶灵一边听着殷泽一字不差地重复着法医的检验知识，一边偷瞄着病床上的强仔，见强仔正在专心地竖起耳朵在偷听着，陶灵故意发着牢骚，"殷泽，殷大法医……你能说简单点吗？""哦，简单来说，死者死前所抽的这个烟就是一种轻型毒品，上瘾极快，却很难脱手甩开，而这种毒品对有心脏病史、糖尿病等病症的人是绝对不能碰触的，它会诱发急性心肌梗塞和其他并发症，更会引起吸食者过度致幻和暴力倾向，再加上毒瘾发作的同时，死者还喝了一杯温水，而这杯温水就是死者的催命符，因为温水里的成分含有尿激酶和洋地黄制剂，两种成分加速了死者的死亡……"殷泽不停地在手机那头详细地说着，而陶灵听到这里，故意将手机免提关掉，急匆匆地跑进病房大力地将强仔嘴里的烟给拍掉，大声道："这烟不能抽！"

"你他妈有病是吧！说你住海边的你听不懂意思是吗？"

强仔几乎将陶灵和殷泽的对话听得个一清二楚，又不希望被陶灵发现自己刚刚偷听警察打电话，于是故意生气地骂着陶灵。

"你妹曾经有过心脏病史，那你呢？"陶灵自顾自的问。

"又关你事？"强仔始终都是一副不乐意配合的样子。

"我问你，你有没有心脏病遗传史，快说啊！"陶灵见强仔一直愣愣地看着自己，却又一副死也不答的样子，气得陶灵猛然大力一脚踢在病床的扶手上，扶手当即断掉在床边……

一位护士小姐突然走到门口，提醒道："这位警官，医院的设施不能随意损坏的，您这样我们要计算赔损费的。"

"找他们谈赔偿！"陶灵野蛮地指着门口的两名警员，然后冷冷地继续道："护！士！关门！谢谢！"

门一关上，陶灵野蛮劲又一次升起来，大声问道："问你呢。"

只听见门外隐约传来护士小姐的声音，"叫里面那位警官不要再损坏我们医院的设施了，否则我会去你们警局投诉她的！"

"妈的！在外面废什么话呢？吵到我审问了！"陶灵起身，粗鲁地打开病房门，指桑骂槐地呵斥着门外的两名警员。

"砰！"一声，大力将病房门甩上……

"我没有遗传心脏病，我和小微是孤儿，小时候在一家福利院，只是后来才被老板领养。"强仔终于开口小声道，突然惊讶地反问："警官，这位警官，这烟？真是这烟有问题？是不是？是不是这烟有问题！"

正当陶灵想认真回答强仔的问题时，手机那头突然传来殷泽焦急地声音："喂！喂！陶灵，听得见吗？你那边怎么那么吵？又跟人打架了吗？"

"哦，殷泽不好意思，刚刚没听见，你刚说到哪了？"陶灵应付道。

"刚刚说到，你发的烟盒照片以及烟身的照片，跟你送过来样检的烟应该是同一个牌子，如果你能拿过来给我检验做对比的话，起码我能确定死者小微不是属于意外死亡而是他杀！"殷泽认真地提醒着。

"所以比对烟盒里的烟，就能知道肖微的死是不是他杀或者自杀？"陶灵故意开心地说给强仔听。而也正是殷泽的这一比对提醒，瞬间又一次让陶灵头皮发麻起来。

"好的，我知道了，殷大法医，那咱先不说了。"陶灵有些木讷地挂断电话，脑海里不断回忆着：从奔王的死到有人来医院偷袭自己，再到查出烟的问题，再返回到三年前，似乎自己查到的很多地方都和某一个人有着千丝万缕的联系，而这一个人偏偏是……

"凡诚，和你的死有关吗？那韩东？"陶灵小声地自言自语。

"嗡嗡……嗡……"陶灵的手机又一次响起，不断在手里震动着，而陶灵却一点反应都没有，一直愣愣地站在一旁想事儿。

"喂！喂！警官，你手机响了。"强仔好心地推了推陶灵，不料，陶灵却反应超大的，突然，右手一个反肘拳朝强仔的头部打去，打得强仔眼冒金星。

"TMD！你是不是有病啊？我好心提醒你手机响了！妈的，你……"强仔一边揉着太阳穴，一边大骂着陶灵。

"不好意思，我刚刚在想事情，真对不起！"陶灵尴尬地连连道歉，然后才走到一旁接着电话，来电的是李扬。

李扬的声音从电话里传来，"陶队，烟是产自国外的，之所以会显示非卖品，因为这是人家集团自产自销的外烟。不过，这烟……好熟悉的样子。"

从声音来定，丝毫都听不出李扬有任何的心情不开心，似乎他已经完全忘记了几小时前被陶灵拒绝求婚一事，而正是李扬的这种假装没事，强装开心的态度，越发让陶灵觉得心里难受。

"自产自销的外烟？人家集团？哪个集团？"陶灵提问道。

左子言的声音突然从手机那头传来，"喂，陶灵，是这样的，刚刚我看李扬在问烟的事情，我一看烟盒才发现，那烟是我家在国外的烟厂产的，都是最纯正的烟草，做好之后都是给我们的大客户享用的。之前我还给了李扬一包呢，咦？李扬，你没抽那包烟吗？烟的口感如何？我们家产的烟是不是很纯正啊？"左子言自豪地在手机那头问着。

"我没来得及抽，想着肯定是好烟就送人了。"

陶灵清晰的听见李扬在手机那头憨憨的回应着。

"哦，这样啊？"左子言的几句话，瞬间让陶灵想清楚了很多事情和疑点，更能将这几天甚至这几年要查的东西都连成了一条完整的线，只见她故意转移话题道："哎，那赶情好啊，我一朋友偶然抽到这种烟，说是口感好，托我找找朋友看能不能买到，结果转了一圈，原来是你们家的烟厂啊？那太好了。"

"没事，陶灵，你尽管问问你朋友要多少，到时我直接叫人带给你们。"左子言大方地承诺着。

"哎，好的，谢谢你子言。咦，对了，那个李扬啥时候去住院部看你们了？他还真会偷懒的呀。"陶灵故意岔开话题道："你们病房里要吃的有吃的，要零食有零食，早知道我就让他在急诊室守着了，哎，子言，要不你叫李扬接一下电话，我有事找他。"

"嗯，好的。"左子言微笑着将电话递给李扬。

"怎么了？我亲爱的陶队，你不会是想顺便买几条烟弥补一下我受伤的心情吧？"李扬自娱自乐道。

"别瞎说，李扬，小微的死跟烟有关。"陶灵突然严肃地对李扬说。

"啊！哦……那和三年前的？"李扬含糊的问着，"可是……我把烟送给……"

"很有可能，具体明天见面聊，今天也不早了。"陶灵并没听完李扬想要说的话，自顾自地说完便将电话挂断，收拾一下内心的语言，陶灵突然严肃地问强仔。

"喂，咱……俩……这架也打了，骂……你也骂了，总该告诉我你真实的名字了，跟我说说你的具体情况了吧？"陶灵像结交朋友似的，礼貌地拿出警官证，认真地自我介绍道："呐，这是我的警官证，我叫陶灵。"

陶灵见强仔似乎不愿搭理自己，陶灵继续道："你不说也行，反正我查得到，然后吧，大不了我们这些警察多花点时间，慢慢去查你妹小微的死因，到时，起码你坐个几年牢出来之后，你妹的仇肯定就报了。"

"什么？你们警察查个案居然要几年？我说，你们当警察怎么那么没用啊？"强仔不敢置信地瞪着陶灵。

"那可不！咱们警局里大大小小的案件那多了去了，从特大案件到大案件再到小案件，再根据线索等级分类，像你妹这事情，医生都断定是意外死亡，手头上又一点证据都没有，上哪去翻案一个死亡证明的？"陶灵故意做出一脸难为情的样子。

"咦？不是！什么叫没证据？"强仔大声道。

"就你？你能有什么证据？你要是真有个证据？也不至于现在被我铐在这里啊。"陶灵故意用激将法继续道："而且，就算你能有个啥证据的，那顶了多了就是这盒来历不明的香烟，虽然，法医已经检验出来这烟就是诱发肖微心肌梗塞的罪魁祸首，但是你连这烟是谁给你的，你都不知道。哎……可惜了……"

强仔一听到陶灵说到"可惜"这词，立刻着急地问："可惜什么？"

"哎……"陶灵故意哎声长叹，闭口不答。

"喂！你倒是说话啊！问你呢，怎么就查个案子还可惜了呢？你们现在的警察是不是都做做样子，吃干饭的啊？"强仔急得快不行了，故意放软道："得得得，你问，我什么我都回答你。"

"真的？我问啥都行？"

"嗯嗯，你问我啥，我都回答你！"强仔认认真真地频频点头道。

"哎，算了，就算你都回答我了，也没用，一看就知道你这身上肯定没什么有用的线索，更别说相关证据了。"陶灵以退为进地说着。

"你不问怎么就知道没线索，没证据呢？"强仔大吼着。

"好！那我问你！"陶灵一脸大获全胜的样子道："叫什么名字？"

"肖强，外号：强仔。"

"多少岁？住哪？平时跟谁住？"

"28岁，住金华小区，平时和妹妹一起住。"强仔几乎是回答如流。

"记得你说你和小微是孤儿？那你们现在和养父母一起住金华小区？"

"不是，我们是被老板领养的。"

"老板？叫什么名字？有没有照片？是哪人？就领养了你们两个？"

"我们都没见过老板，上哪来的照片？"

"没见过？那可是你们的养父母啊，你们没见过？"陶灵惊讶地问。

只见强仔认真地回忆道："我和小微从6岁被领养当天开始，就没见过所谓的老板，只知道大家都叫他East，从小到大，都是East请的阿姨：石妈，她带大我们。"

"大家？你们很多兄弟姐妹？"陶灵预感接下来的话语很有可能会是她一直没找出来的新线索。

"嗯，East是个大善人，每年都会在全国各地收养我们这样的孤儿，然后供我们学习、吃住，和我们一起长大的共4个，我们4个各自有各自的善长之处，小微善长医理，我没什么优势，从小就喜欢打架，所以我善长格斗。大哥、二哥，他们都是全能的，不知道是多久前，好像听小微说起，大哥和二哥都当上警察了。"

"警察？在哪当警察？"陶灵立刻开始谨慎了起来。

"不知道，大哥和二哥跟我们最少都有十年没见了，现在见到估计都不认识了。"强仔认真地回忆着，"不过我大哥、二哥是双胞胎，他俩几乎长得一模一样。"

"一模一样？双胞胎警察？栖洲市还真没有，可能在其他城市吧。"陶灵自言自语地嘀咕了半天，突然问道："强仔，给你烟的人是谁？"

"没见过。"

"没见过？快递给你的？"陶灵又是一脸的狐疑。

"不是你所想的'没见过'，我指的是：没见过他的样子，因为他每次都戴着大大的口罩，大大的墨镜，穿着黑色衣服，戴着褐色鸭舌帽，整个人在黑暗的角落里不出声，你几乎看不到他。"

"就没其他什么特征？"陶灵认真提醒道："仔细想想，难道他没其他什么特征吗？你要记得，送烟给你的那个人就是害死你妹妹的凶手！"陶灵故意刺激着强仔。

"特征？全身乌漆麻黑的？有什么特征？"强仔费尽心思回忆着，"哦哦哦！那个算不算？"强仔瞪大眼睛道。

"哪个？"

"他每次都会转动一个指尖陀螺！会发光的那种。"强仔一脸认真地看着陶灵，然后突然像审问犯人一样，反问道："咦？不对啊，烟是送给我抽的，我妹在你们审讯室，还能抽烟吗？而且我妹有心脏病史，医生说过不让抽烟啊！"

强仔的一个反问，瞬间让陶灵想起了什么，立刻道："我先打个电话。"陶灵说完便转身走出病房，并示意门口的两名警员看好强仔。

陶灵快速地给樊浩打着电话……

"樊浩，你在哪？"陶灵语气极速地问。

"准备交班回家。"樊浩一边收拾着东西，一边回应着陶灵。

"先别回去。"

"啊？怎么了陶队？"

"紧急任务！"

"是！"樊浩立刻做出时刻准备着的姿势。

　　"我需要你去监控室复制一份昨天凌晨审讯肖微的视频录像，然后加密发给我，待会给你接收地址。"陶灵秘密地吩咐着樊浩。

　　"好，我知道了。"……

# 第五章 抓捕嫌疑人

# 1. 抓捕

"啊！凡诚……快……快救凡诚！"

又一次在白茫茫的雾海里，陶灵迷失着方向，焦急地寻找凡诚的踪影，黑影不停地在身边时而出现，时而消失，陶灵惊慌地不停喊着："凡诚，你在哪？在哪？凡诚你出来好吗？"

雾海中的黑影从模糊到微微清晰，从清晰到模糊，再到出现一个熟悉的轮廓，陶灵开心地一次次向前扑拥过去，而黑影一次次即刻消逝而散，不断无助地扑向前方……接着再失落地转身扑向后方……

一次次地为了黑影而扑空，陶灵傻傻地站在雾海中左顾右盼，失望至极地坐在地上，撕心裂肺地哭泣着，"凡诚，求求你，我求求你，让我再见你一次好吗？凡诚，我想你了！"陶灵放声大喊着。

突然，一只强而有力的手将陶灵从地上拉起身，闻着熟悉的气味，温暖地抱着熟悉的身体，陶灵哭红着眼，娇羞地缓慢抬头低吟道："凡诚……我真的好想你，我……"陶灵撒娇的话语被眼前的景象吓得惊声尖叫。

只瞧见一个脸部被烧得溃烂流脓的人，死死地盯着陶灵看，那张被烧得面目全非的脸，脸上的肉一块一块地掉下来，接着眼珠子夹带着黑漆漆的粘液一块块地掉下来，然后是嘴唇拉扯着舌头往下滑落……

"啊啊啊！凡诚……"

　　陶灵又一次从噩梦中尖叫着惊醒过来，已经完全数不清楚这是第多少个清晨自己又一次从梦中哭醒、惊醒过来了，用纸巾擦拭着额间的冷汗，无力地打开冰箱拿起一瓶牛奶咕噜咕噜地一饮而尽。

　　看了看手机时间，距离上班时间还有两个小时，陶灵清楚此时的自己早已睡意全无，索性换上舒适的衣服，随意抓起几块面包和饼干，机械化地从冰箱里拿出几瓶小麦啤，独自一人来到凡诚的墓碑处，静静地看着太阳从东方升起，微笑着打开小麦饮啤，"亲爱的，我又来和你聊天了，你在这还习惯吗？"

　　陶灵故作坚强地对着凡诚的墓碑自言自语地说着，咕噜咕噜又是一瓶小麦啤喝下肚，随意地塞了几口面包进嘴里。

　　"咳咳……咳咳……"

　　不知是大清早的空腹喝酒被酒给呛到，还是被面包给噎着，陶灵不断吃力地咳嗽着。用力将东西全部吐出来，泪流满面地看着升起的太阳，伤感道："凡诚，你说你啊，这么狠心地丢下我一个人在这个世上……你倒好啊，你在这面朝大海，每天看着太阳东起西落……"

　　正准备继续跟凡诚的墓碑说点什么，突然一个黑影从陶灵身后穿过，陶灵警惕地站起身，阴冷着脸问："是谁？出来！"

　　见周边并没有异动，陶灵以为只是野猫窜过，便坐下来拿起小麦啤继续喝着，"凡诚，你知道我有多想你，有多……"

　　"噗……吱……"隐约间又传来轻微的脚步声，陶灵机警地快速转身，一名可疑的黑衣男子，身影快速地躲到前排墓地的走道间慢慢移动着，只见陶灵突然大声喊道："是谁！鬼鬼祟祟在那干嘛？给我出来！"

　　只瞧见一名身穿黑色运动服，身高约 180 左右的男子闻声停顿了几秒后，然后头也不回地突然加速地逃跑了起来。

　　陶灵发觉到对方的不对劲，立刻抓起地上的背包快速地朝那名男子追去，"站住！"，两人一前一后地穿过墓地的好几条走道，飞速地跨跳过几座不明的墓碑，陶灵继续穷追不舍地跟着……

　　"喂，你这人怎么这样啊？你看看你干的好事！"一位正在祭拜亲人的清秀女孩，站在一座墓碑前，两眼红红地看着地上洒了一地的祭品，愤怒地拽住那名黑衣男子的手臂，大声吼道："你到底知不知道这是哪？这里是墓园，去世的人休息的地方，在这里面跑那么快干嘛？赶着投胎啊你？你给我道歉！快点道歉！你知不知道我准备这些给我妈……"

　　只见那黑衣男子毫不理会那名女子的责骂，而是快速地后退一步再侧着转身，接着右手手臂用力地朝上往下转了一大圈，野蛮地挣脱了那名女子的拽扯，继续朝前跑着。

　　"嘿……见过没素质的，就没见过像你这样的，在死者的地盘你都敢撒野，你当你是孙猴子呢？"那名女子愤怒地指着前方正在快速逃跑的黑衣男子，看了看手里空空的小碗，很是不满地大力将碗摔在地上，愤怒地直视着前方逃跑的黑衣男子。

　　"妈的！你给我站住！你今天必须得给我妈道歉，我管你是孙猴子还是哪蹦出来的妖怪！看我今天不打到你跪下！"。

　　那名女子骂完便速度极快地朝前追赶着，而在后面追赶的陶灵特意换了一条追捕路线，在一旁的走道，边跑边观察着前方追赶的两人。只瞧见，那清秀的女子，不知哪里来的劲，突然借助路边的树杆奋力纵身一跃，一个飞腿直直地踢在黑衣男

189

子的背上，男子被重重地踢倒在地上。

两人拳打脚踢地时而进攻，时而防守，陶灵眼看那名女子就快不够力气厮打时，立刻向前直冲一拳，再退步弯腰一个扑地旋转向上旋踢，黑衣男子也不甘示弱地滚地闪躲，再转身对着陶灵和那名女子同时左右摆拳、勾拳的连连进攻，逼得陶灵和那名女子连连后退。

"喂！"陶灵一边接挡着黑衣男子频频的大力攻击，一边大声喊了一下身旁和自己一同在厮打的清秀女子，眼神示意她注意一旁正在给绿化浇水的园林工人，然后做了个打水手结的手势。

"OK，懂了。"那名女子坏笑着，突然，转身避开那名男子的攻击，让陶灵一人招架黑衣男子的双拳夹击，而自己则故意转向那名男子的身后，反肘偷袭着那名男子，趁那名男子转身冲那名女子挥拳之际，陶灵敏捷地从地上翻滚至另一旁，一把夺过园林工人手里浇水的塑胶水管，然后大力地朝那名女子甩去，两人像在打一场配合度极高的真人赛般，转圈旋踢，左拳攻击，右腿横踢……没一会儿，黑衣男子便被陶灵和那名女子用塑胶水管给捆绑得服服帖帖了。

"警校毕业的？"陶灵一边好奇地问那名身手还算 OK 的女子，一边从口袋里拿出证件，对着黑衣男子说："警察！！说！你从早上就跟我一路了吧？有人派你来的？说！是谁派你跟踪我的？"

见那黑衣男子一直用怪怪的眼神看着陶灵的证件，久久闭口不答，陶灵没好气地野蛮道："现在怀疑你，恶意跟踪人民警察查案，有什么话跟我回警局说去！"。

"原来您是栖洲市公安局的啊！"只见那名女子好奇地绕到陶灵面前，仔细看着陶灵的警官证，突然惊声道："呀！您是陶灵？你是陶副队长！哇哦！您就是陶灵？"那名女子兴奋地大声问着。

"嗯，是我，怎么了？"陶灵疑惑不解地看着眼前这个像是见到偶像般，疯狂蹦跳的女子。

"陶队早！我……我……我叫离洛，市公安大学毕业，今天头一天去局里报到，陶队，真的太巧了，我就是您特案组小组的新成员。"离洛笔直地站出军姿，兴奋地自我介绍着。

"哦，真巧哈。"陶灵尴尬地看了看离洛激动的表情，"不过真功夫学得可以，不错。"

"谢谢陶队夸赞。"

"咦？你这么早过墓园来？怎么了？出什么事了？"陶灵疑惑地问。

"没什么事，今天是我第一天当警察，我想在去单位报到之前，先跟妈妈说说话。"离洛一边伤感地看着墓园的某处，一边恶狠狠地看着那名黑衣男子，"就怪他咯！撞洒了我为妈妈准备的美食。"

"切～人都死了哪里还能吃的到？最后不还是活人吃了？"只见那名黑衣男子突然开口说了句非常贱的话。

"你！"离洛气愤不已地将手里拽着的塑胶水管大力甩在地上，然后向前挥手搂向黑衣男子的脸部，黑衣男子快速移步躲闪绕到另一边……

就在离洛追打黑衣男子之际，左脚一不小心踢到了路上的小石缝，紧接着，右脚又被刚刚扔在地上的塑胶水管给死死缠住，最后，连人带水管一起朝前摔倒在地上。

　　而拽住绳子另一头的陶灵和被绑住的黑衣男子则因离洛从中间勾住水管摔倒的惯性，两人像彗星撞地球般，互相袭击着彼此的胸口，接着，两人紧紧相依地摔倒在地，黑衣男子重重的压在陶灵身上，由于黑衣男子的双手都被水管给困住了，根本无法自主地站起身，只瞧见，黑衣男子的嘴唇正直直的对准陶灵的红唇，两人瞪大双眼，胸口绵延起伏地看着彼此。

　　此时的黑衣男子却好似被陶灵柔软的红唇给吸引住般，尽然不受控制地主动亲吻着陶灵，就连舌头都快忍不住想要探进陶灵的嘴里……

　　"啊！"只听见黑衣男子一声惨叫，原来是陶灵咬伤了黑衣男子的舌头，紧接着，陶灵气得满脸通红地将黑衣男子从自己身上推开，恼羞成怒地一把将黑衣男子拽起身。

　　"啪！"一记响亮的耳光打在那名黑衣男子身上，"你他妈想死是不是？"陶灵生气地一边吐口水，一边用袖子擦拭着嘴唇。

　　"我不是故意的，你看我的手根本动不了。"黑衣男子一边将舌头的血吸出来吐掉，一边诚恳地解释着。

　　"你！你！你手被绑了动不了，可你的舌头和嘴唇……"陶灵想想就觉得恶心，"我看你不止是跟踪公安干警办案，你还是个不折不扣的色魔，快点走！跟我回警局！"。

　　导致这场亲吻意外的离洛像在观看一部精彩的偶像剧般，愣愣地坐在地上，瞪大眼睛傻笑着。

　　"看够了吗？是要连你一起抓去警局是吗？"陶灵气不打一出来地冲离洛大吼着。

"不！不用，看，看够了，够了，那个……抱歉，陶队。"

离洛尴尬地从地上爬起身，手忙脚乱地解释着，而脸上却不自然地流露出微笑的表情，低着头像个愣头青般，一边不停地解释，一边紧紧地跟着陶灵朝停车的方向走去。

见离洛脸上不经意间流露着笑容，冷着脸转身问："好笑吗？"

"嗯嗯，是……好笑。"离洛不禁笑得双肩抽搐着，见陶灵的脸色突然刷白起来，离洛才发觉自己似乎又讲了不该讲的话，立刻解释道："不，不不不，陶队，一点都不好笑，真的。"

"噗嗤……"黑衣男子忍不住笑出声来。

呼……哧……

只见陶灵和离洛不约而同地冲黑衣男子一人挥去一记重拳，疼得黑衣男子直吐口水，头爆青筋地盯着眼前这两个出手狠准的女子。

而此时的离洛却哪壶不开提哪壶的解释道："陶队，那个，刚刚导致你们两那样……这样……接吻的事，我发誓，我真的不是故意的。"离洛认真地用手比划着刚刚陶灵被黑衣男子亲吻的情景。

"我也是。"黑衣男子又一次一脸贱样地说着，"不是故意的。"

"你闭嘴！"只见陶灵和离洛突然异口同声地大骂着黑衣男子。

"真是的！多嘴！"离洛一脸嫌弃地将黑衣男子推上陶灵的车，自己也识相地和黑衣男子一起坐在陶灵的车后排。

"还有你，要么下车，要么闭嘴！"陶灵大吼着。

　　见车内的气氛突然诡异了起来，黑衣男子突然侧身坐着，用被铐着手铐的双手紧紧地抓住车门扶手，一脸欠揍地对着离洛说："喂……小心哦。"

　　离洛迷惑地看着黑衣男子，本想伸手去揍他，不料，车子一阵轰鸣。

　　"轰……轰嗡……"陶灵的车子突然加速启动，在喧闹的城市道路里极速穿梭着，时而弯道漂移，时而逆行横穿马路，全程时速就没低过 100 迈……

　　"啊……哦……NO, NO，陶……队，陶队，小心啊！前面有环卫车出来，啊……"离洛在车上一会儿左脸贴窗，一会儿前胸贴着副驾驶靠座，惊声尖叫着提醒陶灵。

　　十字路口一个小朋友突然窜出马路，陶灵不慌不乱地眯着眼睛，双手有力快速地旋转着方向盘，整个车身右边轮胎微微抬高离开地面，车子左边的两个轮胎在地面上画出一道黑色的半圆，瞪大眼睛看着车身从小朋友的身边，以一厘米之差的距离飞速飘过……

　　而车内没有系安全带的离洛，正惯性地扑向那名黑衣男子，只瞧见，黑衣男子机警地伸出右脚撑住离洛的身体，以防止离洛整个人扑进自己的怀里，总算安全地避开那个突然跑出来的小朋友，离洛大喘着气，低头拍着胸口道："呼……太险了，吓死我……"话还没说完，离洛便被自己胸前那个黑色脏兮兮的大鞋印给吓得瞪大双眼，"你！"

　　"我只是不想又和你亲到。"黑衣男子故作认真地解释着。

　　气得差点炸开花的离洛还没来得及抢起拳头打向黑衣男子，自己却又一次被陶灵的极速漂移给甩向右边的车窗，脸紧紧地贴着冰冷的车窗。

"吱……吱……"一阵长长的刹车声响起，离洛的脸蛋快速地脱离车窗，紧接着，便是额头重重地撞在副驾驶座的靠背上，"啊呜……我的头。"

疯狂地体验了一把刺激的极速飞车，离洛懊恼地走下车强忍着食物不断在胃里翻滚着，两眼发直地弯腰看着前方跟个没事样的陶灵，正冷着一张美丽的脸蛋，押着黑衣男子径直朝警局大厅走去……

胖熊刚好下来警局后院拿东西，瞧见陶灵押了个犯人，立刻向前道："陶队，这是？"

"墓园抓的一个跟踪狂，色魔！"陶灵冷冷地看着黑衣男子，然后狠狠地一脚将他踹向胖熊身边，"带他去审讯室，我上个洗手间马上过来。"

"跟踪狂？还色魔？在墓园？这也太刺激了吧？"胖熊难以控制地想入非非道，"咦，陶队，那个吐得稀里哗啦的是跟踪狂的团伙吗？"胖熊指着在后院疯狂呕吐的离洛问。

"新来的。"陶灵瞥了一眼离洛，冷冷的命令道："喂！新来的，给你五分钟，吐完滚来办公室报到！要不哪来滚哪去！"

胖熊看着吐的难受的离洛，不禁轻声自语道："哎……看样子吐得够呛哦，这第一天报到的，谁不好得罪，非得惹我们陶队？哎……"胖熊摇头晃脑地一边小声嘀咕着，一边推着黑衣男子，"跟踪狂？色魔？落到我们陶队手里，不死也得扒层皮啊。"

"切……"黑衣男子不屑地哼了声。

只见胖熊抡起拳头，狠狠地敲了几下黑衣男子的后脑勺，"切什么切？快点走，待会到审讯室有你好果子吃。"

而蹲在院子里呕吐的离洛，正捂着抽搐的胃部，自怨自艾道："哎，看样子今天是死定了。"离洛看着慢慢走进警局大厅的陶灵、胖熊和黑衣男子，紧接着，又一次不受控制地呕吐着……

原来离洛只要在车子过度颠簸的时候就会晕车，看来这天下还真是没有全能的人，离洛即使侦破技术再强，也抵挡不住晕车导致的一吐而尽。

审讯室里，陶灵正和胖熊审问着那名黑衣男子。

啪……

陶灵大力拍着桌子，"你叫什么名字？"

黑衣男子眼神温柔地看着陶灵，痞里痞气地笑着道："宫藤北。"

"宫藤北？那刚刚在墓园那边问你名字，你怎么不说啊？"陶灵一脸厌恶地看着宫藤北，继续问："住哪？"

"金融中心公寓。"

"金融中心公寓离墓园那里最少得 40 分钟的车程，你大清早跟踪我去那里干嘛？是有人派你来跟踪我的？"

宫藤北静静地看着陶灵，嘴唇微微嘟起，轻轻发出"啵"的一声。

"你……"陶灵气愤地起身走到宫藤北身边，揪着对方的衣领大声道："我看你真的是嫌打得太少了。"

陶灵转身拿起水杯，野蛮地朝宫藤北砸去，杯底准确无误地砸在宫藤北的额头上，鲜血慢慢流出，胖熊见陶灵正准备继续挥拳，连忙向前拉住陶灵的手臂……

就在审讯室里正是审讯激烈之时，韩东突然地赶来办公室，焦急地问：“你们陶队呢？”

“哦，陶队刚刚押了个跟踪狂回来，这会估计应该在审讯室。”一名办公室警员清晰地向韩东汇报着，突然道：“对了，韩队，听他们说今天陶队抓的跟踪狂叫宫藤北，在现场不小心亲到陶队了，估计这会那人应该已经被……”

“糟了，藤北……”还没等警员说完，韩东立刻转身快速地朝审讯室跑去。

透过审讯室门中间的小窗，正好瞧见陶灵准备殴打宫藤北，韩东担心地推开门冲进审讯室，一把将陶灵拽出审讯室。

“他不是什么跟踪狂，赶快放了他。”

审讯室门外，陶灵瞪大眼睛问道：“为什么？”

“真的抓错人了，他是……”韩东的话还未讲完，口袋里的手机突然响起，“早上好，李局……是，是，在，我刚到审讯室……嗯……嗯，好的，我现在拿电话给她。”韩东将手机递给陶灵。

陶灵一脸不乐意地盯着韩东，不耐烦地问：“谁啊？里面那跟踪狂的家属？”陶灵猜测着。

韩东伸手示意陶灵先接电话问，而一旁的陶灵透过门缝看着审讯室里的宫藤北就一肚子怒火，“家属电话你接吧，我没空！”

见陶灵不愿意接电话，韩东没辙地将手机免提打开，只听见手机那头传来李局沉闷的声音：“陶灵，是我李永华。”

听见李局的声音从手机里传来，陶灵快速夺过手机，警惕地将免提关掉，小声解释道：“李局，不好意思，我，我以为是……”

“立刻把人放了，跟人赔礼道歉，我十分钟后回到局里。”

手机那头传来李局严厉的声音。

"为什么？他的行为举止很可疑，而且，他……"

"他叫宫藤北，是咱们荫州省公安厅为我们栖洲市公安局专门从国外聘请回来的教授级侦查顾问，在DNA检验、视频监控、侦查布控多项领域都是最专业的技术专家，也是国外优秀的心理侧写师。"李局耐心地在电话里介绍着宫藤北。

"侦查顾问？李局，是不是搞错了？那人，完全就一地痞流氓。"

"省厅为我们选用的人才，能出错吗？赶快放人，记得跟人道歉。"

"让韩东带他出去就好了。"陶灵很是不满地妥协着。

"不行！"李局的声音在电话那头突然显得那么大声，那么干脆。

"必须你陶灵本人亲自放了宫藤北，并且要真诚地向人家赔礼道歉，顺便带他去参观一下咱们栖洲市公安局，介绍一下我们局里的相关架构，让宫藤北多熟悉熟悉咱们局里的环境。"李局大声地命令着。

"啊？为什么是我去？我不去！"陶灵扯高嗓门大声反问着，一旁的韩东不禁捂嘴小声笑了起来。陶灵一边懊恼地讲着电话，一边趁韩东不注意，用膝盖狠狠地踢了一下韩东的私处，疼得韩东青筋蹦出的蹲在地上。

"我问你，你大清早地带着你那新报到的特案组成员，把人家一侦查顾问打得鼻青脸肿的，我不让你去道歉，我让谁去？"李局反问。

"我不去。"陶灵气冲冲地将手机递给韩东，然后转身回到审讯室。

气愤地坐在审讯桌前，陶灵一肚子怒火地用桌上的审讯灯直照着宫藤北，可是不管怎么用灯照着宫藤北的眼睛，陶灵始终都觉得不解恨，野蛮地将椅子拖至宫藤北的身边，陶灵沉默不语地，近近地，死死地，一直盯着宫藤北那一脸欠揍的样子。

韩东悄悄走进审讯室，轻轻拍了拍胖熊，示意胖熊跟自己一起在审讯室门口站着就好，两人就这样安静地站在审讯室门口一脸期待地看着。

"韩队，你说她们会不会又打起来？"胖熊担忧地看着审讯室里面。

"不会。"

"为什么？万一打起来怎么办？"

"不会，宫藤北不还是铐着手铐的吗？打不起来。"韩东坏笑着。

"可是？他到底什么人？怎么抓这么个跟踪狂还能惊动到您这支队长也过来了？"胖熊疑惑地询问着。

"侦查顾问。"

"啊？他就是之前传得沸沸扬扬的国外请来的侦查顾问？嘿～～长得够帅的啊。"胖熊惊讶地看着。

"嗯！"

"完了，完了，这次陶队估计要闯大祸了，不行，我得进去看着点，就咱家陶队那脾气……不行，得进去看着。"胖熊不放心地唠叨着。

韩东坏笑着摇头道："你傻啊？你们陶队是奉命赔礼道歉，你进去？她那么爱面子，你矗在那，她还会道歉吗？"

"奉命道歉？谁啊？"胖熊好奇地问。

"上头。"韩东委婉道。

"啊？不会是李局吧？"

"嗯……嘘……"韩东示意暂时安静，"对了，刚刚电话里，李局说十分钟后开会，到时会详细介绍宫藤北的。"

"宫藤北？这姓宫的，确实还挺帅的呢。"胖熊不禁感慨着。

透过审讯室的玻璃，只瞧见审讯室里陶灵拉长脖子凑近着宫藤北，两人几乎快鼻子碰鼻子地互相死死盯着彼此。

"啵……"又是那熟悉而又清脆的亲吻声，宫藤北一脸欠揍的大力亲吻了一下陶灵柔软的双唇，坏坏笑着说："靠我那么近，鼻子都碰上了，陶队，你这样可就太坏了。"

"啪……"一记响亮的耳光干脆利落地打在宫藤北的脸上，"妈的！就你这样还能当侦查顾问？我看你只会耍流氓！"陶灵起身用袖子擦拭着嘴唇，尴尬地朝审讯室门外走去。

就在陶灵拉开门的那一刹那，宫藤北突然自信地说："你喜欢我！"

"你……"陶灵气得心脏都快炸掉了，"妈的，你个自恋狂！猥亵狂！"陶灵吐着大气，转身卷起衣袖朝宫藤北走去。

见状，韩东和胖熊立刻冲进审讯室阻止陶灵接下来的暴力行为，韩东几乎是将陶灵从审讯室反抱出去的，不断安抚道"好，好，没事了，没事了，陶灵，消消气，留洋的教授嘛，比较热情，比较奔放……"

而胖熊则谦卑地在做善后工作，小心地替宫藤北打开手铐，低声道："宫顾问，您好，不好意思不知道是您，不好意思，误会，都是误会，还有刚刚在楼下，对您那样，实在抱歉。"

宫藤北沉默不语地揉着被弄疼的手腕，冷冷地看着门口。

"哦，对了宫顾问，李局说待会要开会，嗯……其实嘛，主要是欢迎您的莅临咱们栖洲市公安局……"胖熊微笑着提醒。

十五秒前宫藤北还是面带微笑，突然晴转暴风雨般冷言道："告诉你们李局，会议我不开了，我决定明天回美国，不要想着阻止我，否则我立刻汇报上头，投诉你们那只火爆的'刺猬领导'：陶灵。"

说完便径直走出审讯室，朝电梯口走去，而电梯门关闭的那一瞬间，他的脸上突然露出诡异的笑容……

# 2. 处罚

"不好了，宫顾问说不参加待会儿的会议了，说要直接回美国。"胖熊担心地跑来告诉韩东和陶灵。

"啊？什么时候走的？还不快去把人先留下来？"韩东命令着。

"走了有一会了，估计追不上了。"胖熊认真说着。

"那太好了，走了最好了。"陶灵偷笑着继续道："哎，韩队，既然人都走了，那待会儿的会议我也不开了，不就是那个死色鬼的欢迎会嘛！不开无妨，我也先走了，顺便帮我请假一天。"陶灵那鬼灵精的脑袋，肯定是不想被李局逮住狂骂，索性干脆请假得了。

"啊！请假？你没事请什么假？"韩东惊讶地问。

"有事，重要的事，我亲戚来了。"陶灵边走，边回头道。

"啊？亲戚？"韩东疑惑地看着胖熊问："不是，你们陶队在栖洲市有亲戚吗？她祖籍不是湖南的吗？啥时候亲戚来了？"

只瞧见，胖熊不好意思地笑着道："韩队，应该是……那个亲戚……"

"那个亲戚？哪个亲戚？"韩东迷糊地走到办公室窗前，冲楼下后院喊着："你自己和李局请假，我不知道怎么请。"

"就说我亲戚来了，你懂的。"陶灵一脸坏笑着冲韩东飞去一个飞吻道："我知道你懂的，加油韩队，我去查案了。"

陶灵灿烂地笑着对韩东做出加油的手势。

"不是，你不是亲戚来了吗？现在怎么又说查案？"韩东疑惑地转身看着胖熊，突然好像明白了什么似的，恍然大悟道："哦哦哦……这陶灵这死家伙，说的是这个亲戚啊？"

韩东的恍然大悟惹得胖熊捂着肚子低声笑了起来。

刚好从楼下上来的离洛见胖熊笑得那么开心，便向前问："您好，请问陶队呢？"

"走了。"

"走了！那刚刚那个跟踪狂呢？"离洛惊讶地瞪大眼睛。

"哈哈……也……也走了。"胖熊继续笑着。

"怎么这么快就放人了呢？那人还对陶队……"离洛话没讲完，便撸起袖子准备下楼去追宫藤北。

胖熊见状，立刻打住了笑声，一把揪住离洛的头发问："喂喂……你干嘛？干嘛去啊？"

"追人啊，那人不能放，那人不止是跟踪狂，还是个色魔，而且就他那身手，不知道得祸害多少城市少女啊？"离洛肯定道："连陶队都被他亲了，你们居然把人给放了？"

离洛大声的话语，瞬间令整个办公室安静了起来，韩东故意咳嗽了几声道："看什么看呢？都不用查案了是吗？"

"你小声点说话会死啊？"胖熊数落道。

"你把我头发松开，我懒得和你说。"离洛挣扎着，见胖熊死也不松开头发，于是，一个弯腰转身，双手抓住胖熊的腰部，右手朝上一个勾拳，再一个后空翻，右腿继续朝胖熊踢去。

"嘿……第一天报到就敢在办公室里动手，我看你……"

"哈哈哈……"办公室其他几个警员不禁大笑出声，胖熊的话还没说完，就被同事的笑声给惊住，低头正好看见自己的裤子慢慢滑落至膝盖，最后落在地板上。

"你！欠收拾，是吧？"胖熊慌张地将裤子穿上道："还我，把皮带还我！"胖熊的脸已经红得比猴子屁股还红了。

"海绵宝宝！哈哈哈……原来你还没断奶，居然喜欢海绵宝宝？"离洛指着胖熊的内裤，捧腹大笑道。

办公室里瞬间轩然大笑了起来，韩东大声呵斥道："都很好笑吗？都很闲是吗？每个人下去200个俯卧撑，现在！立刻！马上！"

笑声立刻停止了，只见办公室里的其他警员纷纷道："是！韩队！"

看着所有人纷纷离开办公室，离洛才明白自己又闯祸了，小声道："完了，完了，今天出门没看黄历，肯定诸事不宜，不宜出门。"

"你？"韩东还没开始发问，离洛立刻醒目地接话道："韩队，您好，我叫离洛，公安大学的应届毕业生，被分配到陶队的特案组实习，今天第一天报到上岗。"

"哦，公安大学的，离洛？嗯，功夫不错！"韩东正想着怎么收拾这个新到的警员，不料离洛突然道："接下来的日子里，还请韩队多多指教。"

"呵呵，指教？嗯，指教？"韩东不断重复着，而一旁的离洛似乎明白了什么，突然垂头丧气地自言自语："完了，什么不好说，非得说指教两个字干嘛呢？完蛋了……"

"怎么？你在嘀咕着什么呢？"韩东严肃地问。

"没，没什么。"

　　"咱俩站这么近，你说没嘀咕什么？你当我聋子，还是当我傻子？"韩东突然生气地看着离洛，大声问："胖熊，她刚刚有没有嘀咕什么？"

　　胖熊一脸幸灾乐祸的表情，大声回答道："有，不过听不清楚。"

　　"你！"离洛低头斜眼看着胖熊，咬牙切齿的表情恨不得立刻扒了胖熊的熊皮，而胖熊则闭着双眼，做出大笑的鬼脸，气得离洛直冒火。

　　"你刚刚在说什么？"韩东问。

　　"啊？"

　　"啊什么？说！"

　　"真说啊？"离洛小声问着。

　　"说，还有他们都下去跑步的时候你自言自语什么，全部按顺序说一遍。"韩东严肃地命令着。

　　"啊？那……你也听到了？"离洛灰头土脸地看着韩东。

　　"说吧，说了，就看在你第一天报到就不处罚你了。"韩东冷冷地走到窗前看着院子里被处罚的警员们，"干嘛呢？都没吃早饭吗？做瑜伽呢？动作标准点！重新做，数出来！最后做完的三个，加多 200 个！"

　　院子里的警员们，纷纷整齐地做着标准的俯卧撑，齐声声的重新数着："1、2、3、4……"

　　"到你了，说吧！"韩东突然转身冲离洛微笑道。

　　"真的？说了，就不处罚我？"离洛发问道。

　　"嗯。"韩东点头道。

　　"如实说？"离洛歪着脑袋质疑地问着。

"如实说。"

"一字不差的？"

"嗯，一字不差。"

"好，那我说吧，我之前就是说了句，'今天出门肯定没看黄历，诸事不宜'，然后刚刚说的是'不该说多指教'。"离洛诚实地重复着。

"噗嗤……还诸事不宜，我看你活到今天都是个错误。"胖熊不禁捂嘴笑着。

韩东严厉的眼神看着胖熊示意他闭嘴，继续反问道："哦，黄历？诸事不宜？咦？你刚刚说不该说多指教？就是不愿意我多教你的意思吗？"

"不是，韩队，我不是这个意思，有您在局里教我，这自然是好事，好事。"离洛忙慌地解释着。

"哦，既然我'指教'你是件好事？那就不是诸事不宜咯。"韩东见院子里其他警员也差不多处罚完，再看了看手表，韩东一脸坏笑地说："下去吧，300个俯卧撑！"韩东突然严肃地说着。

"啊？不是说不处罚的吗？您怎么说话不算数啊？您……"离洛急得眼珠子都快蹦出来了。

"说话不算数？你见过和警察说真话的坏人吗？"韩东一本正经地问着，然后伸手示意离洛下去院子做俯卧撑。

"没有。"离洛一脸委屈道。

被韩东的话唬得一愣一愣的离洛，一脸不满地嘟着嘴朝电梯走去，韩东看了看手表，见警局附近一辆熟悉的车子正往警局后院驶去，韩东坏笑着命令道："不准坐电梯，走楼梯，1

分钟内到达警局后院。"

"啊？7楼耶！不是，您刚说的谁是坏人？我？我吗？我是警察！"离洛回头问。

"59秒……56秒……"韩东坏笑着自顾自地数着时间。

"好好好……停停，别数了，我走楼梯……"离洛的声音在楼梯间回荡着。

见胖熊正在幸灾乐祸地笑着，韩东严肃地问："好笑吗？"

"不，不好笑。"胖熊立刻站直了身子，不料裤子又一次往下滑着，只得一脸尴尬地用手提着裤子。

"一个大男人打不过刚毕业的黄毛丫头，连裤子都被人给扒了，你还笑得出来？给我下去，一样，300个俯卧撑！"韩东生气道。

"哦。"胖熊非常醒目地一溜烟就窜进电梯，疯狂地按着关门键，省得被韩东命令走楼梯。

来到一楼，胖熊正好撞见离洛抓着自己的皮带往院子里跑着，"站住！把皮带还我！"

只见离洛快速地朝后院跑着，然后，将胖熊的皮带丢向院子中间，皮带刚好落在李局的脚跟前，胖熊冷汗都快冒出来了，慢悠悠拽着裤子，走向李局跟前。

"这怎么回事啊？"李局见胖熊尴尬的囧样正准备大声呵斥时，就听见楼上传来手指吹出的口哨声音，李局瞬间明白该怎么做了，弯腰帮胖熊将皮带捡了起来，胖熊以为李局会将皮带递给自己，连忙恭敬地说："谢谢，谢谢李局。"可惜皮带却始终拽在李局的手里。

一旁的离洛听到胖熊对李局的称呼，不禁闭眼小声道："完了，今天肯定是我的忌日，几个顶头上司都给见完了……"离洛一边自言自语，一边灰溜溜地朝后院走去……

"站住！"李局警惕道。

"嗯，李局早上好，我叫离洛……"

"哦，离洛，陶灵的新小组成员。早上就是你和陶灵抓住了一个跟踪狂是吗？"李局若有所指地问着，而胖熊似乎明白了李局的用意，立刻安静地在一旁看着。

"是的！"离洛满心自豪地回答着。

"那这是怎么回事？"李局故意问。

"那个，韩队建议我们多运动，强身健体，李局。"离洛醒目地说着。

"慢着，那他这又是怎么回事？"李局像个调皮的小孩般，故意晃着手里的皮带就是不给胖熊。

"小练了几下，呵呵……"离洛颠倒黑白地说着。

"嗯，那韩队要你们到后院运动哪一项啊？"李局坏笑着问。

"俯卧撑 300 个。"离洛坦诚地回答。

只见李局笑着将皮带递给胖熊，点头道："赶紧系上，快去吧。"

"谢谢李局。"胖熊尴尬地接过皮带。

突然，李局又停下脚步，转身问道："你们是做俯卧撑？"

"是的，俯卧撑 300 个。"离洛和胖熊回应道。

"嗯，那每人再加多一百个吧，顺便再做 300 个深蹲起，标准点，大声数出来，我会在楼上看着的。"李局说完，便朝电梯走去，脸上不经意流露出坏笑的表情，留下离洛一脸狐疑的表情看着胖熊。

"这都什么跟什么嘛？"离洛无语地看着刚刚做完俯卧撑的其他警员。

"别埋怨了，俩领导都在楼上看着呢。"胖熊劝道。

"还不都怪你啊！没事放了那个跟踪狂干嘛？"离洛嘟着嘴说。

"你还好意思说那是跟踪狂！你知不知你闯祸了？我那是在帮你好吗？到现在还搞不清楚李局为什么罚你吗？"胖熊数落道。

"为什么？"

"你们抓的那个'跟踪狂'是省公安厅请来的侦查顾问：宫藤北。"胖熊认真地说着。

"啊？就他？还侦查顾问？"离洛惊讶地问。

"嗯。"胖熊肯定道。

"我去……"离洛疑惑地感慨着。

"聊什么呢？是不是得加多几百个？"李局突然在楼上问着。

"不用！"离洛和胖熊立刻回应着。

"那还不快点！"李局命令着。

楼下警局的后院里，不断传来离洛和胖熊的声音："267、268……"也正是这样一个处罚，离洛和胖熊不打不相识地成为了铁哥们……

"今天的会议怕是开不了了，宫顾问生气走了，陶灵又借机查案去了……"韩东走到窗前跟李局如实汇报着。

"藤北什么时候走的？"李局平静地问着。

"应该离开警局差不多一小时吧。"韩东看着手表推断着时间。

　　叮叮叮……

　　嗡嗡……嗡……韩东和李局的手机同时响起。

　　只听见韩东捂着手机听筒着急道："不好了，李局，宫顾问订了明天中午的机票了，12点40分飞菲尼克斯。"

　　而李局同时也收到了宫藤北的信息，但信息内容却不是机票的起飞时间，而是一张照片，和一句话：让她来机场找我即可。（同时，内容还附加了一串笑脸）

# 3. 死对头

自从奔王的案子到现在已经几个晚上没好好休息了，难得可以借机在家睡觉，陶灵回到家便舒坦地躺在沙发上呼呼大睡起来，突然一阵刺耳的手机铃声响起，陶灵迷迷糊糊地闭着眼睛伸手将床头的手机接通。

"你在哪？"手机那头传来责备的声音。

"大清早能在哪？当然在家睡觉啊！"陶灵对手机那头的人很是无语，烦闷的微微睁眼看着天花板，皱着眉头吼道，"不是，这大清早地你到底谁啊？"

"我是谁？你说我是谁？你看看现在几点了！还大清早？"手机那头的李局严厉地反问着。

听着声音好似不大对劲，陶灵将视线从天花板转移到手机屏幕，仔细看了看，吓得整个人从床上弹跳起来。

"李……李局，那个，不好意思，我刚刚睡迷糊了，没看手机……"

"行了！不用解释了，你先把你闯的祸给补好吧。"李局深沉地说着。

"什么闯祸？我哪有闯祸啊？李局您不会到现在还把我当个小孩子吧？"陶灵仔细地回忆着这几天所发生的事，无辜的语气问道。

"你那还叫没闯祸？你看看现在几点了！都中午 11 点半了！宫藤北现在都在去机场的路上了，12 点 40 的飞机飞菲尼克斯。"

"他去机场关我什么事？"陶灵想起昨天被宫藤北亲了两次就来气。

"他那是要回美国！"李局大声地在手机那头说着。

"那让他回啊，赶紧的回，有多远回多远？难不成还得我去机场给他办个欢送会啊？"陶灵巴不得以后再也不要见到那个叫宫藤北的自恋狂。

"是，你是得去机场，不是欢送！而是挽留！把宫藤北劝回局里！"

"我不去，让韩东去不就行了？"

"你把人气跑了，人韩东去有个屁用啊？总之，我不管你用什么方法，你必须得将宫藤北劝回局里！"李局强硬地命令着，说完便挂断了电话。

叮叮……

紧接着，陶灵收到了李局发的讯息，发过来的内容是一张照片，照片中的人正是陶灵日思夜想的那个：凡诚。

眼泪哗然而下，陶灵激动地忍着不要哭出声，全身哆嗦地给李局打回电话，"李局……凡……诚还活着？真……的还……活着吗？这……照片是哪……里来的？在哪拍的？"

"等你将宫藤北劝回局里再说吧！人没劝回来之前，你永远不可能知道凡诚的消息。还有，不要再给我弄出什么打架之类的事情了，就这样！"李局坚定地说完，再次将电话挂断。

陶灵慌乱地在卧室里转圈踱步着，拿着手机不停地看着照片里那个熟悉的人，心如刀绞地跪坐在地上，肩膀不停地抽搐。双眼红肿地看着窗外，突然好似记起什么似的，慌张地自言自语道:"对了,宫藤北……宫藤北,你不能走,不能走……机场……对对对,去机场……"

焦急忙慌地一边洗漱、整理头发,随意拿了件套装,便开车朝机场驶去,早上是上班的高峰期,车水马龙开到哪都塞车。眼看着离机场只有近两公里的路程了,却偏偏在不远处发生交通事故。

看了看手表,只剩下50分钟,宫藤北乘坐那班飞机就要起飞了,陶灵焦急地坐在车里前后看了一下塞车状况……突然,车门被大力推开,陶灵蹿下车徒步朝机场跑去,此时的她,内心只有一个目标,那就是:无论如何都要想办法留下宫藤北,然后回局里找李局要凡诚的下落。

"胖熊,宫藤北的电话多少,发给我。"陶灵慌张地对着手机说。

"啊?"手机那头的胖熊充满着疑惑和猜测。

"宫藤北!宫藤北的手机号码!"陶灵几乎是对着手机大喊着。

"哦哦哦,好好好,别急,等我一会,我找给您。"胖熊被陶灵如此失态的喊声吓到了,忙慌地在电脑里找着宫藤北的电话,"哦,找到了,您记一下,号码是:18……"

"发给我,我没时间记。"陶灵一边快步跑向机场,一边喘着气道。

"啊?陶队,您说什么?我听不清楚。"胖熊被手机里的噪音吵得捂住一直耳朵,大声地问着。

"发给我!我要你发给我!!!"陶灵对着手机大吼道,大吼的声音将塞在路边的一位司机给吓得手上的烟头都掉了下

213

来，着急忙慌地拍着裤子上的烟灰，然后将烟蒂丢出车窗外。

毫不犹豫地从机场道路的隔离带翻越过去，相向行驶的车辆见陶灵突然从隔离带蹿出来，急刹车声连连，地面上拉出长长的刹车线，陶灵扑滚在地上，双脚敏捷地推动身体向后退着，躲避急刹的轿车，正是这一声声的刹车声，和一道道刹车痕迹，瞬间让陶灵想起了什么，只见她突然拿出手机打着电话。

"离洛，你在哪？"陶灵大声问着。

"哦，在看奔王的案子资料，陶队，我发现好几个疑点。"离洛在手机那头认真地说着。

"先不说这个，你待会去一下奔王的那个酒吧，去检查刹车痕迹和撞车距离，顺便在酒吧周边4公里范围内，找出遗漏的监控摄像点，并且将录像带拿回警局。"陶灵快速地吩咐着。

"哦，好的，我现在就去。"离洛挂完电话，不禁自言自语道："哎，其实我说的疑点也是这个啦。咦？陶队那边那么吵？是在马路上？"

机场里，国外安检口的每个通道都整整齐齐地排着不少人，国外出发厅里的人更是多得数不胜数，陶灵焦急地四处寻找着宫藤北的身影。

"由栖洲前往菲尼克斯的旅客请注意：您乘坐的US685号航班现在开始登机，请带好您的随身物品，出示登机牌，由4号登机口上17号飞机。祝您旅途愉快，谢谢！"仔细地听着机场广播，陶灵非常清楚如果再找不到宫藤北，那就别想让李局透漏半点关于凡诚的消息给自己。

情急之下，陶灵被迫拿出证件与安检口的工作人员说着什么，紧接着便直接进入安检口，在去往4号登机口的路上，见登机口一侧有医务室，陶灵转身跑进医务室，不知她跟机场医护人员说了些什么，医护人员便拿了几颗药丸给陶灵。

远远瞧见宫藤北正在排队准备登机，着急之下，陶灵突然煽情地大喊道："宫藤北！你真的舍得丢下我和孩子就这样去美国吗？"

登机口的其他旅客闻声纷纷对陶灵抛来同情的眼光，不断交头接耳地寻找一位叫宫藤北的旅客。

见登机口的旅客都停下了脚步，陶灵快速地朝宫藤北跑去，水汪汪的大眼里闪烁着无尽的泪水，温柔道："亲爱的，别走好吗？就当是为了我，为了咱们孩子，留下来好吗？"

"你……"宫藤北一脸尴尬的表情，正想反驳什么，却被陶灵假装深情的一个拥抱给制止住，陶灵温柔的垫着脚，轻轻地抱着宫藤北，贴耳小声道："走吧，不然群众会因你这个渣男而公愤的。"

"如果我说，不，呢？"宫藤北微笑着看着身边的其他旅客，不停地轻咬着陶灵的耳朵道："而且我决定的事情不会那么容易改变的。"

"啊……喷……"陶灵强忍着被宫藤北咬着耳叶的疼痛，闷哼了几声，眼神鬼灵精地转了几圈，带着整蛊人的表情坏笑道："是吗？那咱们试试。"说完，陶灵便将宫藤北推开。

"藤北，我知道你决定好的事情很难改变，我也知道我配不上你，你家境那么好，动不动就出国回家，而我家境寒酸……呜……可是咱们的孩子是无辜的不是吗？"陶灵突然热泪盈眶地瘫软在地上哭说着，接着，从口袋里拿出几颗药丸，双肩抽搐着，心疼地抚摸着小腹，泪水哗啦啦地直流。

"藤北，你就这样丢了几颗药丸给我，要我打掉孩子……难道你口口声声说爱我那些都是假的吗？"一旁的旅客们听了陶灵哭丧着说完一袭话，纷纷忍不住小声地骂着宫藤北寡情薄义。

被旁人指点得不好意思的宫藤北，一忍尴尬的场面，无奈地抱起坐在地上哭泣的陶灵，趁机故意使坏地用手在陶灵手臂上揪了一把，故作深情道，"亲爱的，别哭了，我留下来可以，可是……你得答应我一件事好吗？"

"嗯……好，好，你说什么我都答应你。"陶灵一脸奸计得逞的表情看着宫藤北，两人各怀鬼胎的眼神对战着。

"亲爱的，等我一下。"宫藤北坏坏地笑着，脸上写满"谁输谁赢还不一定的字样"扶着陶灵在一旁坐下，转身对着围观的旅客们大声说："打扰大家一下，麻烦大家给我们做个见证，好吗？"

"好，好。"围观的旅客和工作人员们纷纷点头同意。

只见宫藤北突然从口袋里拿出一个小首饰盒，猛然单膝跪在陶灵面前，"亲爱的，嫁给我好吗？"

宫藤北的这一举动瞬间把陶灵吓得目瞪口呆，就连假装哭泣都不会装了，愣愣地看着单膝下跪的宫藤北，一时之间不知道该说什么好。

"亲爱的，我不是不要你和孩子，我只是想先回美国和父母好好谈谈，至于药丸，那只是维生素，并不是什么堕胎的药丸，我也是担心你会因为自卑而不要我们的孩子，所以才试探一下你的决心，亲爱的，对不起，对不起，让你担心了。"宫藤北一直单膝跪在陶灵面前，邪恶地坏笑着仰头看着坐在椅子上的她。

见陶灵准备起身逃离现场的窘状，宫藤北却好似看破了陶灵的内心似的,故意死死地按住陶灵的膝盖不让她有力站起身。

"快答应啊?还不赶快答应人家的求婚?"一位热心的旅客阿姨突然放下行李,走到陶灵面前,接过首饰盒将亮闪闪的大钻戒,嗖一下,就戴在了陶灵的无名指上。

"傻孩子,还不赶快答应?再不答应,人家可就坐飞机去美国了。"热心阿姨微笑着拍着陶灵的肩膀,脸上露出无尽的喜悦。

看着戒指就这样戴在自己的无名指上了,陶灵着急地想将戒指取下……

"吧吧吧"……一阵掌声响起,围观的所有旅客和工作人员纷纷投来祝福的目光,而陶灵却正在努力地将戒指取下,可情急之下,该死的戒指怎么也取不下来,宫藤北坏坏地靠近陶灵,悄悄对其耍了一个鬼脸,接着,深情地将陶灵拥入怀中,一阵热情的拥吻,就这样在掌声中延续着……

许是这如此浪漫令人开心的氛围让陶灵有些忘乎所以了,又或许是陶灵被宫藤北的拥吻弄得有些不忍推开,宫藤北柔软的双唇吻得陶灵全身酥软,甚至忍不住闭上了眼睛……

"那我们现在就去登记,登记了,我爸妈就算反对也没办法了,不是吗?"宫藤北突然一把推开陶灵,温柔地抓住陶灵的肩膀,诚恳地问着。

"对,去吧,支持你们,你们一定会幸福的。"看热闹的热心旅客们纷纷鼓掌祝贺……就这样一场闹剧下来,陶灵确实是将宫藤北这个大活人给顺利挽留下来了,而自己这三年来守身如玉,就这样被宫藤北给破了大忌,气得陶灵直牙痒痒。

坐在车上,陶灵一边咬牙切齿地开着车,一边在心底安慰自己：不要气，忍着，千万别揍他，否则就没有凡诚的消息了，一定要忍着……

"为什么要忍着？"宫藤北像是能看穿陶灵的内心一样，突然问道。

"忍着？哼，我只是不想你还没回到局里就被我打死了。"陶灵飞速行驶在机场高速上，歪头看了一眼副驾驶的宫藤北。

"我说的不是这个，我说的是干嘛要忍着你对我的喜欢？"宫藤北哪壶不开提哪壶地问着，"从刚刚我们亲吻，到最后舌吻的感觉中，能体会到你其实并不讨厌我，甚至喜欢我，因为你的嘴唇和舌头骗不了我，我……"

"你……"陶灵愤怒一脚急刹车，将车停在路边，大声吼道："宫藤北，你不要太过分了！你到底有完没完？"

"呀！亲爱的。"宫藤北拿起手机点开微博，故意岔开话题，一脸欠扁的贱样道："亲爱的，快看，居然有旅客把我们在机场热吻的一幕发上网络了……"宫藤北得意地在陶灵面前晃着手机。

只见陶灵着急地抢过手机，仔细看着网上的视频，点击率居然不断在增加，视频里全是宫藤北跟自己的求婚以及两人深情的拥吻……

"啊……SHIT！"陶灵双手拍着方向盘，紧接着右手冲宫藤北一个向后挥拳，两人就像天生八字不合的冤家般，三言不合就大打出手，车子在路边激烈的晃动着，路过的车辆都忍不住往陶灵车里瞄上那么一眼。

陶灵跨过车辆的中控部位，野蛮地坐在宫藤北身上一阵左右挥拳，宫藤北敏捷地双手抱头呈十字状保护着自己的头部和脸部，闷声道："我跟你说！你越激动越代表你对我一见钟情了，不是吗？"

"我没有！你个自恋狂，色魔！你给我住嘴！"

几辆车远远瞧见陶灵的车子晃动得那么激烈，隐约又好似见到车内的两人在厮打着，一辆车好奇地将车停在陶灵的车前方，热心的车主下车想过来问询。

而宫藤北刚好瞧见前面那部车的车主下车朝这边走来，猛然，大力地一把抱住陶灵，一只手将其胯部死死地按在自己的胯上，另一只手用力按住陶灵的肩膀，使两人的身子越靠越近，陶灵起伏的胸口紧紧地贴在自己怀里……

"咚咚……"车窗被敲响，那名热心的车主透过车窗，小声问道："发生什么事了？刚刚看你们好像在打架，姑娘需要帮忙吗？"

宫藤北将车窗拉下，礼貌地说："谢谢，我们……刚刚结婚度假回来……"

宫藤北模凌两可的回答，似乎让那位热心的车主瞬间明白了些什么，立刻满面通红不好意思地说："哦，恭喜恭喜，两位……继续，继续……"那名热心的车主说完便快速朝自己车上走去。

隐约还能听见身后的车子又是一阵晃动，那位热心的车主，忍不住自言自语道："哎……现在的年轻人真开放，大白天的，车上就……"

见热心人士已然开车离去，宫藤北突然大力松开正在怀里挣扎的陶灵，"啪……"由于挣扎力度过大，而宫藤北又突然松手，猛然坐起身的陶灵一头撞在车顶上，忍着痛按着头部，陶灵几乎快被眼前这个无奈气得抓狂。

　　只瞧见，陶灵突然安静地坐在宫藤北的腿上，肩膀抽搐地哭着说："拜托你安静地跟我回局里开会好吗？我真的需要你回去局里……拜托了就当我求你，好吗？"

　　陶灵无助而又伤感的眼神，看得宫藤北的心瞬间像被野兽撕碎般，不自觉地心口巨裂疼痛起来，宫藤北非常清楚那种疼就是心疼，而那种心疼源自于爱，此时的宫藤北看着坐在自己腿上埋头哭泣的女子，深深地发觉自己竟然爱上了眼前这个故作坚强却次次被伤害得淋漓尽致的女人……

　　宫藤北万般心疼地一把将抽搐得厉害的陶灵拥入怀里，异常绅士道："嗯，走吧，我们回局里，开会。"

　　见陶灵总算情绪缓和下来了，宫藤北故作无奈地说："再说了，刚刚是你自己撞上车顶去的，而且，是你在挑逗我。"宫藤北无赖地指着正坐在自己腿上的陶灵，惹得陶灵一脸尴尬害羞地迅速坐回驾驶座。

　　"麻烦你不要再和我说话了，半句话都别说！我真的不想一枪打死你！"陶灵几乎是求饶的语气威胁道。

　　"OK，没问题。"宫藤北一边整理凌乱的衣服，一边用手在嘴边做出拉上拉链的手势。

　　回局里的这一路，车上总算安静了下来，只见宫藤北自顾自地玩着手机，然后，将手机放在中控位置，低着头不知道在包里翻找着什么。

　　偶然见到宫藤北手机屏幕上的一张照片，陶灵像疯了似的拿起手机，仔细看着……

　　照片里的人正是凡诚，陶灵一边飞速驾驶着车子，一边继续翻看着宫藤北的手机相册，里面有很多张凡诚的照片，包括李局发给自己的那张，"照片是你发给李局的？"陶灵扭头问着宫藤北。

宫藤北警惕地指着前方车辆危险的动作。

惊险而又快速地躲避了前方几辆相会车辆，然后慢慢将车速降低，陶灵似乎将一切都分析清楚了，冷静地问道："所以，凡诚的照片是你给李局的？你一早就知道我会来机场找你，所以这戒指是你事先在街边小店随便买的，想看我出丑？你为什么有这么多凡诚的照片？这些照片哪里来的？回答我啊，你看着我干嘛？说话啊！宫藤北！"陶灵激动地喊着。

宫藤北一脸欠揍地用手指在嘴边做出拉上拉链的动作，陶灵彻底无语，彻底被这个叫宫藤北的人打败了，无奈地说道："好了，你可以拉开你嘴上那道隐形的拉链，说话了！"

宫藤北故作难受的样子，拉开嘴边根本不存在的拉链，喘气道："哎呀，都快憋死我了。"

"你……"陶灵压抑着怒火，欲言又止地等待宫藤北继续回答。

宫藤北见陶灵的表情已然怒火重生，立刻识相地说："OK，我先回答问题好了，第一个问题，李局手里的照片是我给他的。第二个问题，我确实猜到你会来机场找我，因为是我跟李局指定要你来找我的。第三个问题，这个戒指不是在街边小店买的，它是我在国外找人订制的钻戒，价值 12 万，我是想给我未来的妻子的，当然我现在没有女朋友，绝对的单身。"

"谁要听你这些啊！！！"陶灵抓狂地吼着，"戒指取下来就还给你。"

　　"好好好，别抓狂，保持淑女形象……第四个问题，照片里的人不叫凡诚，他是我在国外调查的一起案件中的重大嫌疑人，他叫'南赤龙'，我发现他近期在国内频繁出现，所以我才答应了回国做你们局的侦查顾问。"

　　宫藤北一副回答完毕的表情继续道："不过我确实是单身，由于我的吻和我未婚妻的戒指都在你那，所以我现在应该不算是单身了。"

　　陶灵根本没有仔细听宫藤北后面的一番话，而是死死地看着手机照片里的那个人，自问道："不是凡诚？不可能，他们几乎一摸一样。"

　　"长得像？"宫藤北快速地反问。

　　"你调查得怎么样了？是什么案子？他现在在国内哪里？"陶灵好奇地追问，因为她非常肯定照片里的就是凡诚。

　　"嗯，这个不能跟你说，你身为刑警队副队长，应该比我清楚案件的保密性。"宫藤北认真地看着陶灵，"不过，如果能得到上级批准，让你加入协助调查和抓捕行动，那你就能知道所有关于他的消息。"

　　"上级？李局？还是你们美国的刑警？"陶灵追问。

　　"要不我们还是回局里再说吧。"宫藤北提议着……

# 第六章 搭档

# 1. 秘密会议

　　回到警局，陶灵连车都没来得及熄火，便快速朝李局办公室走去……

　　"就是凡诚对吗？凡诚还活着吗？他在哪？李局，凡诚在哪？"陶灵哆嗦着嗓音问着。

　　"藤北你都和陶灵说了？"李局故意避开陶灵的提问，反问宫藤北。

　　"还没有，我想等回到局里，咱们开会时再说。"宫藤北坦诚地回答。

　　"这到底是怎么一回事？"陶灵指着一旁的宫藤北，着急地继续问："之前咱们局里突然说要请什么侦查顾问我就觉得纳闷了？还有，李局，为什么他手机里有那么多凡诚的照片，那明明就是凡诚，他却偏偏说照片里的人叫南赤龙？南赤龙又是谁？还有，他到底是什么身份？国际刑警？"陶灵冷不丁提了一大堆问题，直直地盯着宫藤北。

　　"陶灵，你先冷静下来，先坐下，我们一边开会，一边跟你详细说。"李局冷静地吩咐陶灵坐下，继续道："你猜的没错，宫藤北的真实身份确实是国际刑警，同时也的确是由省厅请过来的侦查顾问，并且他是国际刑警的身份目前都是高度保密的，目的是为了彻查一起跨国走私贩毒的犯罪团伙案件，并且还要将这个隐藏在警局的黑警察给彻底揪出来！"

　　"这跟凡诚有什么关系？还有这个叫南赤龙的，是不是凡诚？凡诚确实还活着对吗？"陶灵只想知道自己关心的问题，哪还理得了什么犯罪团伙，什么黑警之类的事。

见陶灵的情绪非常激动，宫藤北选择以最直接方式回答陶灵，这样她才能在最快的时间里接受接下来将要分析的所有案情。

"是的，不排除南赤龙就是凡诚的可能性，所以将这件事情告诉你，其实我们是承担了很大风险的，因为据我们调查，你和凡诚在三年前本来是计划订婚的，而且你们三年多以前负责的'猎尾行动'正好是凡诚带队。"宫藤北认真地说着。

"是，那又怎样？"

"我们此次跨国案件的代号'712'，期间我们一直在默默追查一名重要嫌疑人，而那个人就是照片中的南赤龙，南赤龙是三年前出现在美国菲尼克斯，目前也是这个犯罪团伙的头目之一。而在此之前，他最后一次出现在中国境内的地方是思茅。"宫藤北认真地讲述着原由。

"思茅？云南思茅？"陶灵的心咯噔地被刺痛了一下，因为云南思茅就是凡诚牺牲被炸死的地方，她一辈子都不愿再去的地方，更是陶灵每晚噩梦重复的地方。

"对，云南思茅，也就是你们代号'猎尾行动'成功抓捕疑犯回中国境内的途径的第一个城市，更加是凡诚葬身火海的地方，而照片就是在凡诚被害那天我们的卧底拍到的，到目前为止为了抓获该犯罪团伙，我们共牺牲了11名卧底。"宫藤北表情伤感地回忆着。

然后，从文件袋里拿出一张照片，照片正是凡诚被害牺牲的地方，照片里，凡诚身后那辆被烧成炭黑一样的车架子，陶灵至死都不会忘记。

"所以凡诚没有死？是吗？你们怀疑南赤龙就是凡诚？"陶灵惊讶地看着李局和宫藤北。

"是的，可以这样说。"

"那你来我们栖洲市，是因为已经确定黑警就在我们栖洲市，并且怀疑凡诚此时在栖洲，可能随时会联系我？而关于我？你们只是想要我配合调查并做证，证明南赤龙就是凡诚。"陶灵冷冷地推断着，而内心却如刀绞般疼痛不已。

"从某个角度来说，你的推断非常正确。"宫藤北的回答生冷直接。

"更确切地说，我也是你们要调查的嫌疑人之一？"陶灵直直地盯着宫藤北，冷言问道："你们是想知道我和凡诚有没有别的方法私下联系？甚至想知道凡诚在局里是否还有其他同党？或者，我是否是他的同党？"

"是的。不过你已经被我们排查完毕了，从职业道德上来说，调查你，或者将你作为嫌疑人之一，甚至调查'猎尾行动'里的每个专案组成员，那都是我们作为刑警必须要去做的，也是你们必须协助配合的，这点你应该很清楚，不是吗？"宫藤北回答得非常干净利落。

陶灵很是气愤地吼道："那你们为什么不把我们一干人等全部抓起来，一一审问啊？何必绕那么多弯呢？怎么？当警察习惯了玩猫捉老鼠的游戏？所以得拿我做饵引凡诚出来？"

"陶灵，不要这样对宫藤北说话，控制好你的脾气，现在我们只是在分析案情，一些话直接一点对你也是件好事。"李局严肃地劝阻着。

"李局，我今天就当任性一回，哪怕是受处分都行，不过我更想知道，您不要我这样对他说话？那我该怎样和他说？"陶灵愤怒地转身看着宫藤北，直言不讳地反问道："好，宫警官，你口口声声说你们追查的重要嫌疑人南赤龙可能就是凡诚，你都知道说'可能'，那也就是说你们根本没证据证明他就是凡诚，是吗？那我想问问，你了解凡诚吗？你问过我们栖洲市刑警支队的每个警员了吗？问过他们对凡诚的印象是怎样的吗？"

宫藤北做出一副悉听尊便，请陶灵继续讲话的表情，耸耸肩，安静地坐在会议桌前转着铅笔。

"行！你不说，那我来告诉你，凡诚：栖洲市公安局原刑侦支队的支队长，在他任职的期间，共破获 12 起特大案件，缴获海洛因共：827.95 公斤。曾两天三夜与匪徒周旋，单独成功救获 27 名被拐儿童，成功摧毁 3 起特大走私犯罪团伙……而这个城市里其他大大小小破获的案件，更是数不胜数，就这样的一名刑警，你现在怀疑他是走私贩毒的团伙头目之一，还他妈涉及跨国案，这样的话你说出去有人信吗？"陶灵一字一句地将凡诚在生时的丰功伟绩一一说出，眼泪不断地往下流着。

"陶灵……"李局走到陶灵身边，安抚她走下来，但其实李局的内心和陶灵一样，一万个不赞同国际刑警将怀疑的眼光投向一个已经去世的英雄身上。

"做刑警嘛，OK！命丢了就算了，到死了也不过就立那么一个烈士碑，给烈士家里一些抚恤金，你们知道凡诚的父母现在过得怎么样吗？在乡下耕种，卖青菜，照你说的那样，他如果是走私团伙的头目，那干嘛留着二老在家受苦啊？直接接去国外就行了啊。"陶灵越说越替凡诚抱不平。

听着陶灵愤愤不平的话语，李局不禁悄然泪下……

"而如果拿你和你口中怀疑的凡诚来比，那简直一个天一个地，凡诚是大家心目中的英雄，而你，除了会趁机占人便宜，耍流氓、自恋狂，你还会干嘛？"陶灵愤愤不平地指着宫藤北骂道。

宫藤北缓缓将转在指尖的铅笔放下，冷冷的问道："OK，发泄完了吗？发泄完了，就说正题了。"

李局看着宫藤北如此大度地听完陶灵一堆责骂，却丝毫不动声色，心底不禁对眼前这位年轻的国际刑警钦佩起来。

"陶灵，说完了，骂完了，就认真听宫藤北说案情吧，别几年了改不了你那臭脾气！"李局话语间带着严厉的提醒。

陶灵用脚勾开椅子，不情愿地大力坐下。

"好，首先，我介绍一下，我叫宫藤北，中国驻美国菲尼克斯的国际刑警，此次来栖洲市的身份是侦查顾问，陶队，也就是接下来栖洲市大大小小的案件我都会陪您一起侦破，直到我的案件查完为止，所以，接下来的日子请多指教。"宫藤北欠揍地拉高嗓门介绍着自己。

"同时，也非常感谢陶队你能加入'712'特案的侦查当中来。"

"不是，这？谁答应加入了？"陶灵拍着桌子问道。

"陶灵，注意你的言辞，你好歹也是个副支队长，要有职业操守，不要夹带私人情感。"李局严厉地命令着。

"然后，我需要重申保密守则：不要透露任何与案情有关的任何信息给身边的任何人，包括自己的父母，甚至自己养的宠物，全都不能说！"宫藤北欠揍地重申着保密守则，继续道：

接下来我要给二位看的是我们国外的刑警专员们对案情的详细分析。"

"在分析之前，首先，我需要跟陶队你道歉，关于追查凡诚一事，我有几个对不起要对你说。第一，对不起，请谅解，身为刑警的我有责任和义务去排查或追查任何疑点和嫌疑人，哪怕他已经去世了，该查的，我还是要查。第二，质疑一位已经去世的刑警同僚，我先为我今天所说的和未来将会说的话，提前跟你道歉，对不起，请谅解。第三个对不起，我觉得我私下跟你说会比较好。"宫藤北谦卑而有礼貌地说着。

"行了，别扯有地没底的话，说案情，总之，我同意加入你们这次'712特案'的行动中，只是因为我相信凡诚，我会用线索证明你们的推断是错误的。"陶灵坚定地说着。

只见宫藤北用手机连接到投影仪，投影幕上出现了一大张嫌疑人推测及案情分析图，其中就包括刚刚被杀的奔王，还有陶灵一直在私下和李扬共同接近的左子言和纪佳瑶，另外，就是奔王死当天被误伤的季小青……

看到这里，陶灵不禁发问道："你们也在调查 TWG 集团？"

"是的，据我们掌握的线索显示 TWG 集团这几年来，一直与国外的企业合作来往密切，并且他们某些货物的销货渠道跟全国各个城市高端场所和大型酒吧也有一定的连接，只是目前我们没有确凿的证据，并且在我们追查到 SAKYA 酒吧的'掌柜人'奔王时，线索又一次被中断了，奔王在你们行动的当天突然被杀害，相信你那边一定有我们没有的线索。"宫藤北详细地解释着。

"那个，宫顾问……"陶灵客套地称呼着。

"为了以后大家搭档更加方便和谐，其实你可以直接叫我藤北。"宫藤北油腔滑调地提议。

陶灵瞥了一眼宫藤北，继续客套地称呼道："宫顾问，奔王的死完全是意料之外的事，关于他的死我们手头上确实也掌握了一些线索，但是，我不知道我们这边的线索是否能对你们起到帮助？"

宫藤北轻敲着桌子，微微点头示意陶灵继续分析案情。

"抓捕奔王的当晚，我不慎被奔王下了迷药，但我非常清楚自己的手枪有没有走火，季小青绝对不是我的手枪所伤。"陶灵肯定道。

"这个事情韩东跟我汇报请示过，弹道比对报告估计今天下午会出来。"李局看了看手表，确定道。

"也就是说，在酒吧的服务员和你抢手枪的时候，房间里还有另一个持枪人在？"宫藤北推断着。

"是的，并且我有看到他的身影，身高约180cm以上，身型匀称，由于只看到背影，所以……"陶灵失落地思考了一会，继续道："对了，李局，我这里还有一样证物因为受伤，一直没来得及交。"陶灵从包里拿出一个证物袋，里面是一部手机，陶灵礼貌地将证物袋递给李局。

"当晚，也就是两天前，抓捕奔王的时候，我虽然被迷晕了，但是奔王的手机那晚被我扣了，并且在我住院期间，曾有一男一女冒充医生和护士，偷袭我，逼问我东西在哪……"陶灵仔细地回忆着。

"他们要什么东西？"李局追问。

"前天凌晨他们袭击我的时候我也不是很清楚他们找我是

要拿回什么东西，但当时，我估计应该是找奔王的手机。"

"当时？估计？"宫藤北手托着下巴，挑着字眼问道。

"嗯，就是当时，因为当晚，胖熊抓到了那个来偷袭我的女的，男的逃跑了，而胖熊和蓝鹿对她做过审问，韩队后来过去了，不过……"陶灵欲言又止地停顿了下来。

"不过什么？继续说！"李局命令道，宫藤北也顺势一直盯着陶灵。

"不过，凑巧的是韩队一到审讯室没多久，那女的就急性心肌梗塞，当场死亡了。"陶灵故指他意地说着。

"什么是韩东一去审讯室没多久人就死了？把话说清楚点，陶灵这样说话不像你的风格！"李局间接批评着。

"行吧，李局，那我就直接说了，我怀疑案件和韩东有关。原因一，来医院袭击我的人是肖强和肖微，在审讯过程中才知道肖微和肖强来医院是想抢回一个U盘，而其实我的手里只有奔王的手机，并没有所谓的U盘，同时，后来我也是从肖强那里才得知肖微是有心脏病史，从不抽烟，但是她为什么突然会在审讯室里抽烟了，这点就很可疑了。"陶灵见李局并无反驳之意，便继续道："原因二，殷泽那边查出肖微的死可能并非意外死亡那么简单，而是和这种烟有关系。"

陶灵起身将从强仔那边拿到的烟递给李局和宫藤北，然后继续道："这种烟实际是一种新型毒品，包装纸被特殊无色无味的药水浸泡过，烟草和烟纸燃烧会产生致幻、兴奋及喜悦感现象，而过滤嘴的爆珠又会扩大人的兴奋程度引发暴力行为或兴奋过激等症状。同时烟本身的烟草、烟纸、滤嘴拆分检验都没任何问题，所以即使偶尔大批量过海关，也是能顺利过海关，可是不吸食爆珠已经足以诱发心脏病患者出现急性心梗，而这烟就在审讯室里出现过，从监控录像能看出，是韩队给她的烟。"

陶灵说完便转身将樊浩加密发给自己的视频投放到投影幕上，"李局，宫顾问，您们看，这就是前天凌晨审讯肖微的视频。"三人一遍又一遍地仔细看着那段视频……

李局突然转移话题道："对了，在奔王的手机里发现什么线索？"

"哦，我发现奔王一直与两个手机号码联系得特别频繁，我去调查了那两个号码，其中一个号码是记名电话，机主叫：蔡国栋，另一个号码是一个小卖部的座机电话，我在周六日养伤期间曾悄悄去调查过，也非常确定用小卖部座机打电话与奔王取得联系的人，也正是蔡国栋。"陶灵做事向来都是雷厉风行，这点让李局深感欣慰。

"蔡国栋？难道就是奔王的另一接头人？"宫藤北机警地问着。

"不排除这个叫蔡国栋的就是奔王的接头人。"陶灵认真分析道："另外，奔王的手机有多个太空卡给他发过短信，并且信息内容很奇怪，仿佛那部手机的手机卡只是一个跟'掌柜人'的联络卡，而交易人不确定。"

李局点燃香烟问："你的意思是？"

"所以，奔王的手机还会继续收到信息，甚至可以大胆推测，奔王的这部手机就是下一任'掌柜人'的重要联络机器，或者手机里就有某特殊芯片或特殊程序？当然，可能只有下一任'掌柜人'才有方式激活那部手机的客户联络渠道？并与客户取得联系进行货物交易？"宫藤北试探性地推断。

"对，有这样的可能，不然那晚不会那么快就有人来医院偷袭我，问我索要东西。"陶灵十分赞同宫藤北的推断，继续道："还有，李局，昨天晚上的枪击事件，就是在审讯室死亡的肖微，她的哥哥肖强制造的事件。包括导致肖微死亡的香烟都是他一个朋友送给他的，同时我有办法让肖强转作污点证人，所以我想申请证人保护，包括目前还在昏迷的季小青。"

"嗯，如果肖强可以转作污点证人，这对我们破案自然起到最佳效果。"李局赞同道。

"如果依照目前的线索指向，我们可以从肖强和季小青，还有蔡国栋，这三方面入手，并且线索也衔接上了。对了，陶队，杀奔王的凶手有没有人与他交手过？"宫藤北转移问题方向。

"有，李扬，唯一一个与凶手近身搏斗过。"陶灵认真地回答着。

"他在哪？"

"这会儿他应该和胖熊、蓝鹿在中心医院。"陶灵看了一眼时间。

"医院？他们在医院干嘛？"李局好奇地问着。

"胖熊和蓝鹿他们两人昨晚被肖强弄伤了，好在只是轻微刀伤，不是很严重，顺便又可以保护季小青，因为早上听医院护士说昨天早上有一个可疑男子在季小青病房门口出现了很多次，而那会儿我正好在墓园碰到离洛和这位宫顾问。"陶灵一脸嫌弃地看了看宫藤北，继续汇报着，"当时就李扬在住院部其他楼层和左子言聊天，等李扬赶到季小青病房时，那名可疑人已经走了，现在李扬应该在医院守着肖强。"

陶灵有些顾左右而言他的表情回答着，而这一表情早被宫藤北看穿了，见李局正点头思考着什么，宫藤北故意提问道：
"住院部？李扬和杀奔王的凶手搏斗时，受的伤很严重吗？"

"啧……你……"陶灵烦死宫藤北了，恨不得打晕他。

"咦？对，李扬没事天天往市医院住院部干嘛？又受伤住院了？"李局用犀利的眼神看着陶灵，严肃地问着。

陶灵挠了挠脑袋，瞥了一眼宫藤北，然后硬着头皮回答道："那个，李局，是这样的，我和李扬在几个月前就开始悄悄调查 TWG 集团了，考虑到他们是世界百强的企业，冒然公开去调查可能会带来不必要的麻烦，所以我和李扬用了几个月的时间慢慢接近左海雄的儿子左子言，并且和他成为了好朋友。"

"胡闹！你们这样简直就是是胡闹！鲁莽！未经批准私自调查大型纳税企业，甚至是世界百强企业，是要受处分的！胡闹！"李局呵斥着。

"可是要不是我们悄悄去查 TWG 集团，要不是我们想办法接近左子言，怎么可能这么快发现这种牌子的烟都不对外销售，是属于非卖品！要不是我们花了几个月的时间接近左子言，我们今天很有可能还在排查这种烟的来源途径和销售渠道。哪能这么快知道这烟的生产商正是左子言家里在国外的烟厂自己生产的。"陶灵继续坚持道："另外，李局，关于调查 TWG 集团，是我吩咐李扬去调查的，您要处分就处分我吧。"陶灵坚定道。

"李局，其实我觉得陶队这次发现的线索确实挺有价值的。"宫藤北起身有意帮忙解围道。

"哎，行了！现在是追究你们谁的责任的时候吗？"李局生气地反问着，"哎……先继续说案情吧。"李局生气地摇头。

陶灵并不感恩地看了一眼宫藤北，一脸视若无睹地继续道：

"我们在接近左子言的期间才偶然发现，TWG 集团这几年陆续在国外投资了很多加工厂，遍布好几个国家，但是凑巧的是，我们发现这些加工厂与国内各个城市的大型酒吧和高档会所的管理层都有着相关的联系。"陶灵小心地汇报着，生怕哪句话说重了，会惹得李局直接开骂。

"有证据吗？"李局严肃地问着。

"没有，只是听左子言偶然提起，说 SAKAY 酒吧的总经理要去国外度假游玩，顺便会带他们去参观 TWG 集团在国外的加工厂，听左子言的意思，似乎每隔一个月都会有相关不同的酒吧或会所的总经理、老板等人物会去度假顺便参观工厂。"陶灵认真地回忆着。

"我们也是在一年前调查的线索突然中断了，那个人就是……"宫藤北的话还没讲完，却被陶灵迅速接上。

"左子言的未婚妻，纪佳瑶对吗？"

宫藤北点头道："嗯，对的，你是怎么知道的？"

"刚听你说一年前的线索断了，我估计应该就是你们调查纪佳瑶那条线索断了，因为我也是在大约一年半以前，曾大胆地怀疑过咱们局里有黑警的可能，然后才和李扬密切跟踪纪佳瑶，结果在她婚礼前夕，她发生了车祸，变成植物人，至今还没有醒过来，所以我们当时在纪佳瑶身上的线索就这样断了，不过好在几个月前我、李扬和左子言的关系走近了。"

"一年半以前？为什么你会怀疑局里有黑警？那时纪佳瑶还没有出车祸。"宫藤北敏锐性极强地追问道。

陶灵尴尬地看了看李局，小心谨慎地清了清嗓子。

"凡诚死后，我一直不相信凡诚死了的事实，所以一直在私下和李扬一起调查凡诚的死因，结果让我查到凡诚在死前，手机里曾拨打了两个加密电话，其中一个电话就是打给左海雄的私人电话，另一个则是打给纪佳瑶的电话；另外还接听了一个座机来电，而这个座机号码显示的是我们刑侦队的座机电话……"陶灵认真地汇报着，眼神闪烁地看着李局，生怕李局会突然雷霆大怒。

啪……

果然不出所料，会议桌被李局大力拍响，气愤地站起身道："凡诚是你的未婚夫，你不舍得，忘不掉，我可以理解！可是，你知不知道凡诚他也是我最得意的学生！你们发现他的死有可疑之处不但不跟我汇报，还反倒隐瞒疑点私自去调查，我在你们心里就是那么靠不住的领导吗？"李局的眼神间闪烁着愤怒的泪水。

"不是的，李局，当时那案子已经宣布结案，而我在那时要是再提出凡诚的死很可疑，相信没哪个领导会批准，他们只会认我是伤心过度所至，所以也就没敢去提这个事，只能私下调查。"陶灵认真地解释着。

"哎……"一声长叹，李局静静地站在窗前，快速地抽完一只香烟，办公室里的气氛静得让宫藤北和陶灵连大气都不敢喘。

沉默了许久，李局突然沉闷地吩咐道："就按照你们现在调查的思路继续去查吧，查清楚这个叫蔡国栋的人与奔王到底什么关系，查清楚蔡国栋与 TWG 集团是否有关系，又是什么样的关系！还有争取让肖强做污点证人，查出烟和 TWG 集团的主要关联，同时保护好季小青以及继续密切关注左子言，争取从左子言这里找到突破口。"

"是！"陶灵总算松了口气。

"那你现在是有怀疑的对象了吗？"

"有，不过在证据没完全清楚之前，李局，请允许我暂时保密。"陶灵请求着。

"嗯，这个理解。对了，务必保密好宫藤北的身份，另外……"李局正想继续说些什么，陶灵隐约发现一道黑影透过门底下的门缝闪过，陶灵迅速地跑向前快速将门拉开，左右环顾了一下走廊，并没有看到什么可疑的踪迹，出于警觉，陶灵特意走出走廊，左转转向走廊不远处的楼梯口……

楼梯口的消防门被陶灵轻轻被推开，见一切安好，才肯放心地离开。

而就在消防门关上之际，门后的那人正僵硬挺直着身子，贴着门后的墙小心谨慎地站立着，那人会是谁呢？

走到李局办公室门口，陶灵似乎总觉得刚刚还有哪里没有检查完，突然快速地再次向楼梯口跑去，猛然踢开消防门，步伐敏捷地蹿进楼梯间，见门后并没有异样，陶灵谨慎地站在楼梯扶手旁抬头低头查看了一下楼梯道，全部检查完，最终才放心地离开。

见陶灵回到办公室，李局问："怎么了？"

"哦，没事，可能是我太敏感了，总觉得我们刚刚讲的话被人偷听了。"陶灵揉了揉后脑勺的伤口处，见宫藤北正用眼神示意她待会去监控室查监控，陶灵默契地点头赞同。

"李局，您刚刚是还有什么工作要我们去做吗？"陶灵提醒道。

"没事，就是希望你和藤北能好好分配好工作，做一对强

有力的好搭档，你和藤北在侦破案情上各有千秋，所以要好好
配合，才能发挥搭档的最佳作用。"李局悉心提议着。

"好，李局请放心，陶队的性格非常好，我们一定和陶队
能配合得融洽的。"宫藤北自信地回应着李局，不料，却遭来
陶灵一脸嫌弃的眼神。

宫藤北只得尴尬地笑着，替自己找着台阶道："嘻嘻，陶
队估计这几天眼神不好，得泄泄火，哈哈。"

陶灵实在听不下去宫藤北的贱样贱语了，烦闷地起身说：
"李局，那我先走了，还得去趟医院看看肖强、季小青和左
子言那边的情况。"

"哎，待会再去医院吧，局里3点还得开一紧急会议，你
们刚刚上来没看到吗？一群记者在等我们给出一个官方的说法
呢。待会你和藤北一起参加会议吧，然后开会前顺便去一趟痕
检科和证物科，把和案情有关的所有报告全部准备好！"李局
一脸疲惫地命令着，烦闷地揉着鼻梁继续道："陶灵啊，你带
藤北四处转转，顺便做好会前准备工作！"

"好的。"

"嗯，去吧。"李局挥手道。

"那，那个，李局，我也先出去了，陪陶队好好分析案情，
争取早日破案。"宫藤北像个橡皮糖一样，死命地粘住陶灵，
而将一切看在眼里的李局，正心有所想地微微浅笑着……

# 2. 冤家

好不容易从李局办公室开完会出来，陶灵很是不满的一边走出电梯，一边转头看着身后像跟屁虫似的宫藤北。

愤怒地吼道："喂！你要查案，那你查你的案，跟着我干嘛？"

"你刚刚没追上那个人？"宫藤北突然转移话题问道。

"你也看到刚刚的影子了？"陶灵情绪激动地向前一把揪住宫藤北的衣领，野蛮地将宫藤北推到墙边，瞪着水汪汪的大眼看着宫藤北，质问道："不是！你刚刚既然发现有人影闪过，那你干嘛还坐在那跟个没事人一样？宫藤北！你脑袋是被门挤了吗？"

"嗯，我是看到了啊，不过我见你都出去走廊查看了，那我就没必要再跟过去了啊，我可是绝对相信我未来搭档的能力的，对不？更何况我才刚来栖洲市对警局的地形完全不熟……"宫藤北故作委屈地解释着。

"你真的是……"陶灵简直对眼前的宫藤北无语至极。

"OK，不用想词语夸赞我了，我觉得我们得先去监控室看看，否则……"宫藤北一边认真地提议着，一边伸手指着监控室的方向，礼貌道："来，陶队，请走这边。"

陶灵看着宫藤北正准确无误地指着监控室的位置，不禁抬腿准备踢宫藤北，"嘿～你不是说不熟悉咱们栖洲市公安局吗？怎么监控室在哪你都知道了？宫藤北！我看你是天生的戏子加流氓吧！"陶灵破口大骂道。

只瞧见，宫藤北不断躲闪着陶灵的长腿神功，然后认真道："再不快点到监控室，我们想看的东西，可就要消失了！快快，快点。"宫藤北一边快速朝监控室走着，一边回头催促着陶灵。

二人迅速地朝监控室跑去，一番仔细查看后，才发现，正好在那个时间里，李局办公室附近的所有监控摄像头非常巧合地出现了黑屏现象，根本看不到有没有人在外面偷听。

"咦，前些天才修过这几个摄像头，怎么今天又坏了？"监控室的警员不解地发着牢骚。

"不是，你们监控室的责任是什么，你……"陶灵正想责骂那名警员，却硬生生被宫藤北给拽了出去。

"哎呀……你松手，你给我松开。"陶灵厌恶地说着。

"又晚了一步。"

宫藤北像个管家婆一样，一边拉着陶灵朝警局大厅走，一边哗哩吧啦的说"这很明显有人不想我们看到当时的监控录像，你骂那些同事有用吗？而且这要怪也得怪你自己，要不是你刚刚故意在走道那扭扭捏捏不愿走，说不定我们早就抢先一步看到视频了，你还去赖人家监控室的同事，真是的……"

"你还……"陶灵不爽地白了一眼宫藤北，生气地转身朝大门走去，见宫藤北死皮赖脸地一直跟在自己身后，陶灵没好气地问："不要跟着我！你到底跟着我要干嘛啊？"

"我就是想着，第三个'对不起'还没和你说。"宫藤北表情坏坏地说着。

"算了，你的'对不起'说出来，也肯定是心不甘情不愿的，还又小声，免得局里的同事们看见了，还以为我欺负你这个侦查顾问呢。"

"不会，不会，我保证，我的道歉绝不会小声的，你放心。"宫藤北不知道又在玩着什么诡计，一脸无辜地看着陶灵。

"是吗？那就待会开完会再说吧，这里那么多同事听着你道歉，这样不好。"陶灵看着警局大厅里来来往往那么多同事路过，不想总被人说自己有多野蛮，多霸道。

"没事，没事的，你听我说就好了！"宫藤北微笑着看着陶灵。

陶灵双手交叉在胸前，一脸好奇地看着宫藤北，示意他说来听听。

"亲爱的陶灵，对不起！我不该在机场让你答应了我的求婚，还让你戴上了我的求婚戒指……"宫藤北突然深情款款地大声说着，然后一脸得意的表情，拽起陶灵的右手，大肆在路过的同事们眼前晃荡着。

"嘘……嘘……你……你小声点，想找死是不是？"陶灵甩开宫藤北的手，卷起袖子准备开战。

"啊？什么？还太小声了？哦，好的，那我再大声点。"宫藤北假装听错陶灵的意思，一脸无辜地说着。

"你给我闭嘴！"

"啊？哦？我还得再大声点？"宫藤北故作听懂的样子，大声道："好嘞！亲爱的陶灵，对不起，我更不该因过度开心，和你在机场热吻了好几分钟，我亲爱的陶灵！对不起！"

宫藤北这大声的几句话，简直就比娱乐新闻还具有轰炸性，引得一群路过的同事，纷纷小声地传播着陶队马上要结婚的消息。

"你他妈的脸皮厚到家了是不是？"陶灵奋力追打着宫藤北……

证物科门口，陶灵气冲冲地倒了杯水，咕噜咕噜地大口喝着……

"不好意思，我和你开玩笑的，谁知道……"宫藤北诚恳地道歉着。

此时正在气头上的陶灵，听不到宫藤北的声音倒还好，不料宫藤北突然而来的一句道歉，就像被点燃的炸弹一般，气得陶灵怒火直冒地直接冲宫藤北大打出手起来，一杯冷水泼在宫藤北的脸上，趁宫藤北闭眼之际，陶灵高举手掌，一巴掌扇在宫藤北的脸上，短短二十几小时的时间，宫藤北的脸上就没停止过火辣辣的感觉……

"喂！你动不动扇我巴掌这习惯能不能改一下，我这脸从昨早上到现在都是烫的。"只见宫藤北一把将陶灵的双手合十锁在陶灵胸前，故作可怜兮兮的样子求饶着。

"你最好消失在我眼前，否则我见你一次打你一次，见你十次打你十次！"陶灵双手灵活地一转动，紧握住宫藤北的手臂，借住宫藤北的臂力朝上一跃，双腿用力夹住宫藤北的脖子，朝后大力一个后翻滚，宫藤北被重重地摔在地板上，为了躲避陶灵的继续反击，宫藤北立刻匍匐一个翻滚，单膝跪地，右手撑在地上，大喘着气看着眼冒金星的陶灵。

"喂！我可是远道而来的侦查顾问，你让我消失，那我去哪？"宫藤北故作可怜地慢慢起身说着。

"关我屁事！你爱去哪去哪！"

"那你拿完证物待会去哪？"宫藤北转移话题道。

"关你屁事！"

"哦……那我跟着你吧，你就别生气了，破案，破案要紧，不是吗？而且，李局说了，待会要开紧急会议，你看只剩半小时了，走吧，咱俩再打下去就没完没了了。"宫藤北一脸坏笑地建议着。

"你，真的是死不要脸！"陶灵责骂着。

"哦，那走吧！你是不是准备去痕检科啊？走这边，比较近。"宫藤北直接过滤掉陶灵骂自己的话语，拿起桌上那一堆证物便朝痕检科走去。

"切！不是不熟路吗？"陶灵给了宫藤北一记白眼。

"不熟，真不熟路，我只是看了几眼咱们局里的平面图。"宫藤北脸上露出灿烂的笑容，帅气地指着前方。

"你闭嘴行吗？啧，你上辈子是哑巴？还是怕人知道你不是哑巴？"

"喂！刚刚是你问问题的好吗？"

"我哪有问你问题！"

"你不是问我熟不熟路啊？"

"我那是问题吗？"

"你那难道不是问题吗？"证物科的走廊不断回荡着两人斗嘴的回音……

陶灵和宫藤北一路吵嘴叽叽喳喳地从痕检科将报告如数拿上，像话痨般的宫藤北突然安静地出奇，陶灵忍不住斜着眼睛观察着身旁的宫藤北。

只瞧见宫藤北帅气的脸上，五官立体而又俊朗，睫毛卷翘浓密到连女孩子见了都会嫉妒，眼睛瞳孔的颜色和陶灵一样都是像猫咪一样的浅琥珀色，鼻梁挺拔，嘴唇……看到这，陶灵不禁脸上微微有些发烫，有些害羞了起来……

"怎么样？是不是觉得我特别帅？嘴唇是不是吸引到你了？"宫藤北冷不丁冒出两句自卖自夸的提问。

"你！不说话会死是吗！"陶灵抢起拳头又想朝宫藤北打去，只见宫藤北突然一本正经道"停停停！先别动手打我行吗？你知道我刚刚这一路不说话，是在思考什么吗？"

"不知道，也不想知道。"

"嘿……是吗？那我说几点，相信你会想知道的！"宫藤北一脸自信地看着陶灵，继续道："我看过你的档案和介绍，心理侧写师、记忆力超群、格斗技术和反侦察技术都数一数二，那我问你，刚刚在所有的证物袋里，你发现了什么？"宫藤北一反常态地认真提问。

"证物袋？有 4 颗子弹，分别分为两个证物袋，一个袋子里有 3 颗子弹，应该是奔王体内的子弹，另一袋就是所谓的误伤季小青的子弹；还有 64 式自动手枪一把，应该是案发现场或者附近搜查到的；嗯……蓝色粉末，刚刚看报告内容显示的是致幻剂；还有一些酒吧内部消散的毒品，当然，还有早上我交给李局，奔王的手机和导致肖微死亡的香烟，也是新型毒品。"陶灵回忆完，突然瞪着水汪汪的大眼看着宫藤北，好奇地问："怎么？证物中有哪里不对劲？"

"呐，仔细看看这。"宫藤北指着证物照片里的手枪道："你看编号。"

"有编号，代表不是非法枪支？所以我们只需要查出枪支来源。"

"对，但是你有没有没发觉这枪上的编号，好像……"宫藤北的话语被陶灵的手机震动声打断。

只见陶灵礼貌地接着电话，"李局，嗯……他和我在一块呢。嗯，我们已经拿到证物和报告了，哦……好的，我们马上赶到会议室。"陶灵一边着急地朝会议室走去，一边回头催促道："快点，会议时间提前了，市领导都到会议室了！快点！"

"参会人员是哪些？"宫藤北突然提问。

"都是局领导，以及韩东、你和我，其他人蹲点的蹲点，受伤的受伤，再说了，这样的会议，一般都是高层紧急会议。"陶灵不受控制地认真对宫藤北解说着。

"你温柔起来还真挺迷人呢。"宫藤北突然低声感慨道。

"你说什么？"陶灵没听清楚宫藤北的感慨，好奇地反问着。

"哦，没什么，就是想问问，那天负责抓捕奔王的行动组成员会不会来开会？"宫藤北试探地问道。

"不会，他们各自都在追查案件，今天的紧急会议是队长等高层讨论会。"陶灵认真说着。

"哦，这样啊。"

"别哦了，快点吧，领导们都在会议室等我们手里的证物和报告呢！"陶灵不耐烦地催着宫藤北走快一点……

# 3. 三天之约

会议室里，栖洲市薛市长、栖洲市公安局李局长、栖洲市公安局卿副局长及政委等领导，纷纷坐在会议桌前……

"人都齐了，先给大家介绍一下，这位是我们栖洲市的薛市长……"李局恭敬地介绍话语被薛市长打断。

"哎，不用那么麻烦了，我自己简单介绍一下吧，我是薛孝东，咱们栖洲市的市长，关于 10 月 17 日晚上，在我们栖洲市金融区的 SAKYA 酒吧发生一起枪击事件，可以看出凶手的行为极度嚣张、恶劣，居然敢在公众场合持枪制造枪击事件！更恶劣的是，紧接着在 10 月 19 日晚，也就是昨晚 7 点多又一次在公共场合发生联合枪袭警察事件！咱们这小小的一个栖洲市，难道连基本的城市治安都做不好了吗？是警员的综合素质太差？还是领导疏于管理？领导无能？"薛市长严肃地盯着李局，生气地责骂道。

"是，是是，薛市长，确……确实是我这个公安局局长的问题……"

"当然是你的问题！一个小小的栖洲市，三天内制造出这么大的动静，不是你的问题是谁的问题！哈？"薛市长锤着桌子破口大骂道。

"是是是……请您放心，我们一定抓紧时间抓捕凶手。"李局应声承认着。

"甭在那给我是是的！什么叫一定抓紧时间？这个时间

是多久？"

"半个月，半个月内一定将凶手缉拿归案。"

"半个月！半个月？你还嫌这次的社会舆论和媒体反应不够激烈，不够大吗？还是真要等省里、部里来上几个领导把我们这小小的栖洲市领导班子都换上一拨，才够时间吗！"薛市长瞪着眼睛看着到会的所有人，然后转身对着李局反问："到底多久能缉拿凶手？我要一个准确时间！"

"嗯……"李局认真沉思着。

"怎么？还要考虑这么久？"正当薛市长想要继续责骂李局。

陶灵见韩东动了一下身子，立刻起身抢言道："三天！三天之内，我们一定将凶手捉拿归案！"

李局惊讶地看着陶灵，然后担心地向前解围道："陶灵，别乱讲话，安静点，这案子……"而李局想替陶灵求情解围的想法被薛市长打断了。

"怎么？这案子怎么了？有难度？你身为局长觉得困难？"薛市长表情严肃地追问着李局？

"不是，只是案子目前的线索……"

李局的话并未说完，薛市长突然岔开话题道："三天？"薛市长不禁仔细打量着陶灵，好奇地问："老李，这位是？"

"哦，薛市长，这位是我们局刑侦队副队长，也是这特案组的组长陶灵，还有，他旁边的是宫藤北，是省厅这次为我们从美国菲尼克斯邀请回来的侦查顾问。"李局故意岔开话题，目的只是想要让薛市长不要介意陶灵的意气用事。

"哦，陶灵？你就是陶灵？我知道你，咱们栖洲市警队的女精英啊！听说局里的男警员都不是她的对手？"薛市长用倾佩的眼神看着陶灵，静静地思考了许久，突然道："好！三天！三天内务必将凶手抓捕，否则……"正当薛市长想要继续说时，陶灵突然打断了薛市长的话。

"否则，我就不当这个副支队长了！"

"还有我！我自愿来协助陶队在三天内破案，破不了案我也辞职不做侦查顾问！"宫藤北不知哪冒出来的劲头，也起身一股脑儿地掺和进来。

"有病吧？谁要你帮啊？"陶灵惊讶地冲宫藤北对着口型，而一旁的宫藤北正扮着酷帅的表情，冲陶灵微笑着拍着胸脯，示意"有我在"……

李局见陶灵和宫藤北两人为了帮自己解围，傻不拉几地和薛市长打起破案赌约来，急得李局大声道："你们俩别在那瞎掺和，你们说三天破案就能三天破案啊？那么儿戏，亏你们还一个是副支队长，一个是局里请来的侦查顾问！简直就是胡闹！"李局心疼地骂完陶灵和宫藤北，立刻转身求情道："那个，薛市长，他俩那是……"

"三天！三天之内我们一定破案！"陶灵又一次自信地重复道。

"好！就三天！陶灵！还有那个……什么……你，叫宫什么来着？"薛市长认真地看着宫藤北。

"宫藤北。"宫藤北小声报着自己的名字。

"嗯，对！宫藤北，陶灵我不管你们用什么方法，哪怕你们不吃不喝不睡，我就给你们三天的时间，三天内破不了案，交枪走人！"

"好！一定！"陶灵和宫藤北异口同声道。

"哎……"李局在一旁低声叹气着。

"那赶紧的，楼下一群媒体记者还等着官方回应呢。"薛市长看了看陶灵，示意她准备资料："陶灵，你来给大家讲解案情吧。"

"嗯，好的。"陶灵看了看在座的每一位，然后打开投影，用投影笔指着屏幕，认真道："大家现在看到的画面就是我们10月17日'收尾行动'的现场，但是却在我们抓捕行动当晚，嫌疑犯奔王被人枪击于SAKYA酒吧正门口，这个就是死者：奔王，胸口被凶手开了3枪，当场死亡。我们的警员李扬曾与这名杀害奔王的凶手近身搏斗时，打伤了凶手，韩队在凶手伺机逃跑时，不畏生死地与凶手抗衡，与凶手车峰相对，将凶手撞晕在现场，不过……"

陶灵看了看韩东，委婉地继续道："不过最终在押解凶手回警局的过程中，让凶手趁机跳车逃脱了，并且凶手是有同伙接应他的。"

卿副局认真分析着陶灵对案情的解说，提问道："韩东，凶手不是被你撞晕了吗？为什么半路还能让他逃走了？押解凶手的人到底是谁？"

韩东揉了揉脖子，起身汇报道："嗯……押解凶手的是……"

"报告卿局，当晚押解凶手的是我手底下的两名警员，在押解途中遭遇凶手装晕突袭，险些酿成大型车祸。"陶灵抢词汇报着，当然陶灵的这一举动，大家都看得出来她就是为了保护底下的警员，想要责任一人独揽。

卿局本来想继续追究下去，不料薛市长突然提议道："老卿，现在不是追究谁失职不失职的时候，现在最首要的是找出凶手，给社会群众一个交代，还社会群众一个安定的生活环境。"

"嗯……"卿副局妥协的点头。

"凶手的特征是什么？"叶政委提问。

"目前凶手身上的特征是：身高约180cm左右，当晚穿黑色衣服、戴黑色鸭舌帽、黑色口罩，右手臂和右脸眼角下方都有被铁皮割伤的伤口。"陶灵认真汇报着。

"就这些特征？"薛市长好奇地看着陶灵和李局等人。

"是的，关于杀害奔王的凶手，我们目前收集到的只有这些特征，但是我们对于这起案件，掌握的线索却不止这些。"陶灵说完便用投影笔照着投影幕上肖微的照片，"受害者，名叫：肖微，是在……"

"受害者？还有一个受害者？"叶政委担忧地问。

"其实准确来说，她不仅仅是受害者，也是偷袭陶队的嫌疑犯。"韩东皱着眉头强调着。

"受害者？嫌疑犯？偷袭？"薛市长惊讶地重复着陶灵和韩东刚刚的话，突然大声感概道："不是，咱们这小小的栖洲市够热闹的啊！警察面前歹徒能枪击犯人，然后半夜袭警？这戏都演全了？"

陶灵不仅没有因薛市长的担忧而停止汇报，反倒更加冷静道："对的，这名死者的身份是很多种，受害者？嫌疑犯？偷袭？"陶灵一边故意提问着，一边慢慢转身走到离韩东较近的位置，手指有节奏地敲着桌板，而一直与陶灵目光对视的韩东，正冷眼看着陶灵嚣张地手指一下下在桌面上有节奏的敲着……

"这名死者与奔王的死有关，甚至未来还将会有下一个同样的受害者出现。"陶灵大胆的推断着。

"咳咳……"李局喝到嘴里的水，被陶灵的几句话给刺激得呛得直咳嗽。

"什么？还有下一个？为什么？"薛市长激动地拍着桌子站起身来。

陶灵毫不理会薛市长煞白煞绿的脸，一脸正经道："是这样的，抓捕奔王的当晚，我不幸中了迷药住院，结果在我住院的当晚有两个人假装医生和护士，进来病房袭击我，问我索要某样物件，好在当时韩队、胖熊、蓝鹿、李扬几人刚好都在医院，成功地抓获了其中一个名叫肖微的女子，在带回警局审讯的时候肖微突发急性心肌梗塞死亡。"

陶灵说完便继续在投影幕上放着其他的照片，照片是肖微和肖强，只见陶灵继续道："这两人是兄妹关系，肖强是肖微的哥哥，当晚在医院袭击我的两个人就是肖强和肖微两兄妹。也正是肖微的突然死亡，才引来肖强对胖熊、蓝鹿的恶意报复，因而引发昨晚在塞柏拉西餐厅的枪袭事件。"

"所以肖强是为了替他妹妹报仇，才制造出在城市里联合枪袭警察的事件？"卿副局提问。

"是的！但也不全是，肖强两兄妹那天来医院袭击我，是为了抢一个U盘，而据肖强所说，他妹妹小时候就有心脏病史所以从不抽烟，可是，大家请看接下来的这段视频。"陶灵又一次认真地操控着投影幕的遥控器。

"她在审讯室里为什么会突然提议要抽烟呢？而且，你们看，她抽烟的姿势很明显就很生疏、很从容。"陶灵肯定道。

"人在紧张、焦急、害怕时，选择抽烟来缓解内心情绪，这再正常不过了。"韩东也发表着自己的观点。

"对，抽烟是没什么奇怪，被抓进警局审问，紧张了抽支烟那也是再正常不过的事情，可如果事情换了个可能性呢？"陶灵坚定地从自己包里拿出三份法医科的检验报告，丢给一旁把自己当成偶像在欣赏的宫藤北，并示意宫藤北将报告投放到屏幕上。

"大家请看，这是肖微突发死亡的当天，凌晨在审讯室抽的那支烟，这杯水也是肖微喝剩的，我手里的三份报告是法医科检验的报告，第一份：肖微的尸检报告，报告结果显示死者死于急性心肌梗塞。"

宫藤北见没人提问，故意提问道："那又是什么导致死者急性心梗呢？紧张？担心？害怕？真的是单纯的意外死亡？还是？"

"宫顾问的问题提得很好，这第二份报告：是检验出烟的烟纸、烟草是经过特殊浸泡的，里面的成分是：LSD、麦斯卡林、本环利定以及一些分离性麻醉剂，简称致幻剂。而烟的外包装纸被这些半成分浸泡过后，再和烟草里本身含有的生物碱一起点燃想融合，最后烟嘴里的波珠中含有少量高浓度薄荷味酒精，这几样融合在一块，就会变成一种新型毒品，会刺激到人体的中枢神经，导致强烈的生理兴奋、致幻、严重损害心脏和大脑组织，表现出妄想、好斗等现象。而烟，如果单独拆分检验都没任何问题，因为它们得遇火点燃后才会起到毒品该有的功效！"陶灵双手撑在会议桌，肯定道："也正是这支烟诱发了肖微的心梗现象，而后来的那一杯温水，就是肖微的催命符，加速了毒品的效果，才导致肖微急性心肌梗塞致死，而这份报告充分证明了肖微不是意外死亡，而是他杀！"

"他杀？进到咱们警局来杀人？"李局表情极度愤怒地问。

"那烟是来自哪里的？"宫藤北配合着陶灵一唱一和着。

陶灵继续双手放在会议桌，然后微微俯身坚定道："这是第三份报告：我在肖强那里发现了一条一模一样的烟，所以叫法医殷泽顺便对这两支烟做了成分比对，没想到结果显示，这两支烟是出自同一个烟厂……"

"所以？是肖强杀死了自己的妹妹肖微？"薛市长提问。

"不，肖强的一句话提醒了我，我在昨晚审讯肖强时，他问我'我妹一心脏病患者，怎么可能抽烟，审讯室为什么会有烟给我妹抽？谁给的？'就是这句话提醒了我。"陶灵欲言又止地看了看会议室的每个人，然后将审讯室的视频暂停到递烟的画面，冷冷道："而这支烟刚好就是韩队您给肖微的那支，也正是这支烟导致的肖微死亡。"

"烟是韩队的？那他……"会议室里，一些人低声讨论着。

"大家安静。韩东，我想听听你的说法。"薛市长示意在座的各位都安静下来听听韩东的解释。

只见，韩东脸上，手臂上都是伤，腰部似乎也是因为抓凶手，与凶手撞车导致的腰部震伤。

"是的，烟是我给肖微的，胖熊和蓝鹿都见着是我从衣服口袋里拿出的香烟，可是那包香烟不是我买的，是有位同事送给我的。"韩东解释道。

"不是你买的？那是谁？"李局和薛市长同时问。

"我看我还是现场打电话给大家听听吧。"韩东说完便拿出手机给某个人拨打着电话，并将免提打开，"嘟……嘟……

嘟……"

"韩队，您好。"李扬的声音清晰地从手机那头传来。

"啊？怎么会？"陶灵激动地正想质问手机那头一些问题，不料被宫藤北阻止了下来。

"嗯，李扬，上星期你拿给我的香烟味道不错呢，在哪买的？"韩东引导式提问着。

"哦，这样吗？我也是一个朋友送给我的。"李扬诚实地说着。

"哦，这样啊？那行，改天再帮我买几条，谢了，我这还得继续开会呢。"韩东说完便将电话挂断，眼神冷峻地看着陶灵，挑衅地问："陶队，不知道我这样自证您是否满意？"

"你……"火爆性子的陶灵差点向前揍韩东，宫藤北立刻醒目地拉住陶灵，眼神示意她忍一下。

"也就是现在的线索只有香烟这一条线索？"薛市长质疑道。

"不，还有肖强，他在我们开会前发信息给我，同意转作污点证人，而且也是通过肖强的口述，我们才能完全确定：季小青的伤并非误伤，而是凶手杀人未遂。"陶灵分析着。

"杀人未遂？怎么证明呢？又会是谁？"薛市长看着陶灵问。

"这个很简单！"宫藤北坐在会议桌前，仔细看着报告道："总共几点，第一点，这两份报告，一份是陶队的枪支做的弹道比对，通过来复线等数据比对，陶队的枪根本没在现场开过枪。"

"所以开枪的凶手当时和陶队在一个房间,或者在附近？"

卿局提问。

"是的，并且现场搜到的枪支不是非法枪支，枪上也都有相关编号。"

宫藤北戴上手套拿着检验报告和证物做着比对，"64式7.62毫米手枪，重560g，枪身和子弹上都有编号，再加上枪身及子弹的重量比对，还有来复线痕迹比对，都能确定杀奔王的那三颗子弹和伤季小青的那颗子弹是来自于同一把枪，所以这第二点，报告上也写得很清晰，所以我们只需追溯枪支来源即可查出枪是谁的。

"OK，那第三：最后一份报告的截面密度和弹头形状分析出的弹道系数等，结果显示四颗子弹都是出自于在案发现场找到的64式手枪。"宫藤北故作喘气般继续道："所以，枪是我们的第二线索，因为枪身编号告诉了我们枪支不是非法走私的枪支，是正规渠道出来的，而这类编号就是我们的追溯来源。"宫藤北自信道。

"查到什么没有？"叶政委急切地问。

"目前正在和精密方联系着。"陶灵起身继续道："刚刚宫顾问分析的三点简明扼要。于此同时，我们还有第三条线索：就是受伤的季小青！根据肖微和肖强的说话内容，更加能清晰地知道，季小青的受伤与他们口中的重要文件U盘有一定的关联。"

"嗯，分析得很好。"薛市长点头称赞着陶灵。

"同时，在季小青送进医院后，这两天我们发现一直有一个神秘人在季小青的病房门口徘徊，并且我们警员发现季小青的医药账单有人一直在悄悄缴纳，所以这个神秘的缴费人也是我们的另一条线索。"陶灵肯定着。

"查出是谁了吗？"李局提问道。

"嗯，胖熊和蓝鹿已经在查了，相信今天就能有结果。"陶灵信誓旦旦地看了看手表，"我给他们俩定的时间是下午下班前汇报工作。"

"嗯，很好。"李局放心地说着。

"李局，还有我早上交给您的那部手机，那部奔王的手机，它里面联系的最频繁的就是一个叫蔡国栋的机主，另外还有一个座机号，经过落实，座机号是一家小卖部的座机电话，打电话的也是蔡国栋，所以调查蔡国栋这个人将会是我们的第四条线索，我担心……"陶灵欲言又止。

"担心什么？"李局大声地反问。

"我担心很快就会有下一个受害者出现，甚至很有可能蔡国栋或者季小青马上就会是下一个受害者。"陶灵的表情显得有些担忧。

会议室的多名领导纷纷针对线索及案件要性进行着紧张地商议……

"线索有这么多条，总之 3 天之内，必须将凶手抓捕。"薛市长严肃地继续道："短短的几天里被枪击两个人，一人在警察面前被当场枪击而死，一人重伤，并且还出现两次袭警，最后一次还是多名匪徒持枪械袭警，事情之严重和恶劣，已经引起社会和媒体上很大的轰动，在此，我们市委和市公安局商议后发现两起案件是有它的共通性和关联性，完全有理由将两件案子并案处理，所以我们决定将 10 月 17 日和 10 月 19 日的案件合并为"10·17 特案"，"老李、老叶，你们两身为局长和副局长，还有你，叶政委务必督促好！务必三天！三天之内争取破案，千万不要让事态变得更恶化。"

薛市长看了看李局，继续道："老李，那接下来就等你来分布一下具体工作，还有，陶灵，记住！我们的三天之约，从今天开始倒计时！我相信你和宫藤北有这个能力将案件顺利破获。"薛市长和蔼地指着陶灵和宫藤北，眼神里充满着信任和支持。

"不是，薛市长，今天一天都过去了，怎么能……"李局想要替陶灵和宫藤北争取多一天的时间，不料被薛市长直接委婉拒绝了。

"嗯？？陶灵？宫藤北？今天开始计时如何？"薛市长的提问根本不到陶灵和宫藤北有拒绝的理由，两人只得硬着头皮大声答应。

"好的,薛市长,保证完成任务！"陶灵、宫藤北异口同声道。

李局也在一声长叹中，起身认真仔细地安排着进一步查案工作……

# 第七章 倒计时·第三天

# 1. 探访

"你去哪？"紧张压抑的局务会议一开完，宫藤北就像个跟屁虫似的粘在陶灵的屁股后面。

只瞧见，警局大厅一堆记者正围着薛市长和李局几位大领导做着相关采访，陶灵立刻反应快速地朝警局后院走去，爬过矮墙、悄悄溜进停车场，而宫藤北自然也紧随其后，死命地跟着陶灵。

"我去哪关你什么事？"陶灵烦死了身后的宫藤北，不禁停下脚步，快速转身，乌黑的头发甩在宫藤北的脸上，一抹清香扑鼻而来，宫藤北控制不住地伸手抚摸着从鼻尖溜过的发丝，不料，两人此时正鼻尖互碰着……

扑通……扑通……陶灵的小心脏莫名地小鹿乱撞了起来，脸上不禁泛起了红潮，眼睛更是不受控制地被宫藤北红润的嘴唇给吸引住，脑海里不禁回忆起早上被宫藤北亲吻、中午在机场和宫藤北热吻的画面……

"你头发好香，好柔顺啊，用的什么洗发水？"宫藤北冷不丁冒出一句很不合情境的话语，瞬间将深陷意乱的陶灵给唤醒。

"关你屁事！"陶灵满脸通红地转身说着。

"咦？你怎么脸红了？"宫藤北故意调侃道。

"太阳晒的，不行吗？"

宫藤北抬头看着已成夕阳的太阳，低声道："月亮都快出来了，还能被晒得脸红吗？"

"月亮晒的不行吗？"

"月亮？听说月亮是冷的。"

"你不要跟着我行吗？我要去查案。好心你这个超级大侦查顾问去忙你自己的事情行吗？好几条线索要查，你就不能自己去查吗？"

"我是你的搭档，而且我们俩和薛市长的三天之约，眼看今天过掉一天了，我得时时刻刻和你在一起，这样我们才能助于案件及时分析。"宫藤北句句在理地说着。

"你都知道说三天之约，那么肯定是分头行动会收获更快啊！"陶灵的火爆性格又快被逼出来了。

"虽然说线索有很多条，但是似乎我们的线索都在医院，你看，季小青、缴付医药费的神秘人、肖强、还有 TWG 几天的小少爷左子言、纪佳瑶等人都在医院，所以，我还是得跟你一起才是，不是吗？"宫藤北一脸赖皮地低头分析着每一条线索……

而陶灵才懒得理眼前这个无赖，绕过宫藤北，陶灵直接坐上车，"啪嗒"车门一锁，陶灵灿烂地笑着说："喂！宫大顾问，你慢慢分析，我先行一步了！祝顺利啊！拜拜！"陶灵说完，便开心地飞速驾车朝医院驶去。

丢下身后的宫藤北静静地看着车背影，默默地发自内心地笑着……

来到中心医院，好不容易将宫藤北那个跟屁虫甩开，陶灵仿若释下重担般，开心地下车朝住院部走去。

"嗨！陶队，你是不是开错路了，怎么比我还晚到 5 分钟呢？"宫藤北拎着几袋东西站在住院部门口，沾沾自喜道。

"咦？你！！真的是阴魂不散啊？"

"我是你的搭档，我要是散了，你可上哪找我这么好，这么细心，这么优秀的搭档呢？"宫藤北自卖自夸着。

陶灵瞥了一眼双手拎的满满的宫藤北，假装好奇地问："提这么多吃的？哟！盒饭、水果，怎么你全家都来医院住院了？"

"啧～你看看你，人长得漂漂亮亮的，怎么讲话就句句带刺儿呢？我这是帮你准备的。"宫藤北认真解释着。

"你咒我呢？"

"不是！不是给你，哎，也不是，我是替你准备好去看左子言和纪佳瑶的。"宫藤北看着一脸惊讶的陶灵，自信地继续道："对吧？我没猜错吧？你的计划是想先去看左子言，顺便和李扬汇合，然后进一步了解烟的详细情况。看完他们，你会去确认季小青那边的神秘付款人，最后才会去肖强那边，想办法说服肖强转做污点证人，对吧？"

"对了又怎样？"陶灵一边问，一边朝电梯走去。

"所以，有我这样的好搭档，你会省了很多力气去分析和说话，我只要一看你的表情和动作，就能知道你心里在想什么。"宫藤北自夸道。

"是吗？那我现在想干嘛啊？"陶灵丝毫不顾电梯里还有其他的病患和护士，瞪着水汪汪的眼睛，越靠越近地冷眼看着宫藤北。

"你看人家小两口多幸福？"一个穿着病服的孕妇羡慕地发着牢骚。

"叮……"电梯门一打开，陶灵便快速离开电梯，走到电梯门口，陶灵突然转身挡住电梯门，怒视着那名孕妇。

"我们才不是小两口！看不懂就别乱说话！"

"嘿！这人怎么这样啊？"孕妇的丈夫上前护着妻子道。

"不好意思，不好意思，她刚刚怀孕，情绪不大稳定，体谅体谅。"宫藤北眯笑着上前解释着。

"你丫的说什么呢？"陶灵气得满脸通红。

只见宫藤北一边故意拽着陶灵，一边礼貌地不停回头道歉："不好意思啊，不好意思，体谅，体谅。"

快到纪佳瑶病房时，宫藤北突然将手里的水果和快餐全部交给陶灵，温柔道："行了，先不生气了，查案要紧，查案要紧。"宫藤北一副诡计得逞的样子，推搡着陶灵朝前走着。

站在左子言所在的病房门口，陶灵突然一改野蛮霸道的语气，温柔灿烂的微笑道："饿了吧？估计你们肯定又没吃晚餐。"

"切～这变脸跟耍猴似的，哈哈。"宫藤北欠揍地说。

"你～"陶灵差点没揍过去。

"嘻嘻，又被你猜对啦，我和李扬一直在聊天，没想到这会儿都5点了，真是谢谢这及时的晚餐。"左子言向来都是非常绅士、非常客气，温柔地说："来，快坐，你身上的伤还没好呢，应该在家里静静养伤的。"左子言担心地看着陶灵的后脑勺，以及手臂上的伤。

一旁的宫藤北正仔细地观察着病房里的每一个人，更是仔细地观察着陶灵身上的伤，不禁又一次心疼起眼前这个瘦小的女子。

李扬无奈地说："就她？你要她闲下来一分钟，她都坐在不住的。"

"就是，就是，我天生好动的命，所以警察这个职业非常适合我。"陶灵调皮地接着李扬的话回答着。

左子言微笑着看着陶灵，这才注意到陶灵身旁的宫藤北，不禁问道：

"咦？这位是？"

"哦，差点忘了介绍了，呐，子言，这位是刚从菲尼克斯回来的，名字就不用介绍了，呵呵……"陶灵微笑着。

"嘿～什么是不用介绍了？嗨，大家好，我叫宫藤北，陶灵的新搭档。"宫藤北自我介绍道。

陶灵很是不爽的，大力掐了一把宫藤北。

"嗷……啊……"宫藤北一脸夸张地喊着。

陶灵一脸反正掐的不是自己的肉般，若无其事，极不乐意地介绍道："藤北，这位是我和李扬的好朋友左子言，病床上的是他的未婚妻：纪佳瑶。"陶灵眼神提醒着宫藤北。

"从菲尼克斯回来？陶灵，这位不会就是省厅给咱们局请的侦查顾问吧？"李扬惊讶地问着。

"嗯，对的，就是他。"陶灵很不情愿地点头。

"呀！您好，我是李扬，久仰久仰了。"

"嗯，您好，叫我藤北就好。"

"侦查顾问？你们刑警也要请侦查顾问？那您的破案技术岂不是更加厉害？"左子言瞪大眼睛，好奇地看着宫藤北。

宫藤北被左子言盯得有些不好意思了，尴尬地说道："没有啦，只是多了些经验，经验罢了。"

"太好了，有李扬和陶灵帮我查我家佳瑶车祸的事情，如果现在再加上藤北你，那岂不是更快能查出来？藤北，不知道

265

你是否愿意帮我？"左子言用期待的眼神看着宫藤北。

"啊？当然愿意，我的荣幸。"

"行了，都别光顾着说啊，先吃点东西，我可是担心你们俩没正经吃晚餐，特意连上我自己那份一起打包过来了，咱们边吃边聊。"陶灵小心地将外卖放在茶几上，开心地建议着。

咚咚咚……

护士张晓云站在门口温柔地提醒道："估计您们得待会才能吃饭咯，纪小姐得去做几项检查，这会下午五点，做完检查也就半小时，很快的。"

"哦，好的，我现在推她去，是在几楼检查？做什么检查？"左子言细心地询问着。

"要去对面3号楼的5楼做MR和CT，主要是给纪小姐做脑部和身体局部造影，你们待会儿将纪小姐推到电梯口，我和孙护士会带你们去检查楼检查的。"晓云耐心地回答。

"好的，我们马上过去。"左子言放下碗筷，立刻起身准备推纪佳瑶去检查大楼做检查，李扬也跟着起身，帮着左子言将病床推出房间。

陶灵机灵地说道："子言，要不我和藤北也陪着你们一起去吧，坐在病房里对着美食干瞪眼，还不如和你一起去走动走动呢。"

"可以啊，没问题，反正电梯装得下我们几个。"左子言开心地调侃着。

四人小心翼翼地推着纪佳瑶进电梯，电梯里张晓云护士和孙慧孙护士已经提前在里面按住电梯开门键……

啪！电梯门快关上的时候，突然一只手从门缝中伸了进来，一位身穿运动服的男子慢慢将电梯门推开。

"这位先生，您这样很危险的。"张晓云礼貌地提醒道。

"不好意思。"男子的语气极其低沉，然而正是那低沉到会令人发冷的声音，让陶灵突然有种似曾相识的感觉。

"那你进不进来？现在是下楼。"晓云按着电梯开门键，耐心的问。

"哦，进，要进来，谢谢。"

兴许是职业病虫在作祟，宫藤北仔细观察了一番那名急着进电梯的男子，身高约：180cm，黑色运动服套装，黑色鸭舌帽，头发梳理得非常细致，香味……不禁问："您好，您没按楼层，要去几楼？我帮您按。"

"不用，我自己按。"那名男子伸出左手，果断地按了 4 楼。

晃眼间，陶灵似乎看到那男子手上有什么图案，可是速度太快，没来得及看清楚。

宫藤北故意不着边际地说："嗯，这住院部 7 楼到 1 楼，挺慢的哈。"

叮！

4 楼到了，电梯门一打开，那名男子慢慢走出电梯，正巧一小男孩飞快地朝电梯跑去，由于担心小男孩会被电梯门夹伤，那名男子敏捷地用力张开双手推着电梯门，防止电梯门自己再次关上。直到孩子的父亲赶来将小孩抱走，那名男子才松手离开。

而那名男子举手投足间，都让陶灵有种莫名的熟悉感，那男子在替小男孩挡住电梯门时，隐约露出左手背上的纹身图案时，那种似曾相识的感觉更加浓郁起来，陶灵努力地回忆着刚刚那男子手背上的图案……

嘎……吱……叮叮……哐啷……

电梯突然发出一阵奇怪的声响，灯也一直忽闪忽闪的。

砰！嘎……嘎……吱……

一声巨响，电梯里突然一片黑暗，电梯摇摇欲坠地悬停在半空中，不断发出铁链一节一节松动的声音。

"是火烈鸟！是他！"陶灵完全没有因电梯摇摇欲坠而害怕，相反是警惕地抓着宫藤北的手臂，慌张地说："好像是凡……"

黑漆漆的电梯里，宫藤北温柔地伸出手，悄悄握住身旁手足无措的陶灵的手，安抚道："没事，待会出了电梯还来得及追上去。"

"啊，救命啊，啊啊啊～～～"晓云和孙慧在黑暗的电梯里惊慌失措地叫着，晓云更是疯了似的拍打着电梯门，向外面求救。

黑暗狭窄的电梯里突然出现一道光，瞬间让晓云和孙慧安静了下来。只见李扬冷静地用手机的手电筒举高照着电梯，轻声道："不要怕，孙护士，张护士，我们几个都是警察，别怕，电梯只是出现了故障，很快就会有维修员过来的，来，大家都把手机的电筒打开……"

"很快？是有多快啊？"孙慧哆嗦着嗓子问。

晓云突然冷不丁冒出一句："这又没劫匪，又没逃犯的，而且现在我们是被困在电梯里，要你们警察有啥用啊？"晓云一边哭喊，一边慌乱地跳着拍打电梯门喊"快来人啊，救命啊！"

"闭嘴！别拍了，别哭了，要警察没用？难道听你哭喊有用啊？"孙慧又害怕又生气地继续道："我相信李扬，他说什么我都相信。"

"嘿……倾慕者？"宫藤北在如此紧张的场合，居然还能讲出如此不着边际的话，瞬间惹得陶灵直冒火。

"这都什么时候了？你还这样啊？真的是够了。"陶灵张嘴就是满满的带刺话语怼着宫藤北，而一旁的李扬却默默地在心里偷笑着，以为陶灵是吃自己醋了，不禁黯然自喜。

"这位护士小姐，请您相信我们，不要怕，先调整心情，电梯现在这种情况是不能随意乱跳的。"宫藤北一边用力按住正在乱跳的晓云，一边用手机电筒找寻电梯的逃生口。

李扬冷静地按了几下电梯的对讲键，见无法联系操控室的工作人员，便拿着手机电筒透过电梯门缝往外面看着。隐约间能透过门缝看到一些路过的看病的病人，"喂！听得见吗？有人能听见吗？"

只瞧见，一个身穿运动服的男子，侧身蹲下问："电梯里怎么了？"

"帮忙通知一下保安，就说电梯故障了，里面有一个病人等着做检查。"

李扬大声地对着电梯外说着。

见电梯外面有人回应，张晓云又一次放声大喊："师傅，救命啊，救命啊，快叫人救我们啊。"

"好的，好的，稍等。"电梯外面的保安快速地回答。

没过一会儿，几名保安便迅速赶来，拿着铁锹将电梯门稍微撬开了一些缝隙，安慰道："里面的人不用害怕，维修工人马上到。"

透过门缝送进来的光，陶灵和宫藤北隐约发现在几名保安身后，刚刚电梯里出现过的黑衣男子正压低帽沿，直直地盯电梯门看着。

"快快快，快点，这边一号电梯里还有病人呢。"一名保安大声冲赶来的电梯维修工人喊着。

"嘎……吱……"电梯突然又往下滑了几十公分，门缝里的光瞬间消失而散，电梯里有一次陷入黑暗……

"啊啊……救命啊……"张晓云和孙慧被电梯突然又一次下滑，而吓得惊声尖叫起来，叫声刺得让陶灵不禁轻捂着耳朵。

隐隐约约能听见上面保安正催促电梯维修工人，"快点修啊，刚刚看见里面有好几个人呢，而且还有个病人呢。"

"放心，我们会抓紧时间抢修的。"

黑漆漆的电梯里左子言正冷静地站在病床边一动不动，李扬用手电筒照着病床上的纪佳瑶，然后肯定道："子言，你放心，刚刚我检查电梯情况的时候，已经检查过纪小姐了，她很安全，放心。"

"嗯，谢谢。"左子言感动地说着。

嘎吱～～哐～～～

"啊……啊……我的腿……肯定断了。"晓云伤心地哭喊着。

电梯突然急速下降了好几层，几人的手机也因突然失衡而摔在地上，瞬间电梯里失去了仅存的光亮……因惯性，六人都七歪八倒的瘫坐在地上，晓云兴许是吓到了，腿被孙慧压着，竟浑然不知地哭喊着腿断了。

"行了，别哭了，是我的腿压着你呢！至于吗？"孙慧推了推晓云。

"我以为我腿断了，你凶啥呢？我只是害怕啊……"晓云哭得更加厉害。

孙慧于心不忍地抱着晓云，用颤抖的手拍着晓云的背安抚着。

"有没有人受伤？"陶灵在黑暗的电梯里询问着。

"没……没有。"左子言、晓云、孙慧、李扬相应回答。

"很好，现在大家听我说，按照我说的做？"陶灵用平静的语气说着。

"嗯……好……"张晓云和孙慧齐声应道。

"孙护士，张护士，你们俩现在背贴着电梯墙，手心手臂也都贴着电梯墙，然后做好半蹲的姿势。"陶灵冷静地想了想，继续道："李扬、子言、藤北，电梯随时会发生坠落，我们四个得用被子保护好佳瑶，得顺利做好撞击前的缓冲准备……"

一听到陶灵说电梯会坠落，晓云立刻慌了，"完了，完了，这次死定了，还没减肥，还没恋爱，爸妈，女儿这次玩蛋了，女儿……"

"张护士，不要怕，相信我，我们应该是在3楼急速下降了大约4层，那么我们现在一定在一楼与负一楼之间，所以就算电梯坠落，也只会落在？对了，这里最多是负几楼？"宫藤北一边推断，一边询问身边的孙慧。

"负……负3。"孙慧的心脏都快跳到嗓子眼了。

李扬立刻醒目地接着宫藤北的话，用肯定的语气安慰着："所以，不要怕，我们就算坠落，也只是2层半的楼高，不会造成生命危险的……"

哐啷……吱……砰……

"啊……啊……"

"救命啊……"

随着晓云和孙慧的尖叫声，电梯飞速朝负3楼坠落，在急速坠落的过程中，电梯与外墙的过度摩擦，导致电梯里发出强烈的蓝色光芒和金色的火花，光刺得人双眼根本无法睁开，李扬等人纷纷闭着眼睛躲开那刺眼的光束及火花，还没来得及睁开眼睛，电梯已经怦然坠落在地面……

浓烟尘雾滚滚袭来，断了的电线，啪吱……啪吱地发出传电的警告声，电梯厢扭曲出各种凹凸不平的印记，电梯门因为撞击和挤压，自己张开了大口，电梯里病床成了无意间的龙骨架，支撑着电梯不要因过度变形，而压伤里面的人……

病床上的"植物人"纪佳瑶在那样糟糕的情况下竟安然无恙，毫发无损，全是因为陶灵、宫藤北、李扬、左子言，四人全力以赴地用被子尽力地保护着纪佳瑶，才能将病床上沉睡的人保护得那般完好。

电梯里的每个人都只是轻微的剐蹭和撞击伤，倒是张晓云和孙慧因惊吓过度，昏迷在电梯里。

纷纷赶来的消防人员、救护人员更是被眼前这一幕给惊到了，都无法相信病床上的病人居然能安然无恙，电梯里的6个人也都只是轻微受伤，都纷纷为这几名警察点赞……

而陶灵和宫藤北见有专职人员过来处理孙慧和张晓云的伤势，二人连自己身上的伤都没顾得上处理，便朝住院部大厅跑去，分工明确地一个人查看电梯的监控录像，另一个人便去那名男子可能出现的地方寻找着……

## 2. 苏醒的"线索"

或许是因祸得福，纪佳瑶居然在电梯坠梯事故后，离奇地醒过来了，当然，最先发现纪佳瑶手指动弹了几下的，自然是左子言。

"医生，医生，手指，手指动了！"左子言在走廊里大声呼喊着医生，然后激动地拍着洗手间的门，喊道："李扬，佳瑶，佳瑶刚刚手指动了，快，快出来啊。"左子言喜出望外地不断拍打着病房里洗手间的门，见李扬还在里面没出来。

"哎呀，李扬快别拉了，赶紧出来。"左子言说完便一溜烟地跑了。

紧接着又从隔壁传来左子言的喊声："医生，医生，睁开眼睛了！醒了！医生，人呢？医生……"

李扬开心地从洗手间出来，走到病床前，仔细地看着病床上的纪佳瑶，白皙的皮肤，微卷的长发披在肩上，柳叶眉，长长的睫毛，薄而诱人的红唇，水汪汪的大眼睛是那样的迷人……

自打李扬故意接近左子言这几个月来，还是第一次这么近距离，这么仔细地观察纪佳瑶，差点被眼前这个美若天仙的纪佳瑶给迷住。

只见他故作镇定地拍着左子言的肩膀安抚道："佳瑶醒了就好，别着急，医生马上就过来了。"

"李扬，一年零3个月啊，整整昏迷了一年零3个月啊……佳瑶她总算醒了！"左子言喜极而泣地抱着李扬。

纪佳瑶的醒来，李扬发自内心地替左子言开心，但李扬更加想查出纪佳瑶身上和凡诚的相关线索，同时李扬还发现了纪佳瑶车祸的非意外性。

"病人是什么时候醒的？"纪佳瑶的主治医生，毛主任拿着医疗档案，匆匆赶来病房。

"哦，刚刚，就刚刚，先是手指动了几下，然后就……醒了，不过一直没讲话。"左子言高兴得说话打颤。

只见毛主任拿着手电筒在纪佳瑶的眼睛上方左右慢慢移动，然后吩咐道："小孙啊，给病人做一下视觉、听觉测验，待会带去做一下 MR。"

"嗯，好的，主任。"

突然，纪佳瑶弹身坐起，眼神四处游离，仿佛身边这一切都是那样的陌生，最后，她将目光定格在李扬身上。

而一旁的李扬正好在打电话给陶灵，尴尬地冲纪佳瑶微笑道："嗨，纪小姐，您好。"见手机拨通了，立刻严肃道："陶队，纪小姐醒了，不过……"李扬的话还没说完，就听见手机那头传来"啪……叭……"的打斗声、重物砸击的声音……李扬担心地大声问："陶灵，你在哪？发生什么事了？"

"停……车……场！"陶灵的话音断断续续地回答了停车场三字。

正当李扬准备朝病房门外跑去的时候，纪佳瑶突然指着李扬说："阿明，不要杀他。"

纪佳瑶嘴里说出来的短短六个字，瞬间令左子言惊讶地头皮发麻，李扬停住了脚步，缓慢转身问："纪小姐，你刚刚说什么？谁是阿明？"

"谁是阿明？是啊？谁是阿明？"纪佳瑶按着太阳穴，表情痛苦的回忆着，"不行，我的头……啊……头，头好痛。"纪佳瑶痛苦地呻吟着。

"医生！医生！快点看看，佳瑶这是怎么了？"左子言心疼地大声叫唤着医生，见纪佳瑶正疼得屈膝蜷缩在病床上，时不时用头大力地撞击着自己的膝盖，左子言心疼如绞地泪水直流道："佳瑶，是我，子言，你看看我。"左子言焦急地紧紧握着纪佳瑶冰冷颤抖的双手，不断深情地看着……

"我为什么会在这里？车子……车上的人？人呢？"

"什么人？车上当时有哪些人？"李扬向前走进了几步，着急地问。

"有，车……上……还有人，是……谁？什么……人在……我车上？我……我……想不起来，我……我真的不……知道，我……真……真的……记不……起来了。"纪佳瑶惊恐万分地捂着耳朵，闭着眼睛断断续续地说着。

左子言表情愤怒地瞪了一眼李扬，示意李扬先停止对纪佳瑶的步步追问，然后转身温柔道："瑶瑶，没事了，没事了，这里是医院，你之前发生了车祸受伤了……"

子言的话还未讲完，便瞧见纪佳瑶大力地将手上的输液针拔掉，然后光着脚丫下床，兴许是做植物人太久，所以双腿使不上劲来，致使自己猛然摔倒在地上。

"啊……啊……我的腿……为什么？"纪佳瑶心急如焚地捶打着自己的大腿，担忧地抽泣着。

这下可把左子言给心疼坏了，奋不顾身地跪在地上，紧紧地将纪佳瑶搂在怀里，心若针刺般说道："佳瑶，你是在害怕吗？

别怕，你才刚刚醒，腿脚肯定是麻的，咱们先不急，先让毛主任给你检查一下，好吗？"左子言一边温柔地哄着纪佳瑶，一边细心地替纪佳瑶检查着手脚，生怕她刚刚摔到哪里，碰伤哪里。

"不要，不要，啊……车子……火！火！"纪佳瑶突然害怕地捂紧耳朵，好像记起车祸的事情似的，难受地尖叫着。

"医生，这到底怎么回事？这……到底什么情况？"正当左子言方寸大乱，焦头烂额之际，纪佳瑶突然眼前一黑，全身瘫软，又一次陷入了昏迷……

李扬见病房里主治医生和教授纷纷赶来，自己夹杂在病房里也帮不上什么忙，便小声道："子言，我去趟停车场，陶灵可能有危险，你看着纪小姐，我待会儿上来。"

而停车场那边，陶灵正持枪对着前面不远处的黑衣男子，"站住！警察，请出示证件，配合检查！"

陶灵慢慢朝黑衣男子靠近，那个背影是那样的熟悉，就在陶灵快要碰到那黑衣男子的背部时，那黑衣男子的左手衣袖里，突然划出一个燃烧着的打火机快速朝陶灵的眼睛飞过来，而那个熟悉的纹身图案"火烈鸟"是那么刺眼地闪现在陶灵眼前，由于迫切地想看清黑衣男子的面部，陶灵根本没来得及躲闪……

李扬远远瞧见陶灵有危险，立刻弯腰半蹲双手侧向身后，准备拿枪随时做好鸣枪警示的准备，不料，枪根本没有带在身上，李扬努力地在脑海里的回想着：

从抓捕奔王的行动当晚开始，自己根本就没有时间回警局交还配枪，当晚行动失败后，自己在医院处理完伤口后就急忙赶回局里开会，开完会又奉李局命令回医院看着陶灵……和陶灵一起养伤到星期一，再到今天，这期间内李扬非常地肯定自己没有交回配枪，更没有使用过自己的配枪，而唯一拿出手枪的时间，就是抓捕奔王当晚与凶手搏斗时，手枪被踢至酒吧后门的垃圾桶了……而那会儿，刚好听见撞车声音，一急之下并没有将手枪捡回……所以？配枪丢失了？

想到这里，李扬头皮发麻地站在停车场的车道处，愣愣地发呆……

吱吱……滋……一阵长长的急刹车声响起。

及时从监控室赶来的宫藤北，见状顺势纵身一跃扑向陶灵，在摔倒在地上那一刻，宫藤北努力地将陶灵抱在自己怀里，让自己的背部重重的摔在地上，远处一辆黑色车子正疾驰冲向李扬，而远处的李扬却木木地站那发呆，情急之下，宫藤北大声喊道："李扬，发什么呆呢？小心车！"

及时听见宫藤北的喊叫声，李扬顺势一个匍匐滚地，成功地躲开了极速而来的车子，而那黑衣男子则跳上那辆黑色车逃离了医院停车场。

"你刚刚在想什么呢？干嘛发呆？多危险你知道吗？"宫藤北一边严厉地批评着李扬，一边将陶灵从地上扶起来。

只瞧见，陶灵木木地看着停车场的出口方向，脑海里不断重复闪现着刚刚的画面，陶灵清晰地看见那个黑衣男子在跳上车的那一霎那，那张被口罩遮住一半的脸就是凡诚，而开车接应他的人，陶灵如果没看走眼的话接应他的是一个训练有素的女的，那女的会是谁？

陶灵双肩抽搐着道："是他，那个背影是他，那个抛火机的动作也是他，那个纹身是我们一起在出'猎尾行动'前纹的……是他，为什么要逃避我？为什么？到底发生什么事了？"

"怎么了？刚刚发生什么事了？"李扬担心地问。

"凡诚……凡诚……我刚刚看到凡诚了。"陶灵哆嗦着嗓子看着李扬。

"什么？凡诚？灵，凡诚三年前就死了！肯定是最近太累，没休息好，看错了？"虽然凡诚是李扬的好兄弟，可是这几天只要一听凡诚的名字，李扬就不受控制地窝火。

"不，我没看错，我确定是凡诚！"陶灵笃定地大吼着。

"凡诚不是死了吗？怎么可能会？"李扬看着陶灵坚定的眼神，内心不禁也开始隐隐相信陶灵的所见。

"嗯，李扬说的对，肯定是看错了。"宫藤北一边圆场，一边狠狠地掐了一把陶灵，"对了，你刚刚不是在找电梯发生事故之前，和我们一起搭乘电梯的那个黑衣男子吗？"

被疼痛唤醒的陶灵，才清楚自己刚才险些将"712特案"以及宫藤北的真实身份给全部透露出来，醒了醒鼻子，冷静道："没事，可能是我这两天太想凡诚了，所以看错人了。"

"哦，没事就好，刚刚听手机里有打斗的声音，所以下来看看，对了，纪小姐醒了。"李扬认真地提醒着。

"这么巧？醒来有没有说什么？"宫藤北好奇地问。

"有，一直在叫一个叫阿明的人，然后说什么不要杀他，说话没头绪，没有清晰的主观意识，醒了一会，现在又昏迷过去了。"李扬回忆道。

"阿明？子言身边有叫阿明的人吗？"陶灵疑惑地反问着。

"没有，没听他提起过。"李扬确定地说。

"走吧，先上去看看。"陶灵果断地建议着……

"砰！！！"一声枪响从楼上传来……

"不好！肖强有危险！"陶灵和宫藤北互看了一眼，立刻快速地朝住院部的楼梯口跑去。

来到住院部一楼，一群同僚正在拉着警戒线，外面堵了一群围观者，肖强的病房门口被围得水泄不通。

"麻烦让让！警察办案！"陶灵拿出证件大声道。

走进病房，韩东正带着王静在病房里询问着护士小姐，"有没有看到凶手的样子？"

"没……有，我……进来的时……候，刚好……和这位女……女警官一起，我们都只看到那个人的背……背影。"一名护士小姐全身哆嗦地说着。

见肖强已然死在病床上，并不是被枪击而死，而是被人用注射器扎伤动脉致死，陶灵焦急地问："怎么回事？我们在地下停车场听见枪响？"

"陶队，是我开的枪，刚刚见到一个黑衣男子想杀肖强，所以……"

"有没有打中对方？"

"没打中，不过他背部被我用刀刺伤了。"王静比画着伤口大概的长度道。

"李扬，赶紧搜查，周边5公里范围，背部重伤者，刀口？"陶灵看着王静，眼神示意她提示尺寸。

"注意，身高约180cm的男子，身穿黑色衣服，背部受伤，刀口约3·5厘米，宽度3毫米。"陶灵大声吩咐着李扬。

"是！"李扬立刻快速离开病房去追查其他线索。

"哎……又少了一条线索。"陶灵表情担忧地自言着，而心底里更加担忧的是杀死肖强的人会不会是他？伤的是否严重……

　　而住院部里,左子言正推着纪佳瑶上上下下各种检查、抽血、排队……左子言疲惫不堪地呆坐在茶几边……

　　"子言,医生怎么说?"李扬提问道。

　　陶灵、宫藤北轻轻地走进病房,默默地看着病床上的纪佳瑶,陶灵压低声音问:"子言,佳瑶是睡了吗?医生怎么说?"

　　"嗯,昏迷了一小会儿,现在睡着呢。医生说,在医学上来说,植物病人能苏醒已经是奇迹中的奇迹,至于语无伦次,是因为车祸导致佳瑶的脑部受到重创,才会这样的。"左子言像复读机一样重复着医生的话。

　　"人醒了这是好事啊,干嘛苦着张脸的?"李扬好奇地问。

　　"就是,好消息啊,起码人醒过来了呢。通知了佳瑶父母和你父母没有?"陶灵故意提醒左子言通知父母过来医院。

　　"医生还说在佳瑶身上看到了各种奇迹,植物人醒后身体的各项指标奇迹般跟正常人一样,等明天的检查结果出来,如果一切都显示正常,到时就可以出院了。"左子言失落地说。

　　李扬听到左子言的回答,高兴地问:"那你还在那闷闷不乐地干嘛啊?应该开心啊?还是高兴傻了?"

　　"可……可她好像不记得我似的。"左子言双手捂着正在流泪的双眼。

　　沉默了许久,李扬不知道该如何安慰一个兄弟,更不知道用什么样的词语去美化一件事实,而左子言的话却像针一样刺着李扬的心,想了许久,李扬有感而发地说:"不就是暂时不记得你嘛,怕什么?大不了让她慢慢记起你来,让她慢慢再爱你一次,起码比我好。"

也不知是何时，李扬在说话时，眼眶已是布满泪水，不禁轻声贴着左子言的耳朵道："呐，你看，你的那个已经苏醒，而我的那个一直在等一个死去的人，所以你更幸运不是吗？"

就这样，病房里，非常非常的安静，左子言在担心纪佳瑶的恢复状况，李扬在为陶灵记忆中的那个不再存活的人而伤神，陶灵在努力回忆着那个黑衣男子是不是他？宫藤北则坐在一旁分析电梯事故是否是意外，还是今天下午的这场电梯事故根本就是人为的？

# 3. 宵夜

为了查案，胖熊、蓝鹿、李扬几乎天天都在医院附近打转，周边倒闭了几家店铺，新开了几家店铺，哪条巷子里的甜品好吃，哪条街头街尾的小炒好吃，哪个摊位的宵夜和烧烤好吃，这三个人一定比美团更清楚。

胖熊和蓝鹿听到纪佳瑶醒了的消息，纷纷闻讯赶来病房。

"子言，恭喜啊，终于守得云开见月明了，纪小姐这次醒来，你们应该很快就会举办婚礼吧？"胖熊坐在茶几旁边，傻笑着问。

"这还用问吗？男才女貌，门当户对的，结婚那是自然。"蓝鹿瞪着眼睛看着胖熊。

"对啊，子言，结婚摆酒的时候记得发请帖给我们哦。"李扬也在一旁开心地期待着左子言和纪佳瑶的婚礼快点到来，而内心深处又莫名地有些内疚，内疚自己正在利用左子言对自己的友谊，而暗自调查着他家里。

陶灵静静地转着手中的打火机木讷地看着窗外，丝毫没有听见胖熊和蓝鹿的聊天内容，此时陶灵的内心，只想快点将案子给破了，这样就能还凡诚一个清白，而内心深处，陶灵更加清楚，她对凡诚的信任已经开始动摇了，因为她非常确定下午在停车场和自己赤手空拳搏斗的那个黑衣男子就是凡诚，非常确定手中的打火机就是当年自己送给凡诚的打火机……

"饿吗？出去吃宵夜吧。"陶灵突然伸手看了下时间，提议道。

宫藤北看着冷冷自语的陶灵，发觉病房里的气氛安静得太久了。索性微笑道："是啊，不知不觉都晚上 10 点了，下午也没吃饭，走呗，给我这个新成员一个机会，让我来请大家一起吃个宵夜呗。"

"好啊，正好我也饿了，要不咱们去那家烧烤店吃吧？比较干净，味道也超级正宗的。"蓝鹿歪着小脑袋看着胖熊问，眼神里吐露着：你懂得。

"哦，你是说老刘家烧烤店吧？他家味道确实不错。"胖熊大大咧咧地看着宫藤北，微笑着迎合道。

"好啊，没问题。"李扬起身，拍了拍左子言的肩膀，"子言走呗，你也一天没吃东西了，下午陶灵带过来的外卖大家都没吃呢。"李扬伸着懒腰，指着一旁的外卖盒。

左子言不放心地看了看正在病床上休息的纪佳瑶，小声道："不了，不了，我还是不去了，实在不放心佳瑶。"

"行吧，要不我待会打包回来给你吧。你一天没吃东西，胃会受不了的。"李扬爽朗地说着。

"好的，谢谢，那你们去吃吧。"左子言微笑着起身，双手合十感谢着李扬对自己的好。

一行人围坐在美食边，宫藤北礼貌地端起可乐，"不好意思，由于咱们大家还有重要的案件要破坏，就只能将就着用可乐代替酒水了，来！我先自我介绍一下：大家好，我是宫藤北，局里的侦查顾问，望多指教。"

"嗯·那个……我叫胖熊，陶队这组的专案组成员，昨天早上的事情，多有得罪，抱歉，抱歉！"胖熊礼貌地道歉着。

"还有我，我叫蓝鹿，陶队的专案组成员。"蓝鹿开心地举起杯子。

"我，李扬，就不用介绍了，咱们下午才经历了两起惊心动魄的事件，都快赶上拍电视剧了，是吧？"李扬好奇地转头看着胖熊，问道："胖熊，你和藤北昨天就见过了？在哪？干嘛一见面就道歉？发生什么事了？"李扬心想着胖熊肯定又闯什么祸端了，正准备一饱耳福，偷偷乐呵呢。

胖熊尴尬地看了看宫藤北，脑袋里闪现着陶灵被宫藤北强吻了两次的画面，支支吾吾道："那个，昨天早上陶队去墓园探凡队长，结果误打误撞，把宫顾问当成跟踪狂给抓了起来，而且，碰巧在墓园探亲人的还有咱们组的另一个新成员在，你想啊，陶队抓的人，现场还有一帮手，这过程就不用我说了吧？呵呵……"

胖熊对李扬抛去一个只能意会不能言传的眼神，令李扬秒懂当时的场面有多惨不忍睹，笑得眼睛都快眯成一道缝了，坏笑着转身调侃道："藤北，你没被陶队给伤到吧？咦？话说，今天那位小组新成员呢？男的女的？帅不帅？漂不漂亮？"

"大伤到没有，不过小伤肯定也不少，根据受伤指数做出损失评估，其实陶队损失比较大。"离洛不知道是什么时候冒出来的，叽叽喳喳在大家身后，一字一句的分析着。

"这位是？"李扬不耐烦地看着离洛。

"你怎么过来了？怎么哪都有你？"胖熊一脸不欢迎的表情问。

"我叫她过来的，这不小组来了一个新成员，一位侦查顾问，大家认识认识。"陶灵一边吃着烧烤，一边示意离洛坐下。

只见，离洛特别醒目地向到家微微鞠躬，"大家好，我叫离洛，今年刚从警校毕业，昨天加入陶队的专案组，有幸参与了抓捕跟踪狂宫顾问'一案'。"离洛机灵地拿着自己闯祸的事情调侃着。

"欢迎，欢迎，快坐下吃东西吧，边吃边聊。"蓝鹿拿起几串烤羊肉递给离洛，"呐，试试，这家的烧烤超好吃的。"

李扬一边微笑着给离洛倒可乐，一边打破沙锅问到底，"对了，离洛，那个，你刚刚说陶队损失比较重，是为什么？"

"哦，那是因为他在被'抓捕'的过程中，趁机吻……"还没等离洛说完，胖熊立刻夹起一块鸡翅塞进离洛的嘴里。

"问？趁机问什么？问谁？"李扬见胖熊那么着急忙慌地想堵住离洛的嘴，一时也没听清楚离洛嘴里说的是什么，心想着这里面肯定有什么大新闻，不禁露出幸灾乐祸的表情。

"喂！你干嘛啊？人离洛还没讲完呢。"蓝鹿不解地看着胖熊，眼神里瞬间表现出一丝丝醋意来。

胖熊见自己总算堵住了离洛的嘴，正准备向蓝鹿解释时，不料，一句令人喷饭的话，从宫藤北嘴里脱口而出。

"哦，不是问，是吻，我吻了你们陶队。"宫藤北坦诚地说着。

"什么？你亲了她？"李扬紧握拳头，眼珠子都快瞪出来似的大声问。

胖熊见情况不妙，轻轻推了一下蓝鹿，两人立刻分开"行动"起来，胖熊快速地拿着杯子坐到李扬身边，而对面的蓝鹿正拿着杯子去和离洛碰杯。

"对啊，在墓园是意外亲到你们陶队，不过，在审讯室里，我是被她迷住了，所以趁机偷吻了一下她，嗯……还有，还有……"宫藤北还想继续说什么来着，不料被胖熊打岔了话题。

"宫顾问，奔王的案子，不知道您有什么看法？"胖熊生硬转移话题。

"还有什么？"李扬冷冷地低着头，全身微微颤抖地问。

宫藤北毫无避讳道："嗯，还有就是今天早上你们陶队来机场劝我的时候，我们还热吻了好几分钟。"

宫藤北看陶灵的眼神里无意间透露着微微的幸福，继续道："你们看她手上还戴着我的求婚戒指，那个网上……"宫藤北的话还没有讲完，只见陶灵怒气冲冲地看着宫藤北。

"宫！藤！北！你不说话会死啊？"陶灵的眼神里虽然藏着些许的厌恶，但更多的似乎是一种对喜欢的克制。

"OK，我不说这些了，那我们互相将案情线索汇总一下吧。"宫藤北识趣地转移话题道。

李扬两眼通红地看着陶灵左手无名指上的戒指，不禁心如刀绞般疼痛，拿起桌上的饮料，咕噜咕噜地当酒水在灌。

"好好，好好好。"胖熊、蓝鹿大声地同意着。

见一旁的李扬正用阴冷的眼神直勾勾地盯着自己看，宫藤北不禁好奇地问："咦？李扬，怎么了？我脸上有东西？"

只瞧见，李扬拳头紧握闭口不答地起身准备随时干架，胖熊连忙大力按住李扬，傻笑着说："宫顾问，李扬是佩服你的胆量，佩服，佩服啦。"

"胆量？"宫藤北一脸茫然地看着李扬，试探性地问："哦，是指我亲你们陶队吗？哈哈哈……这不算什么啦……"

见宫藤北还想继续说点什么，而这头的李扬情绪已经完全快失控了，胖熊立刻转移话题道："宫顾问，不是说要先讨论案情线索吗？"

一旁脸色霎青霎白的陶灵，大力地拍着桌子，两眼直冒火地看着宫藤北，巴不得将宫藤北生吞活剥了。

"嗯对，时间也不早了，那我们就一边吃，一边分析案情吧。"宫藤北真的完全可以做到无视身旁快被气得燃烧起来的陶灵。

一本正经地继续说："我是礼拜六抵达栖洲市的，之后也去了趟奔王出事的现场,关于奔王的死,我发现一件很奇怪事情,不知道你们有没有发现？"

"奇怪的事情？什么事？"胖熊、蓝鹿提问道。

"车轮胎的痕迹。"宫藤北打开手机相册，一张轮胎极速运转导致的黑色胎印呈现在大家眼前，"你们看，这个车痕离这辆车出现的距离有没有问题？"宫藤北反问着。

"距离？有什么问题？这是韩队在现场英勇与凶手撞车的痕迹啊。"蓝鹿满是敬佩地说。

"OK，这样，蓝鹿，能否麻烦你重复一下当天撞车的过程。"宫藤北建议蓝鹿重新完整地说一遍当天的经过。

只见蓝鹿酷酷地清了清嗓子，自豪地用手指着相册里的照片说："当晚我们伟大的韩队，在这个位置，发现了这个位置的凶手脸上有伤，手上也有伤，准备开车逃跑，于是乎，我们英勇的韩队，便从这里加速朝凶手撞去，然后凶手落网，我和胖熊押解凶手……"

"停！"宫藤北示意蓝鹿停止诉说事情经过。

"有没有人想提问？"宫藤北看了看在坐的每一个人。

"不对，这个距离是不可能看得清楚凶手脸上和手上的伤的，车辆冲撞的距离起码有25米以上。"离洛肯定地继续说着，"因为上午陶队吩咐我去酒吧附近再次核查刹车距离一事，在现场勘查出的距离是不具备满足视线距离的，根本不可能在。

"对，说的太对了，这个距离根本不可能看清凶手的伤。"宫藤北转头继续提问："李扬，你是唯一和凶手近身搏斗的人，你当时有告诉谁关于凶手受伤的情况和位置吗？"

"没有。"李扬冷冷地回答。

"那我们将距离作为第一个疑点。接下来是第二个疑点，胖熊，你去陶灵那取证的证物是你们陶队的手枪对吗？"宫藤北突然问道。

"嗯，是的。"

"什么？你居然怀疑陶队？"蓝鹿一拳打在胖熊的肩上。

"别急，胖熊这样做是对的，这是为了你们陶队好，而且，陶灵当时应该没有开枪对吗？"宫藤北又一次提问。

陶灵大口喝了口可乐，冷静地回答道："是，我的手枪当时在争抢的过程中，我趁机将枪保险关上了。"陶灵非常地肯定自己当晚的一言一行。

"所以当晚有第二个持枪人在现场，对了，酒吧的陪酒女郎叫什么来着？"宫藤北自然地提问。

"哦，叫：季小青。"胖熊清晰地汇报着。

"好，也就是说这个叫季小青的陪酒女是被人故意伤害的，甚至可以说，是有人想趁机杀死她，而这个人就是杀奔王的同一个人，这点在下午的局务会议中，痕检科的相关报告也落实了这一点，杀奔王的子弹和伤季小青的子弹来自同一把手枪。"宫藤北逻辑清晰说着。

"不对啊，凶手不够时间作案。"蓝鹿反问。

"够时间，因为凶手从后门逃窜，然后在后面的街角黑暗处枪击奔王，再往后门停车处逃窜，才会被李扬发现的。"离洛在脑海里想象着酒吧周边的环境地图，果断地分析着。

"分析得非常好。"宫藤北夸赞着离洛。

"那么第三个疑点，根据凶手跳车下来捕捉到的照片，胖熊、蓝鹿，你们俩确定押解的凶手就是李扬打伤的凶手吗？"宫藤北将另一张照片打开给胖熊和蓝鹿看。

只见胖熊和蓝鹿，仔细地对着手机里的照片回忆着……

"我记得当时我抓伤了那个人的手臂，我记得很清楚，在我抓伤他之前，他手臂没有任何伤。"蓝鹿认真地回忆着。

"这里，右手的这个位置，没有伤吗？"李扬激动地起身比划着凶手手部大概受伤的位置，焦急地问着。

"没有，我确定没有。"蓝鹿肯定地摇头道。

"对了，我在给凶手铐手铐的时候，看得很清楚，那人脸上确实没有受伤。"胖熊这才反应过来似的瞪大眼睛道："哦，所以我们当晚押解的不是真的凶手？而且那晚他有同伙开车接应他，代表我们在酒吧外大街的一举一动都被他的同伙监视着，甚至接应他的可能就是真正的凶手。"

宫藤北开心地说："对，就该这样分析案情。那么韩队看到的凶手是谁？还是韩队在撒谎？"

"有没有看清车牌号？车身颜色？"陶灵突然追问。

"黑色皇冠，车牌肯定是套牌或者假车牌，就算看到也不会给我们留下任何有利的线索。"胖熊认真分析着。

"不管套牌还是假车牌，总得有个号码吧。"陶灵冷冷地说。

"嗯……本地车牌，车号是 N28……"胖熊努力回想着，却一直没能记清楚那个车牌号后面的两位数字。

"3L 对吗？"陶灵和宫藤北异口同声地问道。

胖熊忍不住站起身，大声说："对，是 3L，不过陶队，宫顾问，你们是怎么知道的？难道摄像头有拍到？"

"今天刚见过那辆车……"陶灵满脸失落地说着。

"这是当晚的道路摄像头拍到那辆车的照片，确定与今天的车是同一辆车，同一个车牌号。"宫藤北又打开另一张照片给大家看着。

"所以，今天的电梯事故也可能是人为的？"李扬提问道。

"不排除这个的可能性。但是得知道那人来医院的目的。"宫藤北看着陶灵，继续问着，"除非……你手上有他们要的东西。"

"能有什么东西？不就是奔王的手机，我已经交给李局了。"陶灵很是不耐烦地看着宫藤北。

"手机？不应该是一个 U 盘吗？"胖熊蓝鹿同时问道。

"想必他们以为陶队手上有他们要的 U 盘吧。"离洛推测。

"我觉得现在关键点是得清楚那个黑衣男子来医院的目的是为什么？还有为什么有人要杀肖强？"宫藤北转移话题道。

"电梯里有哪些人？"离洛发问。

"我、陶队、子言、藤北，还有植物人刚醒的纪佳瑶。"李扬回复道。

"那么假设电梯里有除了陶队您之外，还有另外一个可能会影响整个局面的人都在电梯里，那么制造一场坠梯事故，何乐而不为呢？"离洛大胆地假设着，"所以，那个叫左子言的可能是那个黑衣男子的另一目的，或者，那个刚刚醒过来的纪佳瑶才是她的另一威胁？"

离洛这一大胆的假设对陶灵和宫藤北来说，刚好是"712特案"新突破点的确定。

"还有，他制造了电梯事故后，又返回医院，那目的就简单了。"离洛突然警惕地问："季小青现在伤势如何？"

"估计这两天会醒。"胖熊突然担忧地问："你是想说……"

"对，就是想再一次假设，假设黑衣男子就是当晚杀奔王和想杀季小青的凶手，结果杀季小青失手，那么……"离洛仔细假设着。

"糟了，季小青有危险。"胖熊和蓝鹿警觉地站起身，准备赶去医院。

"等等，今晚季小青应该很安全，因为陶队才和对方交手过，他们要来也是等季小青醒来之后。"离洛分析得头头是道。

一直在一旁沉默的李扬突然低沉道："我有一件事情要汇报。"

见李扬的表情非常低落，陶灵不禁担心地问："什么事？你不会闯什么祸了吧？快说啊！"

李扬本想跟大家一起商量丢失手枪的解决方案，可一想着陶灵和宫藤北两人眼神间传递着种种异样，一气之下，便将丢失手枪的事情给憋了回去。一改话题道："没有闯祸，哪来那么多祸给我闯啊？只是，今天医院的护士不是说有可疑人在季小青病房门口徘徊吗？我在排查后，顺便让孙慧护士去打印了季小青的医药缴费清单，发现一件非常可疑的事情。"

"什么事情？"陶灵快速地反问道。

"季小青是大二的学生，家境比较差，学费都是自己勤工俭学赚的，医药费我们还在替她申请援助，不过我发现到这两天的医药费都是一个叫蔡国栋的人支付的。"李扬简单地陈述着。

"对，我和蓝鹿查到的也是一个叫蔡国栋的人用医保卡、银行卡、信用卡等方式交付的医疗费。"胖熊肯定地说着。

"有没有仔细查过蔡国栋这个人？"宫藤北立刻问道。

李扬看了一眼宫藤北，并没有回答他的问题。

"发什么呆呢？问你话呢，没听见？"陶灵轻轻拍了拍烧烤桌，右脚在桌子底下轻轻踹了一下李扬。

"哦，还没来得及查，估计明天蔡国栋还会来医院帮季小青交医药费，到时可以去找他聊聊，问问情况。"李扬将你自己的想法和陶灵汇报着。

"不行！不能让蔡国栋知道他被咱们警方盯上了。"宫藤北坚决反对着李扬隔天的计划。

现在的李扬只要一听见宫藤北的声音就全身毛孔打开式，巴不得几拳打晕他，激动地起身问："为什么不行？"

"李扬，你给我坐下！我觉得藤北说得对，蔡国栋可能是我们这次案件的新突破口，同时，我们警方能查到他的存在，代表凶手也会找到他，所以我们现在的工作就是要保护好季小青，24 小时监视蔡国栋，他可能随时会有危险。"陶灵吩咐着。

李扬听着陶灵那么习惯地将宫藤北叫成藤北，耳朵像被无数只虫子啃咬般疼痛，心里难受地慢慢坐下。

"这样吧，李扬你明天开始负责全线跟踪保护好蔡国栋，胖熊，你负责保护纪佳瑶，听子言说他们明天可能会出院，记得做好突发预案；蓝鹿，你负责医院蹲点保护好季小青，有任何状况随时联系我们；离洛，你继续按照自己的思路去找有价值的线索。"陶灵有条不紊地吩咐道。

"是。"几人纷纷答应着。

"行吧，都吃好了就各自回去吧。"陶灵起身冷冷地提议。

"咦？那个……你等会。"宫藤北也跟着起身，轻声叫住准备离开的陶灵。

"干嘛？"陶灵很是不满地瞥着眼睛看着宫藤北。

"我呢？还没给我安排任务呢？"宫藤北疑惑地指着自己的脸庞问。

"你？你是侦查顾问的工作？我可不懂怎么安排顾问的工作。要不你问问李局？要不，你就自由活动吧。"陶灵不屑地建议道。

"嘿～自由活动？"宫藤北挠着后脑勺，拉高嗓门问："这国内的自由活动是怎么个活动法？"

"自己想，我先走了。"陶灵冷冷地说了句，便转身离开。

啪……

见陶灵正离开夜宵档，李扬趁机狠狠地一拳打在宫藤北脸上，然后冷冷地说道："工作的事情谈完了，现在咱们聊聊私事。"

叭……啪……又是几拳响起，这次是宫藤北狠狠地反击李扬，被几拳挥趴在桌上的李扬抓起一旁的酒瓶朝宫藤北砸去，"妈的，抢人家女朋友，强吻人家女朋友，你还好意思还手？"

身后一阵厮打，桌子、椅子推倒的声音、啤酒瓶打烂的声音，引得陶灵又转身倒回刚刚吃饭的夜宵桌旁，一旁想要劝架的胖熊，被一会儿一个酒瓶，一会儿一碟菜抛过来，整得根本没办法靠近……

锵……宫藤北一脚将李扬踹倒在地。

"女朋友？谁？陶灵吗？我告诉你，只要她一天没嫁给你，我就有追求她的权利，更何况和她热吻的是我，她手上戴的求婚戒指也是我的！我们现在只是在公平竞争。"

"她是我的！"李扬激动地起身大喊着。

"哇哦，宫顾问简直是酷呆了！这话说得太帅气了，赞一个！"离洛超级崇拜地夸赞着宫藤北刚刚的举动和言语。

胖熊嫌弃地推了一把离洛，"我就纳闷了，你过来组里干嘛来了？想引起内讧吗？安静点会死啊！别添乱行吗？"

"我当然是帮忙来的啊。"离洛认真地解释着。

胖熊见陶灵正好站在一旁看着，立刻向前道："陶队，您看看他们。"

只瞧见，陶灵阴冷着脸，双手一如既往地踹在口袋里，径直朝宫藤北和李扬走去。

啪……啪……两巴掌打在李扬和宫藤北的脸上。

"我是你们的物品吗？记住！我不属于你们任何人，我属于我自己！买完单各自回家。"陶灵大声吼完，便气冲冲地转身离开了。

而就在陶灵一干人等在这边肆意争吵时，宵夜档的老板那边正传来一阵熟悉的声音，"老板，买单！"而那个声音比以往的更加阴冷，更加决绝。

陶灵好似听到那熟悉而又冰冷的声音，惊乍的回头看向声音处，那熟悉的背影正快速地朝巷口走去，陶灵不禁悄悄地跟在后面，走了好几条黑暗的小巷，跟随那个背影来到某栋老旧房子的后巷……

突然，另一个人影从某个角落慢慢走出来，高挑的身材，紧身的皮衣包裹着丰满的胸部和丰盈的翘臀，高跟皮靴上尖锐的铆钉闪闪发亮，黑暗中那一抹红唇极为显眼……

"赤龙，刚刚那么好的机会，为什么不下手？East 哥说了，如果你再不想办法解决掉那两个碍事的警察，East 哥就会亲自动手了。"一名女子表情冰冷地质问着。

"尧乐，帮我告诉 East 哥，不用他亲自动手，我会亲自解决掉……"

"咔嚓……"

就在那个熟悉的背影正认真解释时，不远处的陶灵不小心踢到一个矿泉水瓶，只听见尧乐警惕道："谁？"

陶灵反应快速地转身朝后大跑几步，接着身轻如燕地侧踢着围墙，身手敏捷地弹身翻越到另一栋围墙后面。

见几只老鼠正在转口处偷吃着残渣剩饭，尧乐四周巡视了一遍，"总之你得抓紧时间把事情做好，否则 East 哥问起，我也不好帮你求情了。"

"嗯，知道。"赤龙忧郁地看着墙上的鞋印，警惕地用手去抚摸着那个鞋印，然后突然蹬了几脚两侧的墙，蹲在围墙上检查着老巷子里，每条路的情况，确定没有可疑人在附近，才肯放心离开……

而宵夜档那边，离洛看着正怒气冲冲离开的陶灵，莫名地语出惊人道："哇塞，不愧是我的队长！真酷！简直酷毙了！"

"妈的，你脑子有病吗？"胖熊在一旁看着兴奋不已的离洛，真的很想抓起凳子砸晕她。

"喂！新来的！"李扬不爽地冲离洛吼着。

"干嘛？"离洛疑惑地看着李扬问。

"新来的！买单！"说来也奇怪，这是李扬、胖熊、蓝鹿、宫藤北四人第一次那么意见一致的，纷纷拿起桌上乱七八糟的菜砸向离洛。

"跟踪狂不也是新来的吗？"

看着一群人纷纷不爽地离开宵夜档，离洛沮丧地轻声嘀咕着，委屈地拍打着衣服上的青菜，见宵夜档的老板正眼巴巴地看着自己。

"哎……真是的……老板，买单！多少钱？"

"968元。"宵夜档的老板拿着一本小小的菜单本子，认真计算着。

"什么？我们刚刚才点了那么一点点烧烤，哪去得了968元？老板你这是开的黑店吧？"离洛不敢相信地抢过菜单本子，仔细看着，"老板，你看，这本子上面明明写的是烧烤290元，饮料40元，剩下那400多哪去了？你吃了啊？也太黑心了吧？"

"烧烤和饮料一起是330元没错，不过一张桌子、3张椅子、还有我旁边半箱啤酒被你朋友砸烂了……"夜宵档老板指着一旁的啤酒箱认真解释着。

离洛很是不满地拿出手机，"微信支付！"

"不好意思，没微信。"

"这都什么时代了，你这还不使用微信收款？"离洛惊讶地问。

"是啊，我们小本生意，又做的是晚上的声音，白天要休息，还要准备食材，哪有时间去学微信怎么收款啊？"夜宵档老板老实巴交地解释。

"哎……行了行了！"离洛不耐烦地拿出钱包，翻看着钱包里的现金，脸上表现出无奈的表情，将几张百元大钞拿出攥在手中，四处张望道：

"那个，老板，我钱包里没那么多现金，要不你等我一下，我去对面银行取给你行吗？"

夜宵档老板眯着老花眼看着对面的银行道："好啊，不过你得把包留在这，万一你跑单了怎么办？你们年轻人都跑得快，我可追不上。"

"哎呀，行行！"离洛一脸恼火地放下包，拿着钱包往对面走去。

这时，一位食客突然疑惑地问："刘老板，你这宵夜档不是一直都可以微信支付的吗？我记得那个付款码就在……"食客歪头看了看，用手指着夜宵档老板的身后，"呐，付款码不是在你后边吗？"

"哎，你是不知道，现在的这些年轻人啊，太没礼貌了，你看看，把我这桌子椅子摔烂成什么样了？结果一句对不起都没有，还说我开黑店！我老刘在这里开了多少年呢，还从没人说过我开黑店呢，真是……"夜宵档老板有些生气地冷笑着。

看着正取到钱往回走的离洛，立刻提醒道："嘘……别让她听见了。"

"呐！老板，这是1000元，不用找了！"离洛拿上包，准备离开。

"姑娘，呐，找回你32元。"夜宵档的老板诚恳地拿出

32 元递给离洛。

"不用了，就当赔桌椅钱吧。"

"该赔的桌椅钱都算进去了，不贪图 32 元。"夜宵档老板笑着道。

离洛无语地看了看讲话带刺的夜宵档老板，无奈地摇头离开……

# 第八章 倒计时·第二天

# 1. 神秘短信

李扬心情郁闷的将打包给左子言的夜宵送去病房，一句话也没说便转身离开了，留下左子言在病房里边吃烧烤，边纳闷李扬晚上的怪异行为。

闷闷不乐地独自回到公寓，李扬眼神泛红地坐在书房的电脑桌前，拿出一本空白的笔记本，随手翻开其中一页，拿出钢笔在本子上写着日记，李扬一直有个习惯，只要在烦闷的时候就会有写日记的习惯，只瞧见，那本空白的笔记本的某页写着这样一段话：

（亲爱的灵，这些年来，我一直将爱你视为我人生的全部，而今日当宫藤北说出要和我公平竞争你时，我的心如刀绞，绞的是，听着你叫他藤北的那一刻，我感觉到我即将要失去你。另外，灵，三年的守护我真的觉得时间很短很短，我想再守护你更长的时间，甚至，到老……可是，老天真的很会开玩笑，相信很快我就没有机会再守护你了，可能我会遇到大的麻烦……我不小心将我的手枪丢失在奔王出事的案发现场了，我……）

叮叮……

一个陌生号码给李扬的手机发来一条短信。

内容是：才发现手枪不见了？

李扬警惕地走到房门口透过猫眼检查着门外，然后，慢慢走到窗前侧身俯视着楼下四周情况，确认并没什么可疑之处。接着，尝试给那个号码拨电话，但却一直打不通，试探性地给

301

对方回复短信：你是谁？

对方迅速回复道：不用问我是谁，总之我能告诉你手枪在哪。

李扬呆呆地看着信息，思考着对方可能会是谁。

叮叮……

又一条短信回复过来：不用再想了，过来这里你会找到你想要的。

李扬看到对方回应的信息内容，内心立刻开始迟疑了，因为他很担心万一手枪真的在发信息的那人手里，警察失枪可是很严重的事情，这可该如何是好？经过一阵深思熟虑之后，最后李扬决定独自去一探究竟……

李扬继续给对方回着信息：在哪见？

只见对方快速地回复：天福超市，负一楼 28 号储物柜，密码：1372，储物柜密码 24 小时会自动清零，距离密码清零的时间还有 40 分钟，信不信由你。

看了看手表，李扬冷笑着将手机丢在茶几上，自言自语道："现在都凌晨 1 点 20 分，呵……还什么只剩 40 分钟，这不逗小孩呢嘛！大凌晨的超市不早关门了？神经病！"李扬看着对方发过来的信息，不禁嘲讽的笑着。

站在窗户边，看着楼下稀稀疏疏几个夜班工作结束准备回家的工作人员，李扬不禁看着手机，默默嘀咕："啧……还储物箱密码，你当超市你们家开的？储物柜……是……你家？买的？"

嘀咕到这，李扬突然头皮发麻地锤了一下窗台边框，冷冷自语道："超市的工作人员？对啊！只有超市的工作人员，才有可能大清早开启一个位于超市的储物柜……"

想到这里，李扬随手拿起一件外套，迅速朝门外走去……

而就在李扬走出房门的那一瞬间，对面楼里的某一层房间里，一位黑衣男子正通过望远镜看着李扬屋内的情况。

只瞧见那名黑衣男子戴着黑色口罩，眼角微微弯曲，一道明显的伤痕和局部淤青在那黑衣男子的右眼角下方裸露着，黑衣男子冷笑着将望远镜的对焦停留在李扬屋内的茶几上，默默地拿起手机发着短信……

而李扬的屋内，手机屏幕突然亮了起来，又是一条新信息，但信息内容是什么李扬根本没办法看到，因为他根本不记得自己的手机被落在家里的茶几上忘记拿了。

天福超市门口，李扬将车停在超市地下停车场，戴上黑色棒球帽，戴上口罩将外套的帽子套在棒球帽上，仔细查看了一下停车场的环境和楼梯通道，快速敏捷地朝一个员工通道口走去。

员工通道的门被死死从里反锁上了，李扬试着敲了一会儿门，见里头并没有人答应，退后了几步，围着通道口四处转了一圈，见拐角处侧上方有个通风窗口，毫不犹豫地从通风窗口爬了进去。

区区一个超市的监控和相关安保根本难不倒李扬，快步流星地跑到超市负一楼，李扬站在储物柜旁，着急地上下摸着口袋找寻着手机。

许久才想起手机被自己搁在家里茶几上了，费劲心思努力的在脑海里回忆着刚刚那个人给自己发的信息内容，在储物柜屏幕上输入着密码：

"记得是四个数字，尾数是2？前面几个是……13……92……"李扬一边嘀咕，一边尝试地按着密码。

叮……储物柜屏幕上提示着密码错误。

"不对？难道不是 1392？我记得好像是 13 什么 2？第三个数字是几来着？莫非是 5？ 1352？"李扬自言自语地再次输入着密码。

叮！储物柜屏幕上仍然显示密码错误。

"啪啪……铛铛……"李扬恼怒地用脚一下下地踹着储物柜。

"嗷……啊……第三个数字到底是几来着？我记得是 9 啊？ 9 也不是，5 也不是，那是几？"李扬歇斯底里地喊叫着，闷闷地恼火了好一阵，才慢慢冷静下来道："难道是 1372？对，1372！"李扬站起身，尝试着输入密码。

啪……储物柜的第 28 号箱自动弹开了。

储物柜里摆放着一个文件袋，本想就地打开文件袋查看里面的资料内容，可听着楼上稀稀嗦嗦货车推动的声音、好些个员工盘点货架的声音，李扬看了看手表，敏捷地拿着文件原路返回到停车场。

才刚刚坐到驾驶座，就瞧见一超市保安正冲自己的车位置走过来，那名保安垫着脚，睁大眼睛透过车窗检查着车内情况，自言自语道："咦？不对啊？刚刚明明看到有个黑衣男子跑上这车的？难道是我眼花了？"

李扬平趴在后排车座椅的中空位置，静静地等待超市保安的离开。

轰……嗡……轰……

见超市保安转身慢慢离开，李扬迅速地从后排翻至驾驶座，一键引擎启动，接着加速，轰起油门，车子快速地驶离停车场，留下没反应过神的超市保安在后边一边追，一边拿着对讲机大喊："这车谁放进来员工区域的？丢东西咋办？快给拦住那辆车啊，本地车牌号：R259L 快啊……"

停车场内立刻上演着一场赛车表演般，时速 70，直线加速、弯道漂移、极速转弯掉头，李扬像赛车手般，爽酷帅地成功躲避了超市工作人员的追堵，李扬将车停在超市附近一机车修理的巷子中，静静地在车内看着那袋文件，文件里有：

1. 弹道比对报告。

2. 一张照片。

3. 两张纸条，一张纸条上面写着一组编号：CNG348902；另一张纸条写着一个地址：天福超市员工宿舍楼旧址原一号院 2 弄 3 巷 1 号，蔡。

李扬拽着手里的文件，一脸茫然地下车，手有些微微颤抖地点燃一支香烟，大大地吸了好几口，烟头在鼻尖前一再燃起红色的小火球，看着街头稀稀疏疏下班的人群，李扬再次打开文件袋，默默地看着。

纸条上的一组编号，令李扬内心十分的恐惧，因为那组编号是他一辈子都要记住的，他最清楚那组编号关系着什么，也更加清楚编号和弹道比对报告到底有着什么样的重要联系……

李扬默默地念着：天福超市员工宿舍楼旧址原一号院 2 弄 3 巷 1 号，蔡……所以你在这？是你藏了我的枪？还是整个计划都是你设计的？杀奔王？杀季小青未遂……想到这，李扬决定独自去会会这位姓蔡的人士。

去往天福超市员工宿舍的旧楼，需要穿过一条悠长而又黑暗的古巷，巷尾转左后会有一个不大不小的鱼塘，鱼塘里奇怪的虫子叫着令人发毛的声音，鱼塘边的杂草丛生，杂草几乎都快有一个成年人的腰部那么高，李扬慢慢地用手推着杂草，朝前面不远处的老院子走去……

"救救……我，救……我……"隐隐约约从杂草的不远处传来微弱的求救声。

"是谁？"李扬警惕地朝呼救声处发问。

一名男子胸口全是鲜血地躺在草丛中，冬日里枯黄的杂草被鲜血染红，李扬小心谨慎的查看了一下四周，小声问道："你叫什么名字？住附近吗？看清伤害你的人了吗？"

"我……我叫蔡……国栋，快……快去救我爸。"蔡国栋微微转动身子，抓住李扬的手臂，面色惨白地看着李扬，表情难受地请求着。

"蔡国栋？你就是蔡国栋？是你叫我来这的？"李扬仔细检查着蔡国栋的伤势，发现他的胸口至少被人捅了 7～8 刀，还好都不致命。

"先别乱动，伤口不能一直流血。"李扬一边轻声安抚，一边摸索着身上的口袋想拿手机拨打 120，一时才想起自己的手机落在家里了。

"你手机在哪？我帮你先打 120。"李扬一边冷静地问着，一边轻轻地在蔡国栋身上寻找着手机。

"先救……救我……爸……"蔡国栋的声音越发微弱起来。

"蔡国栋，请你放心，我是警察，我叫李扬，放心，我一定会去救你爸爸的。"李扬拿出警官证，用缓慢的语气安抚着蔡国栋，然后拿起蔡国栋的手机拨打着 120。

手机那头传来："这里是 120 急救中心……"

"我这边是天福超市员工宿舍楼旧址原一号院 2 弄 3 巷 1 号大门外 500 米处，这里有人受伤了，胸口约 7-8 处刀伤，有一处致命伤……"李扬熟练地跟 120 工作人员在电话里诉说着伤员情况……

挂完电话后，看着已然进入昏睡的蔡国栋，立刻拍喊道："蔡国栋，蔡国栋，醒醒，千万别睡觉，救护车马上就到了，醒醒，不要睡。"

蔡国栋微弱地睁开眼睛，虚弱地看着李扬，嘴皮不停地抖动着。

为了防止蔡国栋昏睡，李扬趁机问道："蔡国栋，别睡，你能不能回答我一个问题？告诉我季小青是你什么人？"

一听见季小青的名字，蔡国栋似乎眼神开始有些精神了，不过眼神里透露更多的是紧张和担忧。

"救……我爸，保护……小……小青，她是我……女朋友，有人要杀我……们灭口……"蔡国栋断断续续地用着仅剩的力气向李扬求助着。

"杀你们灭口？是谁？叫什么名字？"李扬追问。

"嗯……East……"蔡国栋迷迷糊糊地说了个英文名字字，便昏睡了过去……

远远瞧见有个黑影在蔡国栋的家里闪过，李扬确定蔡国栋的爸爸目前很危险，想着救护车很快就要到了，李扬立刻起身朝蔡国的住所走去。

期间李扬在天福超市获得的那份文件袋在询问蔡国栋的时候不小心滑落在草地上，蔡国栋看见草地上的文件袋，缓缓挪动身体去捡起那份文件袋，还没来得及打开，就被突然出现的黑影一刀刺死。

　　小心谨慎地走进破旧的1号小院，屋内的环境一片狼籍，李扬看着凌乱一片的客厅，不禁，轻轻从门后那捡起一根铁棍，再悄悄朝卧室走去……

　　卧室里明显打斗过的痕迹冲击着李扬的眼球，鲜红的血液点缀着屋内的墙壁、衣柜、桌椅……里面一名黑衣男子，正用打火机点燃了一堆衣物和文件，很明显那堆被烧着的东西和蔡国栋的死有关。

　　"警察！不许动！"

　　"砰……"李扬才刚警告完，紧接着就听见一声枪响，黑衣男子闻声迅速转身，突然，一声尖锐的枪响打在李扬的肩膀上，子弹刺穿了李扬的肩部，受惯性所至，李扬重重地摔倒在地上，疼痛不已地捂着伤口。

　　"是你？"

　　"是我，可惜你发现的太晚了。"黑衣男子用枪口对准李扬的头部，冷冷的说："可惜你知道的太多了。"

　　"为什么会是你？"李扬不敢置信的看着黑衣男子。

　　"呵呵……你和她只能活一个，不！你们都得死！"黑衣男子答非所问地拿出口袋里的照片，提醒着李扬自己选择该谁活着，而那张照片正好跟自己在天福超市的储物柜里获得的文件袋里的照片一样，照片里的人正是陶灵。

　　"不许动她，你敢动她一根汗毛，我就杀了你！"李扬愤怒地威胁着。

　　"是吗？看样子很在乎她？"黑衣男子继续挑衅道："不过你再怎么在乎她，她都有喜欢的人了，而你，什么都不是。"

李扬厌恶地捂着伤口处，因为他不想听见任何人提起谁和陶灵的风花雪月的故事，"够了！你到底想干嘛？"

黑衣男子的耳朵微微抖动了几下，认真倾听着院子外的动静，神情语气突变地说着："你们两只能活一个，记住。"说完，便步步紧逼地持枪靠近受伤的李扬，语气怪异地说："好戏要开始了，你来当主角，哈哈哈。"

两人扭打在卧室的地板上，啪……一声枪响，两人瞬间像被时间速冻了般，僵硬地躺在地上许久，紧接着黑衣男子侧身朝天躺着，两眼泛红地看着天花板，腹部的枪伤导致大量的鲜血频频流出，浸染着掉在一旁的手枪……

这时，远处响起熟悉的警笛声，李扬心里不禁有所欣慰，难受地捂着肩膀上的伤口，从地上慢慢爬起身，环顾了一下卧室，并没有发现蔡国栋爸爸的身影，李扬疼痛万分地捂着伤口想要朝客厅走去。

"不许动！"电鼠带着分组的小组成员朝卧室赶来。

"是我，李扬。"

"李扬？你怎么在这？"电鼠疑惑地问着。

正当李扬想要尽力解释的时候，韩东的助手王静刚好赶到蔡国栋的卧室门口，持枪瞄准道："警察！不许动！"

瞧见眼前这个胸口一片鲜血，头戴鸭舌帽的男子居然是李扬，王静的脸上表露出万分的惊讶表情，"李扬？居然是你？蔡国栋是你杀的？"王静不敢置信地看着李扬。

"什么？蔡国栋死了？"李扬震惊地看着王静，然后冷静地捋了捋思路，低头问："这一切都是你设计的？你故意引我过来？陪你演这样一出戏，所以你说主角是我？"李扬的话音里夹带着伤感。

"李扬！再动我就开枪了！"王静大声警告着。

李扬好似恍然大悟般，木木地看着旁边在燃烧的衣物和文件，李扬心里十分清楚被烧掉的一定是至关重要的证据，于是一咬牙，眼睛一闭，将手伸进火堆里，将剩下的还未燃烧完的衣物和文件给拍灭护在胸前。

"不是的，电鼠、王静，你们听我解释，不是我杀的蔡国栋，我只是收到一个神秘人的信息，无意间获得了一份文件，文件里就有这里的地址，所以我就过来看看……只是看看。"李扬认真地解释着。

"文件？文件在哪？"王静仔细检查着卧室里的环境，见地上受枪伤的男子正是韩东。王静激动地转身枪口对准李扬的心口道："韩队！醒醒！韩队！李扬！你居然连韩队都伤害？李扬这还是你吗？"

"不是的，不是你们看到的这样，不是我开枪打的，是他自己开的枪。"李扬绝望地解释着。

"韩队，韩队。"电鼠跑到韩东身旁，担心地呼喊着韩东的名字。

李扬慢慢朝左边走了一步，想要看看韩东的伤势。

"别动，别逼我开抢。"王静继续警告着。

李扬小心地举手道："王静，你冷静点，请相信我，好吗？这一切不是我干的，我也是警察，是你们的同事，我怎么可能知法犯法呢？"

"咳……咳咳……"韩东难受地咳嗽了几声。

"韩队，韩队，你没事吧。"电鼠担心的安抚道："还好，没伤到要害。"电鼠着急地按住韩东的腹部，不解地抬头看着李扬。

李扬高举着双手，左手食指不间断地在空中点击着，这是电鼠、李扬、胖熊几人之前在出任务时设定好的特殊暗语……

只瞧见电鼠突然大喊一声："韩队……"然后，伤心地起身，推开王静，走向前用枪指着李扬问："为什么要这样做？他可是我们出生入死的队长，你……"电鼠的话还没说完，就被李扬一个向前夺枪反扑，将电鼠控制在跟前，枪口指着电鼠的太阳穴。

"我说了这不是我干的。"李扬一边说，一边控制着电鼠，慢慢朝门外后退，警惕地用勒住电鼠脖子的那只手，在电鼠的脖子处点击着暗语。

"李扬，跟我们回局里，一切回头还来得及，不要一错再错。"王静继续劝阻着，"而且你逃不掉的，你看看，院子里都是我们的同僚。"

李扬继续挟持着电鼠朝院门外走去，接着，用电鼠的手枪朝头顶的灯泡开抢，瞬间，头顶的半空中，噼里啪啦地闪着断电火花。

期间，李扬趁王静和其他同僚纷纷捂头蹲下之际，猛然一脚将电鼠踹开至王静身前，电鼠配合式的大力扑向王静，两人重重地摔倒在地上，而李扬已经，趁机逃离了现场……

# 2. 扑朔迷离

嗡嗡……嗡……凌晨陶灵的手机不停地在床头柜上震动着……

"陶队,陶队,是我,电鼠。"手机那头传来电鼠担忧的声音。

"嗯……怎么了?"陶灵睡眼惺忪地问着。

"不好意思,陶队,这个点打电话给您。"电鼠轻声道歉。

"哎,别说这些没用的,说吧!出什么事了?"陶灵清了清嗓子道。

"哎……陶队,李扬有联系您了吗?"

"李扬?没啊,他没联系我,估计这会儿应该在家睡觉吧。"陶灵迷迷糊糊地锤着自己头疼的脑袋。

"这样啊,可是……"电鼠支支吾吾地想要说什么。

陶灵预感很是不好地看了看时间,不放心地问:"这会儿都凌晨3点多了,你是没睡呢?还是刚醒?李扬怎么了?"

"一直没睡呢,嗯,那个……有件事要跟您汇报一下。"电鼠沉思了好一会,小声道:"陶队……那个蔡国栋今天凌晨被杀害了。"

"这什么情况?现场有没有目击者?"陶灵激动地从床上坐起。

"现场有目击者……而且……"电鼠支支吾吾地说着。

"这都什么时候了,说话还一直支支吾吾地,快点跟我说说现场情况,我随后赶到。"陶灵大声命令着。

"陶队，是这样的，目击者……就是咱们在现场的……很多同事，大家都看见……杀蔡国栋的嫌疑人……可能是李扬。"电鼠小声地说。

"什么！"陶灵惊讶地从床上坐起，瞪大眼睛问："你说什么？什么是现场很多同事看见？什么是李扬可能是嫌疑人？这到底怎么回事？"

"陶队，您先别急，听说我，事情经过是这样的，凌晨我们接到韩队的通知，说是他的线人给的消息，说蔡国栋就是SAKYA 酒吧的新'掌柜人'，还说凌晨 3 点左右会有接头工作，结果我们带队赶到现场时，刚好听到两声枪响，谁也没想到韩队会被李扬开枪伤到腹部，蔡国栋当场被杀害。"电鼠冷静地汇报案发现场的情况。

陶灵认真地听完电鼠汇报，闭着眼睛在脑海里想象着当时的场面，眉头紧锁地问："等会，韩队说的线人是新发展的线人？记得韩队的线人不是失踪了吗？还有事情是不是太巧合了？那李扬人呢？没现场控制住？"

"跑了，我故意放跑的，因为我相信……"电鼠坦诚道。

"行了，见面再说，你现在在哪？"陶灵打断了电鼠的解释。

"我还在案发现场，准备去李扬公寓找一下他，心想着李扬应该会寻求您的帮助……"电鼠深思了一会，立刻解释道："哎……您看我这嘴，那个，陶队您千万别误会，我没别的意思，只是，在现场时，李扬给我手指打的暗号是要我联系您。"

"好的，我知道了，咱们在李扬公寓楼下见面吧，我知道他家里钥匙在哪，相信李扬应该有在家里留下什么线索给我们。"陶灵提议着。

"嗯，好，我这边过去估计 15 分钟。"电鼠看着手表肯定地说。

"先挂了，见面聊。"陶灵挂完电话，简单地收拾了一下头发，冷水冲了个脸，双眼泛红地看着镜子，默默自语道："李扬，你在哪？到底发生什么事了？"

陶灵几乎是飞驰着车子赶到李扬的住所楼下，见电鼠的车子刚好也相继赶到，两人下车朝李扬公寓的电梯走去。

一名保安向前阻拦道："请问您们找哪户的住户？有提前电话约吗？"

"警察办案！"陶灵野蛮地亮出警官证，边说边朝电梯口走去。

来到李扬的公寓门口，陶灵让电鼠半蹲双手手心合十朝上，然后熟练地踩在电鼠的手掌，轻轻往上一跃，伸手在门框上方拿出李扬的公寓钥匙，速度极快地将房门打开。

一进公寓，穿过入户花园，电鼠第一时间发现李扬的手机落在客厅的茶几上，立刻向前拿起手机，"密码？李扬这手机密码是什么来着？"

只见电鼠自言自语地一边说，一边按着手机密码，"应该是李扬的生日吧？咦？密码不对？难道是 6 个 6……还是不对？难道都是零？咦？"电鼠纳闷地看着李扬的手机，转身向陶灵申请道："陶队，要不我破解一下李扬的手机密码可好？"

"不用了，拿给我吧，我大概猜得到密码是多少。"陶灵接过李扬的手机，几秒就将李扬的手机密码解开了。

"咦，陶队您……"电鼠好奇地想要问什么。

"我的生日。"陶灵一边冷冷地回复着电鼠，一边朝窗户走去，仔细地检查着公寓四周的情况。

此时正是凌晨3点多，整个城市里除了最早最辛苦的第一班劳苦工作人群，已经在街道上慢慢工作着，其他的工作人群或居住人群，正是睡眠正香的时候。

而此刻令陶灵深感怪异的是，在李扬公寓对面楼的某层房间里一直亮着昏暗的灯光，隐约间能透过模糊的窗帘看到对楼那个房间的玻璃中影射着奇怪的红色小点，莫名间令陶灵心里有种被人监视的感觉，忍不住多盯了一会对楼的窗户，结果对面楼的屋主似乎像是察觉到什么似的，突然将房间灯给关掉了，紧接着玻璃上怪异的红点也逐渐消失在玻璃上。

陶灵凭借着记忆去推断刚刚关灯的楼层和房间号，"电鼠，那边，调查一下对面楼12、13、14楼，这个户型的住户。"陶灵指着她怀疑的楼层，吩咐着电鼠。

"哦，好的。"电鼠挠着后脑勺问："不过，陶队，为什么查对面楼？"

"先查查吧，直觉告诉我肯定和案子有关。"陶灵冷冷道。

"哦，直觉？嗯……这个……陶……陶队，您看看这个，快看。"电鼠紧张地将李扬的手机递给陶灵，"陶队，您快看看信息内容。"

陶灵冷静地看着李扬手机里的信息，沉默着。

"陶队，这……事……不会真是李扬干的吧？这个内容，看起来像是蔡国栋发的信息。"电鼠不愿相信地说着。

"别讲话！"陶灵冷冷地阻止着电鼠分析，只瞧见陶灵正拿起李扬的手机给发信息的那方回拨着电话。

许久，对方手机总算接听电话了，"李扬，是我王静，李扬，你不要一错再错了，回来警局自首吧。"王静冷静地在电话那头劝说着。

"王静，是我，陶灵。你们现场调查得怎么样了？"

"啊，陶队您好，那个，这是？"王静反问着。

"我和电鼠刚刚赶到李扬的公寓，没发现李扬在公寓，也没有发现他回来过的痕迹，不过他的手机似乎出门前落在家里了，最后一条信息的时间是凌晨 1 点 20 分。"陶灵是个办案非常清晰守规则的人，耐心地给案发现场的王静说着李扬屋内的情况，"王静，这个手机是蔡国栋的吗？"

"是的，蔡国栋的手机，死前有打过 120 电话，陶队，现场有一个文件袋,怀疑李扬和蔡国栋就是为了争抢这份文件袋，才发生的命案。"王静在电话里认真分析着。

"嗯，我待会过来现场，你在那边等我，记得一定要保护好现场。韩队现在怎么样了？伤得严重吗？"陶灵在办案时总是那么的冷静。

"好的，法医刚到一会，韩队已经送去医院了，还好没有伤到要害。"

"凶器找到了吗？"

"凶器在蔡国栋胸口，下手比较残忍，总共有 8 处刀伤，一处致命伤。"

陶灵沉默了许久道："嗯……我知道了，我们很快到。"

挂完电话，陶灵不断在心里分析着整个案情，内心深处，陶灵非常清楚这件事绝对不会是李扬干的，"对了，电鼠，你刚说李扬给你打的暗号？说的是什么？"

"他说韩队是凶手，还说是韩队自己开枪打的自己，他说自己是被陷害的。"电鼠的眼神里充满了信任，因为他了解自己出生入死的兄弟。

"韩队？"陶灵慢慢走到李扬的书桌前，桌上一本熟悉的本子引起陶灵的注意，只见她缓缓拿起那本笔记本，眼睛泛红地说："这本子李扬这家伙还收着呢？"陶灵一边感慨地说着，一边随手翻看着那本本子。

"这么多年了，还一直都没有用过，还挺会保存的嘛。"陶灵微笑着，翻看本子的过程中，本子里隐约散发出淡淡奇怪的气味，令陶灵瞬间警惕认真起来。只瞧见陶灵突然严肃地看着电鼠，"不对，这本子有用过。"

"啊？用过？您是指？"电鼠疑惑地问着。

陶灵用鼻子仔细地闻着本子上的气味肯定地回答道："是百里酚酞。"

"啊？"电鼠更加糊涂了。

"不对，桌上肯定有紫外线手电筒。"陶灵快速地在李扬的书桌抽屉里翻找着，就在这时，陶灵的视线突然停留在电鼠身后的一副壁画上。

墙上挂着一幅立体的埃菲尔铁塔的画，而在画里的塔底藏了一支细小的笔，陶灵记得非常清楚，那就是三年前在执行任务时，她送给李扬和凡诚的紫外线手电，因为细小精致方便携带，便买了当礼物送给他俩了。

立刻起身走到画前，将画拆开取出紫外线手电，轻轻一扭，细小如笔芯的黑色东西，立刻亮出紫色的光，陶灵将光照在本子上，一行行字立刻显现出来，上面清晰地写着对凡诚的思念，写着对陶灵的爱慕。

　　陶灵以为本子上只是李扬平日里的心情所想，便也没打算继续看，而恍惚间，刚好看到李扬去找蔡国栋之前写的日记，并且那篇日记都还没写完，内容是李扬发现自己的手枪丢失了，而吃宵夜的时候因为吃宫藤北的醋所以没有将失枪一事汇报。

　　"信息时间？"陶灵问电鼠。

　　"啊？什么信息？"电鼠似乎有点跟不上陶灵分析案情的节奏。

　　"蔡国栋的手机发送信息的时间。"陶灵耐心地说着。

　　"哦，我看看，凌晨 1 点 20 分。"

　　"日记写的时间是凌晨 1 点，也就是说，李扬是看到信息后才停下写日记的。"陶灵认真地思考着，突然转身问电鼠，"韩队一直和你们在一块吗？那他是怎么中枪的？"

　　"没有，韩队是电话通知我们过去蔡国栋的住所的，没和我们一起。"电鼠如实地汇报着。

　　"那他当时在哪？"

　　"嗯……好像是说和线人在一块，随后和我们在蔡国栋那里汇合。"

　　"哦。"陶灵在心底大胆地推测着，突然转移话题道："胖熊和蓝鹿那边情况怎么样？"

　　"我打电话问过了，都没见过李扬。"

　　陶灵有些生气地看了一眼电鼠，拿起手机给胖熊打着电话，"胖熊，季小青那边情况怎么样？"

　　"哦，原来您问的是季小青的事。"电鼠恍然大悟道。

　　"安静。"陶灵呵斥道。

　　"陶队，李扬肯定是被人冤枉的，伤害韩队这样的事，他绝不可能做的！陶队……"胖熊在电话那头急得像热锅上的蚂蚁似的，完全忘记了回答陶灵刚刚的问话。

"我知道，我也相信李扬，但是现场有我们那么多同僚都看着，现在唯一能做的就是找到李扬，并且拿出证据才能还李扬清白,我是你们的队长,我不会平白无故让我的组员被人冤枉,但如果他就是凶手，我更不会放过一个不合格的警察！"陶灵坚定地打断胖熊的话语，铿锵有力地说着。

"可是……"

"没有什么可是的，保持好一个刑警该有的心理素质就行了，我问你季小青怎么样了？"陶灵命令道。

"哦，刚还想打电话给您汇报来着，季小青刚刚醒了，本来想告诉韩队的，没想到刚好看到他被送进医院急救。"胖熊汇报着。

"不要告诉韩队。"陶灵果断地命令着。

"啊？怎么了？"胖熊向来对案子的嗅觉感很是敏锐。

"哦，没事，韩队不是受伤了吗？别去打扰他养伤，季小青刚醒的这个事情一定要做到绝对保密，还有，马上替季小青办出院，然后去我待会发给你的这个医院，去找一个叫马医生的人，他会知道怎么做的。"陶灵冷静地吩咐着。

"这么快办出院？"胖熊脸上写满了疑问。

"别问那么多，和蓝鹿赶快去办就是了，蔡国栋能被杀，季小青肯定就会是下一个目标，立刻去办，快点。"陶灵催促着。

"好，我们马上去。"

"24 小时守护在那里，等我联系你们。"

"是！"

"我和电鼠得去一趟案发现场，有李扬的消息，立刻通知我。"陶灵快速地吩咐着。

和电鼠两人迅速地赶到案发现场，陶灵在心里推断着李扬来这里的行走路线，然后倒回那条黑暗的老巷子，试着模拟李扬行走的线路。一步一步地穿过小巷，走过鱼塘，来草丛堆，看着殷泽正在检查死者蔡国栋的尸体，陶灵静静地站在一旁，仔细看着蔡国栋胸口的水果刀。

"这个是致命伤？"陶灵指着蔡国栋胸口的折叠水果刀问。

"总共八处刀伤，但其实这里不是致命伤，致命伤在这。"殷泽简短地说着，然后用手指着离水果刀约一指远的另一伤口。

陶灵仿佛发现到什么似的，蹲下身，戴上白手套，在几处伤口上比对着，"这伤口不像是这把水果刀所致，这些伤口应该是比这把水果刀小一公分的刀所伤，根据伤口深度来看，真正的凶器会更小巧一些，伤口也更新一些。"

"是的，真正的凶器会稍微短一些，窄一些，而且伤口是从平滑切口到圆柱形开口，所以凶器的手柄端是圆柱形的，甚至刀都是特质的，比如手术刀。而且是大力地刺入后，连刀柄都刺进去了不少……哎……不过这周边方圆3公里都找了，没有发现其他凶器，凶手应该带走了，或者丢去其他地方了。"殷泽分析道。

电鼠像是想起什么似的，轻声说："陶队，李扬肩膀上有枪伤。"

陶灵的脸上又多了一份担心，静静地看了看四周，默默地朝蔡国栋的住所走去。

"陶队好！"王静大喊道，紧接着其他几名警员也相继喊道：

"陶队好。"

"嗯，现场情况怎么样？"

"陶队，这是在蔡国栋身上发现的文件袋，里面有一份弹道比对报告，两张纸条，一张写着一组编号，一张写着蔡国栋的住址，还有一张……"王静欲言又止。

"还有那一张什么？"陶灵大声问着。

"还有一张您的照片。"王静小声地说着。

"什么？"电鼠惊讶地问。

"咋呼个什么劲？不就是我一张照片嘛？和李扬的手机信息对比，那么拿我照片作为威胁，这也不是不可能的事。"陶灵冷静地分析着。

"对，也对。"电鼠心里一直悬着，心想着一个案子怎么把局里的两队长，一搭档全给扯进去了，不禁纳闷地自言自语说："怎么谁都能牵扯进来似的？哎……真是的。"

"什么？还有谁扯进来了？"王静警惕地问着电鼠。

电鼠尴尬地看了看陶灵和王静，不好意思地解释道："没，没，我就是瞎唠叨几句。"

陶灵一边看着蔡国栋住所的凌乱情况，沙发上有老式的铝杯，旧的老人用具，鞋子、衣物，分别都是显示两个人的，再对着带血的脚印分析，"房间里还有谁住？"

"哦，蔡国栋的爸爸和蔡国栋一起住，不过目前还没找到蔡国栋的爸爸蔡国富，看客厅地上的血迹，应该是他爸爸蔡国富的。"王静认真地说。

"现场监控呢？"

"这边是旧楼，监控就在老巷子那边有，这边老院子都没有摄像头。"

陶灵环顾四周，指着侧面不远处的矮楼房问："那边是什么地方？"

"哦，那边是天福超市的宿舍楼。"

陶灵仔细地看着宿舍楼那边，窗户正好对着蔡国栋住的院子这边，"电鼠，你待会天一亮就去那边问问，看是否有目击者，还有那边……"陶灵指着老巷子那边的老房区，"那边的每一个住户都去问访一遍，不要放过任何一个可疑人。"

"是。"电鼠大声答应着。

"你们继续负责现场搜证，有任何新线索随时联系我，我得去趟医院，看看韩队的伤势。"陶灵吩咐道。

"是，陶队。"

去医院的路上，陶灵给左子言打着电话，"子言，佳瑶还好吗？"

"陶灵，这么早啊？又失眠了？"左子言担心地问。

"没呢，在办案。"

"哎……你们警察也真的是够辛苦的。哦，对了，佳瑶没什么事，估计天亮再做几项检查就可以出院了。"左子言的话语间充满了喜悦。

"子言，李扬有没有联系你？"陶灵转移话题道。

"李扬？没有啊，他送完宵夜给我就回家了。"左子言想了想，"陶灵，你们是不是吵架了？晚上看李扬的心情很不好似的。"

"嗯……没吵架，出了点小状况。"陶灵回想着李扬的日记，大概猜出李扬那会送宵夜应该是醋坛子打翻了，所以才会闷闷不乐，不经意间，陶灵的嘴角不禁微微上扬起来。

"子言，如果李扬打电话给你，或者找你，麻烦你帮我给他带句话好吗？"陶灵请求着。

"好啊，只要你们小两口快点好起来，我带一百句、一万句话，我都乐意。"左子言夸张地说着。

"嗯……谢谢，到时帮我跟他说，'马儿在家吃草'。"陶灵清晰地说着。

"啊？什么？马儿？在家吃草？"左子言一脸不解地重复着，"这是什么意思？你们在养马？"

"呵呵……哎呀，李扬听得懂的啦，你就记得帮我把话带给他就行了，还有如果他找过你，记得也要告诉我哦。"陶灵笑着说。

"没问题，一定是最快速度通知到你。"左子言爽朗地承诺着。

"那先谢谢了，我就不打扰你休息了，我还得去忙。"

"嗯，别总是当工作狂，一有时间还是要休息的。"左子言提醒道。

"好，我会的，那拜拜。"陶灵欣慰地将电话挂断，才刚挂断胖熊就打电话过来。

"陶队，您确定您发给我的地址没有错吗？"手机那头，胖熊惊讶地看着眼前的医院招牌问，"陶队,这可是精神病院耶。"

"是的，没发错。"陶灵肯定道。

"啊？可是……小马家精神病院？？这大凌晨的紧急办出院手续往精神病院跑？陶队，我担心人家精神病院的院长，直接把我当成病号给治咯！"胖熊一脸疑惑地发着牢骚。

　　"别在那瞎嘀咕了，直接去找马医生就好了，他知道该怎么做的。"陶灵责令着，"还有，你们就在里面陪好季小青，手机记得一定要关机，我会有方式与你们取得联系的。"

　　"那，陶队，李扬那边。"胖熊担心地说。

　　"你现在所做的一切都是在帮李扬，其他什么都别问。"陶灵说完便果断地将电话挂断，朝她接下来要去的下一个疑点走去，而她此时最怀疑的地方正是李扬对面的公寓楼……

# 3. 躲藏

拖拽着虚弱的身子，李扬悄悄跟着救护车来到医院，一个人偷偷地躲在医院住院部的更衣室内，鲜血滴在医院走廊的地板上，血滴一直延伸到更衣室，衬托得夜晚的住院部是那么的令人毛骨悚然。

门外传来微弱的脚步声，李扬警惕地藏身于门后，晚上值班的护士正好是孙慧，只见她害怕地看着地板上的一滩滩血迹，一边好奇地推开更衣室门，一边颤抖着手拿起手机，准备打电话给搭档张晓云……

突然一个黑影窜出，一把捂住孙慧的嘴巴，轻轻将更衣室门关上，李扬无力地将额头靠在孙慧的额头边，虚弱地喘着气。

"唔……唔……救命啊……"孙慧支支吾吾地透过指缝求救着。

"孙护士是……我，是我……是我，不要怕，也请不要大叫，保持安静好吗？"李扬小声说着。

"唔……唔……"孙慧目瞪口呆地点头，示意自己会保持安静，心疼的看着眼前这个面色泛白，满头虚汗的李扬，担心地问："李扬？真的是你？地上那些血？天啊？你这伤是？枪伤？怎么回事？"

"你相不相信我？"李扬再次示意孙慧小声，然后一把夺过孙慧的手机，再将手机关机，并把手机卡取出折断。

"相信，我相信你。"孙慧看着李扬身上的伤，心都快碎一地了。

"好，那请别问我怎么受的伤，如果可以的话，你只需要帮我处理伤口就好了，处理完我就走。"李扬的眼神里充满了求救。

"嗯嗯，可是，不过，要不我去叫晓云过来帮忙。"孙慧手忙脚乱地说。

"嘘！孙护士？孙慧，看……着我，看着我，别……怕，冷静下来，就你一个人就好了，不过……你需要带……我去个安全的地方，这里很快就会有人找过来？"李扬虚弱地求助着。

孙慧大口地喘着气，颤抖地看着李扬，"对，对，我们……我们得先找个安全的地方，安全的地方。"

"啊……唔……"李扬捂着不断出血的伤口，难受地闷哼着。

听见李扬难受的喊声，孙慧心疼得眼泪直流，天知道孙慧在心里暗恋了李扬多久。

"啊，对，我……我有安全的地方，你你……你跟我来。"孙慧一害怕说话就会打盹，"不，不，先得拿工具和药水，你这属于贯穿性……伤伤口，需要先给弹道贯穿处做切口、清清创……引……引流管，还还还有……小面积烧伤……"孙慧语无伦次地扶着李扬，慌乱地寻找着医疗用具。

按照李扬的提示，孙慧谨慎小心地避开了医院摄像头的拍摄，将李扬带到自己的宿舍，看着躺在床上的李扬因失血过多导致的面色泛白，孙慧清楚自己得快点为李扬处理伤口和止血。

"忘……忘记拿麻醉剂了，我回去拿。"孙慧哆嗦地自言自语道。

李扬突然拉住了孙慧颤抖的手，坚定地说："没事，不用麻药。"

"不行，会很痛的，你受不了的。"

"没事的，给我一条毛巾就可以了。"李扬极其肯定地说着。

握着李扬发冷的双手，孙慧本以为是血迹的黏稠，没曾想到，自己握住的是李扬被火烧伤的双手，哽咽地解释道："天啊，对不起，我……我不知道你手烧伤得这么严重，我真的不知道，对不起，我没想到你两只手，会烧成……"孙慧已经心疼得哭得上气不接下气。

"你再哭下去，我就真会死掉了。"李扬故作轻松地提醒着。

"嗯，好。"孙慧平息了一下紧张的心情，慢慢拿起消毒药水，"会很痛的哦，准备好没？我开始了。"

"开始吧。"李扬闭着眼睛说着。

"嗯。"孙慧担心在没有麻药的情况下做伤口处理和缝合，李扬会承受不了那种锥心的疼痛，于是鼓起勇气道："李扬，其实，我有几句话一直想跟你说。"

"嗯？说吧。"李扬显然虚弱无比。

孙慧一边准备好消毒药水，一边红着脸说："第一句是谢谢，电梯事故，谢谢你救了我和晓云，另外……就是，自打这几个月你经常来医院看纪小姐，从第一次见你，我就喜欢上你了，默默地喜欢你很久了，今天总算可以当着面跟你说，我喜欢你。"孙慧一说完，立刻将药水浇到伤口处。

"可是……我有喜欢的人了……啊……"李扬一边委婉地拒绝孙慧的青睐，一边疼痛无比地低吼着，坚强地挺过了枪伤的消毒处理，青筋全都蹦出来的李扬，在伤口做切口处理时，最终还是疼晕过去了……

近 2 小时的伤口消毒、缝合和包扎处理过后，孙慧像虚脱了似的瘫软在地上，看着面无血色的李扬，孙慧心疼不已。

叮叮咚咚的开门声传来。

"慧，你在吗？"值夜班回来的晓云担心地满屋子找着孙慧的踪影，而当推开孙慧卧室门的那一霎那，晓云差点吓得昏倒，"孙慧，这这是发生什么事了？你身上这些血？你哪里伤着了？"晓云扑坐在地上，紧紧地抱着瘫软的孙慧。

"我没事，没事。"早已惊慌过了的孙慧，此刻显得十分的安之坦然。

"没事？你看这……"晓云看着床上的李扬，突然尖叫道："啊……那不是李警官吗？你不会把李警官给那个了吧？你这也太饿狼扑食了吧？"

"哎哟，你……你这想哪去了啊？"孙慧彻底服了张晓云的想象力，"再饥渴也不至于这么血腥吧？你脑子里装的什么啊？"

"我以为你色诱不成，还反倒把李警官给弄伤了。"晓云不好意思地解释着。

"李扬是受伤了……"

"你看，我就说你是不是……"

"嘘，你等我说完好吗？他是受伤了，枪伤和……"孙慧还没来得及解释，就见晓云嘴里念叨了一句"枪伤？你……"紧接着，晓云就被孙慧没说完的话语给吓晕了。

好不容易等到张晓云醒来，孙慧耐心地一五一十地解释了一遍。

晓云插着肥肥的腰杆，"原来是你救了他？我就说嘛，你怎么可能饥渴到去伤害李警官嘛。"突然晓云像发现新大陆似的，大声道："噢……我知道了，刚刚还一群警察过来咱们医院了呢，原……来找的是他啊？"

"一群警察过去了？"孙慧惊讶地问着。

"可不是嘛？全是带着枪过去的，里面有一两个警察我之前还见过呢。"晓云认真地回忆着。

"那后来怎么样了？"

"后来？就是把住院部翻了个底朝天咯！"晓云表情夸张地说着。

"哦。"孙慧细心地转身问，"你确定是找李扬？"

"不确定啊！我瞎猜的。"晓云振振有词地说。

孙慧思考了一会，"对了，不要和任何人说你今天看到的，更别说李扬在我们宿舍，否则咱俩会和李扬一样的下场哦。"孙慧故意吓唬晓云，因为她知道，晓云一定会对此深信不疑的。

只见张晓云夸张地捂着嘴，瞪大双眼道："死都不说，我保证！"

"还有，记得帮我和邱护士长请一下假，就说我妈病了，我急着回老家一趟。"孙慧提醒道……

惊魂未定的孙慧和晓云二人，傻傻地坐在沙发上看着电视机发呆。

铃铃铃……

尖锐刺耳的手机闹铃声突然响起……

"啊啊……啊……"

张晓云显然被手机闹铃声给吓到，不禁失声尖叫起来，吓得一旁的孙慧也跟着尖叫失声。

"哎呀……突然大叫什么啊？魂都快被你吓跑了。"孙慧生气地责骂着。

"这……这还不是屋里太安静了，突然响一下肯定吓到啊。"

"真是的，一惊一乍，迟早被你吓死。"

"呵呵，天亮了嘛，手机闹铃，闹铃嘛，固定的那几个点，你懂的。"晓云疲惫地打着哈欠，小声地继续解释着。

"哎……还有啊，不是天亮，是天早就亮了。"孙慧老生长叹般继续絮叨道："晓云，你肯定是早上被吓傻了，完全忘记自己值夜班回来都早上 6 点了，对吗？"孙慧一脸鄙视地看着晓云。

"哦……也是，可能真的是被吓坏了。"晓云认同地点头。

"哎……别也是也是的了，你看看时间，现在都下午，快 6 点半了，再不快点去上班，就迟到了，到时连帮我跟邱护士长请假都请不到了。"孙慧认真提醒着。

"知道了，知道了，别假装好心催我去上班了，我还不知道你啊？你不就是想我帮你请假嘛，哎……可是我怎么就感觉我没睡过觉呢？这两眼皮都快睁不开了。"晓云一脸倦容的发着牢骚。

"你根本不用感觉没睡过觉了，你要知道你可是从早上进屋后，就一直坐在沙发上守着李扬和我，生怕他杀了我似的。"孙慧无奈地说。

"呵呵，我……我……这不也是为了保护好我的好姐妹你嘛。"晓云撒娇地转身冲孙慧笑着，走到门口还不忘瞄一眼床上昏睡的李扬。

"行了，别瞄了，他还昏迷着呢，放心吧，走吧……走吧，快去上班吧，记得帮我跟邱护士长请假哦。"孙慧推嚷着张晓云出门。

"哎呀，好啦，别推了，我知道了，知道了啦。"晓云很是烦闷地看着孙慧，不自觉地摇头叹气。

"记得啊，帮我请假啊。"孙慧再次提醒道。

"知道了啦，那么婆妈？"晓云故意嘲讽孙慧。

"快！快点！抓住他！他才是凶手！"李扬似乎在做噩梦，突然惊醒地喊着，接着又是一阵痛苦地呻吟："唔……啊……痛……"

"没事了，安全，没事了。"孙慧心疼地拍着李扬的手臂安抚道。

因疼痛而醒的李扬，微微睁开眼睛，看着陌生的天花板，警惕地弹身坐起，双手成握拳姿势，"啊……喷……"

"李扬，没事了，这是我的宿舍，没事了，你别乱动，伤口会裂的。"孙慧起身靠近，温柔地看着李扬带着血丝的眼睛。

"不好意思，孙护士，给你添麻烦了。"

"又叫我孙护士？哪有那么多添麻烦啊？反正我也想休息，索性就请一星期假，在宿舍休息休息，多好啊？"孙慧一边体贴地安慰着李扬，一边将电视打开，"这一个星期我就做你的专职护士，照顾你一个病人，呐，你呢，就只需要看看电视，养好伤就行了。"

"现在几点了？"李扬突然问道。

"下午6点半了。"

"遭了，还没找到蔡国栋的爸爸，他现在很危险，我必须得找到他……"

李扬掀开被子，准备下床。

"现在插播一条重要新闻：栖洲市近一周内发生几起连环杀人案，市民各个人心惶惶，从 10 月 17 号的酒吧枪袭事件、10 月 19 日在公众场合塞柏拉西餐厅多名匪徒持枪袭击警察、10 月 20 日栖洲市中心医院一名病患肖某被杀害，同时 10 月 21 日即今日凌晨两三点左右在天福超市宿舍楼旧院发现被害人蔡某的尸体，令人惊讶的是，杀害蔡某的最大嫌疑人竟是我市公安局一名叫李扬的公安干警，同时该名警察可能也是 10 月 17 日，在 SA·KYA 酒吧门口，杀害其酒吧经理人奔王的杀人凶手，右上方的照片就是凶手本人的生活照和工作照……"电视机里传来清晰的播报新闻的声音。

而就在李扬目不转睛地观看电视新闻时，栖洲市公安局的大厅现场，从中午就一直被记者围得个水泄不通了，局领导们为了停息新闻媒体的恶意扩大事情，正紧张地准备着新闻应急发布会……

"各位观众，我们现在正在栖洲市公安局的办公大厅，对于警察持枪杀人一事，目前公安局并没有给出合理的官方解释……"某大型媒体的记者站在公安局大厅，一字一句地对着摄像机说着。

"警察杀人这叫做知法犯法，而从新闻爆料出来至今已经近 8 小时，栖洲市公安局的相关领导甚至连自己的警员目前在哪都查不出来，这应该说是公安局培养的警员技术精湛呢？还是该说领导无方……"又一媒体记者大声对着镜头发表着自己的观点。

"继 SAKYA 酒吧管理人被当场枪袭后，嫌疑人又一次出手杀害了另一名无辜群众蔡某，据报导得知杀人凶手正是警察内部的人员，现在我们一起跟着摄像头看看栖洲市公安局的领导会如何发布他们的看法及决定……"市电视台的记者表情严肃地对着摄像机录制着。

见李局及相关局领导正纷纷来到发布会的台上，一群记者立刻蜂拥而上地亮着闪光灯，记者们肆无忌惮地问着各种尖酸刻薄的问题……李扬目不转睛地看着电视机里主持人振振有词的说着自己是杀人不眨眼的凶手，不禁握紧拳头朝床头柜打去……鲜血立刻从烧伤的伤口里撕裂而出，可把孙慧给心疼坏了，连忙拿起遥控器去更换频道，不料新闻的恶意宣传已经达到近五六个电视台同时插播着类似新闻，气得孙慧直接将电视机给关了。

"哎，别看了，别看了，新闻有什么好看的啊？这年头啊，新闻啊，报纸啊，都不可信的！呵呵……我们还是听听音乐就好了。"孙慧想尽办法去安抚李扬恼怒的内心。

"你手机呢？可以借我用一下吗？"李扬突然提问。

"啊？当然可以。"孙慧快速地将手机递给李扬。

"就打一个电话，谢谢。"李扬说完便立刻拨打着电话。

"爸，是我李扬，新闻说的不是真的，相信我！"

手机那头传来一位长者疲惫的声音，"你在哪？听说你受伤了？还好吗？"手机那头说话的人，听着声音，是那么地着急和担心。

"嗯，肩膀不小心被韩东打中了，不过我没事，现在在我朋友这，伤口已经处理了，请放心。爸，新闻怎么会发出来了？是局里的意思吗？"

李扬不解地问。

"应该是有人故意将这个案子透露给了小道记者。"

"爸，我知道是谁将消息给记者的，肯定是韩东，这一切都是韩东的计谋，他故意发信息引我去案发现场，然后杀了蔡国栋，嫁祸给我，而且，爸，蔡国栋的爸爸肯定受伤了，目前他很危险……"

"我知道，我也相信你说的，不过……"李局欲言又止。

"不过怎么了？对了，爸，我去到蔡国栋被害的住所时，发现韩东正在烧什么东西，我把它抢回来了。"李扬焦急地汇报着。

"很好，相信一定是对案情有利的东西。"李局肯定道。

"那我晚点将东西送去家里？还有，爸，刚刚您说的不过？是指什么？到底有什么事？可以直接告诉我的。"

"其实这也未必不是件好事……"李局耐心地和李扬说着自己的想法及接下来的行动。

"好，好，行，那我就这样去办。"李扬点头同意着李局的吩咐。

咚咚……咚咚咚……

一阵急促的敲门声响起，李扬被迫必须将电话挂断，匆忙地说了句："爸，局里除了韩东还有其他黑警，注意弹道比对报告，有人来了，我先挂了。"李扬挂断电话，继续躺下装睡。

"慧，是我晓云，快开门，快开门，是我啊。"晓云像在玩间谍游戏似的，又害怕又小声地闷着嗓子喊着。

门一被打开，晓云便直冲冲地走进孙慧卧室，悄悄地看了看床上的李扬，小声道："慧，趁他还没醒，咱们还是报警吧，我跟你说他可……是……是杀人凶手。"晓云指着床上躺着的李扬。

"他不是凶手，我相信他，这其中肯定有什么误会。"

"误会？新闻里都播出来了，能有什么误会？"晓云很是恼怒地看着孙慧，急得面部有些抽搐地说："我不管有什么误会，总之咱们得报警，让警察去查清楚一切，就咱们两？区区小小的护士能干什么？难不成还去当侦探不成？"张晓云一边据理力争地说着，一边拿出手机准备报警。

"不行！"李扬不知道何时下的床，突然直挺挺地站在晓云身后，差点将晓云吓晕过去。

"你……你……离我远点，慧，走，咱们快走。"晓云畏畏缩缩地拉着孙慧的手，低头朝往门外走去。

"哎呀，你有完没完啊？"孙慧生气地大力甩开晓云的手，大声道："都说了我相信他是好人，他是我喜欢的人，我相信我不会看错人的。"

"你简直是无药可救了，孙慧，你……你脑袋……肯定是长蛆了！"晓云骂完便转身准备甩门而去，李扬突然一把抓住快要掩合的门框，故意用极其凶狠的语气威胁道："记得管好你的嘴巴，否则我杀了孙慧！"

晓云浑身颤了一下，惊慌失措地也不知道在骂些什么，跟跄而逃。

"你刚刚和晓云说什么了？"孙慧担心看着李扬。

"没事，就吓了吓她。"李扬促起双眉，强颜欢笑着，却始终难以掩盖他伤口的疼痛。

"晓云不经吓的，吓过头了，会起反效果的。"孙慧有些担忧地说着。

"嗯……应该还好吧。"

"你也别说什么应该了，你先告诉我，你刚刚到底怎么吓唬晓云的？"孙慧迫切的问着。

"嗯，我就说，要她管好嘴巴，否则我就杀了你。"李扬一字不差地重复着刚刚自己对晓云的恐吓。

"完了，完了！按照晓云的性格，估计……"

从孙慧的表情能看出，她说的关于晓云接下来会做的事情一定是真的。

"估计什么？"李扬这会儿才开始有不好的预感。

"估计被你这样一吓，晓云肯定报警了。"孙慧懊恼地走到窗户边，看着楼下的动静……

而医院这边，王静和电鼠正例行公事又一次过来医院这边调查问询。

"昨晚到现在工作的人都在吗？"电鼠严肃地问着邱护士长。

"在！都在啊。"邱护士肯定地点头道。

"经我们视频查看，这个人今天凌晨来了住院部，请配合一下，叫凌晨值班的护士和医生过来问话吗？"王静拿出李扬的照片问着。

"当然可以。"邱护士热情地回应着，"啊，那个，晓云，你过来一下。"

"啊？我？我不知道的，我什么都没看到，我不知道。"张晓云语无伦次地摇头晃脑地说着。

而晓云的这一举动和言词立刻引起了王静的注意。

"你见过照片里的人？"王静眼神犀利地问着。

"没……没有啊，而且，你……你们警察都这么神出鬼没的啊？"张晓云吞吞吐吐地发着牢骚。

"你们？"王静死死地盯着张晓云，冷冷的问："还有谁啊？"

"没有谁啊？我是说你……你和电视里的警察一样。"张晓云看着走廊里挂着的电视,傻傻地开着一点都不好笑的玩笑。

"我在问你!还有谁!!"王静突然大声地在晓云耳边吼着。

吓得张晓云一屁股坐在地上,两眼浸着泪水道:"吼什么吼啊?警察了不起啊?就知道吓唬老百姓,给家里的吓完,来这里还得被你吓啊?"晓云话一说完,就知道自己闯大祸了,张着嘴,瞪着眼看着韩东。

"家里的?这位胖护士,请问,你住哪?"电鼠警惕地向前问着,其实电鼠只是想比任何人都要先一步知道李扬的下落,起码这样这是目前他唯一能帮助李扬的方式。

张晓云双手紧紧地捂着嘴,做出死都不说的架势。

电鼠冷冷地贴着晓云的耳朵,继续道:"如果你带我们去的话,我可以不告你窝藏犯人,否则你就等着坐大牢吧。"

晓云在心里琢磨了好一会儿,心想着如果带着警察去好歹能将自己的好姐妹救出水火之中,也不失为一个好计策,而且如果孙慧质问起来,自己也好说是被两警察给逼的。

想到这,晓云机灵地转着眼珠子道:"好,我带你们去。"慢慢从地上爬起,不知从哪来的勇气,撸起袖子,咬牙切齿地走到电鼠跟前,生气地说:"下次你要是再敢说我胖,别怪我告你人身伤害!哼!"说完便墩着肥胖的身子,大步朝电梯走去。

"走啊,现在就带你们去啊,还傻在那发呆,真是的,警察了不起哦!还没我醒目!"晓云微风地一边唠叨,一边走进电梯。

留下一脸尴尬的电鼠站在原地,小小发呆了一会儿,其他的警员同事们，纷纷强行克制着自己千万别笑出声来。

宿舍这头，孙慧正按照李扬走之前的吩咐，将卧室里里外外清扫干净，将一切自己与李扬有关的东西，从宿舍天台，绕去隔壁第3、4、5栋宿舍楼，分别将垃圾丢去这几栋楼的垃圾桶，然后在宿舍洗个香香澡，让沐浴露的香味盖住消毒水和血腥味，最主要的是，记得将自己带过来的黑乎乎烧焦的衣服藏起来。

"记住，警察来之前用酒精给家里每个角落抹一遍，把浴室的花洒一直开着，温度调到高，让室内保持一定的温度和湿度，这样，即使有哪个地方没有清理，那么痕迹也会因为湿度而被毁坏。"孙慧一边重复着李扬走之前对自己的提醒，一边看着手机的时间道："很好，时间越久越好，湿度越高就越好，2小时了，差不多了吧。"孙慧自我安慰地笑着。

叮叮……吱吱……

门外传来熟悉的钥匙开门的声音。

孙慧长长地吐了一大口气，然后顾若镇定地裹着浴巾走出浴室。

"晓云，你今天那么快下班吗？"孙慧假装疑惑地打开门。

见晓云带来一群警察，故意装得惊慌失措的样子，大喊道："啊啊……啊……你怎么带那么多警察过来啊？"孙慧故作恼火地数落着晓云。

晓云顾不得孙慧对自己的数落，立刻着急忙慌地跑进卧室拿出外套给孙慧披上，挤眉弄眼地小声问："人呢？"

"这是什么情况？一大群警察拎着枪就往屋里转，晓云！怎么回事？"

"你就是孙慧？"电鼠看着眼前这个披头散发全身湿漉漉

的孙慧，不禁上下打量着她的身材。

"喂！往哪看呢？"孙慧故意用外套裹紧自己的身体。

"昨晚他来找过你？他和你说什么了？"电鼠拿出李扬的照片问。

"谁啊？"孙慧假装仔细查看电鼠手中的照片，一本正经道："咦，这不是李扬，李警官嘛？"

"昨天你值的夜班？有没有见到这个人？"王静上前推开电鼠道。

"哦，你说的李警官啊？有啊，我们几乎隔几天就能见到他，昨天他们一群警察朋友还在纪小姐病房聊天呢。"孙慧冷静地看着晓云，故意大声问："对吧？晓云？"

"嘻嘻……好像……是有这么回事。"晓云硬着头皮，僵硬着脸，小声道。

"昨晚你一直在病房？"王静看了一眼一旁的晓云，继续问。

"是啊，除了上厕所和给其他病房换药水，其他的时间我都在护士站的。"孙慧故作无辜地指着晓云道，"不信你问她。"

"啊？哦……对，我们都在护士站。"晓云快速地回应着孙慧。

见警员们回应并未查到任何可疑踪迹，王静用犀利的眼神，直直地看着孙慧，"孙护士，那为什么今天凌晨李扬在视频里出现过，之后你就不在护士站了？白天为什么又突然请假了？"

"我请假是因为我妈不舒服。"孙慧理直气壮地说。

"你妈不舒服，你怎么还能这么开心地在宿舍冲凉呢？"王静仔细地看了看宿舍卫生，"而且？还有心情将宿舍打扫得那么干净？莫非是有什么东西要清理掉？"

"我妈不舒服，我当然是很着急啊，可是我中午准备出门时，突然头晕，所以捂着被子睡了一觉，闷的全身是汗，冲个凉，洗掉汗水自然啊。至于卫生嘛，我们做护士的，自身清洁和消毒，杜绝一切病原体传染给病人，这是我们的职责。"孙慧自我敬佩地说着。

王静才不会理会孙慧的这一番说词，不屑地说："喷……如果之后有看到李扬请随时联系我，李扬现在是非常危险的人物，为了你的人生安全，请配合我们警方。"王静斜着眼睛看着孙慧，烦闷地将一本通讯录递去，假笑道："孙护士，这通讯录里有我们警局每个人的联系方式，包括我们局领导的，如果你不想打给我，也可以打给其他领导或警员。"

"哦，好的。那我还是打给这位帅哥警官吧。"孙慧一反常态的，妖媚地笑着看着电鼠鼠，然后慢慢靠近电鼠，拿出手机问："这位警官，我可以留一下您电话吗？"

王静一脸嫌弃地看了一眼孙慧，语句尖酸地说："这年头医院里的花痴真不少。"

电鼠听着王静嘴里吧唧的话语，有些不好意思地尴尬一笑，然后拿出自己的手机道："这位护士小姐，要不您告诉我，您的手机号码吧，我打给您就是了。"电鼠清了清嗓子，挺直腰板，不好意思地盯着自己手机。

孙慧像个没见过帅哥的花痴般，惺惺作态地扭动着水蛇腰，故意更加靠近电鼠，娇媚地说："还是您在我手机上输入您的电话吧，我可不想其他人知道我电话号码。"孙慧娇滴滴地拉高嗓门说着。

孙慧的举动可把晓云给吓坏了，眼睛瞪得大大的正想向前阻止孙慧，不料被房间里其他几名警员的低笑声给愣住。

"快点留完电话，还得去其他地方搜查呢。"王静非常鄙视孙慧的行为，不禁转身背对着。

电鼠尴尬地接过孙慧的手机，而手机屏幕上的字眼瞬间让电鼠神情严肃起来，只瞧见，孙慧的手机上写着：我很好，相信我，我是无辜的，现在最主要的是找到蔡国栋的爸爸，保护好他，还有保护好季小青。晚上9点半，老饭堂，老地方见。

电鼠趁机看了看手表时间，还有近一小时的时间，心里确定时间都来得及，脸上不禁露出安心的笑容，起码他知道自己的兄弟一切安好，他已经很欣慰了。

"喂，快点啊，留个电话号码，磨磨唧唧的，干嘛呢？"王静转身想要向前看看电鼠到底拿着孙慧手机在干嘛。

"哦，好了，留了电话，嘻嘻……顺便加了个微信。"电鼠将计就计道。

"呵呵……"一旁等待的其他同事纷纷笑出声来。

晓云见此尴尬状态，立刻解释道："哎……不是的，我家慧平时不这样的，你们别误会……她平时……真的……"

晓云的话还没说完，就被孙慧扑向前一把抱住道："我真的快被冷死了，你下次带男生过来时，先说一声好吗？"

"嗯……不好意思。"晓云表情疑惑地道歉着。

"那我们就先走了，打扰了。"电鼠举手示意大家离开，走到门口，电鼠意味深长地说："孙护士，记得，随时联系我们。"

"OK，没问题。"孙慧继续娇滴滴道。

站在窗户边看着警车全部驶离宿舍区，晓云大喘着气说：

"慧，你怎么知道警察会来的？还把宿舍都收拾干净了？李警官人呢？"

"你还好意思问，我就知道你会沉不住气，会去报警的。"孙慧用责怪的眼神看着晓云，"李扬是救过我们命的人，你忘记了吗？你就是这样对待你的救命恩人吗？"孙慧满满地责怪语气。

"你可真是冤枉我了，我根本就没去报警，我只是被刚刚那俩警官给逼的，只是……刚好被她套出来那么一丢丢小秘密而已，你都不知道那个女警官的眼神有多吓人，简直就像个母夜叉……"晓云无奈地解释着。

"行了，不说这些了，也不知道李扬现在躲去哪了？受了那么重的伤，要不是你……"孙慧打断了对晓云的责怪，忍不住担忧地转着圈。

"李警官没告诉你他去哪了？"

"没有，他怎么可能告诉我他去哪了啊？这里有一个你就够他受的了，要是我也泄露出去，李扬就完蛋了。"孙慧懊恼地说着。

而王静这头，正按照下午手术醒来后的韩东的吩咐，安静的在警车上监听着孙慧和晓云的对话，原来王静给孙慧的通讯录里夹着监听器，而监听器正是，下午韩东在手术醒来后放进通讯录里的。

车内，电鼠正捂着嘴，搞笑地重复着："母夜叉？哈哈……确实很生动。"

而王静则黑着脸坐在一旁冷冷地咳嗽了几声，示意电鼠安静……

# 4. 监听

从下午直闯孙慧宿舍后，王静就一直和电鼠在孙慧的宿舍楼下监听着孙慧屋内的动静。看着时间都快九点了，便叫电鼠先去吃饭，顺便给自己带外卖过来。

突然，从耳机里传来晓云的声音，"慧，这都8点多，快9点了，你要不要先休息一下？从凌晨到现在，你可是连眼睛都没闭过一会，就别在那转圈了，你不是说李警官是好人吗？放心吧，好人一定会一生平安的。"

"可是不知道他这会儿在哪？我实在不放心。"孙慧像个三好媳妇似的，轻轻地咬着手指，完全忘记了自己和李扬也不过就是普通朋友而已。

"白天他离开这之前没说要去哪吗？你再仔细想想？或者他有没有留什么电话？"晓云热心地提醒着，鬼灵精地眨着肥嘟嘟的眼皮，调侃道："再说了，你们昨晚春宵一刻，也算是露水情缘了吧？"

"这都什么时候了，你还拿我说笑？再说了，李扬昨晚那是受了枪伤，我帮他处理伤口而已。"孙慧害羞地解释着。

"行了，解释就是掩饰，掩饰就是事实。"晓云斩钉截铁地说。

"哎……白天？李扬也没说什么啊？他在那打电话时，说的内容我也听不懂……让我好好想想……"

"是吗？是听不懂？还是听不够啊？"晓云意味深长地贼笑着。

孙慧看了看好笑的晓云,刻意转移话题道:"啊,我想起来了,他醒来后,好像是说要去找什么人?好像是……找蔡国栋的爸爸……还说那个人有危险,然后看到新闻就拿我手机给他爸打电话……对,对对,通话记录。"孙慧努力回忆着,不停的翻看着手机通话记录。

"就是,快看看通话记录,然后重播回去不就好了。"晓云一边敷着比自己脸蛋小一圈的面膜,一边迎声附和着孙慧。

"咦??奇怪了?没有显示号码?是李扬删掉了吗?不对啊?如果是删掉了,这里怎么是空白加点点?"孙慧疑惑地看着手机屏幕。

而这会儿正在车内监听的王静,坐直了身子巴不得耳朵能听到20公里外的声音,不自觉地自言自语:"通讯记录显示加点?是加密电话?为什么要使用加密电话?会是打给谁呢?"

监听器那头接着传来:"是不是你按错了哪个键?一不小心把通话记录给删除了?那李警官另外没说什么吗?"晓云八卦地问着。

"另外?另外也没说啥啊?就只是要我按照他的方式打扫宿舍,然后叫我把东西好好藏起来……"孙慧冷静地坐在茶几旁回忆着。

车内监听的王静突然眼神发亮似的说道:"把东西藏起来?东西在孙慧手上?他会去哪?找蔡国栋留下来的线索?不好……他不会要去杀蔡国栋的爸爸吧?我得赶紧告诉韩队才行。"王静慌忙起身,丢下监听耳机,准备赶去韩东住院的病房。

走了一半,王静半道又倒回来监听车上,继续拿起耳机监听着,因为直觉告诉她,孙慧肯定还会和晓云说些什么。

王静慢慢钻进车里，俯身准备坐下来继续监听，还没来得及坐下，耳机那头传来，"号码？没号码吗？"晓云看着茶几上王静留下的通讯录。

"当当当，你看，这不是有通讯录吗？说不定里面有警官家属的电话呢？"晓云开心地摇晃着那本通讯录。

叮……吱……咚咚……

一个小小的黑色圆形物体从通讯录里掉了出来，晓云好奇地将那个黑色东西捡起来问，"慧，你看这是什么？像个……"

孙慧扭头看着晓云手里的黑色物件，立刻转身夺在手里，仔细检查了一番，孙慧像疯了似的对着那个黑乎乎的圆形物件道："是那个讨厌的女警官，叫什么来着？"孙慧气愤地自问自答道："哦，对，姓王！"

只瞧见，孙慧像个野蛮的泼妇似的，对着那个监听器，大声道："姓王的母夜叉！你当警察居然干这种偷鸡摸狗的事情吗？偷偷监听我们，你就不怕我告你侵犯隐私吗？"说完，孙慧生气地将那个黑色圆形物件放在地板上，拎起一个不锈钢的茶几摆件，狠狠地将那个物件砸的粉碎。

"滋滋……"一阵尖锐而又刺耳的机器被损坏的声音响起……

车内监听的王静连忙将耳机快速摘下，一边用手不断轻轻拍着耳朵，一边丢下耳机骂道："靠，要不要这么凶啊？说我母夜叉？我看你才是正儿八经的母夜叉才对！居然这么快就发现有监听器啦？"王静好奇地坐在设备面前，将刚才监听录音回放着。

看了看时间，估计电鼠买外卖还得要一会儿，王静见监听器反正已经被识破了，索性顺便给韩东汇报着工作。

手机一接通，王静立刻道："韩队，监听器被发现了，不过从她们的话语间能确定李扬昨晚确实是在孙慧宿舍处理过伤口，还有李扬可能去找蔡国栋爸爸了，韩队我们要不要直接强制抓捕？我担心蔡国栋的爸爸会有危险？"王静请示着。

"暂时不用，她们还有没有聊其他什么？"韩东冷冷地问。

"哦，有，好像李扬有拿孙慧的手机打过电话给谁，不过听她们的对话，说手机只显示了空白点的，估计李扬打的电话是加密电话。"王静清晰地回忆着孙慧和晓云的对话。

"她们？"

"哦，韩队，就是孙慧和张晓云。"

"加密电话？"

"嗯，肯定是加密电话，对了，还有，孙慧有提到什么东西要藏起来，不知道是不是李扬从蔡国栋那抢走的东西。"王静认真推断。

"藏什么东西？哼！会是什么东西？"韩东躺在病床上，表情诡异地转着手里的指尖陀螺，冷笑地说着。而其实他心底比谁都清楚，孙慧口中的东西肯定就是李扬冒着火抢走的证据，霎时间韩东的眼神里突然表露出一股阴险的坏笑。

"必须查清楚李扬要孙慧藏的是什么，再不行就把人带回警局审问，反正从监听的内容里能证明这个孙慧包藏嫌疑人，甚至有可能是凶手的同伙。"韩东严厉地命令着。

"是，那我现在就上去将东西拿回局里。"王静请示着。

韩东双眼阴冷地看着病房门口，坚定道："不，你现在只需带人在孙慧所住的宿舍楼附近24小时监视即可，我相信李扬一定会想办法回来取那个她们口中的东西的。"

韩东的守株待兔这一计谋，不但可以让王静避开再次与孙慧的直接接触，又能让王静没办法接触李扬手里那份被烧掉一半文件的事实真相。对他自己来说这一计策实在是再好不过了。

"是！我知道了。"

"电鼠呢？"

"哦，刚叫他先去吃东西，顺便带一份给我。"王静小声汇报着。

"哦，对了，监听时的录音带有保存吗？"

"有的，都是同步录音和监听的。"王静汇报着。

"嗯，有事随时汇报。"韩东说完便挂断了电话。

忍着腹部枪伤造成的疼痛，韩东坚定地从病床上坐起，慢慢移动身子下床，扶着输液杆往窗户走去。心里不断在思考着该如何从孙慧那里拿到烧掉一半的东西……

张晓云推着输液车神情紧张而又惊讶地站在韩东的病房门口，眼神木讷地看着站在窗户边那个久违而又熟悉的背影，就在韩东即将转身之际，晓云突然形色慌张地侧身躲在走廊一侧，手忙脚乱地收拾着自己的衣服和头发，胸口极速波动着，而此时晓云的举止胜似一个含苞待放，准备热恋的少女般，面泛红潮的深吸一口气，然后娇羞地走到输液车旁，举止淑女地慢慢靠近韩东。

"韩……"晓云正准备开口叫韩东。

"这位护士小姐，能帮我问问医生我这边大概多久能出院？"韩东礼貌地问着。

"啊？什么？你？不……"晓云支支吾吾地说了几个字。

"啊？我怎么了？"韩东疑惑的问。

"哦……没什么，可能是我看错了，还以为是我一位故友，不好意思。"晓云鼻子酸酸地解释着，期间还不断偷偷地多瞄几眼韩东。

"呵呵，这样啊？看样子我长得太大众化了。"韩东不好意思地挠着后脑勺，脸上一反常态地露出灿烂的笑容。趁晓云配药水之际，韩东也微微斜眼看了一会晓云，谁也不清楚他的脑袋里此刻在策划着什么……

"没错啊，是韩……"

"对，我是韩东，栖洲市公安局刑侦大队队长。"韩东像是猜到晓云内心的想法，立刻抢话道。

"哦，韩东？你不是应该叫……"晓云看着韩东小声嘀咕着。

"叫什么？"韩东疑惑地反问。

"哦，没事没事，可能是我认错人了，不好意思。"晓云一脸歉意地看着韩东腹部的伤口，转移话题道："韩队长，您这可是枪伤，现在可不能下床走动啊，万一伤口裂了怎么办？"晓云故作认真地提醒着。

韩东仔细看了看晓云身上的工作牌，脸上不禁露出阴险诡异的笑容，"张护士，我这不也是想活动活动，希望伤能快些好起来嘛。"

"哎，你说，你们警察那么拼干嘛啊？命都不要了吗？"晓云不解。

"话不是这样说。"韩东意味深长地瞥了一眼晓云，心存利用地小声道："哎……我现在很担心啊，担心那个女孩子的危险。"

晓云向来就是个八卦精，但此时的内心更加好奇眼前这位酷似故友的韩东究竟担心的是哪样一位姑娘，不禁好奇地问："女孩？谁？"。

"哎……听说我们局里的李警员找上了你们医院的一位护士小姐，我担心那位护士小姐有危险。"韩东义正言辞的语气显得自己特别英勇无畏。

而一旁像花痴一样的晓云，历来就喜欢英雄主义的膜拜者，不禁大声劝说道："哎，她没事，她是我好姐妹，你说的那个警员李扬我也见过呢。"

韩东深感张晓云此时已然中计了，立刻继续假装问道："张护士，你也见过我那名警员？那你受伤没？他现在可是危险人物，你回到宿舍千万要记得告诉那位孙护士不要去碰那个黑色的袋子，否则我那个警员会起杀心的。"韩东装得很是着急地说。

张晓云有些自作多情，脸上显得微微有些害羞道："嗯……瞧你担心的，我能有什么事？我后来还带了一批警察及时赶到我住的地方，解救我的好姐妹于水火之中呢，不过……"晓云欲言又止，突然傻楞楞地盯着韩东，质疑地问道："咦？不对啊，韩队长？你是怎么知道我住在宿舍的？还知道我的好姐妹姓孙？"

"哦，新闻都放了，我这中午手术一醒来，就听着来来去去的护士们在议论，自然就听到了，只是没想到居然见到你们俩其中一个。"韩东故作放心地指着墙上的电视机道："幸好，你没事就好。"

"这样啊。不过你说的黑色袋子到底是什么东西？我听孙慧说李警官，不不！应该是坏人李扬，叫她把黑色袋子藏起来了，藏哪我不知道，对了，你们可千万别抓我姐妹啊，她肯定是被那个李扬给威胁了。"

"如果事实是她并不是帮凶，我们警察是不会冤枉一个好人的，我也一定会帮你好姐妹的。"韩东肯定着。

"嗯，来吧，你就别走来走去的了，快回病床躺着休息吧。"晓云微笑着抬头看了看韩东的输液瓶。

"呀……你看，光顾着聊天，药水打完了，我都没发现，真的不好意思，而且你的手都肿起来了，估计跑针了，不好意思韩队长，我得帮你把这个针头拔了，下次再重新留针。"晓云非常抱歉地说着。

"没事。"韩东微笑着伸出被药水撑得肿胀的左手，而眼神里露出计谋得成的阴险笑容，而张晓云却决然不知，这只是韩东故意紧握拳头让输液针跑针的，这样他可以叫人光明正大替自己将留针的针头拔掉。

看着晓云推着输液车离开，韩东不禁在心底冷笑了几声，一改阴冷的面孔，灿烂地笑着道："辛苦，张护士。"韩东一边笑着说，一边故意用右手旋转着指尖陀螺，陀螺在韩东的指尖上旋转出彩色的光芒。

门口的晓云看到韩东旋转指尖陀螺的这一幕，突然像着了魔似的浅浅地微笑着，眼眶里不禁渗出喜悦的泪水。

趁晓云离开病房后，韩东迅速地披上自己的外套，朝宿舍楼走去……

"电鼠还没回来？"韩东站在王静她们的监听车外，轻轻敲着车窗问。

王静见韩东披着外套，表情有些痛苦地站在车外，立刻轻轻推开门下车道："韩队，您不在病房休息，怎么跑这来了？"王静担心地问。

"哦，不放心你们，离得近，就过来看看。"韩东扯了扯自己的深蓝色外套，关心的说："其他人呢？"

韩东这一问话，无非是想清楚其他警员的监视布点，好为自己的下一步行动做好万全准备。

"呐，分别在西南角、东面、还有停车场出入口，另外一个在高点。"王静熟练地汇报着。

"嗯，很好，监听到哪个程度被孙慧发现的？"韩东转移话题道。

"就是刚好她在说关于李扬拿回来的东西，根据李扬的吩咐藏起来了。"王静挠着头发回忆着。

"哎……还是等我仔细听听吧，去将录音倒回去，我来分析。"韩东扶着车门把手，缓慢地钻进车内，轻轻坐下命令道。

"可是……可是你身上还有伤。"王静心疼地看着自己的队长，"韩队，要不您还是先休息几天吧，放心，我们能顺利抓捕李扬的。"

"哎，没事的，这点伤不算什么，快，快帮我把录音倒回去，我仔细听听。"韩东故意表现得有些疼痛的样子。

"行行行，韩队，你先坐好，我弄好给您。"王静心疼地向前。

"哎……"韩东捂着腹部，点头道："我只是不希望这一切都是李扬做的，所以作为队长，根本由不得我去考虑自己的这点伤……"

"韩队……"王静为自己能有个这么优秀的队长而感动得说不出话来。

"对了，几点了，电鼠出去多久了？"韩东突然转移话题问。

王静抬起手腕看了看时间，"现在晚上8点50分，电鼠出去了差不多十分钟，这会儿应该还在吃快餐，怎么了韩队？你是不是也担心电鼠会单独找李扬见面？"

"也不是，我只是听着你们说快餐，才想起我也没吃东西，下午没胃口，这会儿又有点饿了。"韩东故意说着饿的话题，特意支开王静去一旁打电话给电鼠。

其实王静刚刚那无心的一句问话，无疑是间接提醒了韩东不要忽略电鼠重感情的这一弱点，此时韩东的脑海里已经在思考该如何处理电鼠这个随时会威胁自己，甚至会反抓捕自己的电鼠。

"啊？饿了好，这是好事，韩队，您先听录音，我去给电鼠打个电话，顺便叫他买些汤过来给您。"王静发自内心替韩东开心，因为她清楚只要胃口好了，伤口也就好得快了。

王静就迫不及待地下车给电鼠打电话，"吃完了吗？"

"没，走得有些远，还没到餐厅。"电鼠在手机那头解释。

"哦，那待会顺便给韩队带份快餐，再买个汤过来。"王静吩咐着。

"韩队没吃吗？"电鼠疑惑地问，内心总有种不好的预感。

"没吃呢，不放心我们办事，现在在监听车内听孙慧她们的录音频呢，我们真的得争气才是。"王静话里有话地想要提醒电鼠认真办案，不要夹带私人感情。

"哦……这样啊……"电鼠在心底分析了一会，转移话题道："他现在不能随便走动，伤口会裂的。"

"我会看着的，你也快点，买好快餐直接送去韩队病房。"

王静说完便将电话挂断，回到监听车。

"打完电话了？"韩东一边在监听器那边按了几个键，一边回头浅笑着将监听设备放回原地，平静地说："录音我听完了，看来是我太紧张了，你们就按照原计划，继续监视孙慧吧，我先回病房了，伤口似乎有些麻麻的。"韩东故作难受地扭动着身子。

"韩队，会不会是伤口裂了？我先送您回病房吧。"王静担心地向前。

"不用不用，办案要紧，你继续工作吧，我自己回病房就好。"韩东慢慢地朝前走着，突然转身道："那个，待会快餐直接送我病房来吧。"

"嗯，好的。"王静担忧地看着韩东肩披着深蓝色外套，步履缓慢地弯腰曲背地朝前走着……

而就在王静转身钻进监听车内时，韩东已然快速地将肩上披着的外套一掷，立刻将外套反穿着，之前深蓝色外套立刻变成黑色带帽子的外套，而之前弯腰曲背的身影也突然变得敏捷挺直起来，消失在黑夜中……

王静突然想起什么事，忘记和韩东汇报了，从车内探出半个身子道："韩队，那个……"咦？人呢？会不会是伤口太痛了，走快了几步？"

# 5. 重要时间点

21:00

孙慧愤怒地将监听器砸烂丢进马桶，看着水浪将那些破碎零件冲走，心里别提有多舒坦，心有所想地坐在马桶上，尽情地享用着。

而楼下，一个黑影正敏捷地避开监视器，翻过一栋矮墙，顺利地躲过楼下监视的警员们，接着快速朝孙慧的宿舍走去。

宿舍里，孙慧忍不住大声对着客厅的晓云说："云，那个什么姓王的母夜叉警官，真的是太卑鄙了，下次见到她，一定要好好骂她。"

见晓云没有搭理自己，孙慧继续说道："晓云，你说是不是？晓云？"

啪……咚咚……

从客厅传来杯子摔碎的声音，孙慧无语地说："晓云，你又打烂一只杯子？这个月你已经打烂三只杯子了，跟你说了多少遍，吃油兮兮的食物时，不要再去拿杯子装汽水喝，喝之前一定要把手上的油擦干净……"

孙慧的话还没说完，卫生间的门突然被踢开，只瞧见一位身着黑色外套，头戴鸭舌帽，脸上戴着口罩的男子冷冷地站在门口，看着坐在马桶上如厕的孙慧，吓得孙慧，又是害怕又害羞地随手抓起挂在浴室的毛巾，遮挡住自己的身体，一时间完全忘记了应该骂人这一举动。

"给你一分钟的时间,弄好立刻出来!"那人冷漠地命令着。

孙慧将张开了半天的嘴严实地闭上后,立刻将自己收拾干净,然后从浴缸角落处,拿出一包东西,从窗外丢下去,正好落在李扬预测的位置,起码那个位置一定暂时安全的……

慢慢从洗手间走出来,孙慧害怕地看着那名黑衣男子,小声道:"你知不知道,我可以告你私闯民宅的。"

"李扬让你藏的东西呢?"只见黑衣男子用阴气逼人的眼神盯着孙慧。

"啊?什么藏什么?我不知道你在说什么?"

"是吗?"黑衣男子眯着眼睛质疑地问。

啪……

张晓云被黑衣男子狠狠地踢趴在地上,杯子、杂物摔倒一地,显然那一脚踢得很重,张晓云口吐鲜血地趴在地上,想起身却又爬不起来,只得慢慢转身朝天躺着,腹部鲜血直流,原来无意间茶几上的水果刀深深地刺在晓云的小腹。

"现在知道我在说什么了吗?"黑衣男子邪恶地笑着问。

"啊……不,不要,晓云,晓云,你起来,快起来。"孙慧疯了似的哭喊着朝晓云跑去,不料被那名黑衣男子一把拽着头发,狠狠地往后一扎,疼得孙慧喊叫出声。

"你再叫出一声,我立刻杀了她。"黑衣男子将脚抬起,轻轻放在晓云腹部的水果刀上,两眼斜斜地看着孙慧。

孙慧吓得全身发抖地拽住自己的头发发根,眼泪直流地咬着嘴唇,避免自己哭出声来……

"把东西交出来,否则你会害死你朋友的,她那么肥,再来一刀应该也可以。"那人冷冷地威胁道。

晓云看着黑衣男子腹部隐约渗出红色血迹出来，不禁泪水直流。

"啊，不要……不要，你别伤害她。"孙慧哭得稀里哗啦地看着躺在血泊里的晓云，心疼万分，突然黑衣男子狠狠地朝孙慧抽了几巴掌。

"我问你东西在哪！"黑衣男子一边扇着孙慧的耳光，一边逼问着。

被打得鼻青脸肿，眼冒金星的孙慧，眼看着晓云似乎快昏厥了，无奈之下，指着卫生间道："在……浴……缸底侧。"

黑衣男子一脚将孙慧踢开，径直朝卫生间走去，没一会儿，便提着一个黑色袋子，朝门口走去，突然又快速走回到孙慧身边，用力掐着孙慧的脖子问："李扬是不是要你联系电鼠了？"

"我……不……知道你……说的电鼠……是谁。"孙慧被掐得快断气了，脸上的青筋都被憋出来了。

"好，我换个方式问，李扬要你用什么方式联系了谁？内容是什么？"

几乎快要断气的孙慧，眼神涣散地摆动着双手，示意黑衣男子先松手，直到黑衣男子不悦地松开手，孙慧才能大口的喘着气。

"说！"

孙慧被吓得整个人弹跳了一下，大口喘气道："他只是让我把手机给那个男警官看，内容是：晚上九点半，老饭堂，老地方见。"

黑衣男子看了看手表，9 点 10 分，赶到他们约见的地方来得及，一把推开孙慧，径直朝门口走去。

"韩……韩……"晓云伸出满是鲜血的手冲门口喊着，而那黑衣男子闻声在门口停了几秒，侧眼看了一眼张晓云，便大步离开了。晓云的内心非常的确定，就在刚刚几分钟前，在自己宿舍如此暴力阴冷的人，正是医院病房住院的韩东，韩队长。

"云，你说什么？你认识那人吗？"孙慧哭得伤心极了。

晓云泪水直流地看着门口处，脸上不禁露出令人不解的表情，弱弱道："不，不认识……痛……"

孙慧担心地一边替晓云检查伤口，一边拨打120，哭哭啼啼地打完120，孙慧立刻打通了110报警热线，语速急促地说："有人私闯民宅，拿走我宿舍的东西，打伤了我的室友……"

"有看清对方的样子吗？"110热线的警员冷静地问。

"没有，她穿着黑色外套，戴着口罩，我看不到他的样子。"孙慧看着昏迷的晓云，努力地回忆着刚刚的血腥画面。

"那对方有没有什么特别的特征之类的？"

"特征？嗯……"孙慧努力回忆着，"有有，他的手里转着一个指尖陀螺。"

"嗯，很好，那您记得还有其他什么特征吗？"

"我不记得了，当时太害怕了，我一时记不大清了。"孙慧的表情有些后悔莫及，又自责又着急地哭着。

"好的，我们的警员以去往您所在的位置，期间您要是记起什么，可以直接告诉我们的警员……"

## 21:10

晓云的判断确实没错，直闯宿舍抢夺东西的人就是韩东，但是却没人知道她为什么突然选择不说出韩东就是夜闯宿舍伤害自己的人……

韩东将从孙慧那里拿出的黑色袋子打开，一阵被烧焦的气味扑鼻而来，韩东看了看时间，也没来得及仔细检查黑色袋子，便大力将袋子丢进垃圾站，然后用自己的黑科技方式定位着电鼠目前的所在位置，位置显示：绿笙茶餐厅，距离韩东目前所处的位置大约1公里，招手打了一部的士，快速朝目的地赶去。

另一头的电鼠趁给王静和韩东买快餐的时间，快速赶往绿笙茶餐厅，绿笙茶餐厅是电鼠、胖熊、李扬三人之前经常光顾的餐厅。

还记得那会儿，他们三人曾经同时喜欢上茶餐厅的同一个女生，一同去追求同一个女孩子，虽然，最终三人都没能追到那名女生……所以只要一提起老地方，电鼠一定知道茶餐厅的老地方是哪。

那个老地方就是茶餐厅地下室的一间废弃冷冻室。

电鼠轻步走到冷冻室，小声喊道："扬，是我鼠。"

啪……

一个黑影闪过，韩东仍然穿着他的黑色外套，戴着鸭舌帽，伸手迅速将冷冻室的灯关掉，紧接着大力将门关上，并从门外反锁住冷冻室门。

接着，韩东将冷冻室的冷气在外面重启打开，而令人心急的是，这个冷冻室早就被茶餐厅的人当成杂物室了，一时半会儿根本不会有人出入这间废弃的冷冻室……

冷气不断大量排放出来，冷藏室里，手机没有任何信号，就好像与世隔绝了般，电鼠能否安然渡过难关，能否活着出去还是未知……

虽然，韩东的脸被口罩半遮住，却仍能从眼神里看出，他的黯然喜悦。

只瞧见他淡定地站在冷藏室门外，冷冷地将冷藏室的温度设置到 -16 度，接着，看了看手表时间，9 点 27 分，根据冷藏室的面积，韩东认真地，精心地，计算了一番，然后，将冷冻室的时间设置为 8 小时后自动关闭，而能不能得救，就看电鼠自己的造化了……

接着，韩东在一张白纸上故意横七竖八的写着：有尾巴……

并将纸条贴在茶餐厅的大门口侧柱边上……

9 点 30 分，准时赶到茶餐厅老地方的李扬，在进茶餐厅门口之际，发现了门上贴着的纸条，立刻警惕地四处张望了一下，快速将纸条扯下，然后离开了茶餐厅门口。

李扬就这样与危在旦夕的电鼠失之交臂，电鼠能否安然？

韩东的计谋如此精准，仿如守株人一般，不紧不慢地跟在李扬身后。

进到一条黑暗的巷子里，李扬突然转身问："跟了我这么久，伤口还撑得住吗？"

"原来你早就发现我了？不错，这几年没白教你。"韩东自豪地说。

"教我？我可不像你，我也没有你这样的队长。说！你为什么要杀蔡国栋？还有蔡国栋的爸爸呢？"李扬愤怒地问。

"哈哈……我杀了蔡国栋？你有证据吗？"韩东张开双手大笑着。

"证据吗？我有，就是你杀害蔡国栋的证据！"

"是吗？已经被我丢去垃圾站了。"韩东一脸春风得意地笑着道："还有，提醒你一下，你的好兄弟估计很快就会变成雪糕人了。"

"电鼠？你把他怎么了？"李扬激动的大声道："韩东！你知不知道自己在做什么？电鼠可是你手把手培养出来的人才！"

"闭嘴！还轮不到你在这里教我怎么做！"韩东突然一反常态地吼着。

"好！我不敢教你，但是我可以提醒你，你从孙慧那里抢走的东西早就被我调包了，而真正的证物已经就在刚刚，孙慧报警后亲手交给警方了。"

韩东的表情似笑非笑道："不……不可能，我明明确认过的，就是那天我烧掉的东西没错。"韩东的表情里露出万分的惊恐，不禁缓缓蹲下，捂着受伤的腹部。

"我明明确认过，然后丢到垃圾站了。"韩东的眼神里冒着诡异的火花般，令他的表情显得那么阴冷恐怖。

只瞧见李扬心软地慢慢向前，看着韩东蹲下的背部，认真地分析道："其实我早就知道，杀奔王的是你，和我交手的就是你，你唯一的破绽就是，你在汇报案情的时候却偏偏把杀害奔王的凶手的受伤情况说得那么清楚？要知道，凶手被我打伤哪里，除了我，就只有凶手本人知道……你嫁祸我杀蔡国栋，是因为你发现我在偷偷查你,因为我现在查的环节威胁到你了,对吗?"

"韩队,回局里自首吧,无论什么原因,我相信局里会想办法帮您的。"

韩东恐惧的眼神里突然露出诡异阴冷的笑容。

"哈哈哈……是啊,你推断的都没错,呵呵……我好怕啊,而且我怕坐牢!"韩东的面部表情是那样的狰狞,笑声也越发诡异。

"韩队?"李扬担心地看着韩东,以为他是不是精神问题。

不料,韩东突然转身,抓住李扬的肩膀,面部狰狞地笑着,"我好怕,所以,哈……哈哈,所以我那天烧的是证据,对,证据。"

"跟我回警局吧,你回去自首吧。"李扬劝说着。

"呵呵,回警局?你要孙慧亲手送的证据,正是局里枪支领取登记的登记本复印件,还有蔡国栋爸爸的外套。"韩东像疯了似的,瞪大眼睛笑着看着李扬,阴阳怪气地继续道:"你以为我烧什么?我只是不想你还没赶到现场,那本本子就被烧没了,所以才拿他爸爸的衣服包裹着本子……啊哈哈……你怎么还是那么单纯愚笨?"

韩东的话刚刚说完,一把刀子便刺进李扬的腹部,"你必须死,因为你知道太多了,而且你现在已经是新闻里的杀人犯了,见不得光了,还不如我先送你一程。"

说完,鲜红的刀子从李扬的腹部拔出,鲜血喷溅而出,快速地流在地上,李扬捂着腹部,表情痛苦地往后退着。

随手抓起巷子边的扫把,李扬大力挥舞扫把朝韩东受伤的腹部打去,两人就这样在黑暗的巷子里厮打了起来。

李扬忍着腹部的疼痛，抱起身旁的大垃圾桶，反倒盖向坐在地上的韩东头上，趁韩东躲闪之际，李扬快速地窜进另一条小巷，逃离了现场……

## 22:30

已经是晚上 10 点半了，陶灵自从凌晨 3 点左右接到电鼠的电话后，就一直都在独自调查蔡国栋的死。

静静地坐在李扬公寓的窗户边，透过窗帘的缝隙，陶灵像只饥饿的野猫般目不转睛地盯着对面公寓楼的 12、13、14 楼的 B 户型，整整近 17 个小时，陶灵一直一动不动地蹲守在原地监视着……

一对情侣在对面 12 楼 B 户争执着，客厅的地板上一片狼籍，满地都是玻璃碎片和歪倒的桌椅，屋内卧室的灯突然亮起，一位老者匆匆跑出客厅指手划脚地数落了几句，见窗帘大开着，立刻向前将窗帘拉上，隐隐约约透过窗帘能看到几个模糊的黑影互相拉扯了许久，最终，灯熄人散……

楼上 13 楼 B 户的入户灯突然亮起，一名头戴鸭舌帽的黑衣男子，带着口罩，拎着一个黑色袋子走进家门。

就在黑衣男子准备拆下脸上的口罩时，入户灯正好熄灭，陶灵一直静静地等待黑衣男子将客厅灯打开，但许久没见 13 楼 B 户的灯光再次亮起过，陶灵疑惑地紧促双眉，准备起身去对面楼一探究竟。

这时，14 楼 B 户的客厅，隐约亮起令人怀疑的红点，红点的高度约 70 公分高，一个黑影好似在搬动着某个仪器，从落地窗户的这一角，搬去落地窗户的中间……

城市里五彩缤纷的霓虹灯柱在楼宇间有规律地旋转着，时而变色的灯柱缓缓照进之前漆黑一片的 13 楼 B 户中，黑衣男子消失在客厅中，陶灵目不转睛地顺着霓虹灯柱看向 13 楼的卧室，远远瞧见，那名黑衣男子正从刚刚提着的黑色袋子里拿出一件好似被烧焦的黑色物件，接着又从黑色袋子里拿出一把水果刀……

"原来是你！"陶灵简短地说了一句，立刻快速地起身朝门外跑去，在电梯口等待电梯的陶灵，迅速拿起手机打着电话。

"离洛！你在哪？天福超市那边监视得怎么样？"

"哦，我和宫顾问已经对天福超市的所有员工都进行过调查和问话了，暂时没有任何疑点，除了……"手机那头传来离洛的汇报声。

"除了什么？"陶灵果断的问着。

"除了三个请假，一个离职、一个经理出差，没进行调查和问话，其他的全部都调查完毕。"

"请假？离职？"陶灵疑惑地反问。

"叮……"电梯门打开。

离洛从手机里听到电梯到达的声音，不禁好奇地问："咦？陶队，您在等电梯？"

"嗯。"

"去哪？我和宫顾问待会过来汇合。"离洛兴奋地请示着。

陶灵一听见宫藤北的名字就牙痒痒，很是不悦道："不用了，我一个人去搜查足够了。"陶灵一边大声说着，一边快速地穿过马路，来到对面雨果公寓楼的大堂门口。

"警察办案!"陶灵横冲直撞地对公寓保安亮出证件。

只听见手机那头传来离洛兴奋地喊声:"陶队,等我们,我们立刻到,您在雨果公寓对吗,我们 5 分钟到。"

"你怎么知道我在雨果公寓的?"陶灵惊讶地问。

"哦,宫顾问定位的。"离洛坦诚地回答。

"妈的!他怎么可以这样?简直是有病!你们不用过来了,我自己一个人能搞定!"陶灵只要一想起宫藤北对自己做过的鲁莽事件就恨不得与他打上几百回合。

"没事,我来了起码能帮上忙。"离洛自信地说着。

"嗯,对的,而且我必须得保护好你。"宫藤北一把抢过离洛的手机,贱贱地对着手机邪恶地说着。

"滚!"陶灵一听见宫藤北的声音,就不受控制地想要发脾气。

电梯快速地上到 13 楼,门缓缓打开,陶灵右手惯性地朝身后摸着手枪的位置,警惕地走出电梯外,根据公寓户型指示牌,来到 13 楼 B 户。

咚咚……陶灵试探性的敲门,而房间门迟迟没有人打开。

嘎滋……滋……

许久后,门才被轻轻打开一条小缝,从门缝里传出一个男子低沉的声音:"这么晚,谁啊?大晚上……"

啪!铛!

还没等黑衣男子唠叨完,陶灵便大力一脚将门踹开,直冲而入,警惕地扫视着公寓内的环境。只瞧见,凌乱的鞋子随意堆放在入户走道,客厅的茶几上横七竖八地躺着一堆空啤酒瓶,燃烧未尽的烟蒂在客厅的地毯上画着黑色的符号……

而那名男子正站在门后，表情痛苦地用手捂着被门框撞伤的额头，一脸疼痛难耐地说："TMD 你到底谁啊？知不知道这样会撞伤人的？更何况这是我家！"

陶灵没有理会那名男子的骂人话语，而是转身仔细观察着那名闭着眼睛忍痛的男子，只瞧见他一只手粗鲁地挠着头发，另一只手不停地揉搓着额头，面色发青地问："喂！你到底谁啊？再不出去，我告你私闯民宅！喂！问你话呢……妈的……"

陶灵再一次无视那名男子的骂语，继续反问道："你刚刚去哪了？为什么大晚上戴着帽子，戴着口罩？"

"感冒了戴个帽子和口罩犯法了？"

"感冒了？怎么证明？有没有看医生记录？"

"咦？不是，你到底谁啊？我认识你吗？TMD 你大半夜跑我家里，踹门之后，问东问西的，你到底……"

陶灵根本没有理会那名男子在身后无尽的吼叫，只是直到身后骂人的声音越听越刺耳时，陶灵才猛然转身，一个锁喉加反崴手将那名男子制服至墙边。

"警察查案，请出示你的身份证。"陶灵酷酷地说着。

"查案？你去公安局查啊，查到我家来干嘛？再说了，你证件呢？"

"现在怀疑你和一起杀人案有关，请配合调查，出示你的有效证件！"陶灵拿出警官证，自顾自地朝客厅窗户走去，旁若无人般站在窗户边看着对面楼李扬房间的窗户，双手不停地仔细比划着距离。

"切……警察？很大官吗？真是，瞧那德行……"那名男子很不情愿地捂着额头,转身走进卧室,将身份证从卧室拿出来。

"呐!我的证件。"

"你刚刚拿回家的黑色袋子呢?"陶灵接过该男子的证件,反问道。

"袋子?你怎么知道我刚刚回来的?"黑衣男子惊讶地盯着陶灵,愤怒的反问道:"你监视我!!警察很了不起吗?警察就可以随便监视公民的生活吗?我……"黑衣男子一脸的愤怒和不满。

只见陶灵不耐烦地突然将手枪拔出,直直地指着黑衣男子的额头,野蛮的说:"袋子呢?"

"啊~~姐!大姐!我的亲姐!小……心,小心枪走火。"黑衣男子害怕地举起双手,哆嗦地请求着。

被枪直直地顶着头部,对黑衣男子来说确实是人生头一次,不禁吓得浑身直打哆嗦,差点小便失禁,步履踉跄地走进卧室,颤抖着伸出手指着床边的衣柜,"呐,刚刚没来得及收拾,全塞衣柜里了。"

"拿出来。"

"哦……好,我拿,那您小心枪,小心……"黑衣男子不放心地提醒着。

见陶灵将黑色袋子里的东西全部倒在地上,黑衣男子不禁好奇地问:"那个……这位美女警官,我去超市买个抱枕和水果刀,还有一些日常的生活用品不会就犯法了吧?"

陶灵看着地板上的水果刀和3D仿烧焦状的黑色抱枕,再仔细检查超市的小票单,立刻反问道:"你叫什么名字?"

"我……魏小军,那个,我证件不是在您手上吗?"黑衣男子害怕地指着陶灵右手拽着的证件。

"魏小军？"

"哎，是我。"

"你什么时候搬来住的？几个人住？"陶灵继续问道。

"这里是公司租的宿舍，3 个人住，另外两个室友……"黑衣男子的话还没讲完，陶灵便快速地朝门外跑去，因为此时才知道自己找错线索了，而真正的监视李扬的人此时就在楼上……

陶灵果断地朝楼梯口跑去，用力推了消防门很多次，发现楼梯口的消防门早已被人从外反锁住了，无奈被迫折返来到电梯口，电梯屏的数字从 2 一直慢慢的升至 13 楼，几乎是层层楼停留几十秒，而另一间电梯屏幕上一直显示着电梯故障维修中……

好不容易来到 14 楼，陶灵步伐轻巧警惕地朝 B 户走去，B户的门并没有关，而是微微打开着，透过门缝能看到房间里的全部景象，里面空旷无一物，甚至连一张椅子、一瓶水都没有，只有一台显眼的监视设备摆在客厅的落地窗中间，就在陶灵大力推开房门的一霎那。

"咔嚓！"几声相机快门的声音响起，几道刺眼的闪光灯白光亮起，使得陶灵不得不闭眼扭头躲开那刺眼的闪光灯。

砰砰……哐啷……一个黑影趁陶灵闭眼之际，大力地将监视设备朝陶灵的头部砸去，紧接着再趁陶灵躲闪腾空飞来的物体之际，猛然一把将陶灵推倒在门口，黑影快速地从陶灵身旁窜过，陶灵快速地紧随其后……

眼看着电梯即将到达 14 楼了，见黑衣男子正伸手敏捷地按了一下电梯，陶灵果断地拿出枪朝黑衣男子开枪。

磅！一声尖锐的枪声响起，才刚刚赶到楼下的离洛和宫藤北，听见枪响，立刻加快脚步朝雨果公寓的大堂跑去。

"喂！你们俩谁啊？喂！"公寓的保安向前拉着宫藤北阻拦道。

啪……

一声巨大的倒地声从离洛身后传来，只瞧见宫藤北粗鲁地将保安踹倒在地，然后坏笑着冲离洛眨了下眼睛，然后对着躺在地上的保安道："栖洲市公安局警察办案，你刚没听见枪响吗？有什么不满的，就来公安局找我，我叫陶灵，记得是陶灵！"

宫藤北的话，差点没把离洛给当场笑喷，忍不住张大嘴道："不是，你怎么……你不怕陶……"

"哎呀，支支吾吾个什么啊？走啦，还不赶快上去帮你们队长？"宫藤北一脸贱样地拽着离洛往楼梯间跑去。

"咦？不是，坐电梯啊！干嘛走楼梯？"离洛不解地想拽着宫藤北往电梯间跑，不料根本拽不过宫藤北，反倒被他硬生生地从一楼拽至二楼，正当离洛想破口大骂时，只见宫藤北突然做出安静的手势。

"嘘……别出声，听。"宫藤北非常小声地说着。

只听见楼梯间传来陶灵和另一人打斗的声音，宫藤北带着离洛小心轻步地朝楼上缓缓走着，三楼……五楼……

楼上 14 楼楼梯间里，陶灵正和那个黑衣男子厮打着……

一个腾空飞腿，再一个反肘朝后攻击，几个摆拳，再一个华丽的转身，陶灵借助楼梯间的墙壁，腾空起身至半空膝踢……

连连招招至胜，逼迫得黑衣男子连连后退至楼梯栏杆处，紧接着，陶灵一记直拳冲黑衣男子的头部挥去，正当黑衣男子双手合十接挡陶灵的攻击，一个刺眼的图案冲击着陶灵的眼球，陶灵在关键时刻突然恍神似的叫了声："凡诚？是你吗？"

眼看着黑衣男子就快从 14 楼的楼梯间摔下去时，陶灵猛然扑向前一把抓住黑衣男子的左手，用力将黑衣男子从楼梯栏杆的边缘处拉回走道。

不料自己却从楼梯中空处跌落下去……黑衣男子想要伸手去救陶灵，却只是十指交错而滑过……

而楼梯间正在 6 楼静听的宫藤北和离洛，只听见有人从楼上楼梯的中空处跌落下来。

"啊……凡诚……"陶灵的声音快速地从楼梯的中空处不知第几层传出来。

"拉着我！"宫藤北突然毫无征兆地冲离洛大喊一句，然后纵身一跃，就在陶灵即将从眼前的楼层继续下落下去之际，宫藤北准确无误地抓住了陶灵的手，而另一处的离洛，正奋不顾身地扑向前，死命地拽住宫藤北的裤腰带处。

"快点想办法上来，我快撑不住了！"离洛面红耳赤地喊着。

"我的皮带……快断了……"宫藤北的话还没说完，紧接着三人便慢慢地朝楼梯的中空处向下滑着。

宫藤北奋力地将陶灵甩至第五层的楼梯走道，看着陶灵安全了，宫藤北微微笑了笑，不料自己却突然往下跌落……

千钧一发之际，陶灵和离洛毅然奋不顾身地纵身朝楼梯中空处往下跳，双脚惊险地挂在楼梯的栏杆上，两人一人拽住宫藤北的一条腿，成功地将宫藤北解救于千钧一发之际……

三人全身无力地瘫坐在楼梯间的走道里，宫藤北担心地问："你刚刚怎么会掉下来的？我们在楼下听见枪响，发生什么事了？"

"发现了嫌疑人，不过……"

"哦，还听见您刚刚叫凡诚这个名字。"离洛很不是时候地打断了陶灵的说话，傻不拉几地继续问道："陶队，凡诚是谁？您朋友吗？"

"没事，看错人了。"

"那陶队您刚刚叫的凡诚是？"

"是我未婚夫，三年前执行任务牺牲了。"陶灵异常坚定地回答着，然而她的内心非常清楚，她只是不想相信凡诚没死，更不愿相信凡诚可能是某黑势力集团的头目。

"你看到他了？"宫藤北突然问道。

"嗯。"陶灵闭着眼睛回忆着刚刚那个黑衣男子手背上的纹身图案，泪水不禁悄然滑落。

"确定是他？"宫藤北直接了当地问着，因为他清楚越早让陶灵面对事实真相，才是让她接受一切的最好办法。

"不确定，但很像他，而且昨天晚上吃完宵夜后，我也看到一个人很像他，我有暗中跟过去，后来发现有人叫那个人赤龙，和他说话的人好像叫尧乐，他们口中多次提起一个叫East的人。"

"赤龙，那是南赤龙，是我们查到 F 国犯罪团伙中的头目之一，咦，陶灵，你刚刚说很像他？是哪里像？什么特征？还是他就是凡诚？"

"哎……藤北，你能让我安静一会吗？我头很痛……"陶灵几乎是用求饶的口吻在说着。

"您们说的是谁啊？"离洛好奇地问。

"闭嘴。"陶灵和宫藤北异口同声地命令道。

"哦。"离洛一脸无辜地用手机挡在嘴前，两只大眼咕噜咕噜地转着。

"嗯……要不都回家休息一下吧，明天再说案子的事？"宫藤北提议着。

"好……我负责送陶队。"离洛又一次没搞清楚状况地提议道。

宫藤北给了离洛一记白眼，调侃地找了一个让人无法拒绝的理由道："还是我开车送你们两个吧，我是男生嘛。"

喧闹的城市公路上，宫藤北的车里却是异常地安静……

## 23:30

捂着被刀刺伤的腹部，李扬艰难地掀开外套，强忍着疼痛检查着自己肩膀上子弹贯穿导致的伤口，鲜血不断往外渗出，很显然伤口因刚才和韩东厮打而裂开了，拖拽着沉重的步伐，李扬独自一人穿过黑暗的小巷，进入灯光绚烂的城市街道，前脚才刚刚踏出巷口，一道强光照射着李扬的眼睛上，被迫无力地紧接着双眼，任凭车辆再怎么急促地按着喇叭，李扬早已不受控制地双眼一闭昏迷在街道的路口……

隐约间，李扬好像在听见一个熟悉的声音在耳边呼喊着自己的名字……

"李扬！李扬！李扬醒醒。"左子言焦急地在一旁唤着李扬的名字。

"别再喊他了，他都昏迷了，你怎么喊他都不知道的。"纪佳瑶的声音是那么的富有吸引力，像只娇媚的狐狸在撒娇的声音般。

"哦，那怎么办？他这伤势不轻啊，走走走！先送他去医院！"左子言担心地提议着，然后起身准备背李扬去医院。

"不行！不能去医院！"纪佳瑶果断地阻止着。

"为什么？再不去医院李扬会死的！"左子言第一次在纪佳瑶面前大吼着，"嗯……对不起，对不起，瑶瑶，我只是太担心李扬了。"左子言不好意思地道歉着。

纪佳瑶看了一眼左子言，点头示意理解，接着理智地分析道："子言，李扬不能去医院，新闻铺天盖地地说着李扬是杀人凶手，你现在送他去医院，不就等于将他送给警方吗？"

"啊？那怎么办？"左子言完全没辙地在房间里转着圈。

"虽然我没正式和这位李扬警官说过话，但是从你和我说起你们认识的这几个月里，所发生过的事……我相信他是好人。"纪佳瑶肯定道。

站在一旁的左子言像个幼儿园的学生般，频频点头赞同。

"是的！我也相信李扬的为人！可是，那……现在该怎么办？这腹部的血和肩膀的血，再不……止住，李扬就死定了，怎么办？"。

"先别慌！"纪佳瑶轻声命令着，"等我想想，现在这个情形肯定是不能叫家庭医生来家里的，可是……李扬更不能出门……哎……只能这样了，先回家！"纪佳瑶深吸了一口气，冷静道。

"啊？"左子言不解地问。

"去，去衣帽间中间的抽屉里拿针线包来。"纪佳瑶鼓足勇气道。

左子言惊讶道："你不会是想给李扬重新缝针吧？"左子言瞪大双眼看着纪佳瑶。

"嗯，不然呢，你还有更好的办法？"纪佳瑶有些不满地反问着。

"不，不，我没有。"左子言语无伦次地解释着，突然语调惊讶地问："可是，你确定是用缝衣服的针线包？"

"是！"

"可是你连衣服都不会缝。"左子言无奈地回忆着一年以前纪佳瑶为自己缝衣服的景象，不禁大声道："瑶瑶……那个……你之前替我缝的衣服，现在都还和床单缝在一块，还没拆下来呢……你确定？"

"Shut up！"纪佳瑶大声呵斥道："死马当活马医吧！好过送去医院被抓！"纪佳瑶紧张地看着李扬。

"还不快点？快拿针线包和家里的小急救箱，快点！都拿过来！"

"嗯，嗯，好好好。"左子言手忙脚乱地同意着。

过了好一会，纪佳瑶才收拾好自己内心的紧张和害怕，颤巍巍地替李扬将肩膀处的伤口消毒清洗完毕，接着，半举双手，"呼……"长叹一口气。

纪佳瑶，慢慢拿着打火机给绣花针消毒，酒精给缝衣服的细线消毒，然后针尖轻轻地刺穿李扬肩膀处的表皮，一针又一针地缝着。

"子言，帮忙将剪刀消毒。"纪佳瑶求助着。

只瞧见，左子言面色惨白，嘴唇毫无血色地断断续续道："呵呵……佳……瑶，血……好多……血，我……晕血。"

"啪……哐啷……"一阵东西散落的声音传来，左子言突然眼前一黑，昏倒在纪佳瑶眼前。

"晕血症吗？哎……不好意思子言，我植物人才醒来不久，请原谅我的记忆不清，估计是忘记你之前有晕血症了。"纪佳瑶一脸心疼地看着昏倒在地板上的左子言，无奈地摇头叹气，默默地自责着……

一个多小时过去，纪佳瑶总算将李扬肩上的伤口和腹部的伤后处理及缝合好，左子言也被纪佳瑶舒服地安置在沙发上躺着。

"血！好多血！"左子言突然尖叫着坐起身，见纪佳瑶正用毛巾敷在李扬的额头上，担心道："怎么了？李扬发烧了？"

"是，应该是伤口撕裂导致的感染，我已经在药店买了消炎药，待会等他醒了，就可以先吃药，来，你先给他换一套干净的衣服吧。"纪佳瑶转身背对着李扬，体贴入微地提议道。

"哦，好的。"

等左子言替李扬换好衣服，纪佳瑶又细心地倒来一杯温水递给左子言，"子言，我是不是忘记了你有晕血症了？对不起，我这记忆……"纪佳瑶满脸的内疚和自责。

"没事的，医生不是说了吗？记忆慢慢会恢复的。"左子言幸福地喝着水，笑着道："瑶瑶，不管多少记忆丢失了，我都会陪你一点一滴地找回来。"

"嗯，谢谢你，子言。"纪佳瑶害羞地低头看着李扬，然后，微微俯身拿起李扬额头上的毛巾道："还是一直在发烧，得让他把药吃了才行，免得……"纪佳瑶的话还没说完，就听见李扬在昏迷中的喊叫。

而在一旁听着李扬在昏迷中恐慌而又响亮的尖叫声，不禁让左子言和纪佳瑶为之心痛，两人静静地听着李扬歇斯底里的喊着："不是我！他！他才是黑警！"。

紧接着，李扬猛然伸出右手大力地崴着纪佳瑶的的左手，疼得纪佳瑶瞬间泪水直流。

"啊……好痛……我的手……"纪佳瑶疼痛万分地冲左子言求助着。

"放……快放手……李扬，是我，是我左子言。"左子言努力地一个手指一个手指地将李扬的右手手指慢慢抠开，心疼地揉着纪佳瑶的左手腕，小心地拉长嘴巴吹着问："很痛吧？没事，没事，揉一下，揉一下就好了。"

"子言？"李扬一脸茫然地看着陌生的环境，见衣服已经被人更换了干净的，伤口也被人缝合好……

左子言心疼地看着纪佳瑶红肿的手腕，有些不悦地嘟着嘴说："哎……醒了就好，醒了就好，可是，我们家瑶瑶的手……•"。

纪佳瑶轻轻地揪了一下左子言的手臂，摇头示意自己的手没事。

"子言？你……怎么？这是哪？这位……是？？纪小姐？"李扬捂着还在疼痛的伤口，惊讶地看着左子言和纪佳瑶。

"几点了？这里是哪里？你们怎么会？"

"凌晨 2 点 55 分。"纪佳瑶站在左子言身后小声道。

"放心，李扬，你放心，这是我和瑶瑶婚房，非常安全的。呐，这是纪佳瑶,我的未婚妻。"左子言敲着自己的脑袋说:"嗨……真是的,你看我这记性差点忘了,你在医院见过瑶瑶很多次了呢。"

见李扬准备下床致谢,纪佳瑶立刻阻止道:"李警官,你还是别折腾自己的伤口了,免得伤口又撕裂了,而且……我真的不是很会缝伤口。"纪佳瑶不好意思地指着李扬的伤口,低头道:"不信你仔细瞧瞧。"

李扬顺势慢慢掀开衣服,看着自己腹部上那条长得像毛毛虫的缝线口,旁边还有不知道多少条被绣花针不小心刮蹭伤导致的横线条,忍不住笑着说:"不错,一条肥胖的毛毛虫躺在草丛中。"李扬看着伤口调侃着。

"其实你这还算缝得很好的了,衣柜里还收藏着瑶瑶之前给我缝的衣服呢,那才叫一个壮观,要不我拿给你看看。"左子言说完便朝衣帽间走。

"想死啊?"纪佳瑶尴尬地拿起茶几上的橙子砸向左子言,"你要是敢去拿,我保证不打死你!"纪佳瑶娇羞地制止道。

"就给李扬看一下,一下。"左子言绅士地向纪佳瑶请示着。

"缝那么丑扔了就行了,还拿出来干嘛?"纪佳瑶满脸通红地说。

看着左子言和纪佳瑶打情骂俏的画面,李扬莫名间伤感起来……

"嘘……你看。"纪佳瑶是个细心而又敏感的富家千金,平日里体贴中又稍微带有些野蛮。

"李扬,怎么了?"左子言见李扬一直低头沉默着,不禁安慰道:"哎~没事的,我相信案子终归会水落石出的,我们相信你。"

李扬欣慰地看着左子言和纪佳瑶，由衷地说："谢谢，谢谢你们对我的信任，可是……"李扬欲言又止。

"可是什么？"纪佳瑶像是能看破李扬内心似的，继续问："你不会准备走吧？你现在有伤不能出去，更何况……"纪佳瑶停顿了一会，"更何况你们警局有黑警。"

"你怎么知道我们警局有黑警的？"李扬用警惕的眼神直视着纪佳瑶，眼神间透露着些许阴冷，吓得纪佳瑶往后退了好几步。

左子言立刻向前温柔地将纪佳瑶护在身后，解释道："你刚刚昏迷的时候，一直在喊，然后，还说局里有黑警。"

"如果你们局里真的有黑警的话，在证据确凿之前，最好不要……"纪佳瑶的话还没说完，就被一旁的左子言打断了。

"呀，陶灵来医院找过你，那会我刚好准备给瑶瑶办理出院。"左子言突然大声说。

"有说什么吗？"李扬焦急地问。

"有！"左子言确定地回答。

"是什么？"李扬心急地看着左子言。

"还愣在那干嘛？快点说啊。"纪佳瑶催促道。

"我想想……陶灵好像是说，要我如果见到你的话，一定要带一句话给你，是什么来着？"左子言挠着脑袋回忆道："哦，对对对，是'马儿在家吃草'。"左子言确定地拍着手道。

"什么！马儿？吃草？子言，你是不是听错了？"纪佳瑶质疑的问。

"没有，我真的没有听错。"左子言笃定地说。

"没听错？那怎么可能又是马儿又是吃草的？你当是逛动物园，喂猴子喂马呢？"纪佳瑶一脸质疑地小声私语着。

"没有，子言没听错。"李扬一边在脑海里思索，一边肯定地说着。

"呐，对吧，我都说我没听错吧。"左子言撒娇地轻轻撞了一下纪佳瑶，"我是谁？我可是你未来的老公，这么简单一句话我都能记错，那以后还怎么保护你？"左子言的脸上写满了大男人主义。

"手机，子言，借手机给我用一下。"李扬突然转移话题。

"哦，呐。"左子言将手机快速地递给李扬，"手机没密码，直接用。"

李扬投来感谢的眼光看了一下左子言，然后啪啪啪地输入着号码。

"是我。"

"我知道，你在哪？"手机那头传来陶灵冷静的声音。

"我在子言这，中间出现了些意外，昏倒在街上，好在子言他们刚好开车路过……"李扬老实地汇报着。

"你见到他了？"陶灵严肃地问。

"嗯，本来是约好电鼠的，不料，他跑去威胁孙护士，才得知我和电鼠的碰面地址和时间，抢先了一步……"李扬突然想起重要的事情，激动的大声说："不好，陶队，电鼠，电鼠有危险。"

"什么？"

李扬看了看手机时间，"我约电鼠晚上9点半在绿笙茶餐厅见，然后不巧遇到他，我记得他当时说了句，电鼠就快变成雪条了。"

"雪条？"陶灵担心地推测着。

"糟了，我和电鼠约见的地方以前是废弃的冷冻室，如果没推测错的话，电鼠应该被他关在冷冻室了，不好，陶队，韩东想杀电鼠。"李扬预感很是不好地说。

陶灵不敢置信地问着："多久了？"

"九点半。"

"现在是凌晨3点，九点半到现在已经过去了近五个小时……不好，再不去，电鼠会被冻死在里面。"陶灵担心地计算着时间。

"我得去救电鼠。"李扬激动地说着。

"不行，你得留在子言家，别忘了你还有正事要做。"陶灵间接性地提醒着李扬，除了躲在左子言家，还可以趁机接触左子言和纪佳瑶。

"可是。"

"没有可是，你得知道，他们俩可能是你澄清清白的重要线索，所以，哪都不准去，就留在子言家里养伤，时机一到，我会联系你，有必要时，我会来找你的。"陶灵说完便挂断电话，朝绿笙茶餐厅赶去。

紧紧地将手机攥在手里，李扬全身抽搐着问："子言，有电脑吗？"

"有，在书房。"左子言和纪佳瑶带着李扬走去书房。

李扬两眼通红地打开电脑，点开市公安局的网页，怒视着电脑屏幕里韩东的工作照片，冷冷地自问："为什么？为什么会这样？为什么是你？"

"咦，这不是韩东吗？"纪佳瑶突然好奇地问。

"你认识他？"李扬双眼布着血丝看着纪佳瑶。

"认识，可是我记得？"纪佳瑶慢慢地靠近电脑，仔细地看着电脑上的照片问："能看到更近期的照片吗？"

"近期的？怎么了？"李扬疑惑地问。

"瑶瑶，你认识他？什么时候认识的？"左子言担心地问。

"先别问这个。"纪佳瑶耐心地安抚着左子言，然后继续问："还有其他照片吗？有没有？"

"等等，我找找。"李扬虽然满脑子的疑问，但是仍然选择继续寻找韩东的照片给纪佳瑶看，"呐，这张，这是我们一个月前韩东负责去给大学生讲解安全防范意识和自卫术时的照片。"

"我看看。"纪佳瑶一把挪过电脑，仔细再仔细地看着。

许久，纪佳瑶才微微说出一句："不对，这不是韩东。"

"什么？"李扬惊讶地看着纪佳瑶的侧脸，"纪小姐？您是不是记错什么了？这是我的队长。"

"瑶瑶，别，别乱说话，你的记忆还没完全恢复，所以会误以为认识他，你看看新闻内容写的，他可是支队长，李扬的上司……"左子言慌忙地阻止着纪佳瑶千万别乱说话。

"不，子言，让纪小姐继续说。"李扬阻止道。

"可是……"左子言欲言又止地看着纪佳瑶。

只见，纪佳瑶极其肯定地看着李扬，笃定道："我肯定他不是韩东。"

"为什么那么肯定？"

"因为韩东是我前男友，我前男友长什么样我会不记得吗？"纪佳瑶毫无顾忌地说着。

"什么？"左子言拉高嗓门惊讶地问。

"还有，韩东是左撇子，你看这张照片，还有这几张照片，虽然是左手拿笔，拿文件，但拿得不顺手，很刻意！而且，最主要的一点，韩东的右眼眉头里有一颗很不显眼的痣，不过仔细看还是能看得到的，但是这个人没有。"纪佳瑶非常肯定地说着。

"那他是？"李扬疑惑地问。

"他是韩东的双胞胎弟弟，韩明。"纪佳瑶肯定地说。

"双胞胎？弟弟？韩东有双胞胎弟弟？"李扬不敢相信地问。

纪佳瑶看了看一旁醋意正浓的左子言，继续道："对，他就是韩东的弟弟韩明，听韩东说，他和韩明两岁的时候父母被黑势力组织给杀害了，两兄弟因此就成了孤儿，两岁的时候就被送去福利院了，不过后来他们被分开抱养走了，就连他有双胞胎弟弟一事，也是在两年前，我们恋爱期间他才知道自己有个双胞胎弟弟的，后来我们分开了，直到一年前……"纪佳瑶突然欲言又止。

"一年前？怎么了？"李扬和左子言异口同声地追问道。

"直到一年前……"纪佳瑶疼痛难忍地按着太阳穴，"啊……我的头……啊……我的头好痛，一年前……到底怎么了？我……我不记得了！"纪佳瑶疼得抓狂似的趴坐在地板上，大力地用手锤着自己的头。

"瑶瑶，你怎么了？"左子言心疼地向前扶起坐在地上的纪佳瑶。

"一年前发生了什么事？如果他不是韩东？那真正的韩东去

哪了？"李扬焦急地向前帮着左子言将纪佳瑶扶去沙发上坐着。

"纪小姐，那真正的韩东去哪了？韩明是做什么的？"

"你看不到瑶瑶很难受吗？先不要问了可以吗？"左子言生气地制止李扬不断的追问。

李扬看着疼得满头是汗的纪佳瑶，再看看左子言一脸担心的面容，"对不起，是我太急了，对不起。"

"哎……让瑶瑶先休息一下吧，好吗？"对左子言来说纪佳瑶就是他的全部，任何人伤害到纪佳瑶他都会跟对方拼命。

只见左子言拉长着脸，指着茶几上的药，低沉着嗓子道"呐，上面是瑶瑶给你买的消炎药和退烧药，你先吃了吧，有什么问题明天再问，我先带瑶瑶去休息。"

看着左子言小心地扶着纪佳瑶，李扬捋了捋头发，沉闷道："子言，刚刚，对不起。"

左子言站在门口冷静地想了想，"算了，没事了，手机放你房间吧，估计你需要用手机。"

"哦，好的，谢谢啊。"

"不用，休息吧，晚安。"左子言轻轻地替李扬将门拉上。

见左子言扶着纪佳瑶离开房间,李扬立刻回拨电话给陶灵。

"电鼠没事吧？"

"没事，幸好及时赶到，只是成了'半个雪糕人'而已。"虽然电鼠还在抢救室抢救，但是陶灵却黯然开心着，因为起码自己的团队成员一个没少就是最大的胜利。

"陶队。"李扬异常严肃地喊着。

陶灵清楚当李扬称呼自己陶队时，代表肯定有很大或很严重的事情，"发生什么事了？难道这么快就有人去子言他们那边查了？"

"不是，暂时，这里很安全，不过……"

"不过什么？"

"我怀疑韩东不是韩东。"李扬大胆地说着。

"什么韩东不是韩东？你在说什么？"陶灵不解地问。

"是这样的，刚刚我在网上看韩东的照片时，结果纪小姐突然说她认识韩东，而且韩东是纪小姐的前男友，并且还说现在局里的不是韩东，韩东有个双胞胎弟弟叫韩明……"李扬一五一十地将刚刚纪佳瑶所说的话如数说给陶灵听。

"所以说，韩东有个双胞胎弟弟？叫韩明？那韩东呢？一年前到底发生了什么事？有什么证据能证明他不是韩东？"陶灵在手机那头自言自语地问着，"纪佳瑶另外没说过什么吗？"

"没有，似乎记忆还没完全恢复。"

"你继续留在他们那里，蔡国栋的死，我们会继续调查，你不要轻举妄动。"陶灵吩咐着。

"好。"

"明早局里会开专案会，会后我会想办法联系你。"

"还有，我的手枪……"李扬停顿了一会儿。

"我知道。"

"你知道？你？"李扬疑惑地问。

"去你家里，找到了你的日记本，百里酚酞写的，无聊就全部看完了，枪丢了为什么不早点说？估计丢枪是韩东计划的一部分。"陶灵肯定道。

"看了？你都看了？"李扬莫名间脸通红了起来，"全部看了？那之前那些？"

"嗯，也看了。"陶灵快速地回答。

"包括我们偷看你……"

李扬不禁回忆起三年前凡诚带队执行抓捕任务时，和凡诚不小心看到陶灵换衣服的画面……

"嗯，也看了。"陶灵面无表情地对着手机说。

"啊？那个……陶队，我先挂电话了，纪小姐这边有什么消息我再想办法联系您。"李扬尴尬地快速挂断电话，面红耳赤地回忆着那天的场景……

挂完电话,陶灵紧接着便拿起手机给另一个人打着电话,"老马，人现在情况怎么样了？清醒了吗？"

只见手机那头传来温柔而又绅士的声音，"这么晚还在查案呢？"

"嗯，案子比较棘手，人怎么样了？"陶灵继续重复道。

"送来的时候是醒着的，不过不肯说话，思绪也不清晰，经过我的高端仔细的治疗后，不出意外的话，明天就能清醒地开口说话了。"老马自信地在手机那头说着。

老马，是陶灵的发小，全名：马剑锋，从小和陶灵一起长大，老马是陶灵的铁杆粉丝加男闺蜜，就连选择医生这一职业，也是因为担心陶灵当了警察之后处处受伤,如果有他这个医生在，自然能保陶灵多活一天，所以老马去哪都会说自己是陶灵的守护神。

"叫胖熊接一下电话。"陶灵命令道。

"哦，遵命。"老马在手机那头调侃着。

胖熊快速地接听着电话，"陶队，是我。"

"嗯，没有特殊人过来过吧？"陶灵立刻警惕地问。

"没有，一切都在掌控中。"胖熊果断地回答。

"明早你一个人回局里一趟，早上 8 点的专案会议，蓝鹿继续留守原地，随时汇报季小青的情况……"陶灵在电话里秘密安排着胖熊和蓝鹿接下来的工作安排。

"好，我知道了，一定全力办好每个环节。"胖熊自信道。

"好，记得准时到会，一切按计划行动。"陶灵说完便将电话挂断，眼睛无力地盯着窗外看着，期待着明天的到来，期待着计划一切顺利……

而李扬那头，正迎来一个他此生最不愿意见，最讨厌的情敌，也不知这个"不速之客"是如何找到李扬躲藏的地点的，更不清楚这个不约自来的人，大凌晨地悄悄爬上李扬躲藏的房间，两人会商量些什么……

# 第九章 倒计时·最后一天

# 1. 视频专案会议

"嗡 —— 嗡 —— 嗡 ——"

手机沉闷地在床头柜震动着，一只雪白的手臂从被窝里伸出来，果断地将电话挂断，一名女子微微坐起身，半裸露的身躯皎洁如玉地呈现在眼前，随手抓起身旁的浴巾一裹，长长的卷发披在肩上，纤细的长腿猫步般走进洗手间，拿着手机悄悄回拨着电话。

"喂……East……这么早？发生什么事了？"

"乐儿，我的身份暴露了，李扬已经发现是我杀了蔡国栋，陶灵又抓着几个疑点不放，要是再让她们从蔡国栋身上着手查下去……照她们这速度相信很快就会和三年前的案子联系起来，这样下去我们接下来的事情就……还有 F 国那边……"

"F 国那边我会和 Z 桑谈谈的，现在得想办法阻止那个叫陶灵的不要再继续查下去，否则 Z 桑不会放过你的。"尧乐非常小声地提醒着。

"Z 桑现在？"韩东迟疑地问着。

"嗯……你等会儿。"尧乐悄悄走到洗手间门口，探出半个身子看了看床上，"他还在睡呢。"

"乐儿，反正我已经暴露了，如果趁现在把我们的计划推前一步，让我做国内这条线的'掌柜人'……"韩东欲言又止，而贪婪的心思早已在电话那头尽显无疑。

"啊！现在'掌柜人'的职务可是南赤龙在管着？你想……"

尧乐欲言又止。

"南赤龙一直神神秘秘地把持着国内销路权不放！有他在！我永远上不了位！还不如趁这次把他给……我来取缔他！最近几件事都是这该死的南赤龙坏我的事！他是故意针对我的！要不是他……我哥也不会……这一切都是他害得！"韩东面孔狰狞地低声吼着。

"可是 Z 桑不会轻易把国内权给其他人的。"尧乐非常了解 Z 桑的性格。

"国内？不不，如果能将那个碍手碍脚的南赤龙给收拾了，我们俩能做的又岂止是国内？到时国内外的所有销路就都是我们的……"韩东一字一句地在电话里阴冷地说着。

"这样野心会不会太大了？ Z 桑要是知道了，不会放过我们的。"

"乐儿，相信我，南赤龙的位子我一定能取代。"韩东肯定地说着，眼神就像着了魔似的，显得无比地贪婪，令人恐惧。

"可是 Z 桑？"

"没什么可是的，Z 桑而已，乐儿，现在所有的货源、提炼技术、销售渠道，我们俩都掌握了，他要是只相信南赤龙，那我就连他 Z 桑一起弄了！"

韩东在手机那头低吼着，语气是那样的冰冷，听得尧乐不禁发起了寒颤。

"咚咚……"洗手间的门突然被敲响，尧乐整个人被吓得弹起身。

"乐儿，你在干嘛呢？接谁电话呢？"Z 桑在门外心疑地问着。

"嘘……你先别说话，Z桑起来了。"尧乐很小声很小声地对着手机说着，故意将裹在胸前的浴巾拉低，微微露出一些乳晕，缓缓将门打开……

"Z桑哥，是East打过来的电话……"尧乐一边用半裸的身子紧紧贴着Z桑，一边娇滴滴地说着。

只瞧见Z桑一把抢过尧乐的电话，严肃道："说，怎么回事！"

"Z桑哥，我的身份暴露了，那个陶灵一直在追查我，很有可能三年前的事情……"

"放心吧，你不会暴露的，不是已经有替罪羊了吗？"Z桑色眯眯地盯着半裸的尧乐，如蛇般挑逗地舔着舌头，一只手粗鲁地将尧乐身上的浴巾扯掉，垂涎欲滴地欣赏着尧乐的身体。

"是是是，不过……Z桑哥，Z桑哥，我有一个很好的计划，不过需要南赤龙帮忙，我……"韩东眯着眼睛贪婪地和Z桑说着自己的计划。

"嗯，好，就照你说的办！"Z桑说完便将手机丢向床上，然后一把将裸露在身旁的尧乐往床上抱去……床上缠绵的声音，韩东清晰地在手机那头静静地听着，直到尧乐趁机将手机挂断。

"玩我的女人，还敢这样肆无忌惮地让我听着……"韩东怒火中烧，紧握着拳头，强忍着腹部的伤痛，在心底里暗暗地计划着……

早晨，市公安局的会议室里，局领导和相关案件负责人纷纷来到会议室，为"10·17特案"接二连三引起的更大轰动而忧虑着。

"都到齐了吧？"李局用低沉着的嗓音问道，环顾了一下会议室的参会人员,盯着会议桌上摆放的一堆证物,命令道:"嗯,那现在开始开会吧。"

只见所有参会人员都将会议记录本摆放在会议桌上,直到李局举手示意大家坐下,才纷纷坐在相应位置。

李局指着一旁的宫藤北,继续道:"呐,我给大家介绍一下,这位是省厅给咱们市局从美国菲尼克斯请来的侦查顾问,宫藤北,宫顾问,大家欢迎。"

一阵掌声迎来宫藤北的自我介绍:"大家好,我是宫藤北,好些同事前两天我们都见过,我是周六才从美国菲尼克斯回来,受省公安厅的邀请,有幸能以侦查顾问的身份加入到大家的团队中来,我备感荣幸。"

"切……啧啧。"陶灵很是不屑地看着宫藤北。

只瞧见,宫藤北一脸坏笑地看着陶灵,自信道:"看样子陶队似乎非常欢迎我的到来,非常感谢陶队的抬爱。"

"啧,你……简直……"陶灵很是不屑地给了宫藤北一记白眼。

"好了好了,陶队,这欢迎我的话就先不多说了,先让我介绍一下我来局里的主要工作吧。我的工作主要是负责咱们局里的各类刑事案件的侦查与突破,接下来还望大家多多指教。"宫藤北故意打断陶灵的话语,满满的绅士风,一脸灿烂的笑容看着所有人。

"藤北,由于会议的紧急性,其他人员我就不一一介绍了,待会发言时再让他们自我介绍也不迟。"李局认真地对宫藤北解释着,然后示意胖熊打开投影仪,连接好视频,"今天我们参会人员还有韩东,不过由于他受了枪伤,所以我们今天将以视频的方式与韩队一起开会。"

视频里，只见韩东微微斜着身子坐在病床上，一本会议记录本平放在胸前，故作轻松地转着圆珠笔。

"先探讨案情吧，胖熊核对一下到会人数。"李局命令着。

"是！"胖熊拿着会议本仔细核对道："李局，叶政委，今天应到会人员 12 人，含视频会议的韩队，共缺席 4 人，电鼠受伤目前在医院养伤，但其他 3 人……"胖熊欲言又止。

"不是通知了所有人开会吗？怎么还有人没到会呢？"韩东故作疑惑地看着屏幕中的电鼠问。

韩东的心里其实非常清楚缺席的 4 个人就是：李扬、电鼠、蓝鹿和王静，而王静是自己最贴心的助手，缺席自然是在替自己秘密调查着什么，此刻的韩东只想将蓝鹿逼出来，因为他发现季小青被人秘密转移出院了，而相继胖熊和蓝鹿就一直在外执勤，再加上胖熊今早又突然到局里参加会议，自然就更加令韩东起疑和警惕了。

"除了电鼠，还有哪 3 人？"李局放低嗓音问。

"李扬、蓝鹿还有王静……"

"李扬目前属于最大嫌疑人，暂时无所踪迹，难道蓝鹿和王静也成同伙了吗？立刻把人给我叫回来！"李局拍着桌子，大吼道。

"嗯……李局，王静去痕检科帮我拿弹道比对等相关报告去了，应该马上就到了吧。"韩东左手撑着病床边的扶手，表情疼痛地换了个坐姿，微微有些幸灾乐祸地看向屏幕里的陶灵，"陶队，我觉得你作为副支队长，还是先叫你的组员蓝鹿回来开会，这么重要的会议，新闻都炸开锅了，还能有什么事情比这个专案会议更重要的？"

"李局，蓝鹿正在追查一条重要的线索，具体原因请允许我待会私下跟您汇报。"陶灵用恳求的眼神向李局请示着。

"其实一个小组有一两个人执行特殊任务，这个是很正常的，只要带头的队长。"宫藤北说到队长两个字时，故意拉高嗓门停顿了一小会儿，才继续解围道："只要队长能及时参会，并且在会后告诉小组成员关于会议的详情也是合乎情理的。所以，李局，我觉得眼下不是追究少几人开会的时候，而是立刻将线索重新捋一遍，争取找到案件的突破口。"

见宫藤北站出来帮忙解围，韩东才被迫将到了嗓门口的话给咽了回去。

坐在一旁的陶灵一脸嫌弃地看着宫藤北，小声道："多管闲事。"

李局看了看陶灵，眼神示意明白陶灵之前的言下之意，于是顺着宫藤北的提议继续道："嗯，电鼠，将缺席人员记录下来，之后再予以处罚。"

见大家并无其他意见，李局迅速转移话题道："关于'10•17特案'先后引发出蔡国栋的死，还有污点证人肖强居然能在医院被杀，甚至接受审讯的嫌疑人——肖微的死居然戏剧化地被定性为他杀，大家有没有什么新的线索和疑点？我们手里的每一个证据都在被事实推翻，谁能给我一个最恰当的解释！"李局敲着桌子，一脸严肃地问。

会议室里沉闷的氛围压抑着每一个人，叶政委提议道："那个，陶灵，你来负责重新梳理案情，并对犯人重新做心理侧写吧，刚好宫顾问可以一旁协助分析。"

"咚咚——"几声斯文的敲门声响起，王静拿着报告礼貌地站在门口。

"哎！进来进来！这都什么时候了？还去计较这些形式礼仪干嘛？楼下那群记者会因为你的礼仪而减少一些对咱们不利的泡沫星子吗？"李局烦闷地数落着王静。

"嗯，不好意思李局，迟到了一小会儿，这个是我刚刚从痕检科取回的弹道比对等报告，还有一份文件和烧焦物上的DNA比对报告得晚一小会儿送过来。"王静认真地将资料分发给李局和卿政委。

"好，我知道了，陶灵，你先开始吧。"李局命令道。

陶灵起身走到另一块投影幕前，喝了一口茶水，正准备介绍案情时，宫藤北突然扮萌装可爱悄悄地对着陶灵做了一个"fighting"的动作，差点没让陶灵将满口的茶水给喷了出来，捂着嘴咳嗽了几声，陶灵强忍着紧握的拳头，给了宫藤北一记白眼。

硕大的投影幕上投放出一堆证物的照片，陶灵认真道："这是'10•17特案中'，我们在现场搜到的证物：一把64式手枪、3颗从奔王身上取出的子弹、一颗误伤酒吧陪酒小姐的子弹，目前已经确定4颗子弹都是出自同一把手枪。这些蓝色粉末是属于新型致幻剂，这种致幻剂不同于市面上见到的'raves'（锐舞），这种新型产品从荷兰和北美流传过来的，不过由于产品药性不稳定，导致不少吸食者出现暴力型冲动人格，以及严重脱水和肾衰竭现象。"陶灵一边说，一边在投影幕上放出了不少吸食'raves'（锐舞）之后发生的各种惨案，有致幻导致的自杀跳楼、迷奸、还有致幻导致的暴力人格最终将全家杀死的惨剧……

看到这，宫藤北突然大力锤着桌子道："这些该死的毒枭，就应该从源头灭了他们。"宫藤北突然大声地说着，眼神里充满了愤怒和厌恶。

陶灵看着宫藤北愤怒的表情，内心不禁有些隐隐心痛，继续分析道："在所有的证物里，我们还搜到了蔡国栋的手机、一把疑似为凶器的水果刀，不过经法医鉴定后，指明该水果刀并不是真正的凶器，另外还有一份文件袋、一个被烧焦了的袋子，这个袋子是市中心医院的孙慧护士报警提交的，袋子里有一件被烧了一半的外套和一堆交易账单，可惜头尾和转出接收账号都被烧掉了，只能看到少部分转出金额，据孙慧所言，当晚有人闯入她们的寝室重伤了她的室友张晓云。其次，我们还在受害人蔡国栋的家里搜到了季小青的医院缴费单、屋内 DNA 痕迹检验报告等，相关证物的实物也都摆在桌上了。"

"大家可以仔细看看你们手中的相关报告文件，王静刚刚说的还有一份报告没出来，指的就是在蔡国栋受害现场发现的文件袋和被烧焦的袋子，法医和痕检科的人员正在做相关检查，稍后会送到。"陶灵继续道。

"为什么这两样比对这么晚还没出报告？"叶政委浓眉紧锁地问道。

"哦，叶政委，是这样的，证物中被烧焦的袋子是昨晚市中心医院的护士孙慧报案交给我们的，痕检科已经在加班加点比对了。"陶灵解释着。

"护士报案交过来的？"叶政委疑惑地提问。

"昨晚有个不明男子夜闯孙慧的宿舍，扬言要拿李扬藏在她那里的东西，还重伤了另一名舍友 —— 张晓云。"陶灵耐心地如实汇报着。

"没抓到那个男的？"叶政委继续追问。

"没有。"

李局认真看着手中的报告，疑惑地提问："子弹来自同一把手枪？"

"是的，4颗子弹的重量是一致的，来复线比对也是一致，所以确实是来自同一把手枪。"宫藤北看着手里的文件疑惑地自述。

"是的，根据报告显示，子弹确实是出自于同一把枪。"陶灵确认道。

"那子弹是出自谁的手枪？是陶队您的？还是现场搜查到的那把？"韩东透过视频看着那几份自己早就知道结果的文件，直接了当地问着。

见会议室里其他警员都投来讶异的眼光，韩东顺势捂着腹部的伤口，对着摄像头认真地解释道："大家别误会，这检查陶队的枪支，都是得到李局和陶队本人同意的。"

"是的，确实是我自愿的。"陶灵肯定道。

"嗯。"李局也针对此事点头确认道："不过根据报告比对结果来看，可以肯定的一点是，子弹并不是从陶灵的手枪里打出来的。"

"对了，李局，我们在现场搜查到的枪支，正是我们局里某警员的配枪，我刚刚回来的时候去综合科核对了一下枪支编号和警员配枪记录，但是……"王静唯唯诺诺地站起身，小声地说着。

　　而视频会议的那头，韩东一脸运筹帷幄的样子，冷冷地看着投影幕上的那些证物照片，深邃的眼神里却露出了莫名的喜悦，于是故意打断王静的汇报，假设性地提问。

　　"我们公安局的枪？那会不会是我们局里的警察不小心丢失了枪支，凶手刚好捡到了这把手枪呢？"韩东的眼神是那么的阴冷，而李局只是在一旁默默地观察着韩东的一举一动。

　　"不排除这样的可能性。"胖熊只要一听到有任何假设是对李扬有帮助的，立刻会最快速度回应。

　　"我觉得这个假设基本可以排除，你们看，枪支上的指纹一直都是一个人的指纹，并没有其他人的指纹，如果凶手只是碰巧捡到手枪，那么枪上势必会留下两个或多个人的指纹，除非……"离洛见在坐的参会人员纷纷讶异地看着自己，立刻自我介绍道："哦，那个，大家好，我是昨天新报到的专案组成员——离洛，目前在陶队这组。"

　　"嗯，继续说。"李局认真地审视了一眼离洛。

　　"除非，这是凶手预谋已久的故意陷害，或者直接就是凶手个人所为。"离洛认真地分析着。

　　"但是个人所为的机率非常小，因为这对凶手的作案时间、技巧、布控要求实在太高了。"宫藤北趁机接着离洛的推断，说着。

　　"王静，你刚刚去综合科核对配枪记录和编号，核对出配枪到底是谁的了吗？"李局提问道。

　　王静沉默不语地将综合科的配枪记录本递给李局。

　　"少了一页？"李局看着记录本，愤怒地拍着桌子问："这是怎么回事？为什么会少了一页？那一页去哪里了？"

　　只听见一个弱弱的声音，从会议门口传来，"报告，我是综合科的彭宇，那晚……是我值班，不过在半夜执勤时被人打晕了，醒来的时候就发现本子上有一页被人撕掉丢在地板上……"

"那为什么现在才来汇报这个事情？"李局气得满脸通红地站起身，大力地拍着桌子问："那天是什么时候？几点？"

"李局，我真的知道错了，我没想到事情这么严重，我有想过跟领导汇报的，可是我害怕受处分，更害怕掉了这身警服……"

"你现在说不说这身警服都得脱下！我在问你什么时候的事！几点？"李局不耐烦地拍着桌子重复道。

"哦，就是昨天凌晨，不不，确切地说，应该礼拜一，前天！前天半夜到昨天凌晨的样子，大概12点左右，对，12点50分，对，就是12点50分，这个点我记得很清楚，那会儿我妈刚好打电话跟我说我爸生病的事情，结果突然被人给打晕了。"彭宇回忆着。

"没看见对方的样子？"陶灵提问道。

"没看见，不过我晕倒前隐约见到一个穿黑衣服戴着口罩的男子，其他就不记得了，他是从背后袭击我的，等我醒来就只见到配枪记录本在地板上。"彭宇坦诚道，"哦！他脸上有伤。"

"这就奇怪了，如果是蓄意过来撕走记录本的某一页，又为什么非得将本子丢在地上呢？难道是有人故意设计？"宫藤北质疑地提问。

"哦，不是，是因为那时和我一起执勤的搭档刚好从洗手间回来，见我被打晕在地上，又有人鬼鬼祟祟地在科室里找着什么，于是和对方厮打起来，两人在争夺本子的时候那名黑衣男子趁机撕走了两页，不过最后那一页都是空白纸，只有一页是有记录配枪编号的，我都仔细检查过了。"彭宇一五一十地交待着昨天凌晨的经过。

"和你一起执勤的另一名警员呢？"李局突然问。

"被那黑衣男子打断了两条肋骨，现在在医院躺着呢。"

听到这里，王静起身想要发言，刚好见痕检科的小吴将DNA检验报告送了过来，王静立刻向前迎上，然后将文件分发给参会人员。

"报告出来了，这份报告是针对在蔡国栋被害的案发现场，所找到的半个烧焦的黑色袋子和一份文件袋，对这两样证物里面的纸质、指纹、血迹都做了相关检验和比对。"王静仔细地汇报着。

"有没有和杀奔王的枪支上的指纹做比对？"宫藤北问。

"韩队都有叫我拿去做比对。"王静肯定道。

"是的，也只有这样，才能对社会舆论做出最合理的解释，也只有证明李扬的清白，我们警察的正义才能得到伸张啊。"韩东解释道。

"呵呵，是啊，好个伸张正义啊。"陶灵讽刺地笑道，"这份报告，呵呵，可不是什么证明清白的东西啊，反倒是将人推向深渊的证据啊。"陶灵意味深长地说着。

王静看了一眼说话带刺的陶灵，然后表情失落地说："还有，昨晚市中心医院的孙护士，孙慧，报案有人私闯民宅并伤害住客，还递交了一样证物（黑色被烧焦剩一半的黑色袋子），证物里有一件外套和几份银行交易对账信息，而上面的血迹属于李扬和蔡国栋的爸爸蔡有富的血迹，如果蔡有富现在还活着的话，那么目前他的处境会很危险。"

"这李扬平日里笑嘻嘻的，又乐于助人，不像会做这样事情的人。"叶政委认真地回忆着。

王静看了看叶政委，继续道："可惜的是，报告上最终确定：文件袋以及袋内纸张上面的指纹只有蔡国栋和李扬两个人的，而李扬的指纹又刚好与杀奔王的枪身上的指纹比对完全一致，基本能确定杀奔王和蔡国栋的人都是李扬。"

"不行，这样断定太武断了，单凭一个指纹和撕毁的枪支登记本纸张就确定李扬为杀人凶手，这样太草率了，案子还有不少疑点，再加上目前我们搜集到的证据看起来几乎都统一指向李扬，你们不觉得证据指向都太顺利，太凑巧了吗？"陶灵起身反对着。

"疑点？还有什么疑点？李扬完全有杀蔡国栋的动机！"王静反问道。

"动机？你说李扬有杀人动机,那你说是什么？"陶灵反问。

"蔡国栋的手机信息上写得非常清晰,关于枪,那也就是说,李扬因为丢枪而将蔡国栋杀人灭口。"王静推断道。

"丢枪事大，可事情即使再大也比不过人命吧！你觉得跟咱们一起出生入死的搭档们会连这一点都分不清楚吗？"陶灵用手指轻轻地点着桌子，一字一句地反问着王静。

"陶队，我觉得您太感情用事了,我们破获过那么多起案子,很多凶手杀人的理由可以小到比芝麻粒还小，甚至有些凶手毁掉一条生命，可以毫无理由！"王静据理力争道。

"OK，咱们先打住这个话题，OK？"宫藤北起身示意陶灵和王静先安静，然后继续道："陶队、王警官，我们以分析案情的方式讨论案情，谁都不要夹带个人色彩，好吗？因为案件涉及到警局内部人员，接下来任何人说的任何话都是对事不对人，任何人都可以发表自己的观点，OK？"

见陶灵和王静都气冲冲地坐了下来，宫藤北继续道："根据手枪的杀伤力射程而言，杀害奔王的最佳射程距离，应该在50米范围之内，我想问问大家，李扬如何在50米内杀完奔王后，又返回现场与真正凶手搏斗？"

离洛也举手相继问道："还有，根据材料上写明，韩队也在奔王遇害当天与真正的凶手撞车尖峰对决过，但是近十米的距离，韩队又是怎么确定凶手的呢？如果视力那么好，那肯定也能看出是不是李扬，不是吗？"

"嗯，这个问题提得非常好，也就是说奔王被害的当天，韩队其实间接就是李扬的证人，包括现场那么多同僚看着，还有，胖熊和蓝鹿押解犯人途中差点发生车祸，而凶手逃走是有同伙的车去半路拦截的，难道你想说半路劫走凶手的人是李扬吗？"宫藤北快速分析着。

"对！而且材料上写得很清楚，那会儿李扬和陶队正在医院缝针、处理伤口，而那个时间点里，陶队您也就是李扬无意间的证人，不是吗？"离洛据理力争地看着宫藤北。

就这样，宫藤北和离洛都面面俱到地分析着。

王静继续反驳道："是的，宫顾问，还有这位新警员，您们分析得都没错，李扬当时是有不在场的证据，但是还有一个时间段，李扬又该如何交待呢？在陶队被迷晕期间胖熊押着奔王在前面走着，但那会李扬并没有跟出来，而是在酒吧里面逗留了几分钟，这短短的几分钟对于一个训练有素的刑警而言，足够他跑去 50 米，甚至百米开外枪杀一名受害者并且再返回到原点，不是吗？至于半道上接走凶手，足以认为是他的同伙。"

"酒吧里当时除了昏迷的我，还有酒吧的陪酒女郎季小青，李扬没有跟着胖熊及时出来，那是因为他要处理里面伤员情况。"陶灵极力解释着。

"陶队，您现在的说词，我真的有理由怀疑您对案件不夹私人感情的原则性了。"王静正义凛然地转身看向李局，"李局，这里面的三份资料，一份是我们刚刚所看到的弹道比对等报告的复印件，另一份是两张从笔记本上撕下来的纸，其中一张是：写满枪支编号记录的纸，这张纸恰巧就是咱们警局综合科配枪记录本上丢失的那一张纸，里面清晰地写着每把配枪的编号，以及哪把配枪是哪名警员的！还有一张上面写着蔡国栋的住所地址，而张纸恰好就是记录本后面丢失的另一张空白纸……"

王静突然大声地指着陶灵问："陶队！那么我请问，这样的证据够吗？如果不够，那这上面有着李扬的指纹……"

没等王静说完，陶灵便激动地反驳道："凌晨去综合科的黑衣人谁能确定就是李扬？没一个人看清黑衣人的样子，所以就算撕下来那张纸，也没办法证明就是李扬所为，我们作为人民警察，对案子得讲究证据！"

"陶队，其实大家都清楚将配枪记录本的某页撕掉，唯一受利的只有李扬，而不管李扬是不是夜袭综合科的人，也绝对和他脱不开干系。更何况，除了指纹是李扬的，那文件袋里第三样可是您的照片，您又该如何解释清楚您和案件的关系呢？"王静大胆地与陶灵在会议场上争执着。

"这个不需要解释，用我的照片威胁李扬，李扬才有中计被陷害的可能！这一切证据太顺利，指向都过于明显。"陶灵果断地说着。

"我赞同陶队的说词！"宫藤北突然提高嗓音发言道，"我们做警察的就得以证据和事实说话，不冤枉任何一个公民，更不会冤枉任何一名优秀的警察！根据纸张的接缝来看，确实就是配枪记录本上丢失的那一页，就连这一张写着受害人蔡国栋住所的这张纸也的确是本子上丢失的另一页。"

宫藤北突然又一次提高嗓音问道："但是，我很想问问王警员，我们局里的痕检员是否有对纸张上的笔记做过比对呢？还有，监控录像是否能调出来凌晨的图像？"

"笔记痕迹比对目前还没有做，另外我有去过监控室调取监控录像，但很不巧，在前天的晚上 11 点后，综合科的监控似乎被人做了手脚，全部显示黑屏。"王静平静地诉说着。

"OK，那我再提出几个疑点：1. 我看了蔡国栋的手机信息，在昨天凌晨 1 点 20 分，他叫李扬去天福超市，而从天福超市来到我们局里最快需要 40 分钟，如果是李扬来了综合科，不就正好证明了他不是杀人凶手吗？ 2. 如果李扬是提前去的综合科，那在时间上又和彭宇同志所说的时间对不上，更加没必要自导自演短信上的这么一出，甚至还傻到留下信息内容作为佐证！3. 如果李扬杀了蔡国栋，为什么不把手机直接拿走？ 4. 我叫离洛去调查过蔡国栋的通话记录，最后一个电话是打给 120 的，并且离洛也落实过打 120 的人正是李扬，那他既然是去杀蔡国栋，又何必再去打 120 呢？这些都是说不通的疑点，不是吗？"宫藤北条条有理地分析着。

宫藤北说完几点自己的观点后，起身走到陶灵身边，帅气十足地对陶灵抛去一个灿烂的笑容，然后，突然转身直直地盯着摄像头问："反倒我很想问问韩队，因为您当时也在蔡国栋的案发现场，当时的现场是您和李扬在吗？"

"是的，当时我和李扬在现场。"韩东点头。

"那您又如何证明蔡国栋不是您杀的呢？而在王警员和电鼠赶去现场的途中，您又是否真的在和线人对接呢？见线人之前您又在哪？有证人给你做证吗？"

"宫顾问，韩队是被李扬开枪导致重伤的，我们赶到现场有那么多同事都看着，而且李扬当时还挟持了电鼠，预想伤害我们其他人员。"王静愤愤不平地解释着。

"嗯嗯，是的，当时还冲我们开枪，导致路灯线路短路，灯泡炸开花似的。"几名当晚执行任务的警员纷纷点头道。

"开了几枪？"宫藤北几乎是毫不犹豫地问。

"两声。"一名当晚出警的警察回忆。

"在哪听到的枪声？"宫藤北快速地走到那个警察的身边，快速地反问。

"我们赶到老巷子口，听见了第一声枪响，在我们赶到院子外的围墙处时，听见了第二声枪响。"警员非常认真地回忆着。

"王警员！那也就是你们没有亲眼看到了李扬持枪打伤韩队不是吗？"宫藤北冷静地提问。

见王静等人沉默不答，宫藤北自问自答地说："也就是没有亲眼看见！"他露出占上风的微笑继续问着，"既然不是亲眼看到的，那为什么非要断定是李扬伤了韩队？就因为躺下的人是韩队吗？那在现场的李扬，听说他的肩膀也有枪伤，是吧？两声枪响下，可能发生的情况那实在太多了，不是吗？"

宫藤北在发表自己推测的同时，突然持枪突袭王静……

"咔——"一枪朝王静的肩膀打去，王静一把夺过宫藤北的手枪之际，宫藤北突然拉着王静的肩膀朝地面倒去，就在二人双双倒地的瞬间，"咔——"宫藤北猛然握着王静的手朝自己猛然开枪……

霎那间，全场突然安静了下来，陶灵的心像揪着般疼痛……

随着两声卡顿似的枪响，宫藤北顺势推开躺在自己身上的王静，一本正经地站起身，走向那名出警的警察，"这位同志，请问刚刚那一幕是不是那晚你们所看到的韩队被李扬枪击的那一幕？"

"是……是的。"那名警员木纳地回复。

陶灵脸上那掩藏不住的担心，宫藤北早已纳入眼底，连忙拿出早已被自己取出的弹夹，轻笑道："各位领导，请勿担心，我刚才只是模拟了一下，在案发现场最有可能出现的场景罢了，所以，这些并不能证明李扬就是那晚杀害……"

远在视频那头的韩东早已气得脸黑青了，假装清了清嗓子，看似疼痛难忍地蹙着眉头，打断了宫藤北的推测，"各位，我觉得我作为在案发现场的人员之一，有必要澄清一下事实。当天的凌晨 1 点半，我发展的线人约我出去谈事，说有最新消息告诉我，我从他那里得知 SAKYA 酒吧的新'掌柜人'蔡国栋，会在凌晨 2 点 40 分左右于天福超市旧宿舍楼那边有非法交易行动。"

韩东一边认真回忆着，一边透过摄像头看着王静和其他出警人员，继续回忆道："我大概是在凌晨 2 点的时候，通知了王静和电鼠立刻带队赶去现场，我约线人的地方离天福超市比较近，所以比王静他们先几分钟赶到交易地点，而当我赶到现场的时候，蔡国栋已经没了呼吸。"

韩东做出一脸无奈的表情，悲伤地摇了摇头，长叹了一口气，继续道："哎……怪我，赶到现场太慢，才造成这样不可挽回的悲剧。当时，我见李扬在烧些什么重要物件，接着又非常凶狠地追杀蔡国栋的爸爸，我有向前劝阻，不料他却和我扭打起来。对！王静和电鼠他们听到的第一声枪响，是我开的枪，打伤了李扬的肩膀，我以为能劝他和我回警局自首的，不料他却抢了我的手枪朝我开枪……"

"所以您是凌晨 1 点半见到的线人？那当时有什么相关证据证明吗？通话记录应该有吧？"宫藤北眼神犀利地看着摄像头。

"线人可以为我作证，但是在案子没查破前，我有责任和义务保护好我的线人。"韩东义正严词地说着。

"当然，你是可以保护你的线人。"宫藤北看了看在场的所有人，轻轻扯了扯衣领，突然大胆提议道："所以，李局，我有个大胆而又得罪人的提议。"

"嗯。"李局点头示意继续。

宫藤北见李局示意自己继续说下去，于是转身向在坐的所有参会人员们，弯腰浅表歉意，继续道："我觉得，以目前证物和相关检验报告而言，我申请将李扬定为：最大嫌疑人，同时，停止视频那头韩队的所有活动，密切保护起来。因为他们俩都没办法证明到底是谁冲谁开的枪，更没办法证明自己不是杀蔡国栋的凶手，而当时的案发现场又刚好只有李扬和韩队两人在现场，他俩的嫌疑确实又是最大的，我担心韩队的危险，所以先暂时密切保护！"宫藤北清晰地分析和请示着。

宫藤北这一直接而又大胆的提议，瞬间引得会议室里无尽的安静，同时也获得不少警员对宫藤北的钦佩，而对于新来的离洛自然就不用说了，因为她早已经控制不住内心的激动了，握拳说了句："YES！酷毙了！"

李局被离洛的举动惹得不禁捂嘴微微笑了笑，故意咳嗽道："嗯……注意好会议纪律啊，个别队长管好自己新到的警员。"

陶灵几乎是用杀人的眼神死死地盯着离洛，示意她闭嘴。

宫藤北见会议室里的参会人员似乎也都没太大意见，而韩东先前的语句间又几乎是滴水不漏，宫藤北眼睛贼模贼样地转了几圈道："当然，我相信李扬和韩队都不是真正的杀人凶手，所以我们只需努力找到替他们摆脱嫌疑的罪证就可以了，不是吗？"

宫藤北说完便笑嘻嘻地转身问摄像头那头的韩东："韩队，我相信您也不会介意的对吗？"

"不介意，不……介意。"韩东冷笑着看着宫藤北，眼神里充满了杀气。

其他参会人员见韩东本人也赞同这个提议，不禁都纷纷点头道："是，这样做既能给媒体一个交代，显示咱们局里的公正性，又能洗清嫌疑，是可以这样做。"

宫藤北趁机转移话题："离洛，说一下你昨晚的调查结果和线索。"

"昨天一整天我都在调查天福超市的所有员工信息，发现有三个请假的员工，一个前天离职，一个出差，最先我以为突然离职的那名员工嫌疑最大，但仔细调查后才发现他只是爸爸去世，必须回家继续务农……"离洛详细地说着经过。

"捡重点说！"陶灵不耐烦地命令着。

"哦，好的，我发现在天福超市宿舍楼四楼 403 房间出差的那名经理的房间窗台上有一个摄像头，我打电话问过潘经理，他说他的摄像头 24 小时都有开着的，那个高度和距离刚好能将蔡国栋受害的全部过程记录下来。"离洛自信道。

而离洛的这一番话，瞬间让韩东有了警惕之心……

"好，很好，那视频录像拿到了吗？"李局的脸上终于有了些笑容。

"没有。"离洛失落地低头偷偷瞄了一眼宫藤北，微微点头继续道："还没有拿到视频，那个潘经理得晚上才能出差回到栖洲市。"

"晚上几点？"李局继续问。

"说是晚上 10 点半。"离洛确认道。

突然，陶灵的手机响起，见是加密电话，陶灵立刻转身悄悄跟李局请示："李局，我得出去接个紧急电话。"

"嗯，去吧。"李局伸手示意陶灵快点去接电话。

没过一会儿，陶灵快步走进会议室，故意大声说："李局，蓝鹿那边说季小青已经完全清醒了，蓝鹿现在正 24 小时保护她。"

"完全清醒？就是说，之前就已经醒了吗？保护？这中间到底怎么回事？"李局疑惑地喝着茶水问。

"李局、叶政委，是这样的，我们派了蓝鹿、胖熊和李扬暗中在查蔡国栋的身份，我们怀疑季小青可能是知道一些关于 SAKYA 酒吧的内幕，所以才会被一些黑势力组织一直盯着，不然也不会有人趁机要杀季小青了。"陶灵肯定道。

"杀她？你是觉得季小青的受伤不是意外？"李局在反问的时候特意留意了一下韩东的表情，只瞧见，韩东正低头在做些什么。

"嗯，子弹出自于同一把手枪，而且受伤的位置过于巧合，再加上蔡国栋的死，我觉得那是杀人未遂。"陶灵坚定地继续道："而且自从李扬失踪之后，我有在他的房间检查过，发现对面楼的公寓有一户一直在监视着李扬的一举一动，我怀疑李扬是因为查某些案子刚好被同一伙黑势力给盯上了。"陶灵若有所指地提醒着李局关于私下追查凡诚的案子一事。

"对面公寓楼有监视者？你去查过了吗？抓到人没有？"李局问道。

"嗯，去查过了，而且和那个黑衣人大打出手了，不过最后被他给逃跑了，要不是离洛和宫顾问及时赶到，我可能就死在楼梯间了。"陶灵一五一十地描述着。

"是的，当时我在场。"宫藤北确认着。

"我也在场，当时要不是宫顾问不要命地救陶队，估计就糟糕了。"离洛大声道。

陶灵担心离洛等下又要满嘴跑胡子地乱说话，于是立刻转移话题道："哦，李局，还有，我和胖熊在李扬房间里找到李扬的一本日记本，上面清晰地记下了他发现自己的手枪丢失了，还有李扬的手机，信息时间和蔡国栋的时间完全能对上，这恰巧证明了李扬没有夜闯综合科，反倒是被人故意引去天福超市的旧宿舍楼，我觉得李扬是中了某些黑势力的圈套。"

李局双眉紧锁地看着投影幕上一张张犯罪嫌疑人的照片，

目光停留在肖强的照片上："肖强不是答应了转做污点证人吗？为什么会突然被杀害？昨天的现场谁负责的？勘查到什么没有？"

"是我负责的现场。"王静起身汇报道："我们去到现场的时候，肖强已经被人用注射器扎伤动脉死了，只见到一个黑衣男子身高约 180cm，他背上被我刺了一刀，伤得应该不轻。"王静肯定地说着。

"胖熊，你和蓝鹿试着从季小青那边找到突破口，问出为什么有人要杀她。"李局看着胖熊吩咐道。

"陶灵，你和藤北负责查李扬公寓对面楼的那个监视者到底是谁，还有，争取最快速度找到蔡国栋爸爸的下落，我担心他此时的境况很危险。"李局吩咐道。

"我一个人查案就好了。"陶灵很不情愿地说着。

李局看了一眼陶灵，视若无睹地继续吩咐道："离洛，你负责去天福超市的员工宿舍楼拿监控录像，警察办案很多时候不需要等人出差回来的，有的时候可以灵活点。"李局侧面点醒着离洛。

"王静，你除了照顾好你的搭档电鼠之外，还得想办法从那个报警提交证物的护士小姐那获得李扬的下落，查出究竟是谁将另一名护士小姐伤得那么严重的，受伤的那名护士肯定见过真正的凶手，记得保护好她的安全。同时想办法找出杀蔡国栋的真正凶器。"李局认真清晰地吩咐着每个人的工作。

"彭宇，你负责调查出是谁夜闯咱们的综合科的，顺便去监控室那边找找其他摄像头是否有拍到黑衣人样子。"

而就在李局认真给大家分部工作的时候，宫藤北已经按序将嫌疑人划分，凡是可能获取线索的关键人物照片全部都贴在一旁的玻璃板上，并且画出了案情分析图，李局对宫藤北的所为发自内心的认同。

"李局，我……"韩东在摄像头那边正准备说点什么，不料被宫藤北打断。

"李局，我觉得韩队需要在医院静养，并安排24小时保护。"宫藤北故意将"保护"两字说地非常清晰。

李局回头看了看视频里的韩东，思考了一会，"那个，韩东你受了枪伤，最好在医院待着好好修养，以免伤口感染了，案子的事情先放一放，就当放了个长假，等这边将案子结束再说。"李局的话，无非就是认同宫藤北的建议，明里面说的修养，实际就是将韩东24小时监视了起来。

"行吧，都散了吧，胖熊会议纪要记得放我办公桌上，陶灵，你和藤北过来我办公室一趟。"李局拿着杯子朝自己办公室走去……

# 2. 密谋计划

陶灵整理着手中的文件，沉默不语地朝李局办公室走着，身旁的宫藤北却极其兴奋地说："真好，咱俩搭档一起去找监视者和蔡有富，相信这案子一定会很有趣的，知道为什么吗？哈哈……因为你这次的搭档是我，怎么样？有没有觉得很开心？"宫藤北一脸洋洋得意地问着。

只瞧见，陶灵突然伸手一个摆拳朝宫藤北挥去，"我们很熟吗？"

"熟！怎么不熟？刚刚你还担心我中枪呢，不是吗？"

"你哪只眼睛见到我担心了？"

"我两只眼睛都见到了啊？觉得没看错，你看，你刚刚就是这样的表情，就连眼睛都红了。"宫藤北夸张地模仿着陶灵刚刚在会议上担心的表情。

"你！简直就是地痞流氓加无赖！"陶灵说完便是一个回旋踢，又一个直冲拳打向宫藤北。

反应敏捷的宫藤北双手随意地挡住陶灵的出拳，坏坏地看着陶灵身后，大喊道："呀，李局！"

陶灵听见宫藤北冲自己身后喊着李局，以为李局正站在自己身后，不禁快速地松开拳头，放松后才敢慢慢转身，结果身后空无一人，才反应过来自己又一次被宫藤北给耍了。

"妈的！你！天生属棉花的欠打是吗？"陶灵生气地右脚踢着墙面，然后腾空一个回旋踢踢向宫藤北的肩膀，一下没招

413

架住的宫藤北，不禁退后了好几步。

"不是，我这人其实又幽默，又开朗，还十分帅气，你没必要这么反感我吧，可以试着了解我的。"宫藤北一边后退，一边解释道。

"我看你是十分欠扁！"陶灵步步紧逼地朝宫藤北的脸部挥拳，一拳重重地打在宫藤北的脸上，嘴角微微渗出一丝血迹。

"你知道不知道不能打帅哥的脸蛋的？打坏了怎么办？"宫藤北一脸委屈地将嘴角的血擦干净，故作伤心地看着陶灵。

陶灵才懒得理宫藤北的"宫式撒娇"，又是一个转身反肘拳："何止是打坏你脸，今天看我不打残你！"

宫藤北突然又一次表情惊慌地喊道："啊，李局。"

"妈的，同样的伎俩你用两次，腻不腻歪？"陶灵故意想识破宫藤北的诡计，大力抬腿朝身后踢去，李局反应快速地弯腰向后躲过了陶灵一记后踢，不料，陶灵正准备挥手向后三百六十度大摆拳，只见宫藤北速度超快地突然向前，大力拽住陶灵的另一只手，使劲将其搂进怀中。

"你是嫌吃我豆腐还不够多是吗？你做警察干嘛？不如做色魔啊！"陶灵气得上气不接下气地继续道："你松开，松手！"

"嘘嘘……嘘嘘……李局，真的是李局……你差点打到李局了。"宫藤北指着陶灵身后，小声地提醒着。

"李局？李局！你那么喜欢李局，你干脆认他做干爸得了！"陶灵一生起气来，就口无遮拦。

"干什么呢？第一天见面打到现在还不够吗？要不摆个擂台给你们？"

陶灵瞬间感觉后背发冷般，立刻变脸似的，灿烂地眯着杏桃大眼，笑着解释道："李局，不是这样的，我和宫顾问，不，藤北，我们只是在练习练习，活动活动，哈哈。"陶灵尴尬地笑着，然后微微扭头冲宫藤北挤眉弄眼地求救。

宫藤北假装不明白陶灵眼神和嘴形里的意思，故作一脸糊涂地看着陶灵，见陶灵正紧握拳头，慢慢抬起头做好大不了受处分的表情，正准备如实说明情况时，宫藤北才眯着眼睛，右手亲密地搭在陶灵的肩膀上，贱贱地笑着。

"啊，对对，刚刚开会坐太久了，所以和灵儿活动活动筋骨。"

"哦？灵？灵儿？"李局上下打量着宫藤北和陶灵，一副秒懂的表情继续道："行了，快进来吧，抓紧时间再开个小会，楼下一群记者还等着呢。"李局严肃地催促着，"藤北，顺便把门带上。"

"哦，好的。"宫藤北轻轻地将门带上。

见宫藤北将门带上，李局一边倒着茶水，一边严肃地看着陶灵问："陶灵，你刚刚是说要认我做干爸？"

"呵呵……李局，我是说您就像我爸爸一样……优秀。"陶灵尴尬地都快钻进地缝去了。

"哦，快，坐吧，给你们倒了水，在那呢。"李局指着桌上的水杯。

"嗯嗯，谢谢李局。"陶灵一边拿起水杯喝着水，一边说着谢谢。

李局像个老顽童似地观察着宫藤北和陶灵的表情，突然问："藤北，看你和陶灵这亲密的程度，怎么？打算在国内定居成家了？"

"嗯，有这想法，戒指也送出去给对方戴上了，就看对方意思了。"宫藤北故意调侃地看着陶灵。

陶灵被宫藤北的一句关于戒指的话,吓得连杯子都差点给摔倒在地上,情急之下光顾着将宫藤北那颗戒指摘下来,不慎将开水倒洒在自己手上,一脸痛苦的表情吹着自己的左手手背。

"滋……喷……啊,好烫。"

"没事吧?"宫藤北担心地想要去查看陶灵左手的烫伤程度,不料却被陶灵给拒绝了。

"没事,谢谢关心,先开会吧。"陶灵语气冷冰冰地说着。

"确定没事吗?"李局关心地问。

"没事,真没事李局。"陶灵尴尬地捂住被开水烫着的左手,而实际的意图就是想遮挡住无名指上的钻戒,而这一表象李局早就看穿在眼里了,只是故意忍笑不再追问。

"藤北,待会还是记得给她涂点烫伤药。"李局热心地吩咐着。

"好的。"宫藤北一脸奸计得逞的样子,冲陶灵扮着鬼脸吐着舌头。

看着宫藤北欠揍的贱样,陶灵不受控制地想一拳打死眼前那个正得意的人,不禁低声道:"死棉花!"

"啊?什么?"李局反问道。

"没啥,我在告诉宫顾问治烫伤的药膏名字。"陶灵坏坏地歪曲道。

"陶灵,你在会议上说的关于蓝鹿缺席会议,到底是怎么回事?而且会议上有几个地方你都含含糊糊的,还有那个监视者又是怎么回事?"李局连连提问道。

"李局,我怀疑韩东。"陶灵突然转移话题,严肃地说着。

"哦？说说。"李局命令道。

"我在昨天凌晨李扬的事情之后，就一直坐在李扬的家里蹲守对面楼的情况，期间我无数次重新梳理过奔王和蔡国栋的案件线索，有几点一直都是梳理不清。"陶灵用认真的眼神看着李局。

"哪几点？"李局干脆地问。

"您看，奔王出事当晚，韩东在 20 米开外的距离，他是怎么清楚凶手脸上眼角下的伤？甚至手臂的伤也能看到？"陶灵满脸质疑地反问："宫顾问，是您，您能看到 20 米开外的伤痕吗？"

"不能，根据科学家对人类的视网膜研究，最长最好的视线距离也达不到 20 米开外呀。"宫藤北摇头否定道。

"OK，这就对了，您们想想，李扬在打伤凶手后，根本不够时间去和任何人说凶手受伤以及凶手受伤的位置，而韩东却能清晰地说出来，还是在那么远的距离，恰巧的是韩东当晚受伤的位置和李扬描述的是一致的，只是更加碰巧的是韩东的一个英勇撞车，刚好遮挡住了伤口位置，这只会让我觉得那是欲盖弥彰。"陶灵肯定道。

"嗯，继续。"李局希望陶灵和宫藤北在面对查案时，能抛开一切私人情感或恩怨，达到畅所欲言的状态。

"事后我问过胖熊和蓝鹿押解的凶手，当时他们记得很清楚，对方脸上和手上并没有受伤，即使对方手上有伤那也是被蓝鹿自救时指甲抓伤的痕迹。"陶灵认真地回忆着。

"所以，胖熊蓝鹿押解的凶手和李扬描述的凶手不是同一个人？"李局严肃地反问着。

　　"对了，我在追查'黑龙'的线索时，有照片刚好拍到半路劫走蓝鹿他们押解的凶手，对方开黑色日产轿车，而该车子昨天下午还袭击过我们，当时李扬也在现场，车牌是套牌的，但后来我们发现套牌的号码和当晚劫走凶手的车是同一个套牌号。"宫藤北也相继仔细分析道。

　　"人没当场抓到？"李局着急地问。

　　"他们开始是一个人，后面追到停车场发现另外还有一个同伙，当时没能抓到他们，还差点撞伤李扬，烧伤陶灵。"宫藤北如实汇报着。

　　"你们三个人功夫都不差，合起来抓不住一个落单跑的，一个开车的？"李局敲着桌板问："那男的女的总该看清了吧？"

　　"男的，不，一男一女，开车的应该是个女的，男的是……"陶灵说到这，突然停住了，鼻头涌上一股心酸。

　　"他是谁？说啊！"李局焦急地命令道。

　　"他是凡诚！"陶灵顶着心口的剧痛，冷冷地回答着。

　　"凡诚？怎么可能？"李局不敢相信地看着陶灵和宫藤北。

　　只瞧见，宫藤北微微点头肯定道："是的，昨天下午我们去医院探望左子言的未婚妻纪佳瑶时，电梯事故也是凡诚制造出来的，目的就是将我们和左子言、纪佳瑶全部以意外方式杀死在电梯里，还有肖强的死可能和凡诚也有关系。"

　　"还有电梯事故发生？为什么没人告诉我？"李局气愤地问。

　　"根本不够时间汇报，紧接着不就是李扬出事了吗？"宫藤北焦急地解释完，便又继续道："陶灵就是为了确认清楚是不是凡诚，才不顾电梯带来的伤，拼了命地追去停车场，最终还和凡诚大打出手，凡诚，竟然狠心到想用打火机烧陶灵！就连陶灵所说的李扬公寓对面的监视者，也是凡诚，而且，差点将陶灵一大活人从 14 楼给推下去，要不是我和离洛接住她，估计这会早……"宫藤北的数落声，被李局的眼神给打断了。

只瞧见，陶灵双肩抽搐地趴在桌子上，低头看着地板，晶莹剔透的泪水一滴滴，落在地板上，静静地哭了许久……

陶灵突然强装镇定道："对了，李局，肖微的死和韩队肯定有关，不然他为什么会去查监控，而且还倒回去审讯室，想拿走审讯室的东西，好在我先他一步，不然肖微的死就真的变成意外死亡了。"

"这些都是你们的推测，当然我相信你们俩对案件侦查的专业性，但是一定要记住，我们作为人民警察，对于任何一起案件，我们都需要足够的证据。"李局耐心地提醒着。

"有！胖熊说，死去的肖微在被审讯的时候，一直说的是找我要一个 U 盘，可是我一直只有奔王的手机，所以，我怀疑季小青被人追杀，蔡国栋被害，肯定和这个 U 盘有一定的关系。"陶灵笃定地推断着。

"所以，U 盘可能在季小青手里？"李局分析道。

"对。"陶灵肯定着。

"不，也有可能在蔡国栋的爸爸手里，咱们可别忘了，蔡有富目前还是下落不明呢。还有，昨天早上我们第一次开会的时候，我们在会议室里讲的话一定被人听见了，因为，那天走廊的摄像头又碰巧在那个时间段黑屏了。"宫藤北肯定地分析着。

"嗯，昨天我和藤北一起去的监控室查看。"陶灵回忆着，继续道："我私下与李扬取得了联系，才得知电鼠差点被冻死也是韩东所为，如果，我说如果，如果那晚去综合科的黑衣人就是韩东，那么时间和动机都能对接上了。再假设，韩东 1 点将配枪记录本拿到手上，并且李扬对面楼的监视者如果就是凡诚，那么凡诚和韩东会不会就是同伙？同时韩东再以季小青做威胁，让蔡国栋将文件放入天福超市的储物箱，那么，韩东只需拿着蔡国栋的手机坐在对面楼给李扬发信息，监视李扬的一举一动即可。"陶灵有条不紊地分析着。

"对，接下来韩东只需要同时联系王静和电鼠，因为局里去天福超市要 40 分钟，而李扬的公寓去到天福超市只需要 20 分钟，那么韩东如果和李扬同时从公寓出发，韩东就可以先到蔡国栋家里将蔡国栋杀害，坐等李扬中计被陷害即可，而李扬从天福超市拿到文件袋只需要 5 分钟的时间，赶到蔡国栋的住所约 5 分钟，刚好李扬会比王静他们早 10 分钟，足够演绎一场自编自导的嫁祸游戏了。"宫藤北肯定地推断着。

"而韩东的动机就是——左子言和纪佳瑶，肯定是李扬查到的某条线索威胁到韩东了，才会让他想除掉李扬，而李扬知道的某些信息肯定源自左子言和纪佳瑶。"陶灵也更加大胆地推测着。

"对，只有这样，时间和动机才对得上。"宫藤北肯定道。

"没有证据！我们需要证据，甚至要让他自己承认罪行的证据。"李局握紧拳头轻轻地敲着桌子道："如果咱们市局堂堂的刑警队支队长能如此猖狂不堪，那么我作为栖洲市公安局局长势必抓他到天涯海角！"

"其实我有个计划，不知道您们是否认同？"宫藤北试探性问。

"说来听听！"李局命令道。

"其实昨晚我有和……"宫藤北回忆着。

三人就这样在李局的办公室里商量着接下来的计划……

许久过后，李局笑着拍桌子道："好，就这样办！抓他个措手不及！"

而就在李局、陶灵、宫藤北三人在办公室里秘密商量着计策时，医院楼梯间的某个角落两道黑影正小声道："不管怎样一定要找季小青和蔡有富两人的下落，东西绝对不能落在那几个人手里？"

"嗯，知道。"另一个人低沉着嗓音回答，透过墙角隐约能看见半个肩膀和半截帽檐露出来。

"无论如何都一定要快他们一步，实在不行就直接……"黑影做出直接杀掉的手势。

"明白。"另一人说完便从墙角走出来，一个身材苗条，穿着黑色紧身皮衣的女子，头戴着黑色朋克帽子，头上扎着一大簇脏辫，一副酷黑的大墨镜挂在鼻梁上，黑色军用马丁靴配上短皮裤，冷酷无比地扬长而去……这身材超正的女子，正是尧乐。

低沉说话的那人点着香烟，留在原地慢慢将烟抽完，慢慢转身走出楼梯间，站在住院部的走廊，冷冷地看着那抹婀娜而又冷酷的背影，韩东脸上不禁露出阴险的笑容……

# 3. 小马家精神病院

胖熊一出警局没几公里，便拿起手机拨打马剑锋的电话，开心地让马剑锋叫蓝鹿接听电话。

"鹿，刚开完专案会议。"

"才开完啊？早上八点到十一点多，快4小时呢，线索汇集后有新进展吗？"蓝鹿好奇地问。

"有，当然有，你都不知道，厅里请来的宫顾问那叫一个酷，直接在会议室申请把李扬和韩队都列为嫌疑人，酷吧？对了，咱俩的任务是从季小青那里找到突破口，还有陶队她们已经追查出蔡国栋实际是季小青的男朋友。"胖熊钦佩地描述着。

"这样啊？那蔡国栋一死，岂不是线索又给断了？哎……奔王那条线索也是。"蓝鹿失落地说着。

"没断，季小青就是关键的线索，所以得想办法让季小青开口……"胖熊正想继续说什么的时候，突然发现不远处有位老人，举止畏畏缩缩连外套也没穿，身上隐约夹杂着些伤，一瘸一拐地蹿进一条小巷。

"蔡有富？"胖熊疑惑地看着前方，立刻道："鹿，我好像发现蔡国栋的爸爸蔡有富了，先不说了，你赶紧想想办法让季小青开口，我先挂了。"

"喂！喂！胖熊，胖熊，你是一个人吗？你在哪？"蓝鹿听着手机那头传来嘟嘟的挂断电话的声音，才勉强将手机给回马剑锋，突然喊住马剑锋，好奇地提问："马医生，她今天不用输液了吗？"

马剑锋像个开心宝似的，天天笑嘻嘻地，拎着两瓶输液瓶，乐呵呵道："怎么可能不用输液呢？你看看，这不两大瓶药水在这呢吗？不过今天的剂量比昨天的少，才是真的。"

"可是，她一直不愿说话，这对我们的案……"

"嘘……病人需要休息。"马剑锋竖起食指放在嘴边，微笑着示意蓝鹿先在外面先等一会。

见马剑锋给季小青挂好点滴，蓝鹿不禁焦急地问："马医生，这样下去不是办法啊，一直不开口说话，你说，她会不会被子弹伤后，脑子也跟着受伤了？"蓝鹿瞪大眼睛问。

"嗯，不排除这样的可能性，根据伤势，伤者伤到了大动脉，加上休克时间过长，自然会导致 Cerebral anoxia，期间会出现表现思维迟钝、反应变慢等现象，如果恢复差的话，当然也有可能出现 Death of brain……"马剑锋正想长篇大论时，不料被蓝鹿及时制止了。

"不想死就讲人话！"蓝鹿没耐心地用手机抵住马剑锋的下巴。

"好好好，你先把手机从我的下巴拿开好吗？你知不知道你手机现在抵住的位置是我的舌下神经管，而你手机如果持续 20~30 秒以 120g~220g 的力度一直压在我的这个位置的话，再借助头颅的反向动力会……"马剑锋叽叽喳喳地更是说了一堆蓝鹿听不懂的医学知识。

只瞧见蓝鹿，猛然朝墙壁挥去一拳，冷言道："说人话，会吗？"

"会！绝对会！"马剑锋生来就害怕野蛮霸道的人，从小就被陶灵欺负得不成样子了，斜着眼睛看着蓝鹿，低声道："这死陶灵教出来的女警察，个个都凶神恶煞，粗鲁野蛮，怎么没一个温柔大方，楚楚动人的？"

"马——医——生——"蓝鹿百般无奈地拉长声音喊着。

"我的意思是，里面那个如果因为救助不及时，导致脑缺氧的话，就会出现脑死亡状态或者假死状态。"马剑锋提了提眼镜，快速地说着。

"所以，她是活死人了？"蓝鹿惊讶道。

"不，我刚刚说的是如果。"马剑锋一脸认真地解释着。

不料蓝鹿早就气不打一处来了，铁青着脸问："那到底怎样啊？"

"她没事，一切健康，只是故意不说话而已。"马剑锋悄悄推开病房门看着病床上的季小青。

"那怎样让她开口？"蓝鹿焦急地问。

"这简单啊，拿她关心的事情刺激她。"马剑锋双手插白大褂口袋里，说完便转身离开，丢下蓝鹿一个人静静地在病房门口思考着。

许久后，突然从走廊里传来蓝鹿开心地叫喊："Yes，我知道了。马医生——马医生——咦？人呢？"

总算将马剑锋从某个精神病人的病房里揪去办公室，蓝鹿认真地坐在椅子上问："马医生，如果我不停地用新闻刺激她，有用吗？"

"有！当然有用！我们医院治疗那么多精神病人，都会用新闻刺激来治疗的。"马剑锋自信地确认着。

"好，呐，帮我把这个投放到季小青病房的电视上。"蓝鹿拿出一个U盘递给马剑锋，自己则在门口等着。

"然后呢？"马剑锋好奇地问。

"然后就没你什么事啦。"蓝鹿一脸得意地说完，便转身离开了。

"嘿……你，连谢谢都没一句吗？好歹我们小马家精神病院管你吃管你住呢。"马剑锋一脸不满意地看着门口，自言自语道："等那该死的陶灵来了，我一定好好投诉你，让她来收拾你！哼！"

"好啊，你去投诉我之前，我先收拾你如何？"蓝鹿突然从门口冒出个小脑袋，盯着马剑锋，赤裸裸地威胁道："你知不知道，上一个投诉我的人，现在还在市骨科医院住院呢……"

马剑锋一脸委屈地帮蓝鹿将新闻视频投放到季小青病房里的电视机上，弱弱地生着闷气，一步三回头，带着碎碎念走出了季小青的病房……

电视机里立刻播放着：星期二凌晨于天福超市旧楼大院发生命案，受害人：蔡国栋，年仅29岁，受害人的父亲目前下落不明，据相关媒体报导，最大嫌疑人是我们栖洲市公安局的某刑警，且在今日早上，市公安局发表讲话，并承诺三天之内抓获杀人凶手……

季小青清晰地听到蔡国栋被杀的消息，也听得清清楚楚蔡国栋爸爸目前下落不明的危机，不禁泪水直流，一旁默默观察的蓝鹿，屏息着，静静地等候季小青自己主动开口说话。

新闻在电视机里重复播放了起码5遍，季小青终于忍不住了，小声道："蔡叔叔……"

"我勒个去，你总算开口了。"蓝鹿惊讶地起身走到季小青跟前，"季小青你好，我叫蓝鹿，栖洲市公安局的刑警。"蓝鹿灿烂地笑着。

只见季小青毫不理会蓝鹿的自我介绍，只是躺着病床上自怨自艾地哭着说："都怪我，是我害死了他，都怪我，蔡叔叔？蔡叔叔他现在怎样了？"季小青突然瞪大眼睛，泪水直流地看着蓝鹿。

"蔡有富？目前下落不明，不过刚刚我的一个搭档说看到一位长得像蔡有富的人，也不知道现在结果如何。"蓝鹿见季小青似乎准备想要说些什么重要事情，于是故意添了把火道："哎，您可不知道啊，蔡国栋死得可惨了，身上好几处刀伤不说，连尸体当时都是横在外面的草丛里，就连他爸爸落在家里的外套上都是满满的鲜血，蔡国栋死前的信息内容都是在求凶手放了你，不要伤害你。"

季小青被蓝鹿一席煽情的话惹得越发伤心欲碎，哭声里夹杂着浓浓的自责和不舍，"是我害了他，是我害了他，都怪我……"

"你与其在这里哭，自责，还不如想办法为他报仇。"蓝鹿提议着。

"报仇？怎么报仇？我一个没毕业的大学生我能做什么？"季小青微微抬起身子，想要坐起身。

"你是想坐着吗？"蓝鹿继续道："来，你别动，我帮你把床摇上去一点，那样会舒服些。"

"刚刚你说的报仇是指？"季小青突然问道。

"当然是找我们警察啊。"蓝鹿自信地拍着胸脯道。

"警察？"季小青的眼神里充满了厌恶和恐惧，反感道："新闻都放了，杀国栋的凶手就是你们警察！"

"新闻说的是指嫌疑人，不是说确定是警察！而且现在新闻里说的那个人是我出生入死的兄弟，他的为人是不可能干出违法乱纪的事的。"蓝鹿坚定地替李扬解释着，瞪大眼睛继续道："还有，你当时中枪后，你知不知道拼死保护你，替你捂住伤口，怕你大出血死亡的人，就是我的队长！后面救你和我队长的人，正是那些新闻里说的所谓的'嫌疑人'！他们都是警察，咱们栖洲市最好的刑警！"蓝鹿大声说。

季小青默默地听着蓝鹿说的话，静静地独自思考着。

"反正你们警察没一个好人，都不是！"季小青若有所指地说着。

蓝鹿仿佛察觉到季小青话语间隐含的意思，于是故意气愤道："我们警察没一个好人？没有我们这些警察，你早就死在酒吧了，没有我们这些警察，你的医药费能减免那么多吗？你以为就凭你爸妈在工厂打工的钱，再加上你男朋友蔡国栋交的那几个钱，够给你昂贵的医药费吗？还不都是我们警察一分分一个个给你凑出来的！"

"要不是你们这些冠冕堂皇的警察，国栋的工作就不会丢！我也不会为了他的工作最后沦落做陪酒的！"季小青气愤地说着。

"蔡国栋丢了工作？？哼，那肯定是他能力不足，你做陪酒的那肯定是你自己想赚快钱，跟我们警察有什么关系？"蓝鹿故意更加生气地用语言刺激着季小青的情绪。

季小青激动万分地吼道："国栋是个出色的注册会计师，为人老实！要不是他不小心发现了集团的私下交易，怎么可能被你们警察逼到没工作！那个East就是最大的交易商，国栋拿走了名单，他们才会逼我……"季小青哭得撕心裂肺地说："奔王……才会……"只见季小青害怕得揪着自己的衣领，伤心地回忆着被奔王下了迷药之后的惨状……

突然，季小青怒指着蓝鹿骂道："就是你们这些臭警察！眼睁睁地看着我被迷奸，连动都不动一下！"

蓝鹿被季小青骂得一头雾水，疑惑地问："什么？你是说你被奔王给……还有警察在？"

季小青红着双眼瞪着蓝鹿，愤怒道："是的，他化成灰我都认识他，是他，肯定是他杀了蔡国栋，他肯定是想抢国栋手里的交易名单。"

"他是谁？那份名单现在在哪？在奔王手机里？"蓝鹿焦急地问着。

"不！是一个U盘，我的那个U盘。"季小青突然极其慌张地瞪大眼睛看着蓝鹿，"糟了，不好，蔡叔叔有危险。"

"啊？U盘？不应该是奔王的手机吗？"蓝鹿惊讶地看着季小青。

"我的U盘，蔡国栋肯定在死前给了蔡叔叔，所以蔡叔叔现在肯定很危险。"季小青担心地说着。

"可是目前蔡有富下落不明……"蓝鹿试探性地发着牢骚。

"我知道蔡叔叔在哪，他肯定在阿姨去世的老屋那边，坞水塘镇三小街10……"季小青的话还没说完，一个黑影突然从窗户外蹿进来。

啪啪——砰砰——一个身穿黑色皮衣的女子，身手快速地朝蓝鹿的肩膀攻击过去，修长有力的长腿，笔直地踢向蓝鹿的下巴，接着再转身迅速朝季小青的头上挥去一记摆拳……

　　蓝鹿敏捷地向前用手肘挡住那皮衣女子的攻击，而那皮衣女子指尖上特质的拳环，重重地打在蓝鹿的手肘上，蓝鹿瞬间疼得疯狂地摔着手肘。

　　"是你？"季小青神情慌张地指着皮衣女子，唯唯诺诺道："你是，你是East的贴身助手——尧乐？不……蓝警官，蓝警官，救我，她是来杀我的！"

　　"East？又是谁？"蓝鹿大声问着。

　　只瞧见，尧乐大力揪住季小青的头发往床下拽，而蓝鹿立刻从床的另一边撑掌一跃，一个旋腿踢向尧乐的手，然后再出拳一边攻击，一边将半挂在病床边的季小青扶坐在病床上。

　　蓝鹿趁机抓起床头柜上的开水壶，用力朝地板上一扔，蓝鹿在故意制造出响声，见门外没人进来查看，蓝鹿又将玻璃杯砸在地上，始终不见有人推门而入……

　　"妈的，马剑锋你是耳朵聋了吗？"蓝鹿一边大声地发着牢骚，一边快速地扑向病床，因为尧乐正用一旁的水果刀刺向季小青，紧急关头，蓝鹿一个脚踢，水果刀顺利地被踢去窗外……

　　"啊……救命啊！救命啊！"季小青被眼前危险的状况吓得连连求救，却也始终见不到人影从病房门口走进来。

　　"马剑锋……"蓝鹿一边努力地接挡住尧乐的攻击，一边对着门外大声喊着。

　　"干嘛？"马剑锋不耐烦地站在季小青的病房门口，隔着门问："不是你说放好电视就没我啥事了吗？"

　　其实马剑锋早早地就听见病房里打斗的声音，早就带着一群女护士哆哆嗦嗦地站在门外，只见她们有的拿扫帚，有的拿盆，有的颤抖着手拿着注射器，后边更夸张的几个手里拿着胶带张大嘴、闭着眼睛、傻傻愣愣地听着里面噼里啪啦的打抖声……

"马剑锋！你丫的还是不是男人？这么大的打斗声，你是聋了还是瘸了？"蓝鹿一边破口大骂，一边继续道："快点，快联系陶队和胖熊。"蓝鹿憋红了脖子喊着。

只见病房的门被轻轻推开一条小缝，马剑锋颤颤巍巍地透过门缝道：

"我是男人，可我也是一名医生，我……的职责是……负责……你受伤了，我治伤，你出血了，我止血……"

"妈的，废什么话呢？季小青今天要是被人带走了，陶队肯定会好好收拾你的。"蓝鹿威胁道。

"啊……"蓝鹿又一次被尧乐踢倒在地上。

见季小青正被尧乐从病床上拽起身，输液针头无情地将季小青的手背划破，鲜血不停地滴在地板上，蓝鹿抓起一旁的木椅子猛然朝尧乐砸去。

不料，冷血的尧乐居然面不改色地揪住季小青的头发，按着她的头直接朝腾空飞来的椅子推去，吓得蓝鹿尖叫着，扑向前，抓起病床上的枕头丢向季小青的头部，千钧一发之际枕头安全地替季小青挡了一遭，但冲击力导致的疼痛还是难免的，季小青眼冒金星地看着蓝鹿，小声道："蓝警官，救……救蔡叔叔……"话音一落季小青便昏倒在地了。

只见，尧乐像踢垃圾一样，一脚将晕倒在地上的季小青踢向墙角，而软趴趴的季小青像个布偶一样，身体重重地撞击在墙上，接着又因惯性重重落在地上。

"马剑锋！你们要是喜欢站在外面不进来救人，我待会儿收拾完她，我再替陶队好好收拾你！"蓝鹿发着狠话威胁道，"快报警！"

"你……你不就是警察吗？"门外一护士小声道。

"叫你报警你吱唔那么多干嘛？要不要我教你报警电话怎么打？"蓝鹿抓起地板上被摔坏的杯子，大力朝门口处丢去。

"啊……"吓得那名护士小姐不断尖叫。

"进来了，我进来了。"马剑锋一边用装药水的托盘挡着头，一边弯腰慢慢走进病房，见尧乐正用冰冷的眼神盯着自己，马剑锋不禁尴尬地弯腰笑着冲尧乐说："嗨！美女，你们继续，我……"

马剑锋的话还没说完，便被尧乐大步向前一个朝天踢，马剑锋当场两眼一瞪晕倒在门边。

"谁敢报警，我灭了谁！"尧乐冷冷地指着门口威胁道。

一群护士被尧乐威胁的话语吓得纷纷四散逃开……只剩下一名护士小姐傻傻地站在原地拿着手机，弱弱道："喂……1……10吗？我们这里有匪徒进……"护士的话还没讲完，不料，自己把自己给吓晕了……

及时回到医院的胖熊，听见病房里的打斗声，而电梯又迟迟没下来一楼，立刻快速地朝5楼跑着……

病房里，尧乐正有章法地攻击着蓝鹿，眼看着胜负已分之时，胖熊快速地冲进病房，直冲拳，反肘拳，摆拳……招招将尧乐逼退至阳台，使得尧乐不慎从阳台翻下……

胖熊心想着尧乐身上肯定有重要的线索，便不假思索地扑向前抓住尧乐的手，尧乐就这样悬挂在半空中，仰视着拼命救自己的胖熊，尧乐心头不禁生出一种莫名的情愫。

"来！快！把另一只手给我，我拉你上来。"胖熊额头间的青筋都蹦出来了，表情难受地提醒道。

尧乐低头看了看地面的高度，又抬头看了看阳光下的胖熊，冷冷一笑，一把拽开胖熊的手，任凭自己快速朝地面掉落……

"喂……不要啊……"胖熊诧异道。

匍匐在地上打了几个滚，尧乐稳稳地在草坪上站直，捋了捋一头的脏辫，酷酷地戴上墨镜逃离了小马家精神病院……

胖熊本想跳下去追尧乐的，蓝鹿突然制止道："胖熊，快点，先联系陶队，这里已经不安全了……"

"嗯，好的。"胖熊认同地点头，拿起手机联系着陶灵。

"不是要你等我联系你吗？不然会暴露你们的所在位置。"手机那头传来陶灵责骂的声音。

"已经暴露了，马医生这里已经被找上门了，季小青和马医生都被打晕了。"

"怎么这么快暴露位置的？"陶灵疑惑地问。

"呀！应该是……"胖熊突然想起自己开完会，一离开警局便给马医生打了个电话，通话时间足足超过了3分钟，胖熊自责道："应该是我给马医生打电话和蓝鹿在电话里说起专案会议的事情……被他们定位了。是我的疏忽，陶队，您现在还在局里吗？"

"嗯，还在局里，处理些突发事情。"陶灵无奈地说着。

"突发事情？怎么了？陶队？又发生命案了？"胖熊、蓝鹿担心地问。

"哎，不是，就是些小状况，解释一下就没事了。"陶灵无奈地叹了口气，怒视着一旁的宫藤北和离洛，不禁回忆起昨晚在李扬对面的雨果公寓追捕神秘监视者的事情……

　　原来，宫藤北昨天闯进公寓时，把公寓大楼的执勤保安给打了，结果宫藤北上报的名字是陶灵的名字，此时人家公寓的保安队长带了一群人来公安局投诉陶灵，而且，同一天的同一个时间段里，不仅仅是保安队长投诉陶灵，还有楼上 13 楼的租户也随同一起来投诉陶灵……

　　一想到挂完电话还得给一群人赔礼道歉，还得写深刻检讨，陶灵不禁又一次叹气道："哎，没事，就道几个歉的事！你！哎……先照顾好季小青和老马他们。"陶灵咬牙切齿地吩咐道。

　　胖熊看着一片狼藉的病房，担心地问："陶队，那地点暴露了，我们要不要马上换地方，保证季小青的安全？蓝鹿说季小青见过凶手的样子。"

　　"不用换地方，一时半会儿他们不会再来，你戴上耳机和蓝鹿一起听，我觉得我们可以……"陶灵在电话里和胖熊商量着接下来的计策。

　　而就在陶灵吩咐胖熊和蓝鹿接下来的计划时，尧乐那头已经打着电话跟韩东汇报情况了……

　　"East，我没能将季小青带走，不过暗中听到她们说蔡有富现在藏在坞水塘镇三小街，具体几号没听清楚。"尧乐如实汇报着。

　　"一条小街大不到哪去，立刻给我去找，掘地三尺也得把人找出来。"

　　手机那头传来韩东冷冷的命令声。

　　"是！不过……"尧乐欲言又止。

　　"不过什么？"韩东在手机那头严肃地问着。

　　"不过季小青肯定将这件事情告诉了陶灵，她肯定会先我们一步找到蔡有富，如果 U 盘落到陶灵的手上，那我们就全盘皆输了。"

"不会的，陶灵不会有这个计划的，就算有，也没命去！"韩东站在病房的窗台旁，诡异地笑着，静静地看着窗外的阳光，熟练地转动着指尖陀螺，阴阳怪气地笑道："哼……呵呵，放心，Z 桑哥答应我了，会给她点儿刺激感。你尽管去找蔡有富，把东西拿到手就行了，等我来给她俩一点刺激。"韩东所指的她俩，自然说的是陶灵和 Z 桑，看得出来韩东的野心远远不止这些。

韩东电话才挂断不到半小时，陶灵这头已经收到一份惊喜大礼，一部崭新的手机以快递的形式传到陶灵手中。手机里播放着两位老人被绑在椅子上，受人鞭打的视频。

陶灵颤巍巍地小声念着："爸……妈……这怎么……？"失常地摇摆了几步，回忆起刚刚快递员的神情，如飞般出门扣押住那名快递员，可谁又料到韩东的好戏才刚开始……

一声巨大的爆炸声响起，惊乱了大厅附近的人群，很快新闻扑天盖地地播放着"人肉炸弹"惊现警局附近的新闻。

韩东却诡异地笑着，盯着新闻里的陶灵，冷笑道："礼物喜欢吗？陶 sir？Z 桑还有加你的好戏在后面呢！哈哈……"

（未完待续）